車

ハロルド・フライのまさかの旅立ち

レイチェル・ジョイス｜亀井よし子 訳

講談社

Published by arrangement with
C & W, London through Tuttle-Mori Agency, Inc.,
Tokyo

わたしとともに歩くポールに、
そして、わたしの父マーティン・ジョイス（一九三六―二〇〇五年）に

目次

THE UNLIKELY
PILGRIMAGE OF
HAROLD FRY
627 MILES 87 DAYS
10 0 20 40 60
MILES
FINISH
Berwick
Kelso
Wooler
Alnwick
Cambo
Newcastle
Hexham
HADRIAN'S WALL
CHEVIOT HILLS
SCOTLAND
LAKE DISTRICT
PENNINES
YORKSHIRE DALES
PEAK DISTRICT
Darlington
Ripon
Harrogate
York
Leeds
Wakefield
Barnsley
Sheffield
Chesterfield
Manchester
NORTH SEA
IRISH SEA
Nottingham
Derby
Ashby de la Zouch
Leicester
Holt
Birmingham
Coventry
Warwick
Stratford
Cambridge
WALES
MALVERN HILLS
BLACK MOUNTAINS
Cheltenham
Stroud
Nailsworth
ENGLAND
Bristol
Bath
LONDON
BRISTOL CHANNEL
MENDIP HILLS
Wells
GLASTONBURY TOR
Bagley Green
Taunton
Tiverton
Thorverton
BLACKDOWN HILLS
Exeter
DARTMOOR
Southampton
Portsmouth
Eastbourne
Buckfast Abbey
South Brent
Loddiswell
Kingsbridge
START
ENGLISH CHANNEL
N
E
S
W

ハロルド・フライのまさかの旅立ち

まことの勇を見むとなら、
ここへ来させよ、その人を、
風も、暴風雨《あらし》も、何のその、
ここにぞ人は不撓なる。
はじめ誓ひし一念を、
一度なりとも挫くべき
落膽《きおち》はここに絶えてなし、
巡禮となる一念を。

――ジョン・バニヤン『天路歴程』第二部
（竹友藻風訳　岩波書店）

1　ハロルドと手紙

すべてを変えることになるその手紙が届いたのはある火曜日のことだった。ごくありふれた四月中旬の、洗ったばかりの洗濯物と刈り取った芝草のにおいのする朝だった。ハロルド・フライは朝食のテーブルに着いていた。剃りたてのひげ、こざっぱりしたシャツとネクタイ、手元にはトーストがあったが食べてはいなかった。キッチンの窓の向こうの、短く刈りこまれた芝生に目を凝らしていたのだ。芝生の中央にはモーリーンの洗濯ロープの伸縮自在ポールが立っているし、三方は隣人の目隠しフェンスで囲われている。

「ハロルド！」とモーリーンが掃除機の音に負けじと大声をあげた。「郵便よ！」

庭に出るのも悪くないな、とハロルドは思った。だが、出ても、することといえば芝刈りだけ。しかも、それはもう前の日にすませてしまった。掃除機の音がいきなりやんで妻のモーリーンが姿を見せた。不機嫌な顔、手には手紙が一通。彼女はそのままハロルドの正面に座った。

モーリーンはほっそりした身体つきに、縁なし帽《キャップ》でもかぶっているような白髪と、きびきびした歩き方の女だった。ふたりが初めて出会ったとき、ハロルドにとって何よりも楽しかったのは、彼女を笑わせることだった。均整の取れた彼女の身体が抑えがたい幸せに笑い崩れるのを見ているのが何よりも楽しかった。「あなた宛《あて》よ」とモーリーン。ハロルドは、彼女が一通の封書をテーブル上で滑らせ、彼の肘のわずかに手前で止めたとき、ようやく彼女のいったことの意味を理解した。ふたりともその手紙を、いままで手紙など見たことがないといわんばかりの目で見つめた。封筒はピンク色だった。「消印はベリック・アポン・ツイードよ」

ベリックにハロルドの知人などいやしない。それどころか、彼にはどこにも知人などあまりいない。「たぶん、間違いだよ」

「そうじゃないと思うわ。消印を間違えるなんて、そんなことありっこないもの」モーリーンはラックからトーストを取り上げた。冷えてかちかちになったトーストが彼女の好みなのだ。

ハロルドは謎の手紙をじっくりと観察した。封筒のピンクは、バスルームの壁や、それとおそろいのタオルとふわふわの便座カバーとは違うピンクだ。バスルームやトイレのピンクは鮮やかすぎて、そこにいるといたたまれない気分になる。だが、目の前の封筒は繊細なピンク。トルコ菓子《ターキッシュ・デライト》のピンクだ。ハロルドの名前と住所がボールペンで走り書きされている。へたくそな文字がくっつきあって、子どもが大急ぎで書き殴ったように見える——ミスター・H・フライ、フォスブリッジ・ロード13番地、キングズブリッジ、サウス・ハムズ。筆跡に見覚えはない。

「それで？」といいながら、モーリーンがナイフを差し出した。ハロルドはそれを封筒の折り返しに入れてさっと引いた。「気をつけてよ」とモーリーンが注意した。

モーリーンに見られていることを意識しながら、ハロルドは封筒から便せんを取り出すと、ずり落ちた老眼鏡をもとの位置に戻した。文章そのものはタイプ打ちで、差出人の欄に〝聖バーナディン・ホスピス〟と、彼の知らない施設名が記されている——ハロルドへ、突然こんな手紙を差し上げて、びっくりなさるかもしれません。ハロルドの視線が文末に飛んだ。

「それで？」とふたたびモーリーンがいった。

「いや驚いた。クウィーニー・ヘネシーからだ」

モーリーンはバターのかたまりをナイフで突き刺してトーストに塗りつけた。「クウィーニーって？」

「ビール工場で働いてた人だよ。ずいぶん昔に。憶えてないか？」

モーリーンは肩をすくめた。「なんでわたしが憶えてなきゃならないの？　なんだってうんと昔の人のことを憶えてなきゃならないのか、その理由がわからない。ジャムを取っていただけるかしら？」

「経理にいた人だよ。すごくいい人だった」

「それはマーマレードでしょ、ハロルド。ジャムは赤いのよ。何かを手に取るときには、ちゃんと確かめてからにすることね」

ハロルドはモーリーンの求めるものを差し出し、また手紙に視線を戻した。字間がみごとにそろっている。まあ、当たり前だが。封筒に書かれたのたくったような文字とは大違いだ。しばらくして、ハロルドはほほえんだ。クウィーニーがいつもそうだったことを思い出したのだ。何をさせても几帳面で、けちのつけようのない人だった。「彼女はおまえを憶えてる。よろしく、ってさ」

モーリーンが唇をすぼめた。「ラジオで誰かがいってたんだけど、フランス人がイギリスのパンを欲しがってるんですって。フランスじゃパンをスライスしてもらえないらしいのよ。だから、わざわざここまで来て買い占めていくそうよ。夏がくるころには、パン不足が起きるかもしれないんですって」モーリーンはそこで間《ま》をおいた。「ハロルド？　どうかした？」

ハロルドは何もいわなかった。背筋をぐっと伸ばしたが、口はぽかんと開いている し、顔が漂白でもされたように蒼白だった。しばらくして、やっとその口から出てきたのは、小さくてずっと遠くから聞こえてくるような声だった。「それが――がんだそうだ。クウィーニーはさようならをいうためにこれを書いてきたんだ」ハロルドはそこで口ごもると、あとにつづける言葉を探したが、見つからなかった。ズボンのポケットからハンカチを引っぱり出して洟《はな》をかんだ。「おれは……そのう。なんということだ」涙がこみあげた。

数秒が過ぎた。いや、数分かもしれない。モーリーンの唾《つば》をのみこむ音が静寂を破った。「お気の毒に」

ハロルドはうなずいた。顔を上げなければいけないのに、上げられなかった。

「今朝はすばらしいお天気よ」とモーリーンがつづけた。「庭椅子でも外に出したらどう？」だが、ハロルドは座ったまま動こうともしなければ、口を利こうともしない。仕方なくモーリーンはよごれた食器を流しに持っていった。数分後、廊下で掃除機の音がしはじめた。

ハロルドは息苦しさを覚えた。脚か腕のどれかひとつでも、あるいは筋肉のひとつでも動かしたりすれば、必死になって抑えつけている激情が堰《せき》を切ってあふれ出すのではないかと不安だった。いったいなぜクウィーニー・ヘネシーを捜そうともせずに二十年もの時を過ごしてきてしまったのか。黒っぽい髪をした小柄な女性、ずっと昔に同じ職場で働いたことのある女性の姿が浮かび上がった。想像もつかないが、彼女ももう——何歳だ？　六十歳か？　しかも、がんで死にかけている、ベリックで。こともあろうに、ベリックとは。ハロルド自身は一度もそれほど北には行ったことがない。ふと庭に目を向けると、月桂樹の繁みにビニール紐《ひも》が一本からまってぱたぱた揺れていて、いっこうにはずれない。ハロルドはクウィーニーの手紙をポケットに押しこみ、二度たたいてちゃんとそこに収まっていることを確かめると、どっこらしょと腰を上げた。

二階では、モーリーンがデイヴィッドの部屋のドアをそっと閉め、しばらくその場に立ったまま彼の気配を吸いこんだ。ついで、毎晩きまって閉めることにしている青いカーテンを開け、目の詰んだメッシュのカーテンの裾が窓台と接するところにほこりがたまっていないことを確かめた。デイヴィッドのケンブリッジ時代のポートレイトを収めた銀の額縁を磨き、そのかたわらにある赤ん坊のころの白黒写真の額縁も磨いた。モーリーンがいつもその部屋をきれいにしているのは、デイヴィッドの帰りを待っているからだが、それがいつになるかはけっしてわからない。彼女の一部はいつも待っている。男には母親の気持ちなどわからない。子どもを愛することの痛み、子どもがいなくなったあとでさえその子を愛することの痛みなど、わかるはずがない。モーリーンは階下《した》にいるハロルド、ピンク色の手紙を手にしたハロルドのことを思い、彼とのあいだにもうけた息子と話ができればいいのにと心から願った。そして、入ってきたときと同じように静かに部屋を出て、ベッドシーツをはがすために別の部屋に向かった。

　ハロルド・フライは小物だんすの引き出しから〈バジルドン・ボンド〉の便せんを数枚と、モーリーンのボールペンを一本取り出した。がんで死にかけている女性にどんな言葉をかければいいのだろう？　心から案じていることを知ってもらいたいが、この場合、〝謹んで〟などという言葉を使うのは間違っている。それは、ことが起きてから、店で買ってきて出すカードに書いてある言葉だ。それに、どっちみち、それでは形式的すぎて、本気で心配していることが伝わらない。ハロルドは書いてみた――ミス・ヘネシーへ、あなたの容態がよくなっていることを心から願っています。だが、いったんペンを置いて読み直してみると、どうもぎくしゃくした文章だし、本心が伝わるとも思えない。便せんをくしゃくしゃに丸めてもう一度挑戦した。彼は昔から自分を表現するのがうまくない。胸の思いが大きすぎてうまく言葉が見つからないし、たとえ見つかっても、それを二十年も連絡せずにきてしまった女性に向けて書くのはどう考えてもふさわしいとは思えない。もし立場が逆になったとして、クウィーニーならこんな場合どうすればいいかわかるはずなのに。

「ハロルド？」モーリーンの声がしてハロルドはぎくりとわれに返った。モーリーンは二階で何かを磨きたてたり、デイヴィッドに話しかけたりしているものとばかり思っていた。なのに、その彼女がいま〈マリゴールド〉のゴム手袋をつけて立っている。

「クウィーニーに手紙を書いてるところだ」

「手紙？」モーリーンには彼のいったことを繰り返す癖がある。

「ああ。おまえもサインするか？」

「やめておくわ。知らない人に出す手紙にサインするなんていいと思えないから」

そろそろ気の利いた表現をしようなどと頭を悩ませるのはやめよう。思っていることをありのままに書き留めるべきだ。クウィーニーへ、手紙をありがとう。とても心配しています。~~敬具~~。くれぐれもお大事に——ハロルド（フライ）。なんとも気持ちの入っていない手紙だ。でも、仕方がない。手紙を封筒に入れ、手早く封をして、表に聖バーナディン・ホスピスの所番地を書き写した。「ちょいとポストまで行ってくる」

十一時を過ぎたところだった。ハロルドは、モーリーンにそこに掛けるようにと指示されているフックから、防水ジャケットを取り上げた。ドアを開けたとたんに暖かい空気と潮のかおりが鼻をついたが、左足で外に踏み出しもしないうちにモーリーンがすぐ脇に現れた。

「遅くなるの？」

「道の先まで行くだけだ」

モーリーンは彼を見上げたままだった。モスグリーンの目と華奢《きゃしゃ》な顎《あご》。こんなときはどういえばいいのか、それがわかればどんなにいいだろう。だが、ハロルドにはわからない。せめていまの状況を少しでも変えられる言葉が見つかればいいのに、それが見つからないのだ。昔のように彼女に触れてみたくてたまらない。彼女の肩に頭を預け、そのままじっとしていたい。「じゃあな、モーリーン」ハロルドはそういって、彼女とのあいだを隔てる玄関ドアを閉めた。ばたんと音をたてないように気づかいながら。


フォスブリッジ・ロードの住宅群はキングズブリッジの町を望む丘の頂《いただき》に建てられているので、不動産屋いうところの〝高台から〟の〝抜群の眺望〟に恵まれて、眼下に町並みと田園風景を見晴るかすことができる。ただし、各住宅の前庭は下の車道に向けて危険きわまりない角度で傾斜していて、植物たちは命からがら竹の支柱に絡みついている。ハロルドはコンクリートの急坂を自分の意図より少しだけ足早に下りながら、咲いたばかりのタンポポを五本見つけた。きょうは午後から除草剤の〈ラウンドアップ〉でも撒くか、と彼は思った。何かの役に立つだろう、と。

ハロルドを見かけた隣人のレックスが、手を振って境界の板塀に近づいてきた。レックスは小さな足と小さな頭、まん丸い胴回りの小男で、おかげでハロルドはときどき、もしこの男が転んだらそのままビヤ樽《だる》みたいに丘の下まで転がり落ちてしまうのではないか、と心配になることがある。そのレックスはつい半年前に妻を亡くしたばかり。ハロルドが定年退職したのとほぼ同じころのことだった。以来、レックスは人生のつらさを嘆くのが癖のようになっている。それも長々と嘆いて止まらなくなる。

「あなたにできるのは、せめて話を聞いてあげることだけよ」とモーリーンはいう。ただし、ハロルドには、彼女のいう〝あなた〟が一般論の〝あなた〟なのか、特定の個人を指しているのかがよくわからない。

「散歩かい？」とレックスがいった。

ハロルドは、いまはちょっと足を止めていられないんだ、という気持ちの伝わる――少なくともそういう願いをこめた――おどけた口調を心がけた。「何か出さなきゃならない手紙でもあるかい、レックス？」

「手紙なんか誰からもきやしないよ。エリザベスが死んでからこっち、くるのはチラシだけだ」

レックスは絵画でいうなら〝中景〟に相当するあたりを凝視した。それに気づいたとたんにハロルドは会話の向かう先を察知した。だから、すぐさま空を仰いだ。薄葉紙《うすようし》を思わせる空に、ふわふわの雲が浮かんでいる。「すばらしい天気だ」

「すばらしい」とレックス。間ができた。レックスがその間をため息で埋めた。「エリザベスは太陽が好きだった」ふたたび間があいた。

「芝刈りにもってこいの日だな、レックス」

「まったくだ。ところで、あんたんとこじゃ、刈り取った芝はコンポストにするのか？　それとも、根囲《マルチ》いに使うのか？」

「マルチにすると、靴にへばりついてやっかいでね。靴に何かくっつけて家に入ると、モーリーンがいやな顔するんだよ」ハロルドは自分のデッキシューズに視線を向けて、なんだって、みんな、船に乗る気もないのにこんなものを履くのだろうと思案した。「さてと。行かなきゃな。正午の収集車をつかまえにゃならん」封筒を振りながら、ハロルドは舗装道路に向かった。


物心ついて初めて、郵便ポストが予想より早く出現したことに気づいてがっかりした。だから、道の向こう側に渡ってポストを避けようとした。けれども、ポストはちゃんと立っている。フォスブリッジ・ロードの角に立ってハロルドを待っている。ハロルドはクウィーニー宛の手紙を投函口に近づけてから、そこで手を止めた。自分の足で歩いてきたわずかな距離を振り返った。

一戸建ての家々は化粧漆喰《しっくい》や、黄色、サーモンピンク、あるいはブルーのペンキで仕上げられている。なかには、いまだに半円形の飾り梁《はり》で支えられた一九五〇年代のとんがり屋根の家もあるし、スレート壁のロフトを建て増した家もある。なかの一軒は全面的に改築されてスイスの山小屋《シャレー》風になっている。ハロルドとモーリーンがこの町に引っ越してきたのは、四十五年前の、結婚して間もないころのことだった。ハロルドの預金では手付け金を払うだけで精いっぱい、カーテンや家具をそろえる金は残らなかった。ふたりはほかの住人とは距離をおいて過ごしてきた。長年のあいだに隣人たちは入れ替わり、残ったのはハロルドとモーリーンだけになった。以前、ふたりの家には菜園と観賞用の池があった。モーリーンは毎夏チャツネを作ったし、息子のデイヴィッドは金魚を飼っていた。家の裏には、肥料のにおいのする園芸作業小屋があって、壁の高いところに道具類や、コイル状に巻いた撚《よ》り糸とロープを掛けるフックが取りつけられていた。けれども、そういうものが消えてすでに久しい。彼ら夫婦の息子が通った学校までもが、息子の部屋の窓から石を投げれば届くほど近くにあったのに、いまやブルドーザーで押しつぶされて、その跡地に派手な原色で塗りたくったお手頃値段の家が五十軒も建てられている。おまけに、通りにはジョージ王朝時代のガス灯を真似た街路灯が並んでいる。

ハロルドはクウィーニーへの手紙の文面を思い出し、そのぶざまさに恥ずかしくなった。わが家に戻る自分自身、デイヴィッドに呼びかけるモーリーン、クウィーニーがベリックで死にかけていることを除けば何ひとつ変わらずにつづく日常——そんなもろもろを思い描いて、ひどい徒労感に襲われた。手紙はボックス型郵便ポストの、暗い投函口に載っている。ハロルドにはそれを手放すことができない。

「なんてったって」とハロルドは声に出していった。誰も見ていないというのに。「すばらしい天気だ」ほかにすることはない。どうせならつぎのポストまで歩いたっていいじゃないか。だから、ハロルドは、気が変わらないうちにフォスブリッジ・ロードの角を曲がった。

思いつきでものごとを決めるなど、ハロルドらしくないことだった。それは彼にもわかっていた。退職してこのかた、時間はただ過ぎてゆくばかりで、何ひとつ変わっていない。彼の胴回りが太くなり、髪がますます薄くなったことを除けば。夜はよく眠れない。ときには一睡もしないこともある。なのに、予想より早く、今度は円柱形の郵便ポストに着いてしまった。だから、もう一度そこで足を止めた。何かを始めたのに、何を始めたのかがわからない。でも、せっかく始めたのだから、まだそれを終わりにする気になれない。額に玉の汗が噴き出している。血管が期待で沸き立っている。この手紙をフォア・ストリートの郵便局まで持っていけば、明日には必ず先方に届くだろう。

後頭部と肩に圧迫感のある太陽のぬくもりを感じながら、新しく開発された住宅地の大通りをそぞろ歩いた。家々の窓にちらちらと視線を向けた。窓の向こうには誰もいないこともあれば、そこにいた人にまともににらみ返されて、あわてて先を急ぐはめになることもあった。もっとも、たまに、窓の中に思いがけないものを見つけることもあった。たとえば、陶製の人形、花瓶、さらにテューバまで。人々が外界から身を守るための境界として置いた、彼ら自身のやさしい分身たちだ。ハロルドの頭に、ふいに、フォスブリッジ・ロード13番地の窓の外を通りかかる人は、自分たち夫婦のいったい何を見抜くのだろうという思いが浮かんだ。それでも、すぐに気がついた。たいしたことは見抜けないはずだ、なにしろ窓にはメッシュのカーテンが掛かっているから。ハロルドは波止場に向かった。太腿の筋肉が引き攣《つ》れた。

潮が引き、月面に似た黒いぬかるみの中で小型ヨットがだらりと傾《かし》いでいる。どれもペンキを塗り直す必要がありそうだ。ハロルドは誰もいないベンチによろよろと近づき、ポケットからクウィーニーの手紙をそっと引っぱり出して広げた。

彼女は憶えていた。ずっと昔のことなのに。なのに、自分は何もなかったように日々を生きてきた。彼女のしたことなどなんの意味もなかった、とでもいうように。彼女を引き留めようとしなかった。彼女のあとを追わなかった。さよならさえいわなかった。空と車道がぼやけてひとつになった。目に涙が盛り上がってきたからだ。そのとき、涙の向こうに、若い母親と子どもの輪郭がぼんやりと浮かび上がった。ふたりともソフトクリームらしきものを手にして、松明《たいまつ》のようにささげもっている。母親が子どもを抱き上げ、ベンチの反対側の端に座らせた。

「すばらしい日だね」とハロルドは声をかけた。泣いている老人のような声にならないように気をつけながら。母親は顔を上げもしなければ、相づちを打とうともしなかった。握りしめた子どもの手に覆いかぶさり、溶けたソフトクリームのつくる筋をなめてその流れを止めようとした。子どもは母親をじっと見つめていた。身じろぎもせずに母親にぴたりと寄りそっていたので、子どもの顔が母親の顔の一部に見えた。

ハロルドは思った——デイヴィッドを連れてこの波止場に腰を下ろして、ソフトクリームをなめたことがあっただろうか？　あったにちがいない。なのに、いくら記憶を探っても、なかなか思い出せない。さあ、行かなければ。手紙を出しに行かなければ。

〈オールドクリーク・イン〉の前で、会社員たちがランチタイムのビールを楽しみながら、笑いさざめいていたが、ハロルドはほとんどそれに気づかずにいた。フォア・ストリートの急坂にさしかかったところで、わが子のことしか眼中にない様子だったあの母親のことを考えた。そして、はたと気づいた。デイヴィッドに電話して、自分たち夫婦の近況を伝えたのはモーリーンだった。手紙やカードにいつもハロルドのサインを（「父」と）書いたのもモーリーンだった。ハロルドの父親のために老人ホームを見つけてきたのも、やはり、モーリーンだった。そして、それが、当然のことながら、横断歩道の押しボタン式信号のボタンを押す彼の頭に、こんな疑問を浮かび上がらせた——もしモーリーンが、実質的に、ハロルドだとしたら、「それじゃあ、おれは何者なのだ？」

ハロルドは郵便局の前を足を止めようともせずに通り過ぎた。

2　ハロルドとガソリンスタンドの女店員と信じる心

ハロルドはフォア・ストリートの最高地点にさしかかっていた。営業をやめた〈ウールワース〉の前を過ぎ、悪い肉屋（「あの人、奥さんを殴るんですって」とモーリーンはいう）、いい肉屋（「あの人、奥さんに出ていかれたのよ」）、時計塔、シャンブルズのアーケード通り、《サウス・ハムズ・ガゼット》紙の社屋前を通り過ぎて、いまは最後の商店の前にさしかかっている。足を一歩進めるたびに、ふくらはぎの筋肉が引き攣れる。背後では、逆光を受けた入り江がブリキ板のように鈍く光り、船が早くも白い小さな斑点にしか見えなくなっている。ハロルドは、誰にも気づかれずに一休みしたくて旅行代理店の前で足を止め、ウィンドウに貼り出された格安旅行のポスターを読むふりをした。バリ、ナポリ、イスタンブール、ドバイ。その昔、母親がやたらに夢見るような口調で、さまざまな国——熱帯の木々が生い繁り、髪に花を挿《さ》した女たちのいる国に逃げ出したい、ということがよくあった。そのために、ハロルドはまだ幼いころから、自分の知らない世界に本能的に不信感を抱くようになってい

た。モーリーンと結婚してデイヴィッドが生まれてからも、それはあまり変わらなかった。だから、一家で休暇を過ごすときにも、行き先は毎年イーストボーンの休暇村、期間は二週間、と決まっていた。深呼吸を五、六回して呼吸を整えると、ハロルドはふたたび北をめざして歩きはじめた。

沿道の建物が店舗から住宅に変わった。ピンクがかった灰色のデヴォン石造りの家もあれば、ペンキ塗りの家もある。前面にスレートタイルを張った家もある。やがて、新興住宅地の袋小路が見えてきた。マグノリアの蕾《つぼみ》がほぐれはじめている――襞《ひだ》飾りのある純白の星たち。背景をなすのは、葉をすべて落としたむき出しの枝ばかり。時刻はすでに一時。正午の郵便収集には間に合わなかった。何か軽いものでも食べて急場をしのぎ、つぎのポストを探すとしよう。車の流れが途切れるのを待って道路を渡り、ガソリンスタンドに向かった。そこで住宅が消え、畑地が広がっていた。

レジの前にいた若い女子店員があくびをした。Tシャツとパンツの上に赤い袖なしスモックをはおり、〝よろこんでお手伝いいたします《ハッピー・トゥ・ヘルプ》〟と書いたバッジをつけている。顔の両サイドに垂れた、撚《よ》れて脂っぽい髪のあいだから耳が突きだし、肌はあばただらけで青白い。まるで長いあいだ陽の当たらない場所に閉じこめられていたかのようだ。何か小腹《こばら》を満たすものを、とハロルドはいったが、彼女にはその意味が理解できなかったらしく、口をぽかんと開けたきりいつまでも閉じようとしなかった。もし風向きが変われば、彼女はこのまま固まってしまうのではないかと心配になった。

「何か軽いものは?」とハロルド。「エネルギーになりそうなものは?」

店員が目をぱちくりさせた。「ああ、バーガーのこと」そういって、どたどたと冷蔵庫の前まで行くと、フレンチフライを添えた〈BBQチーズビースト〉を電子レンジで温める方法を実演してみせた。

「これはこれは」といいながら、ハロルドはのぞき窓の中で回転するバーガーを見守った。「ガソリンスタンドでまともな食事ができるとは思わなかったよ」

店員は電子レンジからバーガーを取り出し、ケチャップとブラウンソースの小袋を添えてハロルドに差し出した。「ガソリンも入れますか?」といいながら、ゆっくりと両手を拭いた。子どものように小さな手だった。

「いやいや。ちょっと通りかかっただけなんだ。歩いてるんだよ、じつは」

「へえ」

「昔の知り合いに手紙を出そうと思ってね。気の毒なことに、がんなんだよ」ハロルドは〝がん〟という言葉を口にする前に少しだけ間をおき、声をひそめたことに気づいて、そんな自分におぞましさを覚えた。それどころか、ふと気づくと、手で小さな塊《かたまり》をかたちづくっていたのだから始末におえない。

女子店員がうなずいた。「あたしのおばさんもがんだったよ」と彼女。「ていうか、がんなんて珍しくないじゃん」そして、店内の棚に視線を向けて上下させた。〈自動車協会《AA》〉発行の道路地図や〈タートルワックス〉のつや出し剤のうしろにだって探せばがんくらい見つかるよ、といわんばかりの仕草だった。「けど、前向きに考えなくちゃ」

ハロルドはバーガーを食べる手を休め、紙ナプキンで口をぬぐった。「前向きに、かい？」

「信じなくちゃ。あたしはそう思うよ。信じるったって、薬とかそういうのを信じるって話じゃなくてさ。人間にはよくなる力があるんだから、それを信じなくちゃいけないんだよ。人間の心にはまだわかってないことがいろいろある。だけど、ほら、信じる心さえあれば、人間、なんだってできるんだからね」

ハロルドは畏怖の思いで女子店員を見つめた。どういう加減でそうなったのかはわからない。だが、いつのまにか彼女が光の中に立っているように見えたのだ。ひょっとしたら、太陽が移動したのだろうか。しかも、いまや彼女の髪と肌までが透明感をたたえて光り輝いている。おそらく、ハロルドの視線が強烈すぎたせいだろう。女子店員はちょいと肩をすくめて下唇を噛んだ。「あたし、つまんないことといってるかな？」

「とんでもない、そうじゃないよ。つまんないなんて、そんなことまったくない。とても興味深い。ただ、残念なことに、わたしには宗教ってやつがよくわからない」

「べつに、宗教とか、そんなことといってるんじゃないよ。あたしがいってるのは、わかんないことでも信じて従ってみるってこと。信じれば何かが変わることがあるんだってば」店員は髪をねじって指に巻きつけた。

彼女のような若い娘がそれほど明快な確信を持っているのを知らされたのは初めてだ、とハロルドは思った。しかも、彼女は、そんなのわかりきったことなのに、といわんばかりの言い方をした。「で、よくなったんだね？　きみのおばさんは？　きみがきっとよくなると信じたから？」

髪の毛が指にきつく巻きつきすぎて、そのまま張りついてしまいそうだった。「信じたおかげで、打つ手がなくなったときにも希望を持っていられたっていってたよ、おばさんが——」

「誰かここで働いている者はいるのかね？」ピンストライプの背広の男が、カウンターの前で大声をあげた。カウンターの天板を車のキーでこつこつ叩きながら、その回数で無駄に過ぎてゆく時間を知らせているようだった。

店員は足元に置いてあるものをよけながらレジに戻っていった。レジの前ではピンストライプの男がこれ見よがしに時間を確かめるふりをしてみせた。手首を高々と上げて、腕時計の文字盤を指さしたのだ。「三十分後にはエクセターに着いてなきゃいけないんだがね」

「ガソリンですか？」といいながら、女店員は煙草と宝くじチケットの前の定位置に戻った。ハロルドは彼女と視線を合わせようとしたが、彼女のほうは目を向けようとしなかった。またしても鈍重でうつろなあの表情——おばさんのことなんか話したことがないというような、あの表情に戻っていた。

ハロルドはカウンターにバーガーの代金を置いて戸口に向かった。信じる心？　あの娘《こ》はそういったんじゃなかったっけ？　ハロルドにはふだんあまり耳にすることのない言葉だが、神妙な気分にさせられる言葉ではあった。彼女がどういうつもりでそんな言葉を使ったのかはわからないし、ハロルド自身にいまでも信じるものが残っているかどうかもわからない。にもかかわらず、いま〝信じる心〟という言葉が、とまどいを覚えずにはいられないほどの執拗さで、耳の中で鳴り響いている。ハロルドはいま六十五歳、この先いろいろとやっかいな問題が起きそうな予感がしはじめたところだ。関節はこわばるだろう。鈍い耳鳴りも始まるだろう。風向きが少し変わっただけで目に涙がにじむはずだ。もっと不吉な事態の先触れとなる胸の痛みに襲われることもあるかもしれない。けれども、いま、混じりっけなしのエネルギーで身体を揺さぶる、この突然の感情のうねりはいったいなんだ？　ハロルドは道を曲がって国道Ａ３８１号線に入り、もう一度自分に約束した——つぎの郵便ポストまで行ったら歩くのはやめよう。

ハロルドはいまキングズブリッジの町を出ようとしている。道幅が狭まって一車線になり、とうとう歩道が消えた。頭上では、木々の枝がもつれてトンネルをつくり、とがった蕾と満開の花が絡み合って雲をかたちづくっている。走り去る車をよけるために、山査子《さんざし》の繁みにへばりつかねばならないことも一度や二度ではなかった。ドライバーしか乗っていない車。あれはきっと会社員の車にちがいない。なぜなら、どの顔も喜びを吸い取られてしまったような表情で固まっているから。子どもを乗せて走る女たちもいる。同じように疲れた顔だ。ハロルドとモーリーンのような年配のカップルまでもがこわばった雰囲気を漂わせている。手を振ってやりたいという衝動がこみ上げる。でも、振らない。いまは歩くだけで息が切れるし、相手に妙な警戒心を抱かせたくもないから。

海が後景にしりぞいた。前方には、なだらかに起伏する丘陵地とダートムア国立公園の青い輪郭が伸びている。そして、その向こうには？　ブラックダウン丘陵、メンディップ丘陵、モールヴァン丘陵、ペナイン山脈、ヨークシャー渓谷、チェヴィオット丘陵、そしてベリック・アポン・ツイード。

だが、あそこに、道を渡ったところに、郵便ポストが立っている。少し先には電話ボックスが。旅は終わりだ。

ハロルドは足を引きずり引きずり歩いた。ずいぶんたくさんの郵便ポストを見てきたせいで、いまはもういくつ見たのかわからなくなっている。英国郵政公社《ロイヤル・メール》のワンボックスカーも二度見たし、バイクに乗った郵便配達人も一度見かけた。ハロルドの脳裏に、これまでの人生で無関係に過ごしてきたことのすべてが浮かび上がった――ちょっとした笑顔。飲み会への誘い。何度となく行き合った人たち。そういうもろもろを、ビール工場の駐車場で、路上で、顔も上げずにやり過ごしてきた。引っ越し先の所番地を一度も書き留めておいたことのない隣人たち。それよりもさらにつらいのは――話しかけてくれなかった息子、自分が裏切ってしまった妻。老人ホームでの父、ドアのそばにあった母のスーツケース。そして、いまは、二十年前に味方であることを身をもって証明してくれたあの女性のことが浮かび上がっている。人の世はこんなふうに進むものなのか？　せっかく自分が何かをする気になったのに、そのときにはもう手遅れなのか？　人生という名のジグソーパズルのピースは最終的にすべて捨て去られる運命にあるのか？　そんなものは結局は無に帰してしまったということか？　ハロルドはいまわが身の無力さを思い知らされ、その重さに耐えかねて気持ちが沈むのを感じていた。手紙を出すだけでは足りない。いまの状態を変える方法がきっとあるはずだ。携帯電話を探ったが、家に置いてきてしまったようだ。よろよろと道に出た。顔に分厚い悲しみが貼りついていた。

ワンボックスカーが一台、けたたましいブレーキ音もろとも急停止し、やがて大きく回りこんで通り過ぎていった。「ばっきゃろー!」とドライバーがわめいた。

ハロルドにはほとんど聞こえなかった。郵便ポストさえ目に入らなかった。クウィーニーに宛てた手紙は彼の両手のなかにあった。それからまもなく、彼の背後で公衆電話ボックスのドアが閉まった。

クウィーニーの住所と電話番号は見つかった。だが、手の震えがひどくて、プッシュボタンでデビットカードの暗証番号を入れようとするのに、簡単にはいかない。呼び出し音を待った。空気は動かず、ずしりと重い。汗がひとすじ、肩胛骨《けんこうこつ》のあいだを滑り落ちた。

呼び出し音が十回、ようやくがちゃりと音がして、訛《なま》りのきつい声がした——「こんにちは、聖バーナディン・ホスピスでございます」

「そちらの患者さんと話がしたいんです。クウィーニー・ヘネシーという患者さんと」

間《ま》ができた。

ハロルドはつけ加えた。「すごく急いでます。彼女の容態を知りたいんです」

電話口の女は長いため息のような音をたてた。ハロルドの背筋が冷えた。クウィーニーは死んだ、遅すぎたのだ。こぶしを口に押しこんだ。

相手の声がした。「申し訳ありませんが、ミス・ヘネシーはお休みになってます。何かお伝えしましょうか？」

小さな雲の塊があたりにいくつもの影を落としながら走りすぎてゆく。かなたの丘陵地に差す光はすすけている。夕闇のせいではなく、前方に横たわる広い空間のせいだ。ハロルドは頭の中で、イングランドの最北端でまどろむクウィーニーと、南端の電話ボックスにいる自分、そして、その中間にあるはずの、彼の知らない、だから想像するしかないたくさんのものを思い描いた——道路、畑、川、森、荒野、峰と谷、そして大勢の人間。そのすべてに出会い、通り過ぎるだろう。じっくりと考える必要など毛頭ない。理屈をつける必要もない。その決断は、思いつくと同時にやってきた。その明快さにハロルドは声をあげて笑った。

「ハロルド・フライがそちらに向かっている、とお伝えください。クウィーニーは待っているだけでいいんです。わたしが彼女を救いにいくんですから。わたしは歩きつづけますから彼女は生きつづけなきゃいけません。そう伝えていただけますか？」

そうしましょう、と相手はいった。ほかに何か？　たとえば、面会時間はご存じですか？　駐車場の決まりは？

ハロルドは強い口調でいった。「車じゃないんです。彼女に生きていてもらいたいんです」

「申し訳ありません、車のことで何かおっしゃいましたか？」

「わたしは歩いて向かいます。サウス・デヴォンからはるばるベリック・アポン・ツイードまで」

相手がいらだたしげなため息をついた。「雑音がひどくて。何をなさるとおっしゃいました？」

「歩いていくと」ハロルドは叫んだ。

「わかりました」相手はゆっくり答えた。ペンを取り上げ、メモを取ろうとしているかのように。「歩いてですね。ミス・ヘネシーに伝えます。ほかに何か伝えておくことはありますか？」

「いますぐに出発します。わたしが歩いているかぎり、彼女は生きていなければいけません。どうかお伝えください、こんどはがっかりさせない、と」

受話器を置いて電話ボックスを出たとき、ハロルドの胸は高鳴り、そのあまりの激しさに心臓が胸から飛び出しそうな気さえした。震える指でクウィーニー宛の封筒の封を剝《は》がし、便せんを引き出した。それを電話ボックスのガラスに押しつけ、追伸を走り書きした――待っていてほしい。H。そして、手紙を投函した。それが手から消えたことにさえ気づかなかった。

前方にリボンのように延びる道路と、ダートムアの不機嫌な壁を、そして最後に足に履いたデッキシューズをまじまじと見つめた。ついで、自分に問いかけた。自分はたったいまいったい何をしたのか、と。

頭上で、カモメが一羽、翼を打ち鳴らして笑い声をあげた。

3　モーリーンと電話

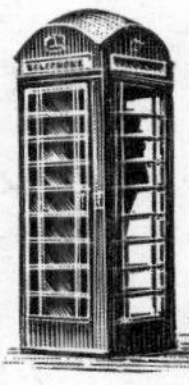

よく晴れた日の利点は、ほこりがよく見えること、そして乾燥機よりもむしろ短時間で洗濯物が乾くことだ。モーリーンは調理台にざぶざぶと水をかけ、漂白剤を振りかけて磨きたて、微生物をひとつ残らずやっつけた。シーツを洗って外に干し、アイロンをかけて自分とハロルドのベッドを整えた。ハロルドに邪魔されずに仕事ができてほっとした。なにしろ、定年退職してからのこの六ヵ月、ハロルドはほとんど家から出ようとしなかったのだから。なのに、するべきことを何もかも終えてみると、なぜか急に胸騒ぎがして、やがてそれがいらいらへと変わっていった。ハロルドの携帯に電話してみたが、二階からマリンバの曲が聞こえてきただけだった。ハロルドのもたもたしたメッセージに聴き入った――「はい、ハロルド・フライの携帯です。大変申し訳ありませんが――ただいまハロルド・フライは近くにおりません」真ん中あたりで入った長い沈黙のせいで、聞いているほうが、どうやら彼はいま自分を探しにいっているらしいという気がしてくるほどだった。

五時を過ぎた。ハロルドはけっして予想外のことはしないたちだ。廊下の時計の音、冷蔵庫のうなりなど、日ごろから耳慣れているはずの音までが実際よりも大きく聞こえる。ハロルドはどこに行ったの？

《テレグラフ》紙のクロスワードパズルでもして気をまぎらわせようとするのに、簡単な答えは全部ハロルドがすでに書き入れている。不吉な思いが押し寄せてくる。道路に倒れたハロルドの姿が浮かび上がる。口がぽっかり開いている。そういうことがあるものだ。熱中症にやられて倒れたまま、何日も見つけてもらえないということが。いや、もしかしたら、日ごろひそかに恐れていたことが現実のものになったのかもしれない。最後には彼もアルツハイマーになるのだろうか？　父親と同じように？ハロルドの父親は六十にもならないうちに死んだ。モーリーンは車のキーとドライビングシューズを取りに走った。

が、そのとき、はたと思い当たった。ハロルドは、たぶん、レックスのところにいるのだ。どうせ芝刈りのことや天気のことでも話しているのだろう。ばかな人。だから、ドライビングシューズは玄関ドアの脇に、車のキーは定位置のフックに、それぞれ戻した。

そして、長年のあいだに〝いちばんいい部屋〟と思うようになっていた部屋に忍びこんだ。その部屋に入るときには必ずカーディガンが欲しい気分になる。かつてその部屋にはマホガニーのダイニングテーブルと布張りの椅子が四脚あった。毎晩そこで一杯のワインとともに食事を楽しんだ。でも、それはもう二十年も前のこと。近ごろではダイニングテーブルは消え、本棚には誰も開こうとしない写真アルバムがしまいこまれている。

「どこにいるのよ？」とモーリーンは声に出していった。彼女と外の世界とのあいだにはメッシュのカーテンが一枚、それが外界の色彩と質感を奪い去っている。モーリーンにはそれがありがたい。すでに太陽は沈みはじめている。まもなく街路灯に明かりが入るだろう。

電話が鳴った。モーリーンはとっさに廊下に飛び出すと、ひったくるようにして受話器を取った。「ハロルド？」

深く重苦しい間。「レックスだよ、モーリーン。隣の」

モーリーンは力なくあたりを見回した。あわてて受話器に飛びつこうとして、ハロルドが床に置きっぱなしにしたにちがいない角ばったものに爪先を思い切りぶつけていた。「どうかした、レックス？　また牛乳でも切れたの？」

「ハロルドはいるかい？」

「ハロルド？」自分の声がいきなり高くなったような気がする。レックスのところじゃないとしたら、どこにいるのだろう？　「ええ。もちろんいるわよ」と答えはしたが、その口調はいつもとはまるで違っている。堂々として抑制のきいた声。彼女の母親とそっくりの声だ。

「いや、ちょっと気になっただけだ、何かあったんじゃないかとね。散歩から帰ってくるのを見かけなかったものだから。手紙を出しにいく、といってたな」

　モーリーンの頭の中では早くも、救急車と警察官、ぐにゃりとしたハロルドの手を握る自分自身、という破滅的なイメージが猛然と駆けめぐっている。正常な判断力が失われかけているのかどうかモーリーンにはわからない。だが、いまの彼女は頭の中で起こりうる最悪の結末を数え上げ、それが現実になったときの衝撃を少しでも和らげようとしているかのようだ。ハロルドはいるわよ、と繰り返した。そして、レックスにそれ以上何も訊かれないうちに電話を切った。切ったとたんにいたたまれない気分になった。レックスは七十四歳、寂しい身の上なのだ。力になってくれようとしただけなのに。モーリーンが電話をかけ直そうとしたまさにそのとき、先を越された。手のなかで電話が鳴りはじめた。モーリーンは冷静さを取りもどして口を開いた。

「こんばんは、レックス」

「おれだ」

モーリーンの落ち着いた声がいきなり跳ね上がった。「ハロルド？　いまどこなの？」

「B3196号線。ロッディスウェルのパブの前だ」意外にも楽しげな声だった。

玄関ドアとロッディスウェルとのあいだには、八キロほどの距離がある。つまり、ハロルドは心臓発作を起こして道に倒れているわけではなかったのだ。自分が誰かわからなくなったわけでもなかったようだ。モーリーンは安堵《あんど》感よりもむしろ激しい怒りに襲われた。ややあって、べつの不安がのしかかった。「あなた、飲んでるんじゃないでしょうね？」

「飲んだのはレモネードだが、気分は最高だよ。こんな気分は何年ぶりだろうな？パラボラアンテナのセールスをしてるナイスガイに会った」ハロルドはそこで間をおいた。不吉な知らせでもしようとしているかのように。「歩く約束をしたんだよ、モーリーン。はるばるベリックまで」

きっと聞き違いだ、とモーリーンは思った。「歩く？　ベリック・アポン・ツイードまで？　あなたが？」

ハロルドはその言い方をひどくおもしろいと思ったようだ。「そう！　そうだよ！」急《せ》きこんで応じた。

モーリーンはごくりと唾をのみこんだ。脚から力が抜け、声が出にくくなった。それでも、声を振り絞った。「ちょっとはっきりさせてちょうだい。あなたは歩いてクウィーニー・ヘネシーに会いにいく、そういうことね？」

「おれが歩きつづければ、彼女は生きつづける。おれは彼女を救いにいくんだ」

モーリーンの膝がかくんと折れた。あわてて壁に手をついて身体を支えた。「それは無理よ。あなたにがんの人は救えないわ、ハロルド。お医者さまでなきゃ。あなたなんて、パン一枚まともに切れないじゃないの。どうかしてるわよ」

ハロルドはまた笑った。モーリーンがいっているのはまったく別人のことであって自分のことではない、というように。「ガソリンスタンドの女の子と話したんだが、彼女がヒントをくれたんだ。彼女はがんになったおばさんを救ったそうだ。きっと救えると信じたからだというんだよ。チーズバーガーの温め方も教えてくれた。バーガーにキュウリのピクルスまでついてたぞ」

ハロルドはひどく自信たっぷりのようだった。それがモーリーンを混乱させた。怒りの火花が散った。「ハロルド、あなたは六十五よ。せいぜい車のところまでしか歩いたことがないじゃないの。あなたは気づいてないかもしれないけど、携帯を置いていってるのよ」ハロルドは言葉を返そうとしたが、モーリーンはそんなことにはおかまいなしにたたみかけた。「で、あなた、どこに泊まるつもりなの？」

「さあね」いつのまにか笑い声は消え、声の勢いも消えていた。「だけど、手紙を出すだけじゃ足りないんだ。頼む。そうしなきゃならないんだ、モーリーン」

ハロルドの訴え方、そして、子どものように、最後に彼女の名前をつけ加えて、選択権はそちらにあるといわんばかりのその言い方には、我慢ならなかった。怒りがかんしゃく玉に火をつけた。だから、いった。「そう、それじゃ行きなさいよ、ベリックに、ハロルド。それがあなたの望みなら。あなたがダートムアを越えるのを見てみたいものね——」受話器からピッピという電子音が間歇《かんけつ》的に聞こえる。コインがなくなりかけているのだ。モーリーンは受話器を握る手に力をこめた。受話器がハロルドのかけらで、そのかけらにしがみつこうとでもいうように。「ハロルド？　あなた、まだパブにいるの？」

「いいや。外の電話ボックスだ。やけににおうんだよ。もしかしたら、誰かが——」

ハロルドの声が途中で断ち切られた。彼は消えた。

モーリーンは廊下の椅子を手探りしてへたりこんだ。あたりの静寂は、ハロルドが電話をかけてきたためにいっそう耳につき、むしろけたたましくさえ感じられた。静寂がほかのすべてを食い尽くしているようだ。廊下の時計の音も、冷蔵庫のうなりも、庭から聞こえるはずの小鳥の歌も聞こえない。ハロルドのいった〝バーガー〟〝歩く〟という言葉が頭の中をぐるぐるめぐり、そのあいだにもうふたつの単語が紛れこむ——〝クウィーニー・ヘネシー〟。こんなに年月《とき》が過ぎたのに。長いこと埋もれていた何かの記憶がモーリーンの身体の深いところでぞくりと震えた。

モーリーンは降りる夜のとばりの中で、ひとりぽつんと座っていた。ネオンサインが丘の中腹を横切るようにひとつ、またひとつとともり、夜の闇に、琥珀《こはく》色の光がにじんで広がった。

4　ハロルドとホテルの客

ハロルド・フライは長身で、背中を丸めて人生を生きてきた。どこからともなく飛んでくる車のロービームに、あるいはくしゃくしゃに丸めた紙つぶてに、狙い撃ちされるのはまっぴらごめんというように。彼が生まれたその日、母親は腕に抱いたおくるみの中の彼を見て愕然《がくぜん》とした。当時、彼女はまだ若く、唇は牡丹《ぼたん》の蕾、そして夫は、戦前にはいい選択と思えたのに、戦後になるとひどい選択だったと思うようになった、そんな男だった。彼女はもともと、子どもなど欲しくもなければ必要もないと思っていた。そんな境遇だったから、生まれた子どもは、早いうちから、人生をうまくやっていくには目だたないのがいちばん、たとえいてもいないように見せるのがいちばん、という知恵を身につけた。それでも近所の子どもたちと遊ぶことはあった。いや、少なくとも遊ぶ子どもたちを端っこから見守っていた。学校に上がってからは、ちょっととろいのではないかと思われるくらい人目を引かないように心がけた。十六で家を出て、自立の道を歩きはじめた。そんなある夜、ダンスホールの向こう側

の壁近くにいたモーリーンと目が合って、狂おしく恋に落ちた。結婚したてのカップルがキングズブリッジに越してきたのは、そこにビール工場があったからだ。

ハロルドは営業部員として、四十五年間、まったく同じ仕事を続けてきた。同僚とは距離をおき、控えめに、ただし効率的に働いたが、昇進は求めず、人目につくことも求めなかった。同僚たちはセールスの旅を繰り返してやがて管理職になったが、ハロルドはそのどちらも求めなかった。味方をつくらず、敵もつくらず。定年退職をするときにも、彼自身の求めで歓送会は開かれずに終わった。管理部の女の子がどたんばで餞別《せんべつ》集めの募金箱を回したが、営業部員のなかにさえ彼のことをよく知る者はほとんどいなかった。そういえば、その昔、ハロルドのことでちょっとした噂を聞いたことがあるという者もいたが、噂の中身まで知る者はいなかった。というわけで、ある金曜日、ハロルドは仕事を終えると、無事勤め上げたことの証《あかし》として、『自動車でイギリスを旅する人のためのガイドブック《モータリスツ・ガイド・トゥ・グレイト・ブリテン》』の完全イラスト版と、酒類販売チェーン店〈スレッシャーズ〉の商品券だけを手に帰宅した。以来、ガイドブックは〝いちばんいい部屋〟に、見る者のいないアルバム類と並べてしまいこまれている。商品券は封筒に入ったままになっている。ハロルドは絶対禁酒主義者だから。

さしこむような空腹にぎくりとして目が覚めた。一夜のうちにマットレスがかちかちになり、いつもの場所から移動している。なじみのない光の筋がカーペットに伸びている。モーリーンのやつ、おれの寝室をどうしたのだ？　窓の位置がいつもと違うじゃないか。壁をどうしたのだ？　明るい色の壁紙に小枝模様が散っている。花まで咲いている。そこまで考えたところで、ふいに思い出した。そうだった、おれはいまロッディスウェルのすぐ北のホテルにいるんじゃないか。歩いてベリックに行く途中だったんだ。なにしろ、クウィーニーを死なせるわけにはいかないから。

計画が必ずしも綿密に詰められていないことは、おそらくハロルド自身が誰よりもよくわかっていたはずだ。そもそもウォーキングシューズもなければコンパスもない、地図や着替えさえ持っていない。なかでもいちばん計画不足なのはこの旅そのものだ。歩きはじめるまで歩こうなどとは思ってもいなかった。なに、綿密に詰められた要素なんて知ったことか。計画などありゃしない。デヴォンの道路のことなら知りすぎるほど知っている。そのあとはひたすら北をめざすとしよう。

ふたつの枕のかたちを整え、上体を起こしてベッドに座った。左肩が痛いが、それ以外はすっきりと爽やかだ。何年ぶりかで最高の眠りを楽しんだ。いつもなら、闇の中にいると決まっていくつかの絵が浮かび上がってくるのだが、昨夜《ゆうべ》はそれがなかった。上掛けのキルトは花柄のカーテンとおそろい。塗ってあったペンキを剥がしてアンティーク加工を施した松材の衣装だんすがひとつ、その下に彼のデッキシューズが並んでいる。正面の隅には洗面台、その上に鏡。シャツとネクタイとズボンは申し訳なさそうに小さくたたまれて、色あせたブルーのベルベットを張った椅子に載っている。

脳裏に一枚の絵が浮かび上がる。子ども時代を過ごした家、その家のいたるところに母親の衣類が散乱している。どこからそんな絵が浮かんできたのかはわからない。ちらりと窓に目を向けて、その記憶をぼやけさせてくれることを考えようとする。自分に問いかけてみる――クウィーニーはおれがこうして歩いていることを知っているのか？　たぶん、いまこの瞬間、彼女はそのことを考えているはずだ。

前日、ホスピスに電話をかけたあと、ハロルドはB３１９６号線の曲がりくねった上り坂を歩いた。方角をはっきり意識しながら、畑を、人家を、木立を通り過ぎ、エイヴォン川に架かる橋を渡った。車がはてしない列をなして追い越していった。だからといって、そのうちのどれひとつとしてほんとうの意味で彼の心に刻みこまれることはなかった。自分とベリックを隔てるもの（あるいは、こと）がひとつずつ減っている、という事実のほかには。規則的に休息をとっては呼吸を整えた。デッキシューズの紐を締めなおしたり、頭や顔の汗を拭いたりしなければならないことも何度かあった。〈ロッディスウェル・イン〉という名のパブの前を通りかかったときには、喉《のど》の渇きを癒《い》やすために足を止めた。パラボラアンテナのセールスマンと話をしたのはそこでのことだった。ハロルドから計画を打ち明けられたとたんにセールスマンはびっくり仰天、ハロルドの背中をぴしゃぴしゃたたきながら、パブにいた全員に向かって大声を張りあげた――おい、みんな、ちょっと聞いてくれよ。ハロルドがほんの手短に計画を説明すると(「イングランドを歩いて北上して、ベリックまで行くつもりだ」)、セールスマンが大音声を発した。「すばらしいよ、相棒」ハロルドはその言葉を胸に電話ボックスめがけて飛び出した。モーリーンに電話をかけるためだった。

モーリーンも同じことをいってくれればどんなによかっただろう。

「無理よ、そんなこと」とモーリーンはいった。ときどき彼女は、ハロルドの発しようとする言葉が舌先まで届きもしないうちに、自分の言葉でそれをすっぱりと断ち切ってしまうことがある。

モーリーンと電話で話したあと、ハロルドの足取りは重くなった。モーリーンが夫としての自分をどう思おうがそれを責めることはできない。だけど、ほかにいいようがあるだろうに。そうこうするうちに、小さなホテルにたどり着いた。シュロ椰子《やし》の木立が、海風から身を縮めるように、斜めに傾《かし》いで立っていた。中に入り、部屋は空いているかと声をかけた。むろん、独り寝には慣れている。だが、ホテルでの独り寝は初めてだ。ビール工場で働いていたころには、日が暮れるまでには必ず自宅に戻っていたから。目を閉じて横になるとほとんど同時に無意識の世界に滑りこんだ。

そして、いま、ベッドの布張りの頭板にもたれかかり、左膝を曲げて両手で足首をつかむと、できるだけ高く、ただしひっくり返らない程度に高く、引っぱり上げた。老眼鏡をかけてしげしげと点検した。爪先がぶよぶよして青白い。爪のまわりと中指の関節が少し痛むし、踵《かかと》の上のほうに靴ずれらしきものがひとつできかけている。だが、年齢や日ごろなんの鍛錬もしていないことを思えば、立派なものだ。右足も、同じくのろのろと、ただし丹念に点検した。

「悪くない」とハロルドはいった。

絆創膏《ばんそうこう》を二、三枚。朝食をたっぷり。それで準備オーケーだろう。頭の中で、看護師がクウィーニーに、あの人が歩いていますよ、あなたがしなければいけないのはたったひとつ、生きつづけることですよ、と言い聞かせているところを思い描いた。クウィーニーの顔が見える。目の前に彼女が座っているかのようだ。濃い色の目、きりりとした口元、きつくカールした黒髪。顔があまりにも鮮明に浮かび上がってくるので、自分がいまだにベッドにいる理由がわからなくなった。ベリックに行かなければ。両脚をマットレスから下ろして床に踵をつけた。

こむら返り。痛みが右のふくらはぎを駆け上がった。垂れた電線を踏んだときのような痛みだ。上掛けの下に脚を戻そうとしたが、痛みはかえってひどくなった。こういうときはどうすればいい？　爪先を伸ばすのか？　それとも、反らせるのか？　よたよたとベッドから下り、顔をしかめたり悲鳴をあげたりしながら、跳ねるようにカーペットの上を移動した。モーリーンのいうとおりだ。これじゃあ、ダートムアまで行ければ運がいいというものだ。

窓枠にしがみついて、目の下の道路をのぞいた。もうラッシュアワーが始まっていて、車がキングズブリッジめざしてびゅんびゅん走っている。フォスブリッジ・ロード13番地で朝食の支度をしているはずの妻を思い、帰ってはいけないだろうかと考えた。携帯電話を取りにいけばいい。身の回りのものを二つ三つバックパックに詰めよう。インターネットで〈ＡＡ〉の地図を調べ、ついでに歩くときに欠かせないものも注文しよう。退職記念にもらって一度も開いたことのないあのガイドブックに、役に立つ情報が出ているのでは？　とはいっても、どのルートを取るかを決めるには真剣に考えて、考えがまとまるまでの時間が要るが、いまはそんなことをしている余裕がない。それに、モーリーンのことだ、あなたは旅をやめるための口実を必死になって探しているだけよ、と本心を言い当てるにきまっている。彼女が助けてくれたり、激励の言葉をかけてくれたりするのを期待できる時代はとうの昔に終わっている。窓の外に見える空は青くはかない。いまにも掻き消えそうな空、ちぎれ雲が点々と浮かんでいる。シュロ椰子の梢が暖かな金色の光を浴びている。風にそよぐ枝が、おいでおいでと誘っている。

いまここで家に帰ったら、いや、地図を開いて調べたら、もうそれだけでベリックに行く気が失《う》せるだろう。ハロルドは急いで顔を洗い、シャツとネクタイをつけて、ベーコンのにおいをたどった。

食堂の前で足を止め、中に誰もいなければいいのだがなどと思いながらしばし逡《しゅん》巡《じゅん》した。相手がモーリーンなら、おたがいひとことも口をきかずに何時間でもやっていける。いくら口をきかなくても、彼女の存在は壁のようなもので、たとえあまり見なくても彼女がそこにいることがわかるのだ。ドアノブを握った。長年、ビール工場で働いてきたくせに、情けないことにいまだに部屋の中に知らない人が大勢いると思うと、もうそれだけで身がすくむ思いがする。

ドアを勢いよく開けた。いくつもの顔がいっせいに回ってハロルドを見つめた。その数があまりにも多すぎて、ドアノブに手が貼りついたように離れなくなった。若い家族が一組、カジュアルな服装だ。年配の女性ふたり組。どちらも灰色のドレスを着ている。ビジネスマンがひとり、新聞を手にしている。空いたテーブルがふたつ、そのうちのひとつは部屋の中央に、もうひとつは遠いほうの隅にある。その脇に、スタンドに載った羊歯《しだ》の鉢植えがひとつ。ハロルドは小さくひとつ咳をした。

「やあ、すばらしい朝で」とアイルランド訛りでハロルドはいった。なぜアイルランド訛りなのか、彼にもわからない。彼にはアイルランドの血は一滴たりとも流れていない。かつてのボス、ミスター・ネイピアならそんな言い方をしたかもしれない。彼の場合もやはりアイルランドの血など一滴も流れていないのだが、人を小ばかにした物言いが好きな男だったから。

食堂の客たちは、まさにそのとおりと相づちを打ち、またそれぞれのイングリッシュ・ブレックファストを食べはじめた。このまま突っ立っていたら目立つばかりだと思いながら、ハロルドは進退きわまっていた。誰にも勧められないのに勝手に席に着くのは不作法だろうと思ったからだ。

黒いスカートとブラウスの女が、スウィングドアから飛び出してきた。ドアの上にはラミネート加工の表示板が見える――いわく〝厨房《ちゅうぼう》。関係者以外の立ち入りお断り〟。女は鳶《とび》色の髪をうまい具合にふくらませている。女にはそういうことができるのだ。そういえば、モーリーンは髪をブロウドライで整えるようなタイプではない。

「おしゃれにかける時間なんてあるもんですか」と彼女ならいうだろう。それも、押し殺した声で。黒いスカートとブラウスのウェイトレスが、ふたり組の灰色の老女にポーチドエッグを運んでから口を開いた。「フルブレックファストにしますか、フライさん？」

刺すような屈辱感とともに、ハロルドは思い出した。そうだ、彼女は、昨夜《ゆうべ》、部屋に案内してくれたあの女じゃないか。ひどい疲れと高揚感で、歩いてベリックに行くところだ、などとつい口走ってしまったあの女だ。忘れてくれていればいいのだが。「ああ、そうしてもらおう」と答えはしたが、ウェイトレスの顔を見ることさえできなかったし、口を突いて出た言葉はかすかに震えていた。

ウェイトレスは部屋の中央のテーブルを指さした。できれば避けたいと思っていたテーブルだ。ハロルドは仕方なくそのテーブルに向かったが、その途中でさきほど階段を下りるあいだじゅうずっとつきまとっていた妙に酸っぱいにおいが、じつは自分のにおいだったことに気づかされた。自分の部屋に駆け戻り、身体じゅうを磨きたてたくなったが、それは不作法というものだろう。ウェイトレスに座れといわれて、まさにそうしようとしているいまはとくに。「紅茶？　コーヒー？」とウェイトレス。

「ああ、そうしてもらおう」

「両方ですか？」とウェイトレス。そして、辛抱強い目でハロルドを見つめた。これで、心配しなければならないことが三つに増えた、とハロルドは思った。たとえ彼女がこのにおいに気づいていないとしても、あるいはベリックまで歩いていくといったことを憶えていないとしても、それでも彼女に呆《ぼ》けていると思われるかもしれない。

「紅茶にしてもらえると大変ありがたい」とハロルド。

ありがたいことに、ウェイトレスはこくんとひとつうなずいて、スウィングドアの向こうに消えた。つかのま、食堂内が静まりかえった。ハロルドはネクタイを直し、両手を膝に置いた。じっと動かずにいれば、においは消えてくれるかもしれないと思いながら。

ふたりの灰色の老女がなにやら天候のことを話しはじめた。だが、ハロルドには、ふたりが自分の連れに向かって話しているのか、それとも食堂にいる全員に向かって話しているのかがわからなかった。知らん顔をして不作法なことはしたくないが、だからといって他人《ひと》の話に聞き耳を立てているように思われるのも不本意だ。だから、いかにも取りこみ中のふりをした。テーブル上の注意書きに目を凝らした。〝禁煙〟と書いてある。つぎに、窓ガラスに貼られた注意書きを読んだ。〝携帯電話のご使用はご遠慮ください〟過去にいったいどういうことがあって、このホテルのオーナーはこんなにあれこれと禁止事項を並べ立てているのだろう？

ウェイトレスがティーポットとミルクを手に戻ってきた。注ぐのは彼女にまかせた。

「少なくとも、あのことをするにはいい日ですね」とウェイトレスがいった。

やっぱり、憶えていたのだ。ハロルドはカップに口をつけたが、紅茶が熱すぎて舌を火傷《やけど》した。ウェイトレスは依然として彼のそばを離れようとしなかった。

「よくそういうことをするんですか?」とウェイトレス。

ハロルドは食堂を覆う張りつめた静けさに気づかされた。静かすぎてウェイトレスの声が増幅されて聞こえる。一瞬、顔を上げてほかの客に目を向けたが、身動きする者はいなかった。鉢植えの羊歯までもが息をひそめているようだ。ハロルドは小さく頭を振った。ウェイトレスのやつ、早くほかの客のところに行けばいいのにと思ったが、客はみな何もしないでただひたすらこちらを見つめているような気がする。そういえば、子どものころ、彼は人目を引くことが怖くてたまらなかった。だから、影のようにこそこそ動く癖が身についた。おかげで、母親が口紅をつけるのを、あるいは旅行雑誌を見つめるのを、そばにいることさえ気づかれずに見守れるようになったくらいだ。

ウェイトレスがまたいった。「たまにはばかなこともできるようでなきゃ、世の中、希望ないですよね」そういうと、軽くハロルドの肩を叩いて、やっと禁断のスウィングドアの向こうに退却してくれた。

とうとう注目の的になってしまった、とハロルドは思った。別に誰かにそういわれたわけでもなかったのに。ただティーカップを下ろすだけでも、誰か他人がしていることのように思えて、カップが受け皿に当たる音にまでぎくりとする始末だ。しかも、そのあいだにも、何が原因かは知らないが、例の酸っぱいにおいはますますひどくなっていた。前夜、蛇口の下で靴下を洗うことを思いつかなかった自分を叱りつけた。モーリーンなら思いついたはずなのに。

「お気を悪くなさらないで聞いていただきたいんですが」と灰色の老女の一方がふいに声を張り上げた。「さっきからずっと考えてましたのよ、わたくしたち、あなたは何をなさろうとしておいでなのか、って」

老女は背が高く、優雅で、どうやらハロルドよりも年上、柔らかなブラウスを着て、白髪をピンで留め、ひとつにまとめて編んでいた。ハロルドはふと思った。クウィーニーの髪ももう真っ白になっているのだろうか？　この女性のように髪を伸ばしているだろうか？　それとも、モーリーンのようにショートカットにしているのか？

「ずいぶん不躾《ぶしつけ》なことをお訊きしましたかしら？」と灰色の老女。

そんなことはない、とハロルドは請け合ったが、恐ろしいことに食堂全体がまたしてもしんと静まりかえっていた。

もう一方の老女は連れよりもずっとふくよかで、ラウンドパールのネックレスをつけていた。「わたくしたち、つい他人様《ひとさま》のお話に聴き入ってしまう悪い癖がありましてね」といって、老女は笑った。

「ほんとは、いけないことですのにね」と誰にともなくふたりはいった。ふたりとも、モーリーンの母親と同じ、カットグラスのようなひんやりと歯切れのよいアクセントの持ち主だった。ふと気づくと、ハロルドはいつしか目を細めて母音を聞き取ろうとしていた。

「わたくしは熱気球だと思うわ」と一方がいった。

「わたくしはワイルドスイムだと思うけど」ともう一方が応じた。自然のなかでハイキングなどをしながら、たまたま出くわしたきれいな流れや泉で泳ぎを楽しむことを、どうやらワイルドスイムというらしい。

全員が心待ち顔でハロルドを見つめた。ハロルドは大きく息をついた。もし彼が自分の発音を充分に耳にするチャンスがあるなら、たぶん、これはどうにかしなければ、という気になるだろう。

「歩くんです」とハロルドはいった。「ベリック・アポン・ツイードまで歩いていくんです」

「ベリック・アポン・ツイード？」と背の高いほうの老女がいった。

「八百キロくらいあるでしょうに」ともう一方がいった。

ハロルドには見当もつかなかった。M5号線を避けるつもりなら、たぶんもっとあるでしょうね」そして、ティーカップに手を伸ばし、取り上げそこねた。

「え」と相づちを打った。「ただ、あえてそんな計算はせずにいたからだ。「え

隅のテーブルにいた家族連れの男がちらりとビジネスマンに目をやり、口元をゆが

めてにやりと歯を見せた。見なければよかった、とハロルドは思った。でも、見てしまった。彼らの思うとおりなのだ、当然だ。自分はどうかしている。老人は世間から身を引いて、家でおとなしくしていればいいのだ。

「長いことトレーニングをなさいましたの？」と長身の老女がいった。

ビジネスマンが新聞をたたみ、身を乗り出して返事を待った。嘘をついてもいいだろうかとハロルドは思ったが、そんなことをするつもりがないのはわかっていた。灰色の老女たちのやさしさが、なぜか自分の憐《あわ》れさをいっそう際立たせていることもわかっていた。だから、いまや彼は確信を持つのではなく、屈辱しか感じられなくなっていた。

「歩くのが好きというわけじゃないんですよ。どちらかというと、一時の勢いで決めてしまいましてね。ある女性のためにどうしてもしなきゃいけないことなんです。彼女、がんでして」

ほかの顔がいっせいにハロルドを見つめた。彼がいきなり外国語でしゃべりはじめたというように。

「宗教的な意味をこめてお歩きになるということ？」ふくよかな老女が助け船でも出すかのように口を開いた。「巡礼の旅とか？」

そして、連れのほうを向いた。連れが静かな声で『雄々しく闘うその人よ』を歌いはじめた。ジョン・バニヤンの『天路歴程』の一節に曲をつけた聖歌だ。歌声は清らかに揺るぎなく高まり、老女の細い顔がピンクに染まった。またしてもハロルドは、彼女がその場にいる全員のために歌っているのか、それともふくよかな連れのために歌っているのかがわからなくなった。それでも、歌を遮るのは不作法に思えた。長身の老女はふいに口をつぐんでにっこりとほほえんだ。ハロルドもほほえんだ。どんな言葉をかければいいか見当がつかなかったからだ。

「それで、その女性はあなたが歩いてるのを知ってるんですね？」と、隅のテーブルの家族連れの男がいった。半袖のアロハシャツ姿、胸と腕にはもじゃもじゃの黒い毛が渦巻いていた。男は悠然と椅子の背にもたれ、椅子の後ろ脚を支点に前後に揺れている。そういえば、デイヴィッドがよくそんなことをしてモーリーンに叱られていたものだ。男の疑念が食堂全体に広がっていた。

「電話で伝言を頼んだ。手紙も出した」

「それだけ？」

「時間があんまりなくてそれ以上のことはできなかった」

ビジネスマンが冷ややかな顔でハロルドを見据えた。彼もまたハロルドの心の内を見透かしているのは明らかだった。

「その昔、ふたりの若者がインドを出発しました」とふくよかな老女が口を開いた。

「一九六八年の平和の行進です。ふたりは四つの核大国に行きました。それぞれの国の最高権力者とお茶を飲んで、万が一あなたがたが核のボタンを押す瀬戸際に追いこまれたら、まずお茶でも淹《い》れてじっくり考えていただきたい、と頼んだのです」長身の連れが楽しげにうなずいた。

食堂内は暑くてむっとしているような気がして、ハロルドは新鮮な空気に飢えていた。ネクタイをなで下ろし、自分に自信を持とうとしたが、そんな柄ではないという気がしてならなかった。「ばかに背の高い子だねえ」とその昔メイおばさんがハロルドを見ていったことがある。その気さえあれば直せることのような言い方で。たとえば水漏れのする蛇口のように。みんなの前で歩いているなんていわなきゃよかった、とハロルドは思った。宗教の話なんか持ち出してくれなきゃよかったのに。他人が神を信じることに文句をつけるつもりはないが、宗教のことなんか持ち出されると、みんなはルールを知っているのに、自分だけ何も知らないところに連れていかれたような気になる。ハロルドとて、一度は神を信じようとしたことがある。でも、結局、救いは得られなかった。なのに、いま、ふたりのやさしい老女が仏教徒と世界平和の話をしている。でも、それはこちらにはまるで関係のないこと、おれはただの定年退職男で、手紙を出そうとして家を出てきただけだ、とハロルドは思った。

ハロルドはいった。「ずっと昔、その女性はわたしと同じ会社に勤めてましてね。

わたしの仕事は系列のパブの経営がうまくいっているかどうかを確かめることでした。彼女は経理部にいました。ときどきふたりでパブ回りをすることがあって、そういうときにはわたしが彼女を車に乗せていったんです」心臓の鼓動が激しすぎて吐き気がした。「彼女がわたしのためにあることをしてくれた、その彼女がいま死にかけている。彼女には死んでもらいたくない。生きつづけてもらいたいんですよ」

赤裸々な自分の告白にハロルドはわれながら仰天した。赤裸《あかはだか》なのは告白ではなく自分自身だ、という気になった。膝に目を落とした。食堂全体がまたしても静まりかえっている。クウィーニーを意識に呼び出してしまったいまはもう、そのイメージがいつまでも消えずにいてほしい、とハロルドは思った。そのくせ、同時に、その場の全員がうさんくさげな目で自分を見つめているのを痛いほど意識していたので、クウィーニーの記憶はするりと消えていった。遠い昔、実際のクウィーニーがそうであったように。一瞬、ハロルドの脳裏に、クウィーニーのデスクの空っぽの椅子と、その横に立って待っていた自分の姿、クウィーニーが辞めてもう戻ってこないことを信じられずにいた自分の姿がよみがえった。もはや空腹は感じなかった。新鮮な空気を求めて食堂を出ようとしたまさにそのとき、ウェイトレスが厨房から飛び出してきた。フルイングリッシュ・ブレックファストを持っていた。だから、食べられるだけ食べようとしたが、たいした量は食べられなかった。スライスベーコンとソーセージを細かく切って、きちんと並べたナイフとフォークの下に隠した。その昔、デイヴィッドがしていたように。そして、そのまま食堂をあとにした。

部屋に戻ると、モーリーンならするだろうと思えるやり方でシーツと花柄のキルトの皺を伸ばした。全身を洗いたかった。洗面台の前に立ち、髪を濡らして片側になでつけ、人差し指で歯にこびりついた食べ物のかけらを拭《ぬぐ》い取った。鏡の中の顔に父親の面影を見つけた。青い目の色だけでなく、いつも下唇の内側に何かをしまいこんでいるようにかすかに突き出た口元にも、かつては前髪が垂れていた広い額にも、父親の面影があった。もう少しだけ顔を近づけて鏡をのぞき、きっとあるはずだと思いながら母の面影を探したが、母は背の高さ以外に何ひとつ痕跡を残していなかった。

おれは老人だ。歩き慣れているわけでもない。まして巡礼者なんかであるはずがない。いったい誰をだまそうとしてこんなことをしているのだ、とハロルドは思った。大人になってからの長い年月、限られた空間に座って過ごしてきただけじゃないか。皮膚はたるみ、百万のモザイクタイルみたいに腱や骨を包んでいる。クウィーニーとのあいだを隔てる長い長い距離、あなたなんてせいぜい車のところまでしか歩いたことがないじゃないのというモーリーンの嫌みな言葉。アロハシャツ男の小ばかにしたような笑い声、ビジネスマンのうさんくさげな顔。そのとおりだ。おれはそもそもエクササイズのエの字も知らない。英国陸地測量部の地図も知らなければ、視界の開けた田園風景さえ知らない。宿代を払って、帰りのバスに乗ろう。ハロルドは部屋のドアを音もたてずに閉めた。まだ始めてもいない何ものかに別れを告げるような気分だった。こっそりと階段を下りてフロントに向かった。デッキシューズが音さえたてずにカーペットの上を進んだ。

ハロルドが財布を尻ポケットに戻そうとしたちょうどそのとき、食堂のドアが勢いよく開いてあのウェイトレスが飛び出してきた。あとに灰色の老女ふたりとビジネスマンがつづいた。

「もう行っちゃったんじゃないかって心配しちゃった」といいながら、ウェイトレスは赤毛をなでつけ、かすかに息を切らしていた。

「いい旅を、って申し上げたかったんですのよ」とふくよかな老女が声を張りあげた。

「ご成功を心から祈ってますよ」と長身の老女がつづけた。

ビジネスマンはハロルドの手に名刺を押しつけた。「もしヘクサムにたどり着いたら、わたしを探してくださいよ」

みんながハロルドのことを信じていた。デッキシューズを履いた彼を目にし、その話を聞いて、心と頭ではわかりきっているはずの事実を無視し、もっと大きな何か、わかりきった結果よりも無限大に美しい何かを思い描くことに決めたのだ。自分に疑いを持ったことを思い出して、ハロルドはわが身を恥じた。「それは大変ご親切に」と低い声でいった。全員と握手し、全員に感謝した。ウェイトレスが顔をさっと近づけ、彼の耳の上あたりの空気にキスをした。

ハロルドが背を向けて出てゆこうとしたそのとき、ビジネスマンがふふんと鼻を鳴らした、あるいはしかめ面さえしてみせた。食堂からけたたましい笑い声がして、そのあとに抑えつけたくすくす笑いがつづいたような気もする。それでも、ハロルドはそれをくよくよ考えたりはしなかった。感謝の気持ちのほうが大きかったから、笑い声を聞いて自分も一緒に笑い声をあげた。「ヘクサムで会いましょう」と約束し、大きく腕を振りながら大きな歩幅で道路に向かった。

白目《しろめ》色《いろ》の海が背後に退き、前方にベリックにつづく広い大地が横たわっていた。ベリックに着けば、また海に出合えるはずだ。ハロルドは歩きはじめた。歩きながら、彼には早くも旅の終わりが見えていた。

5　ハロルドとバーの経営者と食べ物を恵んでくれた女性

申し分のない春の日だった。空気は柔らかくて甘く、空は高くて鮮烈な青さだった。最後にフォスブリッジ・ロード13番地のメッシュカーテンを透かして外をのぞいたときには、木立も生け垣もスカイラインを背景に黒々とした骨や棒にしか見えなかった。ところが、いまこうして外の世界を自分の足で歩いていると、目の向かうところすべて――畑も、庭も、野原も、木立も、生け垣も、すべてに新しい命がはじけている。頭上では、着生植物の若葉が木の枝にしがみついて天蓋をかたちづくっている。目の覚めるような黄色の雲はレンギョウの花。地をはっているのは紫ナズナ。柳の若芽が銀色の噴水となって震えている。この春最初のジャガイモの芽が大地を割って顔を出し、グズベリーとスグリの繁みは早くも小さな蕾《つぼみ》をつけて、モーリーンがその昔よくつけていたイヤリングを思い出させる。あふれんばかりの新しい命、ハロルドはそれにめまいさえ覚えた。

ホテルは背後に遠ざかり、路上にはほとんど車が走っていない。ハロルドはふとわ

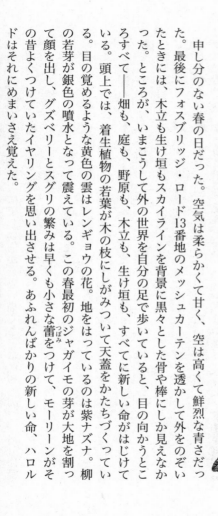

が身の無防備さを意識した。ひとりきりで、携帯電話さえ持っていない。もしここで倒れたら、あるいは誰かが繁みの中から飛び出してきたら、悲鳴を聞きつけてくれる者はいるのだろうか？　そう思ったまさにそのとき、ぴしりと枝の折れる音がして、ハロルドはあわてて駆けだした。ややあって、振り返った。心臓が狂ったように打っている。木の中で、一羽の鳩が体勢を立て直そうとしているのが見えた。だが、やがて時が過ぎ、自分なりのリズムが見つかったころ、ハロルドの中に何か確信のようなものが生まれはじめていた。足の下でイングランドが開けている。自由の感触、未知の世界に分け入る感触に胸が躍り、思わず知らず笑みがこぼれる。ハロルドはいまこの世界にひとりきり、邪魔をするものは何もなく、芝刈りをしろと迫る者もいない。

道の左右につづく生け垣の向こうで、大地が大きく落ちこんでいる。ささやかな森の木々は、風に吹かれて庇《ひさし》のように一方に突き出している。十代のころ、毎日、ポマードで前髪を固めて庇のようにしていたことを思い出す。

このまま北上してサウス・ブレントに向かい、そこでこぢんまりした宿を探そう。サウス・ブレントからは、A38号線でエクセターをめざそう。どれくらいの距離があるのか正確には思い出せないが、昔は車で一時間二十分、快適なドライブを楽しんだものだ。一車線道路を選んで歩いたが、左右の生け垣は分厚くて高く、塹壕《ざんごう》の中でも歩いているような気がした。驚いたことに、自分が乗っていないときの車というのは、なんとまあ猛スピードで怒りにまかせて走っているように見えるものか。防水ジャケットを脱いで腕に掛けた。

この道はクウィーニーを乗せて何度となく走ったことがあるはずだ。なのに、景色のことはまるで記憶に残っていない。たぶん、あのころは、その日の予定をこなすことと目的地に時間どおりに着くことに精いっぱいで、車の外の世界など、緑一色の流れか、ひとつの丘の背景幕としか見えていなかったにちがいない。けれども、いま、こうして自分の足で歩いていると、人生はこれまでとはまったく違うものに見えてくる。土手の隙間からのぞく大地はゆるやかに起伏し、やがて市松模様の畑地に変わり、それぞれの境界に生け垣や木立が並んでいる。ハロルドは思わず足を止めて目を凝らした。緑にもたくさんの色合いがあることを知って、自分の知識の足りなさをいまさらのように思い知らされた。限りなく黒に近いベルベットの質感の緑色もあれば、黄色に近い緑色もある。遠くで、太陽の光が通りすぎる車をとらえた。たぶん、窓にでも当たったのだろう。反射した光が流れ星のように震えながら丘陵地を横切った。どうしてこれまでに一度もこういうことに気づかなかったのだ？　淡い色の、名前を知らない草花が生け垣の根元を埋めつくしている。サクラソウやスミレも咲いている。遠い昔、クウィーニーは車の助手席側の窓からこういうものを見ていたのだろうか？

「この車、お砂糖のにおいがするわ」といいながら、モーリーンが鼻をひくひくさせたことがある。「スミレの砂糖漬けのにおいね」以来、ハロルドは、夜、家に帰るときには車の窓を開けたまま走るようになったものだ。

ベリックに着いたら、花束を買おう。大股でホスピスに入ってゆくおれ自身と、陽の降り注ぐ窓辺でゆったりした椅子に座り、おれの到着を待つクウィーニーの姿がまぶたに浮かぶ。看護スタッフは仕事の手を休めて通りかかるおれを見守り、患者たちは歓迎の言葉をかけるはずだ。たぶん、拍手だってするだろう。なんといっても、おれははるかな道のりを歩いてきたのだ。そして、クウィーニーは彼女らしいあの穏かな声で笑うだろう。花束を受け取りながら。

その昔、モーリーンはよくワンピースのボタンホールに、花をつけた小枝や秋の木の葉を挿していたものだ。あれはたしか結婚直後のことだった。ワンピースにボタンホールがないときには、耳の上に挿すこともあった。そんなときには髪に花弁がはらはらとこぼれ落ちたものだ。ちょっとおかしくないか。もう長いことそんなこと思い出しもしなかったのに。

車が一台、スピードを落として停止した。停まった位置が近すぎて、ハロルドはたまらずイラクサの繁みにへばりついた。車の窓が下りた。けたたましい音楽が流れ出したが、ドライバーの顔は見えなかった。「カノジョに会いにいくのかい、じいさん？」ハロルドは両手の親指を上げ、車が走り去るのを待った。イラクサの棘《とげ》に刺されたところがひりひり痛んだ。

ハロルドは歩いた。片足をもう一方の足の前に置いて。自分の歩みののろさを受け入れたいまでは、歩く距離そのものに喜びを感じるようになっている。はるか前方に見える地平線は、青い絵の具の一筆にすぎない。水のように淡く、それを断ち切る家並みもなければ木立も見えない。それでも、ときおり線がぼやけて溶けあい、大地と空が同じ何かのおそろいの半分同士に見えることがある。ワンボックスカーが二台、鼻と鼻をつき合わせて停まっている横を通り過ぎた。ドライバー同士がどちらがすれ違い地点まで戻るかをめぐって言い争っている。ハロルドの身体が食べ物を求めて悲鳴をあげる。あまり食べずにきてしまった朝食のことを思って胃袋がよじれた。

カリフォルニア・クロスの交差点で足を止め、早めの昼食をとるためにパブに入ると、バスケットからチーズサンドイッチを二切れ取りだした。漆喰の粉にまみれた男が三人——まるでお化けだ——、改造中の家のことでなにやら話し合っている。ほかにもビールを楽しむ客が二、三人、グラスから顔を上げてちらりとハロルドに目を向ける。だが、ビール工場時代にこのあたりを担当したことは一度もない。だから、ありがたいことに見知った顔はひとつもないはずだ。サンドイッチとレモネードを手に戸口に向かい、戸口を出たとたんに強烈な日差しの一撃を食らって目をしばたたいた。グラスを口元に近づけると、早くも口の中に唾がわきあがった。サンドイッチにかじりついたときには、チーズの豊かな風味とパンの甘さが舌の味蕾《みらい》を猛然と目覚めさせた。食べ物に触れたのはこれが初めて、といわんばかりの目覚め方だった。

子どものころのハロルドは、音をたてずにものを噛む努力をしていた。父親がくちゃくちゃと噛む音を嫌ったからだ。父は、ときとして、何もいわずに、耳をふさぎ目を閉じるだけのこともあった。頭痛の原因はおまえだといわんばかりに。あるいは、うすぎたない乞食が、と怒鳴りつけることもあった。そんなとき、母親は「あんたにいわれたくないね」と怒鳴り返して煙草をもみ消したものだ。ありゃ、神経のせいだよ、という隣人の声を聞いたこともある。戦争のせいでみんなおかしくなっちまったのさ、という声を。そんな父でも、ときには、父さんにさわってみたい、父さんのすぐ横に立って大人に肩を抱かれるのはどんなものかを知りたい、と思うこともあった。ぼくが生まれる前に何があったの？　父さんがグラスを取り上げようとすると手が震えるのはどうして？　と訊いてみたかった。

「あのガキ、おれをにらんでやがる」父親はたまにそういった。母親はハロルドの手を払いのけた。邪険にというほどではなく、蠅《はえ》でも払うような調子で。そして、いった。「やめてよね、ハロルド、外で遊んどいで」

そんなふうに記憶がつぎつぎによみがえってくるとは思いもよらないことだった。

たぶん、こうして歩いているせいだ。車を捨てて、自分の足で歩いてみると、景色以上のことが見えてくるのだろう。

太陽の光が、温かい液体のように、ハロルドの頭と両手に降り注いだ。テーブルの下で彼は靴と靴下をそっと脱いだ。ここならば誰にも見られないし、においにも気づかれないだろうと思ったからだ。そして、足の状態を確かめた。爪先は湿って猛々《たけだけ》しい赤。踵の、靴に当たる部分が赤くなっている。靴ずれはまだ固い繭《まゆ》の形だ。土踏まずを柔らかい草にこすりつけて目を閉じた。疲れた。だが、眠るわけにはいかない。長く休みすぎると、先をつづけるのがむずかしくなるだろう。

「楽しみがつづくあいだは楽しむことだ」

ハロルドは振り返った。誰か知り合いでもいたかと不安だった。だが、そこにいたのはパブの経営者だった。太陽の光が部分的にさえぎられている。経営者もハロルドに負けない長身だが、横幅はもっと広い。ラグビーシャツに長めの半ズボン、足にはモーリーンのいう〝コーンウォールの練り菓子みたいな〟サンダルを履いている。ハロルドはあわててデッキシューズに足を突っこんだ。

「邪魔をするつもりはないんだ」と経営者は、やや大きめの声で、身動きせずにいった。ハロルドの経験によれば、パブの経営者という人種は、たとえ店内が静まりかえっていても、客は会話を楽しんでいる、しかもそれはとてつもなく楽しい会話だというふりをするのが自分の責任だと思っていることが多い。「天気がいいと、人間、何かしたくなるもんさ。たとえばうちのカミさんだ。太陽が顔を出したと思ったら、とたんに厨房の戸棚の中身を何もかも取りだして掃除をはじめるからな」

モーリーンは一年じゅう掃除をしているように見える。家はひとりでにきれいになってくれないもの、とつぶやくのが癖だ。ときには、いまきれいにしたばかりのものをまたきれいにすることもある。家に住んでいる気がしない。床や家具の表面に浮かんでいなければならない気がする。でも、ハロルドはそうはいわない。心の中で思うだけだ。

「見ない顔だなあ」とパブの経営者。「旅の人かい?」

たまたま通りかかっただけだ、とハロルドは説明した。半年前に定年で辞めたんでね、ビール工場を。わたしは古い人間だから、毎朝、車で営業に出たもんですよ。いまみたいなハイテクはなかったんでね、と。

「じゃあ、あんた、ネイピアを知ってるな?」

不意打ちだった。咳払いをひとつしてから、ハロルドは口を開いた。ネイピアはたしかに上司だった、だが、五年前に自動車事故で死んだ、と。

「死人を悪くいっちゃいけないのはわかってるが」と経営者。「だけど、ありゃひどい男だった。一度、あいつが人を半殺しの目に遭わせるのを見たことがある。みんなで、やつを引き離すはめになったよ」

はらわたがねじれるのがわかった。ネイピアのことは話さないほうがいいだろう。だから、クウィーニー宛の手紙を持って家を出たことを説明した。説明はしたが、それでは充分でないことに気がついた。だから、経営者に指摘されるまでもなく、携帯電話もウォーキングシューズも地図も持っていないことを告白し、おそらくはばかげたことをしているように見えるだろうことを認めた。

「あんまり聞かない名前だなあ、クウィーニーってのは」と経営者。「古風な名前だ」ハロルドはそれに相づちを打ち、そのとおり、クウィーニーは古風な女性だった、と応じた。物静かで、いつも茶色いウールのスーツを着ていた、夏だってそうだった、と。

経営者は腕を組み、それをぶよぶよの三段腹の上に置くと、両足を広げて〝休め〟の姿勢になった。これからちょっと話しておきたいことがある、少し長くなるかもしれないからそのつもりで、といわれているような気がした。話しておきたいこととというのが、デヴォンからベリック・アポン・ツイードまでの距離のことでなければいいが、とハロルドは思った。「じつは、昔、知り合いの娘がいてなあ。かわいい娘だった。ターンブリッジ・ウェルズに住んでたんだ。じつのところ、その娘はおれの初キスの相手で、それ以上のこともちょこっとさせてくれた。なんのことだかわかるよな。いま思えば、あの娘はおれのためならなんだってする気でいたんだろうな。けど、おれはそれに気づかなかった。なにせ、頭は仕事のことでいっぱい、出世のことしか考えてなかったんでね。それからほんの二、三年後だったかな、結婚式に招《よ》ばれて行ってみてはじめて気づいたんだ、彼女と結婚する男はとんでもない果報者だってことにね」

わたしはクウィーニーに恋したことはない、いまおたくがいったような意味で恋したことは一度もないといったほうがいい、とハロルドは思った。だが、同時に、相手の話の腰を折るのも不作法な気がした。

「心はぼろぼろさ。それ以来、飲みはじめた。あとはもうめちゃくちゃだ。わかるだろ？」

ハロルドはうなずいた。

「結局、ムショ暮らしが六年さ。女房は笑うけど、そのおれが、近ごろじゃ、工作なんかやってるよ。テーブルに飾るやつをね。ネットで安物の飾りやバスケットなんかを手に入れて作るんだ。実際の話」と、そこまでいって経営者は指で耳をほじくった。「人間、誰にだって過去はある。ああすればよかった、あんなことしなきゃよかった、と思うことがあるもんさ。幸運を祈るよ。その女性が見つかるといいな」経営者は耳から指を引き抜き、顔をしかめてその指をしげしげと見つめた。「運がよきや、きょうの午後には目的地に着けるだろうよ」

経営者の誤解を正してみても意味がない。他人にこの旅の本質を、それどころかベリック・アポン・ツイードの正確な位置さえ理解してもらえるとは思えない。ハロルドは経営者に礼をいって、また歩きはじめた。自分たちが車で走った距離を記録するために、クウィーニーがハンドバッグにいつも手帳を入れていたことを思い出した。彼女は嘘をつくような女性ではない。少なくとも、意図的な嘘をつくような人間ではない。胸に去来する罪悪感がハロルドを前へ前へと進ませた。

　午後のあいだに、靴ずれが痛みはじめた。デッキシューズの先端に爪先を押しつけ、踵に革の縁が当たらないように歩くと、具合がいいことに気がついた。クウィーニーのことは頭から消えていた。モーリーンのことも消えていた。道路脇の生け垣も、地平線も、通りすぎる車も目に入っていなかった。ハロルドはいまや全身これ言葉。あなたは死なない《ユー・ウィル・ノット・ダイ》という言葉そのものだった。そして、それは彼の足そのものでもあった。まれに、単語が本来とは違う順序で浮かぶのに気づいてぎょっとすることもあった。それが頭の中でご詠歌のように繰り返されていた——ダイ・ユー・ノット・ウィル・ノット、ノット・ウィル・ユー・ダイ、あるいはもっと単純にノット・ノット・ノット。頭上に広がる空は、クウィーニー・ヘネシーの上に広がる空と同じ、そしてハロルドの確信はしだいしだいに強まっていた――クウィーニーはおれがしていることを知っていて、待っていてくれる。おれは必ずベリックにたどり着く。いますべきことは、片足をもう一方の足の前に置くことだけ。その単純さが喜ばしい。このまま前進をつづければ、間違いなく、目的地にたどり着ける。

田園は静かに横たわり、静けさを破るのはざわざわと木の葉を鳴らしながら疾走する車だけだった。そんな物音を聞きながら、ハロルドはもうほとんど確信していた。また海が近くなったのだ。ふと気づけば、彼はいま自分が知らず知らずのうちに呼び出していたある記憶をたどっている。

デイヴィッドが六歳のある日、一家で出かけたバンタム・ビーチで、彼が沖に向かって泳ぎだしてしまったことがある。それに気づいたモーリーンが大声をあげた。「デイヴィッド！　戻ってらっしゃい！　すぐに戻るの！」彼女が必死で叫べば叫ぶほど、デイヴィッドの頭は小さくなった。ハロルドもモーリーンを追って波打ち際に駆けつけると、そこで足を止めて靴紐をほどきはじめた。彼が足を靴から引き抜こうとしたまさにそのとき、ひとりの海難救助員がそばを駆け抜けていった。走り出してから気づいたのか、救助員はTシャツをむしり取るように脱いでうしろに投げ捨てると、そのまま波を掻き分けて腰の深さまで進み、そこでざんぶと身を躍らせた。そして、そのまま抜き手を切ってデイヴィッドのそばに泳ぎ着き、小さな身体を抱えて砂浜に戻ってきた。デイヴィッドのあばら骨が広げた手の指のように浮き出し、唇は紫色に変わっていた。「ラッキーでしたよ」と救助員はいった。その言葉はモーリーンに、そう、父親のハロルドではなく、モーリーンに、向けられていた。ハロルドは一歩、二歩引き下がった。「あそこは潮の流れが速いんですよ」救助員の白いズックの靴が陽の光を浴びて濡れた輝きを放っていた。

モーリーンはけっして口に出してはいわなかった。それでも、ハロルドには彼女が考えていることがよくわかった。ハロルド自身が同じことを考えていたからだ。なんで足を止めて靴紐をほどいたりしたんだ？　たったひとりのわが子が溺《おぼ》れかけていたのに？

後年、ハロルドはデイヴィッドに問いかけた。「なんで泳ぎつづけたんだ？　あの日、バンタム・ビーチで？　父さんたちの声が聞こえなかったのか？」

そのときデイヴィッドはたしか十代のはじめだった。ハロルドにそう問われて彼は見つめ返した。あの美しい茶色の、半分子どもで半分大人の目で。そして、肩をすくめた。「わかんない。あのころすでにくそみたいな人間だったんだろ。あのままでいるほうが戻ってくるより楽そうな気がしたんだろ」くそなんて言葉は使わないほうがいい、とくにお母さんに聞こえるところでは、とハロルドはたしなめたが、デイヴィッドはたしかこんなようなことをいった――うるせえ。

なぜそんな思い出がよみがえってくるのだろう、とハロルドは思った。たったひとりの息子が波を切って海へ逃げ出し、何年かのちに父親に向かって、うるせえ、と毒づく。そのときの情景が完全なかたちでよみがえってきたのだ。まるで同じ瞬間を構成するジグソーパズルのふたつのパーツのように——そのひとつは、雨が降るように光の点々が降り注ぐ海面。もうひとつは、射るようにハロルドを見据えるデイヴィッドの強烈なまなざし。ハロルドはあれ以来ずっと恐れてきた。真実はこうなのではないか——あのとき靴紐をほどいたのは、自分には息子を救う力がないという不安に怯《おび》えていたからではないのか。しかも、それだけでなく、全員がそのことを知っていた。ハロルド自身も、モーリーンも、海難救助員も、デイヴィッドまでもが。ハロルドは重い足を無理やり前に押し出した。

よみがえってくることはほかにもありそうだ。ハロルドにはそれが怖かった。何年もたって頭にぎっしりと詰まって眠りをさまたげるさまざまなイメージや思いが。夜、てから、モーリーンに、もう少しであの子が溺れ死ぬところだったと責めたてられた。ハロルドはいま自分の外にあるものだけに目と耳を集中させた。

びっしりと繁る生け垣の回廊、そのあいだを延びる一本の道。生け垣の裂け目や隙間から漏れ出す光。土手から突き出す新芽。遠くで時計台が三時を告げた。時は刻々と過ぎている。ハロルドは足取りを速めた。

ふと気づくと、口がからからになっている。グラス一杯の水のことなど考えまいとするが、いったん頭にそのイメージが浮かび上がってしまったが最後、口中に広がる冷たい水の感触と味が恋しくて、矢も楯もたまらず脚の力が抜けた。慎重に、このうえなく慎重に、足下で傾く地面を安定させながら、足を進めた。車が数台スピードを落とした。だが、ハロルドは手を振って追い払った。人目を引きたくない。吸いこむ空気のひとつひとつが角張っていて、うまく気管支を通過してくれない。仕方なく、目に入った最初の家で足を止めた。内側から鉄門にかんぬきを下ろしながら、犬がいないように、と心から願った。

壁の煉瓦はまだ新しくて灰色、きちんと刈りこまれた常緑の生け垣がまるで石壁のように見えた。雑草が一本も生えていない花壇には、チューリップがしゃれた列をなしている。家の脇には、物干しロープが一本――大きなシャツが数枚、ズボン、スカート、ブラジャーが一枚。ハロルドは思わず目をそらした。見るべきでないものは見たくないから。まだ十代のころ、彼は何度となく、洗濯ばさみで留めたおばさんたちのコルセットやブラジャー、補整ショーツやストッキングを見つめたことがある。女の世界にはのぞいてみたい秘密がたくさんあることに気づいたのは、それが最初だった。そして、いま、ハロルドは玄関のベルを鳴らし、壁にもたれかかった。

顔を出した女性の顎がかくんと落ちた。心配いらないといいたかった。なのに、ハロルドははらわたを丸ごと抜き取られたような気分で、舌さえ動かせずにいた。女性があわてて水を持ってきた。わなわなと手を震わせながら、ハロルドはそれを受け取った。氷入りの水が歯を、歯茎を、上顎を洗って一気に喉になだれこんだ。水の真っ当な動きに泣きそうになった。

「あなた、ほんとにだいじょうぶ?」と女性がいった。彼女が二杯目の水を持ってきて、ハロルドがそれを飲み干したときのことだった。横幅のある身体、しわくちゃのワンピース。安産型の腰ね、とモーリーンならいうだろう。顔は日に焼けてしみだらけだった。「休みたいんじゃないの?」

気分はよくなった、とハロルドは答えた。早く路上に戻りたくてたまらなかった。それに、他人の邪魔もしたくなかった。それでなくても、助けを求めたことで、すでにイギリス人の暗黙のルールを破ってしまったという気になっていた。これ以上何かを求めるのは〝旅の恥はかきすて〟を地でいくようなものだろう。話しながら、その合間合間にぜいぜいと荒い息をついた。歩いて遠くまで行くところだが、たぶん、まだそのコツがつかめていないようだという意味のことをいって、女性を安心させようとした。そういえば彼女が笑顔になると思っていた。だが、おどけたつもりが伝わらなかったようだ。たしかに、ハロルドには、もうずいぶん長いこと女性を笑わせた経験がなかった。

「ちょっと待ってて」と女性はいった。そして、また静まりかえった家の中に消え、折りたたみ椅子を二脚かかえて戻ってきた。ハロルドは彼女を助けて椅子を広げながら、もう行かなければと繰り返していた。なのに、女性は、自分も長いこと歩いてきたというようにどすんと腰を下ろすと、ハロルドにも、さあ、座ってとうながした。「ちょっとだけでいいから」と女性。「それがお互いのためだから」

ハロルドは女性の隣に腰を下ろした。ずしりと重い静寂が身体を這《は》い上がった。しばらくそれに抗ってみたが、やがてたまらず目をつむった。太陽の光が、まぶたを透かして赤く輝き、小鳥の歌と通りすぎる車の音が溶けあってひとつになった。音は彼の中に、そして同時に遠くにあった。

目を覚ますと、膝元に小さなテーブルが出ていて、その上にバターを塗ったパンとリンゴの薄切りを並べた皿が載っていた。女性が手のひらを上に向けて、テーブルを指し示した。ハロルドに行くべき方角を教えるかのような仕草だった。「さあ。遠慮しないで」

空腹に気づいてはいなかった。なのに、リンゴを目にしたとたんに胃袋が空っぽになっているのを自覚した。せっかく用意してくれたのだ、断ったりしては失礼にあたるという気もした。だから、むさぼるように食べた。なんのかんのと弁解しながら、それでも食べることをやめられなかった。女性はそんな彼を見守ってほほえんだ。そして、その間《かん》ずっと、四分の一切れのリンゴをためつすがめつしながらもてあそんでいた。地面に落ちていた何か物珍しいものでも調べるように。「世間の人は歩くなんて単純きわまりないことと思うんでしょうね」と、しばらくしてやっと女性は口を開いた。「片足をもう一方の足の前に置くだけのことだと。だけど、わたしなんて、本能的なことと思われてることをするのがどれほどむずかしいか、いまだに驚かずにいられない」

女性は舌で下唇を湿らせてから、つぎの言葉が出てくるのを待った。「食べること」と、ずいぶんたってからまた口を開いた。「それもむずかしいことのひとつね。なかには、食べることに、どうしようもなくつらい思いをする人もいる。しゃべることもそう。愛することも。そういうのもみんな、ことと次第によってはむずかしいことね」そういって、女性は庭を――ハロルドではなく、庭を見つめた。

「眠ることも」とハロルド。

女性が顔を向けた。「あなた、眠れないの？」

「必ずしも、ね」ハロルドはまたリンゴに手を伸ばした。

ふたたび沈黙。ややあって、女性がいった。「子ども」

「いまなんと？」

「子どももやっぱりむずかしい」

ハロルドはもう一度、物干しロープに、ついで完璧な列をなして咲くチューリップに、目を向けた。どう見ても若者がいそうな感じはしない。

「あなたには子どもがいるの?」

「ひとりだけ」

ハロルドはデイヴィッドのことを思った。だが、説明する気にはなれなかった。よちよち歩きのデイヴィッドと、日に焼けて熟した木の実のような色になった彼の顔がまぶたに浮かんだ。彼の膝にできた柔らかなくぼみのことを、はじめて靴を履いたときの歩き方を、靴がまだ足にくっついているのが信じられないというように足元をじっと見つめていたときの様子を、話してみたかった。ベビーベッドに横たわるデイヴィッド、ウールの毛布の上に置いた驚くほど小さく、そのくせ完璧な彼の手を思い出した。あんな手を見たら、さわっただけで溶けてしまいそうな気がして心配になるはずだ。

モーリーンはいともすんなりと母親になった。ずっと前から彼女の中に別の女性が住んでいて、出てくるときを待っていたかのようだった。モーリーンは赤ん坊をそっと揺らして眠らせるすべを知っていた。やさしい声の出し方も、手のひらをそっと丸めて赤ん坊の頭を支えるやり方も、知っていた。風呂に入れるときのお湯の温度、昼寝をさせるタイミング、青い毛糸の靴下の編み方も知っていた。彼女がそんなことを知っているとは思いもしなかった。だから、畏怖の思いでそんな彼女を見つめていた。物陰からのぞく傍観者の気分だった。それが彼女への愛情を深めると同時に、彼女を高みへと押し上げて遠ざけるきっかけともなった。おかげで、夫婦の絆《きずな》が強まるはずだと思ったまさにそのときに、ふたりの仲は行く先を見失った、あるいは、少なくともふたりが別々の居場所に置かれたような、そんな気がした。わが子を生真面目な顔でのぞいて、不安に打ちのめされた。この子が腹を空かしたらどうする？　泣いたらどうする？　学校に行く歳になってほかの子に殴られたら？　守ってやらねばならないことが多すぎる。ハロルドは圧倒された。男はみんなはじめて父親になったとき、あんなふうに責任の重さに縮み上がるものなのか？　それとも、あれは自分だけの欠陥なのか？　近ごろは様子が違う。男たちが平気でベビーカーを押したり、ミルクを飲ませたりしている。

「動揺させちゃったんじゃないでしょうね？」とハロルドの隣で女性がいった。

「いや、いや」といって立ち上がり、女性の手を取った。

「寄ってくれてうれしかったわ」と女性。「水を飲ませてほしいといってくれてうれしかった」ハロルドはまた道路に戻っていった。泣いているところを見られないうちに。

左手に、ダートムア高地の山襞《やまひだ》がぼんやりと浮かび上がった。地平線の肩にぼやけた青い塊が載っているようにしか見えなかったものが、いまでは紫色と緑色と黄色の峰々の連なりであることがよくわかるようになっている。峰と峰とのあいだを畑や牧草地で断ち切られることなくひとつづきに連なる丘は、それぞれの最高地点に巨岩をいただいている。猛禽《もうきん》――おそらくノスリが一羽、上空を旋回し、滑空し、空中停止する。

ずっと昔、モーリーンにもうひとり子どもをと迫ったのはよくなかったのだろうか、とハロルドは自分に問いかけた。「デイヴィッドだけで充分よ」とモーリーンはいった。「あの子さえいれば何も要らない」けれども、ハロルドはときとして息子がひとりきりというのは耐えがたい、と思うことがあった。もっと子どもがいれば、愛することのこの痛みも少しは薄められるのではないか、と思ったのだ。子どもが成長するということは、絶え間なく親を振り払おうとすることでもある。デイヴィッドが最終的かつ永遠に親を拒絶したとき、ハロルドとモーリーンはそれぞれ違うかたちでそれに対処した。しばらくは怒りがあった。やがて、何か別のもの――沈黙に似ているが、内に独自のエネルギーと暴力を秘めた何かが生まれた。とどのつまり、ハロルドは風邪で寝こみ、モーリーンは客用の寝室へと移っていった。なぜかふたりはそのことについてはいっさい触れず、なぜかモーリーンはそれっきり同じ部屋に戻ってはこなかった。
踵《かかと》が疼《うず》くし、背中も痛む。おまけに、足の裏もほてりはじめている。ちっぽけな砂粒ひとつが当たっただけでも激痛が走る。仕方なく、足を止めて靴を脱ぎ、砂粒を振り出さなければならない。とくに理由もなさそうなのに、膝ががくんと折れてよろめくこともある。手の指先がずきずきするのは、ふだんから腕を大きく振る習慣がなかったからだろう。だが、しかし、いろいろあっても、ハロルドはいま生きていることを強烈に実感している。遠くで芝刈り機が動き出す。ハロルドはその音を聞いて大声で笑った。

Ａ３１２１号線に入ってエクセターをめざした。大渋滞の道を行くこと一キロ半あまり、Ｂ３３７２号線に入り、草地の縁をたどった。歩くことのプロと見まがう集団に追いつかれたときには端に寄り、先に行くよう手で合図した。集団のメンバーと挨拶がわりに天候のことや景色のことを話したが、ベリックを目指していることはいわなかった。それは自分の頭の中にしまっておきたかった。クウィーニーからの手紙をポケットにしまってあるように。先を行く集団を見送りながら、全員がバックパックを背負っていること、ゆったりしたトレーニングウェア姿の者もいれば、サンバイザーや双眼鏡、長さを調節できるハイキング用の杖《つえ》を持っている者もいることを興味深く観察した。デッキシューズを履いた者はひとりもいなかった。

ふたりか三人が手を振り、ひとりかふたりが笑い声をあげた。救いようのないやつと思われたからか、すばらしい男だと思われたからか、ハロルド自身には見当がつかなかった。どちらだってかまわない、とハロルドは思った。彼はもはやキングズブリッジを発《た》ったときの彼ではなく、あの小さなホテルを発ったときの彼でさえなかった。いまの彼は郵便ポストに向かったときとは別人だった。彼は歩いてクウィーニー・ヘネシーのもとに行こうとしていた。いまふたたび人生をはじめようとしていた。

彼女がビール工場に入ると聞いたとき、ハロルドは驚いた。「どうも女の人が経理部で働くことになるらしい」とモーリーンとデイヴィッドに報告した。三人で〝いちばんいい部屋〟で食事をしているときのことだった。そのころはまだモーリーンが料理することを愛していて、〝いちばんいい部屋〟を家族そろっての食事のために使っていた。あの日の情景が浮かび上がる。たしかクリスマスの日だった。三人で交わした話の内容が、クリスマスにつきものの紙帽子という細部とともによみがえってきたから。

「それっておもしろい話なの?」とデイヴィッドがいった。あれは、たしか、彼が中等学校《グラマースクール》でオールAを取った年だった。頭のてっぺんから爪先まで黒ずくめ、髪は肩につきそうなほど長かった。紙の帽子はかぶっていなかった。すでに帽子をフォークで突き刺したあとだった。

モーリーンがほほえんだ。ハロルドは彼女にかばってもらえるとは思っていなかった。なにしろ、彼女はデイヴィッドを溺愛していたから。もちろん、それでよかったのだ。ハロルドとしては、ただ、たまにはこれほど疎外感を味わわずにいたいものだ、と思うだけだった。モーリーンとデイヴィッドの絆は自分を疎外することで成り立っている、という気がしないでもなかった。

デイヴィッドがいった。「女の人があのビール工場で長続きするはずないよね」

「ちゃんとした資格を持ってるという話だ」

「ネイピアがどんなやつかはみんな知ってる。あの男は悪党だ。サド・マゾ気質の資本家じゃないか」

「ミスター・ネイピアはそこまで悪人じゃないさ」

デイヴィッドは大声で笑った。「父さん」と彼はいった。いつものあの言い方――父さんとぼくは、血と肉でつながってるというより、出来心みたいな皮肉でつながった関係でしかないのさといいたげなあの言い方で。「あいつ、人の膝を撃ち抜いたことがあるよね。みんな知ってるよ」

「そんなことはないはずだ」

「ちょっと小銭を盗んだくらいで」

ハロルドは何もいわなかった。グレイビーソースの中の芽キャベツをむしゃむしゃ噛んだ。その噂のことは知っていたが、考えたくはなかった。

「まあ、その女の人がフェミニストじゃないことを願おうぜ」とデイヴィッドはつづけた。「それとも、レズビアンとか。社会主義者とかさ。そうだろ、父さん?」デイヴィッドは明らかにミスター・ネイピアの話題にけりをつけ、もっとそのものずばりの話題に移ろうとしていた。

一瞬、ハロルドの視線が挑みかかるような息子の視線と絡み合った。あのころのデイヴィッドの目にはまだ鋭さがあった。長いあいだ見つめ合っていると落ち着かない気分になるような目だった。「父さんは人と違っているからといって、それでその人に異を唱えるつもりはない」とハロルドはいったが、デイヴィッドは舌打ちをしてちらりと母親に目を向けただけだった。

「父さんは《デイリー・テレグラフ》を読んでるよね」とデイヴィッド。そういうと、皿を押しやって立ち上がった。その身体はあまりにも青白くやせこけて、正視に堪《た》えなかった。

「食べなさい、デイヴィッド」とモーリーンが呼びかけた。だが、デイヴィッドは首を横に振ったきり、ひっそりと出ていった。父さんと一緒だと誰だってクリスマスランチがまずくなるよ、とでもいうように。

ハロルドはモーリーンに目を向けたが、モーリーンは早くも立ち上がり、皿を片づけていた。

「あの子は頭がいいの、わかるでしょ」とモーリーンはいった。

そこに含まれていたのは、息子は頭がいいのだから何をしても許されるし、自分たちの手が届くような存在ではない、というほのめかしだった。「あなたはどうかわからないけど、わたしはもうおなかがいっぱいでシェリートライフルは入りそうにないわ」といって、モーリーンは頭を下げて紙の帽子を落とした。いい歳をしてこんなものかぶっていられるものですか、とでもいうように。そして洗い物をはじめた。


その午後遅く、ハロルドはサウス・ブレントに到着した。ふたたび敷石を踏みながら、その小ささと不規則さに往生させられた。クリーム色の家の並ぶ一画にさしかかった。正面には庭、ガレージにはセントラルロッキング・システムがついていた。ハロルドは長い航海のすえに文明社会に戻った者の高揚感に包まれた。

こぢんまりした商店で、絆創膏と水とスプレー缶入りのデオドラントと櫛《くし》と歯ブラシとプラスティックの剃刀《かみそり》とシェイビングフォームと粉石けんと〈リッチ・ティー〉のビスケットを二袋買った。シングルベッドがひとつ、壁に絶滅したオウムの版画

（額入り）の掛かった部屋に入り、足を入念に点検してから、くずれはじめた踵の靴ずれと爪先の腫《は》れを絆創膏で保護した。身体の深いところからずきんずきんと痛みが伝わってくる。疲労困憊《ひろうこんぱい》。一日にこれほどの距離を歩いたのは初めてだった。それでも、この日は十三キロ半も歩いてなお、もっと歩きたいという思いに駆られていた。何か食べて、公衆電話でモーリーンと話そう。それがすんだら、一眠りしよう。

太陽がダートムアの縁《へり》にかかり、空を朽葉《くちば》色の雲で満たしている。丘陵地は青く不透明な影に沈み、草を食《は》む牛たちが消えゆく光をバックに柔らかな杏《あんず》色に光っている。自分が歩いていることをデイヴィッドに知ってほしい、と思わずにはいられなかった。モーリーンはデイヴィッドにそれを報告するだろうか？　どんな言葉で報告するのだろう？　星たちが夜の空に小さな穴をうがちはじめた。ひとつ、またひとつ、と。濃さを増しつつある闇が震えている。見つめるハロルドの視線の先で、星たちが穴をうがつ。

つづけて二晩、ハロルドは夢を見ずにぐっすり眠った。

6　モーリーンと嘘

最初のうち、モーリーンは、ハロルドは必ず帰ってくると信じていた。きっと電話をかけてくる、寒さと疲労に音《ね》をあげて、こちらから迎えにいくことになるだろう。しかも、行くのは真夜中になるだろう。ということは、寝間着の上にコートをひっかけてドライビングシューズを探すはめになる。それもこれもすべてハロルドがいけないのだ。モーリーンは電気スタンドの明かりをつけたまま、電話をベッドの脇に置き、とぎれがちな眠りについた。なのに、ハロルドは電話もかけてこなければ、帰ってもこなかった。

前日のことを頭の中で何度となく反芻《はんすう》した。朝食、ピンク色の手紙、ハロルドは何もいわなかった。ただ黙って泣いていた。モーリーンの頭にごくごくちっぽけで取るに足りない細部が潜んでいる。ハロルドが返事を書いた便せんを二つ折りにして、そっと、彼女に見られないうちに封筒に滑りこませたときの仕草などが。何かほかのことを考えようとしても、あるいは何も考えまいとしても、クウィーニーの手紙を見つめるハロルドの姿——身体の深いところで何かが崩れつつあるような彼の姿が浮かんでくるのを止めようがない。デイヴィッドと話したい、話したくてたまらない。でも、今度のことをどう伝えればいいかわからない。ハロルドがクウィーニーのところに歩いていこうとしている、それが彼女にはいまだに理解できないし屈辱的な思いもある。それに、デイヴィッドと話したりすれば、恋しくてたまらなくなって、そのぶん余計につらくて耐えられなくなるだろう。

ところで、ハロルドは歩いてベリックに行くといったが、それはいったんベリックに着いたらそこに住み着くという意味だろうか？

まあ、行きたければ行けばいい。いずれこうなることはわかっていたはずだ。あの母にしてあの息子あり、だもの。といっても、モーリーンはハロルドの母のジョーンには一度も会ったことがないし、ハロルドも母親のことはまったく口にしたことがない。そもそも、スーツケースに身の回りのものを詰めて出ていくなんて、いったいどういう女だろう？　それも、書き置きひとつ残さずに？　いいじゃないの、ハロルドだって行きたければ行けばいい。こちらにだって、もうおしまいにしましょ、といってやりたくなったことが何度もある。それでも出ていかなかったのは、デイヴィッドのことがあったからで、ハロルドを愛していたからではない。いまではもう、どういういきさつでハロルドとつき合うようになったのか、彼のどこがよかったのか、細かいことは思い出せない。憶えているのは、市が主催したダンスパーティか何かで見初《みそ》められたこと、彼を紹介したときに母親が、どこにでもいそうな人ね、と評したことぐらいだ。

「お父さまとふたりで、あなたにはもっといい縁組みを考えていたのに」と母親はいった。あの歯切れのよい明快な言い方で。

当時のモーリーンは人の意見に耳を傾けるような娘ではなかった。大学出じゃないからといって、それがなんなのよ？　どこにでもいそうな人だからって？　地下の貸間に住んで、いろんな仕事を掛け持ちして、ほとんど寝る時間もないからって、それがいけない？　ハロルドをひと目見てモーリーンのハートがぐらりと傾《かし》いだ。そして、思った。彼がこれまでに絶対に出会ったことのない恋人になってみせる。奥さんに、母親に、友だちに。何にだってなってみせる。

ときおり、そんな過去を振り返って、あのときの向こう見ずな娘はどこに行ってしまったのかと思うことがある。

ハロルドの書類を調べてみても、彼がなぜクウィーニーのところに歩いていこうとしているのかを説明するようなものは見つからなかった。手紙はないし、写真もない。手早く行き方を描き留めた地図もない。ベッドサイドの引き出しに入っていたのは、結婚直後のモーリーンの写真が一枚と、よれよれになったデイヴィッドの白黒写真が一枚。それだけ。デイヴィッドの写真はきっとハロルドがそこに隠しておいたのだ。もともとはモーリーンがアルバムに貼っておいたものだから。家じゅうを覆う静寂が、デイヴィッドがいなくなってからの数ヵ月間のことを思い出させる。家それ自体が息を詰めているかのようだったあの日々を。居間のテレビをつけ、キッチンのラジオもつけたが、家は依然としてうつろに静まりかえっている。

ハロルドは二十年ものあいだクウィーニーを待ちつづけていたのだろうか？　クウィーニー・ヘネシーは彼を待ちつづけていたのだろうか？

明日はゴミの日だ。ゴミ出しはハロルドの役目だった。モーリーンはインターネットのサイトを開き、夏のクルージングを企画している数社にパンフレットを請求した。

夕闇が迫るころ、ゴミは自分で出すしかないと観念した。ゴミ袋を引きずりながら庭の通路を下り、門のそばに放り出した。役目をほったらかして出ていったハロルドをゴミまでが責めている、とでもいわんばかりに。隣のレックスが二階の窓からそんなモーリーンを見かけたにちがいない。彼女が戻ってくると、彼がちゃんと塀際で待ちかまえていたから。

「だいじょうぶかい、モーリーン？」

モーリーンははきはきと答えた。だいじょうぶ、なんでもないわ、と。

「きょうはなんでハロルドがゴミ出しをしないんだ？」

モーリーンは寝室の窓をちらりと見上げた。窓の中のうつろさがひどく胸にこたえ、思いがけない痛みが顔の筋肉を引き裂いた。喉が詰まった。「寝てるの」そして、無理やり笑顔をつくった。

「寝てる？」レックスがぽかんと口を開けた。「どうした？　具合でも悪いのか？」

レックスはひどい心配性だ。前に一度、彼の妻のエリザベスから物干しロープ越しに、レックスの母親がやたらに口うるさい人だったからレックスもうんざりするほど病的な心配性になった、と打ち明けられたことがある。モーリーンはいった。「なんでもないわ。足を滑らせたの。足首をひねっただけ」

レックスの目がボタンのようにまん丸になった。「昨日《きのう》の散歩中のことか？」

「歩道の敷石が一個ゆるんでただけ。だいじょうぶだから、レックス。少し休んでればだいじょうぶ」

「そりゃひどい話だなあ、モーリーン。敷石がゆるんでた？　なんとなんと」

レックスは沈痛な面持ちで頭を振った。家の中で電話が鳴りはじめた。モーリーンの心臓が口から飛び出しそうになった。ハロルドだ。ハロルドが帰ってくる。モーリーンが玄関に向けて走りはじめたときにも、レックスはまだ塀際でわめいていた。

「議会に苦情をいうべきだよ、敷石がゆるんでるとね」

「ご心配なく」モーリーンは肩越しに声を張り上げた。「そうするわ」心臓の鼓動が激しすぎる。自分がいま笑おうとしているのか泣こうとしているのか、それがわからない。電話に飛びついて受話器を取ったが、そのとたんに留守番機能が作動して呼び出し音がやんだ。1471にかけてみたが、相手の番号はわからない。そのまま電話を見つめて、彼がもう一度かけてくるのを、あるいは家に帰ってくるのを待ったが、どちらも起きなかった。

その夜は最悪だった。どうして世間の人は眠れるのか、それがモーリーンには理解できなかった。ベッド脇の時計から電池を振り出して音を止めたが、犬の吠え声を止めるすべはないし、午前三時に急ブレーキをかけながら新興住宅地に向かう車の轟音を止めるすべも、朝の最初の光が差すと同時にはじまるカモメの金切り声を止めるすべもなかった。じっと横になったまま、無気力状態が訪れるのを待った。ときどき、ほんの一瞬だけ、無意識が忍び寄ってくることもあったが、すぐに意識が戻って記憶がよみがえった。ハロルドは歩いてクウィーニー・ヘネシーのところに行こうとしている。いったん忘却の眠りに落ちそうになったあげくにそれを思い出させられるのは、電話で初めて知らされたときよりもさらにつらかった。こんなことをしても自分を二重にごまかしているだけだ。でも、現実とはそういうものだ。モーリーンはそれを知っている。人間は、現実に起きていることから目をそむけることによって、かろうじて悲嘆の底から這い上がるものだ。這い上がっては突き落とされ、また這い上がる。そんなことを繰り返しているうちに、やがて、骨身にしみて現実を悟れるようになるものだ。

モーリーンはハロルドのベッドサイドの引き出しを開け、もう一度、彼がそこに隠しておいた二枚の写真を見つめた。初めて靴を履いたデイヴィッド。片足でバランスを取りながらモーリーンの手にしがみつき、もう一方の足を上げている。自分の足がどうなっているかを調べようとでもしていたのか。もう一枚はモーリーン自身の写真。いかにもおかしそうに笑いこけていて濃い色の髪が顔にかかっている。胸には幼い子どもほどもありそうな巨大なズッキーニを抱えている。ふたりがキングズブリッジに越してきた直後に撮った写真にちがいない。

クルージングを企画した船会社から大型封筒が三通届いたが、モーリーンはそれをすぐさまリサイクルボックスに放りこんだ。

7 ハロルドとハイキングの男とジェイン・オースティン命の女

ハロルドは、いつしか、ビール工場の男どもの何人かが——ミスター・ネイピアも含まれていた——、異様な歩き方をしては、おかしくてたまらないとばかりに甲高い声で笑うようになったことに気づいていた。「おい、見ろよ」という男たちの得意げな声が中庭から響いてくることもしばしばだった。見ると、ひとりの男が片肘を鶏の翼のように突きだし、下半身を大きく見せるためか、腰を屈めてよたよたと歩いていた。

「それ、それだよ！　くっそー、それだってぇの！」ほかの男どもが絶叫した。ときには、その場にいた全員が、くわえていた煙草を吐き捨てて、同じ真似をすることもあった。

数日にわたって窓からそれを見ていたハロルドは、やがてそれが経理部に新しく入った女性の真似であることに気づいた。男どもが真似ていたのはクウィーニー・ヘネシーがハンドバッグを抱えて歩く姿だった。

そんなことを思い出しながら目を覚ましたハロルドは、一刻も早く旅をつづけなければという思いではやり立っていた。明るい陽の光がカーテンの縁《へり》でゆらめいている。まるでハロルドに光を届けようと懸命になっているかのようだ。ありがたいことに、身体はがちがちにこわばっているし足も痛いが、動かそうと思えばどちらも動かせる。踵《かかと》の靴ずれも少しは機嫌を直してくれたようだ。シャツと靴下とパンツは温水暖房機の上にぶら下がっている。前夜、お湯に粉石けんを溶かして洗っておいたのだ。さわってみると、ごわごわになっているし完全に乾いたわけでもないが、それでもなんとかなりそうだ。両足に絆創膏を貼りつけ、ビニールのレジ袋に持ち歩いてきたものを慎重に戻した。

食堂にはハロルドしかいなかった。おまけに、食堂とは名ばかりで、表の道路に面してはいるが、壁際にソファの三点セットが押しつけてあるのと、中央にふたりがけのテーブルがひとつあるだけの狭い部屋だ。オレンジ色のシェードをかけたフロアランプで照らされた室内に、湿気のにおいが漂っている。前面がガラス張りのキャビネットには、スペイン人形のコレクションと、矢車草のドライフラワー――薄葉紙をひねって作った花のようにかさかさ――が並んでいる。B&B《B&B》宿の女主人によれば、手伝いの女の子がこの日は休みなのだという。女の子がおいしくない食べ物、それも処分する必要のある食べ物のかけらででもあるような、そんな感じの言い方だった。女主人はテーブルに朝食を出すと、戸口に腕を組んで座ったまま、ハロルドの様子を見守っていた。それでも、ハロルドは彼女にあれこれと説明せずにすむのがありがたかった。がつがつと、時間がもったいないとばかりに朝食を掻きこみながら、窓の外の道路を見つめて考えた。ふだんほとんど歩いたことのない男が、九キロ半あまり離れたバックファスト修道院《アビー》に行くにはどれほど時間がかかるものやら。まして、七百七十キロも離れたベリック・アポン・ツイードにたどり着くには？

ハロルドはクウィーニーの手紙をもう一度読み返した。ただし、いまでは文面を見なくても何が書いてあるかはわかる。ハロルドへ、突然こんな手紙を差し上げて、びっくりなさるかもしれません。最後にあなたとお会いしてからずいぶん時間がたちました。なのに、このところ、私は昔のことばかり考えています。昨年、私は手術を受けました――

「サウス・ブレントなんて大嫌いだね」と声がした。

ぎょっとして、ハロルドは顔を上げた。彼自身と女主人以外に誰もいない。女主人が口をきいたとも思えない。彼女は依然として腕組みをしたままドア枠にもたれて片脚をゆすっている。彼女の爪先からスリッパがぶら下がり、いまにも落ちそうになっている。ハロルドは手紙とコーヒーに視線を戻した。そのとき、また同じ声がした。

「サウス・ブレントはデヴォンのどこよりも雨が多くてね」

間違いなく女主人だ。だが、その目はそれまでと同じくハロルドを見てはいない。彼女自身顔はカーペットに向いたまま、口がアルファベットのOの字に開いている。何か気の利いたことでもいえればいいのだが、何が気の利いたことかがハロルドにはわからない。たぶん、黙っていれば、あるいは聞いているだけで、いいのだろう。彼女はしゃべりつづけているから。

「天気がよくたって、ちっとも楽しめやしない。ひとりで考えちゃうんだよね、そりゃまあ、いまは天気がいいけど、どうせこんなのつづきやしない、なんてね。あたしなんて、雨が降ってるのを見てるか、雨が降るのを待ってるかのどちらかでね」

ハロルドはクウィーニーの手紙をたたんでポケットに戻した。封筒の何かが気になるのに、何が気になるのかがわからない。それに、女主人のいうことにちゃんと耳を傾けていないのは不作法だろうという気もする。女主人は明らかに彼を相手に話しているのだから。

女主人がいった。「昔、懸賞でベニドルムへの旅というのに当たったことがあってね。あとはスーツケースに要るものを詰めさえすればよかったんだけど、それができなかった。旅行券が郵送されてきたのに、封も切らずじまい。なんでだろうね？　せっかく逃げ出すチャンスがきたのに、なんだってそのチャンスをつかめなかったんだろ?」

ハロルドは顔をしかめた。クウィーニーと音信不通のままで過ぎた長い年月のことを考えた。「たぶん、不安だったんですよ」とハロルドはいった。「わたしも、昔、ある友だちがいたけど、その人が友だちだってことがわかるまでずいぶん時間がかかった。じつは、ちょっと滑稽な話でね。なにしろ、彼女との初対面は事務用品の保管庫の中だったんだから」ハロルドは笑い声をあげた。そのときのことを思い出したのだ。だが、女主人は笑わなかった。たぶん、想像しにくかったのだろう。

女主人は振り子のように左右に大きく揺れていた足を止め、スリッパをじっと見つめた。そんなもの履いていることに気づいていなかったというように。「そのうちに、あたしもここを出ていくよ」そして、くすんだ茶色の部屋を見回し、ハロルドと視線を合わせた。ややあって、ようやく笑みを浮かべた。

デイヴィッドの予想とは異なり、クウィーニー・ヘネシーは社会主義者でもなければ、フェミニストでも、レズビアンでもなかった。ずんぐりした身体つきの不器量な女性で、寸胴《ずんどう》、腕にはいつもハンドバッグを抱えていた。ミスター・ネイピアが、女は〝時限装置つきホルモン爆弾〟みたいなものだ、という考え方の持ち主であることは周知の事実だった。女には工場の系列バーのホステスや秘書の仕事を与え、その見返りとして〈ジャガー〉の後部座席であやしげな好意を期待するというのが彼のやり方だった。そんなわけだったから、経理係として女性を採用するのはビール工場にとっては新たな試みであり、しかも、クウィーニー以外の女性が応募していたなら、ミスター・ネイピアがけっして決断しなかったはずの試みでもあった。

クウィーニーは口数の少ない控えめな女性だった。ハロルドは、あるとき、若い同僚がこんなことをいうのを小耳にはさんだことがある。「彼女が女だってことを忘れちまうよ、まったくのところ」彼女が入社して何日もしないうちに、経理部に前例のない秩序が生まれたという報告が上がった。だからといって、いまや廊下にあふれる男たちの、例のものまねや下卑た笑いが消えるわけではなさそうだった。クウィーニーに聞こえなければいいが、とハロルドは思った。たまに、食堂で、パラフィン紙に包んだサンドイッチを食べる彼女を見かけ、その様子をひそかに観察することもあったが、若手の秘書たちと同じテーブルについて彼女たちのおしゃべりに聞き入っているにもかかわらず、クウィーニーはどこか、ここには誰もいない、自分自身もいないし秘書たちもいない、と思っているような雰囲気を漂わせていた。

そんなある夕方だった。ハロルドがブリーフケースを手に家に帰ろうとしたそのとき、事務用品保管庫のドアの奥から洟でもすするような音が聞こえた。そのまま通り過ぎようとしたが、音はやまない。だから、引き返した。

おそるおそるドアを開けたが、さいわい、変わった様子はまるでなく、書類用紙の箱だけが並んでいた。なのに、しばらくするとまたあの音がした。どうやら、すすり泣きのようだった。よく見ると、誰かがうずくまっていた。壁にへばりつき、背中を彼のほうに向けていた。背筋に沿って伸びるジャケットの縫い目が、引っぱられてはじけそうになっていた。

「これは失礼」といって、ハロルドがドアを閉めて逃げ出そうとしたまさにそのとき、人影がしゃくりあげはじめた。

「すみません。ほんとにすみません」

「謝らなきゃならないのはわたしのほうだ」ハロルドはいつのまにか身体の半分を保管庫の中に、もう半分を外にして立っていた。保管庫の中では、知らない女が大型封筒の束に顔を埋《うず》めて泣いていた。

「わたし、仕事はできます」と女がいった。

「もちろんだ」そういって、ハロルドはちらりと廊下に目をやった。誰か若い同僚が来て彼女を慰めてやってくれないかと思いながら。ハロルドは人間の喜怒哀楽にうまく対処できない質《たち》だった。「もちろんだよ」ともう一度いった。そういってさえいればなんとかなるとでもいうように。

「わたし、ちゃんと学校を出ています。ばかじゃありません」

「わかってる」と応じはしたが、もちろん、厳密にいうならそれは嘘だった。彼女のことなどほとんど何も知らなかったのだから。

「じゃあ、ネイピアさんはどうしていつもいつも監視なさってるんですか？　わたしがミスをするのを待ってるみたいに？　どうしてみんなに笑いものにされなきゃならないんですか？」

ボスのネイピアはハロルドにとっては謎だった。彼が誰かの膝を撃ち抜いたという噂が事実かどうかは知らなかったが、強面《こわもて》で知られるパブのオーナー連中も彼にかかるとびくつくのを目撃したことがある。つい前の週にも、秘書がひとり、彼の机にさわったというだけの理由でクビにされたばかりだった。「ネイピアさんがあんたのことをすばらしい経理係だと思っているのは間違いないよ」とハロルドはいった。どうしても彼女に泣きやんでもらいたかった。

「わたし、この仕事を失うわけにはいかないんです。何もしないで家賃を払えるわけじゃありませんから。でも、辞めようと思っています。日によっては、朝になっても起きたくない、とさえ思うんです。父にはよく神経が細すぎるといわれてました」そんなことをいわれてもハロルドにはどうしようもなかった。

クウィーニーがうなだれた。その拍子に彼女のうなじにかかる柔らかな黒髪が見えた。ハロルドの脳裏にふいにデイヴィッドの面影がよみがえり、クウィーニーが哀れでたまらなくなった。

「辞めちゃいけない」ハロルドは少しだけ腰を屈め、声の調子を和らげて話しかけた。本心だった。「わたしも初めのうちはつらい思いをした。場違いなところに来てしまった、と思ってね。だけど、そのうちにだんだんよくなるものだよ」クウィーニーは何もいわなかった。だから、一瞬、こちらのいうことを聞いていなかったのでは、という気になった。「保管庫から出てきてもらえないかな?」

われながら意外だったが、気づくとハロルドはクウィーニーに手を、それも手のひらを上にして差し出していた。そして、これもまた意外なことに、クウィーニーがその手を取った。柔らかくて温かい手だった。

保管庫の外に出ると、クウィーニーは素早く手を引っこめた。そして、スカートの皺を伸ばした。まるでハロルドがスカートにできた皺で、早くそれを払いのけねばならないとでもいうように。

「ありがとうございました」と、クウィーニーはやや冷たい口調でいったが、その鼻は真っ赤だった。

クウィーニーはそのまま背筋を伸ばすと、顔をしゃんと上げて事務用品保管庫から遠ざかっていった。ひとり取り残されたハロルドは、醜態を見せたのは彼女ではなく自分だったような気分になった。それ以後、クウィーニーは辞めることは考えなくなったように見えた。なぜならば、ハロルドが彼女のデスクの様子を確かめるたびに、彼女はちゃんとそこにいて、ひとり黙々と仕事をこなしていたから。ふたりはめったに口をきかなかった。それどころか、ハロルドが食堂に入ると、そそくさとサンドイッチを包んで出てゆくクウィーニーの姿が目につくようになった。

朝の太陽がダートムアのもっとも高い峰々に金色の光を投げているが、影に沈んだ地面はいまだに薄い霜の衣をまとったままだ。前方の大地に光の矢が突き刺さり、ハロルドの行く手を指し示している。きょうもいい一日になりそうだ。

サウス・ブレントをあとにしたところで、部屋着姿の男に出会った。男はハリネズミ用の餌を載せた皿を置こうとしているところだった。道路を渡って犬を避け、さらに進んだところで、二階の窓に向かってわめく刺青《いれずみ》娘に出くわした。「あんたがそこにいるのはわかってんだよ！　あたしの声が聞こえてんだろ！」娘は窓の下を行ったり来たりしながら壁を蹴っていた。激しい怒りを抑えかねているのか、ようやくあきらめたように見えたのに、そのたびにまた窓の下に戻ってきてはわめきたてている。「アランのばか！　そこにいるのはわかってんだからね！」ほかにも、放り出されたマットレスや壊れた冷蔵庫の残骸、片方だけの靴が五、六個、大量のビニール袋と車のホイールキャップなどに出くわしたが、やがて舗装道路はふたたび途切れ、道幅が狭まって小道へと変わった。驚いたことに、また空の下を歩けること、並木道や羊歯やイバラの生い繁る土手のあいだを歩けることに、ほっとしていた。

ハーボーンフォード。ハイアー・ディーン。ロウアー・ディーン。

ふたつ目の〈リッチ・ティー〉ビスケットの袋を開け、手を突っこんで何枚かを食べた。あいにく、なかに、ざらざらでわずかに洗濯用粉石けんの味のするものも混ざっていた。

歩くスピードはこれでいいのか？　クウィーニーはまだ生きているのか？　食事だ、睡眠だと足を止めてはいられない。どんどん前に進まなければ。

午後になるころには、右のふくらはぎにときおり痛みが走ること、丘陵地の下り坂にさしかかると股関節《こかんせつ》の動きが悪くなることが気になりはじめた。上り坂を行くときには、両方の手のひらで腰を包みながらそっと歩いた。腰が痛むせいでもあるが、むしろ支える手がほしかったからだ。ときおり、立ち止まっては足の絆創膏をチェックし、靴ずれが破れて血がにじんでいた踵の絆創膏を貼り替えた。

道は曲がってはくねり、上ってはまた下った。丘と草原が見えるときもあれば、何も見えないときもあった。クウィーニーを思い出し、この二十年のあいだに彼女はどう変わっているだろうなどと考えているうちに、場所の観念が完全に消えていった。

クウィーニーは結婚したのか？　子どもはいるのか？　いや、あの手紙から判断すれば、彼女が元の姓を守りとおしていることは明らかだ。

「わたし、イギリス国歌《ゴッド・セイブ・ザ・クイーン》を逆さまに歌えるのよ」と一度クウィーニーがいったことがある。そして、歌ってきかせた。〈ポロ〉のミントキャンディをなめながら。「『ユー・ドント・ブリング・ミー・フラワーズ』だって歌えるし、『エルサレム』ももあと少しで歌えるようになるわ」

ハロルドの顔がほころんだ。あのときもやはり顔がほころんだのだろうか？　草を食んでいた牛の群れが、一瞬、顔を上げた。口の動きが止まっていた。なかの一、二頭が近づいてきた。最初はゆっくりと、やがて足早に。あいつら、やたらに図体がでかい、これじゃあ容易なことでは止まれそうにないな。それにしても、旅に出てよかった。歩くのはきついけれども。買ったものを入れて持ち歩いているレジ袋がばたんばたんと太腿に当たり、持ち手が手首に食いこんでそのまわりが白く浮き上がっている。レジ袋を肩に掛けてもみるが、そのたびにずり落ちてきて肘で止まる。

たぶん、中に入っているものが重すぎるのだ。ところが、そう思ったとたんに、廊下のウッドチップ模様の壁紙にもたれていた、幼いデイヴィッドの姿が脳裏によみがえった。真新しい肩掛け鞄《かばん》が肩からずり落ちている。灰色の制服を着ている。ということは、あれはデイヴィッドの小学校生活が始まった日のことにちがいない。父親に似て、デイヴィッドはあのころすでにほかの子どもたちより優に十センチは背が高く、みんなより年上に、少なくとも一年生にしては大きすぎるように見えたものだ。そのデイヴィッドが、あの壁紙を背にハロルドを見上げていった。「ぼく、行きたくない」涙はなかった。ハロルドにしがみついて放すまいともしなかった。ただ、はっきりと自覚的に、相手の構えを解くような口調で、そういっただけだった。それに応えて、ハロルドは——なんと？　なんと答えたのだ？　息子を、彼のためならどんなことでもしてやりたいと思う息子を見下ろしたまま、押し黙っていた。

わかるよ、人生は怖いね、といってやればよかったのかもしれない。あるいは、わかるわかる、でもだんだんよくなるよ、と。いや、もしかしたら、わかるよ、だけど、人生にはいいときもあれば悪いときもある、といってやればよかったのかも。もっといいのは、言葉が出なくても、デイヴィッドをぎゅっと抱きしめてやればよかったのかもしれない。けれども、そうはしなかった。何もいってやらず、何もしてやらなかった。デイヴィッドの不安を痛切に感じ取っていた。なのに、それを和らげてやる方法が見つからなかった。息子が彼を見上げて助けを求めたあの朝、ハロルドは何もしてやらなかった。逃げるように車に乗りこみ、職場に向かった。

なぜこんなことを思い出さねばならないのだ？

ハロルドは背を丸め、足取りを速めた。クウィーニーのところに向かっているというより、自分から逃げようとしているように。

バックファスト修道院に着いたのは、付属のギフトショップが閉まる前のことだった。石灰岩造りの教会堂の四角い輪郭が、穏やかな峰々を背に灰色に浮かび上がっていた。そういえば、ここには前に来たことがあるな、とハロルドは思った。ずっと昔、モーリーンの誕生日のサプライズプレゼントとして訪れたのだ。あのときは、デイヴィッドが頑として車から降りようとせず、モーリーンもデイヴィッドと一緒にいたいといいはった。だから、三人とも駐車場から一歩も出ることなく、まっすぐに自宅に帰ったのだった。

ギフトショップで絵はがきと記念品のペンを買い、一瞬、修道士たちがつくったという蜂蜜を買おうかと思案したが、ベリック・アポン・ツイードまではまだ先が長いし、持ち歩いているビニールのレジ袋にうまく入るかどうかわからない、それに洗濯用の粉石けんにまみれずにすむかどうかも自信がなかった。それでも、とりあえず一瓶を買い、バブルラップで二重三重にくるんでもらった。修道士の姿はどこにもなく、目につくのは団体旅行の観光客ばかり、しかも、その大半が修道院そのものではなく、改修が終わったばかりの〈グレインジ・レストラン〉の前に行列を作っていた。修道士たちはそれに気づいているのだろうか、あるいは気にしているのだろうか、とハロルドは思った。

ハロルドはチキンカレーの大盛りを選んでトレイに載せ、テラス脇の、ラベンダーの庭を見渡す窓辺の席に持っていった。カレーをスプーンですくって口に運ぶ手間さえもどかしいほど空腹を感じていた。隣のテーブルでは、五十代後半とおぼしきカップルがなにやらしきりに議論している。どうやら、地図のことで言い争っているようだ。ともにカーキ色のショートパンツと、同じくカーキ色のスウェットシャツを着て、茶色の靴下とちゃんとしたハイキングシューズを履いている。そのせいか、テーブルに向かい合って座るその姿は、同じ人物の男版と女版に見える。食べているサンドイッチも同じなら、飲んでいるフルーツジュースも同じ。ハロルドはモーリーンが自分と同じものを着ているところを想像しようとしたが、できなかった。はがきを書きはじめた——

クウィーニーへ、およそ三十二キロほど歩いたところです。そのまま待ちつづけてください。きっとです。ハロルド（フライ）

モーリーンへ、バックファスト修道院に着きました。天気は上々。靴ももちこたえています。足ももっています。H.

ガソリンスタンド〈ハッピー・トゥ・ヘルプ〉の娘さん、先日はありがとう。
歩くつもりで家を出てきた、といった男より。

「申し訳ありませんが、ちょっとペンを貸していただけませんか？」とハイキングの男がいった。ハロルドがペンを差し出すと、男はそれで地図上のある一点をぐるぐると五、六回、丸で囲んだ。男の妻は何もいわなかった。もしかしたら、顔をしかめたのかもしれない。ハロルドは他人をじろじろ見るのは嫌いな質だった。

「ここへはダートムア・トレイルが目的で？」といいながら、男がペンを返してよこした。

ハロルドは、違うと答えて、特別の理由があって歩いて友人に会いにゆく途中であることをつけ加えた。そして、絵はがきを集めてきちんと束ねた。

「お祭しのとおり、われわれ夫婦はウォーキング好きでしてね。ここへは毎年来るんですよ。妻が脚の骨を折ったときだって来ましたからね。それくらい、ふたりとも歩くのが好きなんですよ」

自分たち夫婦も毎年イーストボーンの休暇村で過ごしたものだ、とハロルドは応じた。休暇村では、毎晩、催しものがあったし、宿泊者同士のコンテストもあった。

「ある年、息子が《デイリー・メイル》のツイスト賞ってのを取ったことがありましてね」とハロルドはいった。

男は、さっさと話をすませろというようにうなずいた。「もちろん、歩くときに大事なのはどんな靴を履くかですよ。あなたはどんな靴を履いてますか？」

「デッキシューズですよ」といってハロルドはほほえんだが、ハイキングの男はほほえまなかった。

「〈スカルパ〉を履かなきゃいけませんな。〈スカルパ〉ですよ、プロが履くのは。絶対に〈スカルパ〉でなきゃいけません」

男の妻が顔を上げた。「あなたでしょ、〈スカルパ〉でなきゃと思ってるのは」彼女の目はまん丸だった。もしかしたら、コンタクトレンズをつけていて、それが合わなくて痛むのかもしれない、とハロルドは思った。そのとたんに、気持ちが動転した。その昔、デイヴィッドがよくしていた、まばたきをせずにどれくらい長く目を開けていられるかというゲームを思い出したせいだ。デイヴィッドは涙が流れはじめてもまだまばたきをしようとしなかった。だが、イーストボーンの休暇村で行われるのはその種のコンテストではなく、見ているほうがいたたまれなくなるようなコンテストだった。

ハイキングの男がいった。「靴下はどんなのを履いてますか？」

ハロルドはちらりと自分の足元に目を向けた。「普通のですよ」といいかけたが、ハイキングの男は返事を待とうとしなかった。

「スペシャリストの履く靴下でなきゃいけません」と男。「それ以外のものはだめです」そこでいきなり言葉を切った。「われわれはどんなのを履いてるのかな？」そんなこと、ハロルドにわかるはずがない。男の妻が答えてようやく、ハロルドは彼の質問が自分にではなく彼の妻に向けられていたことに気がついた。

「〈ソロ〉」と妻。

「ジャケットは〈ゴアテックス〉？」

ハロルドは口を開けて閉めた。

「われわれの結婚生活が成り立っているのはウォーキングがあればこそです。ところで、あなたはどのルートをお取りになるんです？」

それは歩きながら決める、でも、本質的には、北に向かうルートだ、とハロルドは答えた。エクセター、バース、そして、たぶんストラウド。「街道にこだわるのは、大人になってからずっと車を運転してきたからです。街道ならわかるから」

ハイキングの男はしゃべりつづけた。ハロルドは、そのときふいに、どうやらこの男は会話をするのに相手を必要としないタイプらしいと思い当たった。男の妻は自分の手をためつすがめつ見つめている。「むろん、コッツウォルズ・トレイルは過大評価されてますな。わたしなら、なんといってもダートムアですよ」

「わたしは、個人的にはコッツウォルズが好きよ」と男の妻がいった。「たしかに、ダートムアよりは平坦だけど、ロマンティックだもの」といいながら、彼女は結婚指輪をくるくる回した。あまりにも激しいその回し方を見てハロルドは、このままだと彼女の指がねじのようにぽろりと抜け落ちるのではないか、という気になった。

「この人はジェイン・オースティンが大好きなんですよ」とハイキングの男が笑った。「オースティンの映画は全部見てます。わたしはもっと男っぽいのがいいですがね。いわんとすることをわかっていただけますか？」

ハロルドはいつの間にかうなずいていた。だからといって、男のいわんとすることがわかったわけではなかった。ハロルド自身はモーリーンいうところの〝マッチョ・タイプ〟であったことなど一度もない。ビール工場時代も、パブの営業時間が過ぎても飲み会を切り上げようとしないネイピアや同僚たちとのつき合いは避けていた。ときには、よくもまああんなに長年アルコールにかかわる仕事をしてきたものだ、と感心することもある。アルコールは彼の人生に恐ろしい役割を演じてきたというのに。たぶん、人間とは自分の恐れるものに引き寄せられるものなのだろう。

「われわれはダートムアがいちばん気に入ってるんですよ」とハイキングの男がいった。

「あなたはダートムアがいちばん気に入ってるんでしょ」と男の妻が訂正した。

そして、互いの顔を見つめ合った。見も知らぬ他人を見るかのような目だった。それにつづく沈黙のあいだに、ハロルドはまたはがきを書きはじめた。夫婦げんかが始まった。このふたりが家ではいえない物騒なことを人前で口にするタイプでなければいいが、と思いながら。

脳裏に、またしてもイーストボーンの休暇村でのことがよみがえった。モーリーンの用意したサンドイッチを持って出発したはいいが、目的地に着くのが早すぎて、まだゲートが開いていないということが多かった。ハロルドはそんなふうに過ごした夏のことを、長年、いとおしく思い出していた。ただし、それも、モーリーンから、デイヴィッドが人生の最低の日々のことを〝つまんないイーストボーンみたいに冴えない〟と表現していたと聞かされるまでのことだった。近ごろのハロルドとモーリーンは、もちろん、旅などしたいとも思わない。それでも、ハロルドは、イーストボーンの休暇村についてのモーリーンの言い種《ぐさ》はおかしいと思っている。だって、三人でよく笑ったじゃないか、デイヴィッドも、ひとりかふたり、遊び友だちを見つけたじゃないか、ダンスのコンテストで優勝したこともあるじゃないか、デイヴィッドは楽しんでたじゃないか、と。

「つまんないイーストボーンみたいに冴えない」と、モーリーンが〝つまんない〟という単語をあまりにも強調したので、まるで殴りつけられたような気がしたものだ。

隣席の例の夫婦に物思いを中断された。いつのまにかふたりが声を荒らげている。逃げ出したかった。なのに、うまく言い争いがとぎれる瞬間をとらえて腰を上げ、その場を離れるチャンスはなさそうだった。

ジェイン・オースティン命の女がいった。「あなた、折れた脚を抱えてこんなところに足止めされたのが楽しかったとでも思ってるの？」ハイキングの男は妻がしゃべっていることなど気づかないかのように地図を見つめつづけ、妻は妻で夫は自分のいうことを無視してなどいないというようにしゃべりつづけた。「わたしは二度とこんなところに来たくなかったわ」

この女、いいかげん黙ってくれないか、とハロルドは思った。男のほうもせめてほほえんでみせるとか、彼女の手を握るとかすればいいのに、と。そして、ふと、自分自身とモーリーンのこと、フォスブリッジ・ロード13番地での沈黙の年月のことを考えた。モーリーンは、みんなに聞こえるところで、自分たち夫婦についての真実をぶちまけてやりたいという気になったことがあるのだろうか？これまで彼は一度もそんな疑問を抱いたことがなかった。だが、その疑問が生まれたいま、不安のあまりいても立ってもいられなくなった。だから、早くも立ち上がり、出口に向かって歩きはじめた。隣席の夫婦は彼がいなくなったことに気づいていないようだった。

セントラルヒーティングと茹《ゆ》でた臓物《ぞうもつ》と空気清浄剤のにおいのする、質素なゲストハウスにチェックインした。疲労で身体じゅうが痛んだが、数少ない持ち物を取り出して足の状態を調べたあと、すぐさまベッドの端に腰を下ろし、つぎにするべきことを考えた。気持ちがざわついて眠れそうになかった。階下から夕方のニュースが聞こえてくる。いまごろモーリーンもあの番組を見ているだろう。アイロンをかけながら。しばらくのあいだ、ハロルドは身じろぎもせずに聞き取れないニュースに耳をそばだて、少なくともモーリーンとのあいだがそんなかたちでつながっていることになんとなく救われる思いになっていた。レストランで会った例の夫婦のことをまた思い出し、モーリーンが恋しくてたまらなくなった。恋しさのあまり、彼女のことしか考えられなくなった。もし別のやり方をしていたら、もっとうまくいっていたのだろうか？　モーリーンが使いはじめたあの客間のドアを押し開けていたら？　あるいは、旅の予約をして彼女を外国に連れ出していたら？　でも、彼女は絶対に同意しなかっただろう。デイヴィッドと話ができないことを、待ちわびている彼の帰りを逃してしまうことを、いまでもひどく恐れているから。

　ほかにもいろいろなことがよみがえってきた。結婚して間もないころ、デイヴィッドが生まれる前の、モーリーンがフォスブリッジ・ロード13番地の庭で野菜を育て、毎日、夕方になるとビール工場の向こうの角で彼を待っていたころのことなどが。ふたりで歩いて家に向かったものだ。ときには、海沿いの遊歩道を歩くこともあったし、波止場で足を止めて船を眺めたこともある。モーリーンはマットレス用の亜麻布でカーテンを、そして残りの布で自分のワンピースを縫った。図書館で新しいレシピを見つけてくるようにもなった。キャセロール料理、カレー、パスタ、豆料理。夕食を楽しみながら、モーリーンがビール工場の同僚のこと、彼らの妻のことを尋ねたものだ。そのくせ、職場のクリスマスパーティには、ふたりとも一度も行ったことがなかった。

赤いドレスを着たモーリーンを見かけたときのことを思い出す。襟にヒイラギの小枝を挿していた。目を閉じると、あのときの彼女の甘いかおりがしてくるようだ。庭で一緒にジンジャービールを楽しみながら、星を眺めたこともある。「ほかに誰もいなくていい」とふたりのうちのどちらかがいった。

おくるみにくるんだ自分たちの赤ん坊を差し出し、ハロルドに渡そうとするモーリーンの姿がまぶたに浮かぶ。壊れたりしないわ、とモーリーンはほほえんだ。「どうして抱いてあげないの？」この子はきみがいちばん好きなんだよ、といってハロルドは、たしか、両手をポケットに突っこんだはずだ。

なのに、一度はモーリーンがにっこり笑って頭を彼の肩にもたせかけたあのできごとが、何年かのちにはあれほどの怒りといらだちの原因になるというのは、どういうことだ？「あなたは一度もあの子を抱いたことがなかったわ！」とモーリーンはわめいた。事態が最悪の状態に達したときのことだった。「あの子が子どもだったあいだじゅう、あなたはあの子に触れようともしなかった！」厳密にいえば、それは必ずしも事実ではなかったし、ハロルド自身もそのようなことをいって反論したが、本質的には彼女のいうとおりだった。怖かったのだ、怖くてわが子を抱けなかった。だからといって、一度はモーリーンもそれを理解していたのだ、なのに何年かたったら理解できなくなったというのは、どういうことだ？

デイヴィッドはモーリーンのところに戻ってくるだろうか？　こうして自分が遠く離れたところにいるいまなら？

部屋にこもってそんなことを考えたり、いろいろなことを後悔したりしているのは、つらすぎた。だから、ジャケットに手を伸ばした。外に出ると、点々と散る薄片のような雲の上に、細い三日月がかかっていた。ハロルドに気づいて、けばけばしいピンクの髪の女が吊りかごの植物に水をやる手を止めて目を凝らした。何か異様なものでも見るような目だった。

公衆電話ボックスからモーリーンに電話をかけたが、モーリーンにはとくに報告するほどのニュースもないようで、ふたりの会話はぽつりぽつりととぎれがちだった。

一度だけ、モーリーンが彼の旅のことに触れ、地図を調べようと思ったことはあるかと訊いた。エクセターに着いたら、歩くために必要なものを買うつもりだ、とハロルドは答えた。都会のほうがいろいろ選べるだろうから、と。そして、知ったかぶりをして〈ゴアテックス〉のことに触れた。

「そう」とモーリーンはいった。抑揚のない言い方――あなた、とうとう不愉快なことを始めてしまったのね、以前からずっとそういう気はしてたんだけど、といわれているような気がした。あとに続いた沈黙のなかで、モーリーンの舌打ちと、ごくりと唾をのむ音が聞こえた。モーリーンがまた口を開いた。「あなた、ちゃんと計算したんでしょうね、あなたのしようとしているのはどれくらいの費用がかかることかを」

「退職金でまかなうつもりだったんだが。予算はしっかり守ってるよ」

「そう」ともう一度モーリーンはいった。

「とくに使うあてはなかったはずだが」

「そうね」

「じゃあ、いいんだな?」

「いいんだな?」とモーリーンは繰り返した。そんな言葉、初めて聞いたというように。

一瞬、頭が混乱して、どうだ、おまえも来ないか、といいたくなった。それでも、思いとどまった。どうせ、いつものとおり「無理ね」というあの言葉が返ってくるだけだから。だから、代わりにこういった。「おまえはいいのか？　おれがこういうことをしても？　おれが歩いてても？」

「いいとしかいえないでしょ」といって、モーリーンは電話を切った。

今回もまた、電話ボックスをあとにしながら、モーリーンにわかってもらえればどんなにいいだろうと思わずにはいられなかった。でも、ふたりはもう長いこと、言葉がなんの意味も持たないところで生きてきたのだ。モーリーンにしてみれば、ハロルドに目を向けるだけで無理やり過去に連れ戻されるだけだろう。むろん、一緒に暮らしてきたのだから、どうでもいいような言葉くらいは交わす。それくらいならとくに問題はないからだ。だが、夫婦の胸の内にはけっして口にはできない思いがわだかまっている。だから、ふたりはそれには絶対に触れないように、せいぜいで上っ面をかすめる程度に言葉を交わすだけでこの日まで生きてきた。わだかまりはあまりにも深く底が知れない。そこに橋を架けることなどできないだろう。そこまで考えたところで、ハロルドはかりそめの宿に戻り、着ていたものを洗った。フォスブリッジ・ロード13番地の夫婦別々のベッドを思い浮かべ、キスをするときにモーリーンが口を開けなくなったのは正確にはいつからだっただろう、と考えた。あのできごとの前か、それともあとか？

翌朝、ハロルドは夜明けとともに目を覚まし、まだ歩けることに驚き、そして感謝した。だが、この日は疲労が抜けていなかった。暖房は効きすぎ、夜は長くて閉塞感でいっぱいだった。前夜の電話でモーリーンが触れた退職金の話も気になって仕方がなかった。彼女はそうはいわなかった、でも、退職金のことでそれとなくにおわせたことは確かだ。退職金を自分だけのために、それも彼女の同意なしに使いきっていいはずがない。

それでも、とハロルドは思う――おれがあいつの心に何かの感慨を残すようなことをするのは何十年かぶりだ。

バックファストからアッシュバートンを経てB3352号線に入り、ヒースフィールドで一夜を過ごした。途中、やはり歩いて旅をする人たちと出会い、自然の美しさやまもなくやってくる夏のことなど短く言葉を交わしては、互いの旅の安全を祈り、それぞれの目的地をめざしてまた歩きはじめた。曲がりくねった道を行き、丘陵地の麓《ふもと》をたどりながら、ひたすら前へ前へと足を進めた。けたたましい羽音もろとも木々の枝からカラスの群れが飛び立ち、生け垣のなかから若い鹿が一頭飛び出してきた。車がどこからともなく轟音《ごうおん》をあげて近づいてきては走り去った。民家の門の内側には犬がいた。側溝の蓋にはアナグマが数頭、まるで毛皮をかぶせた重しのように座っていた。満開の花のドレスをつけた桜の木が一本、立ち騒ぐ風を受けて紙吹雪のように花びらを散らした。ハロルドはいまや予期せぬできごとを、たとえそれがどんなかたちを取っていようと、やすやすと受け入れる準備ができていた。それほどの解放感を味わうのはめったにないことだった。

「ぼくは父さんだよ」とハロルドは母親にいった。六歳か七歳のころだった。母親は顔を上げた。興味深げな顔だった。しかも、そういった本人は自分の大胆さにショックを受けていた。そのあと何をすればいいかがわからなかった。だから、仕方なく、父親のハンチング帽と部屋着をつけ、空っぽの酒瓶をとがめるような目でにらみつけた。母親の顔がくしゃっと崩れた。少なくとも平手打ちくらい飛んでくるだろうと覚悟した。なのに、驚いたことに、そして心底うれしいことに、母親は柔らかそうな首をのけぞらせると、澄んだ高い声で笑いはじめた。きれいに並んだ歯とピンク色の歯茎が見えた。それまでそんなふうに母親を笑わせたことは一度もなかった。

「ひょうきんな子だねえ」と母親がいった。

天井を突き抜けそうなほど背が伸びたように感じた。大人になった気分だった。笑うまいと思っていたのに、ついつられて笑いだした。最初はにたりと、やがて腹の底から、おなかを抱えて大笑いした。それ以後、なんとかして母親を笑わせようといろいろな方法を編み出した。ジョークを覚えた。百面相をしてみせた。うまくいくときもあれば、いかないときもあった。ときには、ふと思いついてしたことに母親が大笑いしてくれたのに、それのどこがおもしろいのか彼自身にはさっぱりわからない、ということもあった。

街路を歩き、路地を歩いた。道幅が狭《せば》まっては広がり、上ってはくねった。生け垣にへばりつくように歩くこともあれば、舗装された歩道を自由気ままに歩くこともあった。「敷石の継ぎ目を踏んじゃいけないよ」と母親に呼びかける自分の声が聞こえた。「踏むとお化けが出るからね」子どものころ、ハロルドがそういうと、母親は知らない子どもでも見るような目を彼に向け、そのあと敷石の継ぎ目をひとつ残らず踏んで歩いた。おかげで、ハロルドはいやでも母親を追って走らざるをえなくなった。両腕を広げ、出てくるかもしれないお化けを必死で追い払いながら。ジョーンのような女とつき合うのは容易ではなかった。

両の踵に複数の新しい靴ずれができはじめた。午後になるころには、足指の裏にもマメができていた。頭に浮かぶのは絆創膏のことばかりだった。

ヒースフィールドから、B3344号線を通ってチャドリー・ナイトンまで行き、さらに同じルートでチャドリーに向かった。それだけの距離を歩くのはひと苦労だった。身体の奥深くにとてつもなく大きな疲労が沈んでいたからだ。宿を取った。かろうじて八キロくらいしか歩けなかったことに落胆していた。それでも、つぎの日は、自分を叱咤《しった》して夜明けとともに歩きはじめ、十四キロ半ほど距離を稼いだ。木々のあいだから、早朝の陽の光が矢となって降り注いでいた。なのに、午前もなかばを過ぎるころ、空は頑固なちぎれ雲に覆いつくされ、目を上げるたびに、ちぎれ雲のひとつひとつが灰色の山高帽のかたちをとりはじめた。ユスリカの蚊柱が立った。

キングズブリッジを出て六日、フォスブリッジ・ロードからおよそ六十九キロ、ズボンの腰回りがゆるくなり、額と鼻と耳の皮が日に焼けてむけ落ちた。腕時計を見たが、その前から時間がわかっていたことに気がついた。朝と晩、足の指と踵と土踏まずを入念に点検し、皮膚の破れたところやすりむけたところを絆創膏と軟膏で手当てした。レモネードは外で飲み、雨が降ったときには煙草を吸う男たちに交ざって雨宿りをした。シーズン最初のわすれな草の群生が月明かりを浴びて淡く輝いていた。

エクセターに着いたら歩いて旅をするのにふさわしい装備を買おう。ついでに、クウィーニーへの土産も買い足そう。城壁の背後に太陽が落ち、空気に冷気が忍びこむころ、ハロルドはまたクウィーニーの手紙にどこかおかしな点があるのを思い出したが、どこがおかしいのかはわからなかった。

8　ハロルドと銀髪の紳士

モーリーンへ、大聖堂の脇のベンチでこの手紙を書いています。男がふたりでストリートパフォーマンスの真っ最中だが、自分に火をつけそうであぶなっかしい。私の現在地に×印をつけておきました。H・

クウィーニーへ、あきらめてはいけません。敬具　ハロルド（フライ）

ガソリンスタンド〈ハッピー・トゥ・ヘルプ〉の娘さんへ、このところずっと、あなたは神に祈っているのかいないのかを考えています。私自身は一度祈ろうとしたことがあるのですが、すでに手遅れでした。おかげで、いまこんなことになっているのでしょう。歩いていた男より。

追伸　まだ歩いています。

午前もなかばを過ぎたころ。大聖堂の外に人だかりができていて、その輪の中心でふたりの若い男がCDプレイヤーの曲に合わせて火を食べている。そのかたわらで、毛布にくるまった老人がゴミ箱をあさっている。火食い男たちは油染みだらけの黒っぽい服装で、髪をポニーテールに結っている。彼らのパフォーマンスはどこか雑な感じで、いつなんどき間違いが起きてもおかしくなさそうだ。ふたりは観衆に下がるよう要求すると、炎をあげるバトンでジャグリングをはじめる。観衆が不安げに拍手する。ゴミ箱をあさっていた老人は、そのときになってはじめて火食い男たちのパフォーマンスに気づいたのか、観衆を押し分けて人垣の前に出ると、ふたりのあいだに立ちはだかる。老人は声をあげて笑っている。あっちへ行け、と火食い男たちに怒鳴られても、素知らぬ顔でCDの曲に合わせて踊りはじめる。ぎくしゃくと野暮ったい老人の動きを見ているうちに、急に火食い男たちがかっこいいプロのパフォーマーに思えてくる。男たちがCDプレイヤーの電源を切って道具類を片づけはじめるとともに、人垣が少しずつほぐれ、やがてその場に残るのはたまたま通りかかった二、三人だけになる。それでも、老人は依然として腕を大きく広げて目を閉じ、ひとり大聖堂の前で踊っている。いまもCDプレイヤーから音楽が流れているし、まわりを観客が取り巻いているとでも思っているように。

ハロルドは旅を再開したかった。にもかかわらず、老人はいまも縁もゆかりもない他人のために踊っている。だとすれば、たったひとり残った観客としてそんな老人を見捨てていくのは礼儀にもとる。

ハロルドの脳裏に、イーストボーンの休暇村で踊るデイヴィッドの姿がよみがえった。デイヴィッドがツイストコンテストで優勝したあの夜のことが。ほかの参加者は、気恥ずかしくなったのか、ひとりまたひとりと脱落し、八歳のデイヴィッドだけが取り残されて猛烈な勢いで踊りつづけていた。その踊り方があまりにも激しすぎたので、はたして本人は楽しんでいるのか苦しんでいるのかがわからなくなった。司会者がゆっくりと拍手しながら、ダンスホールじゅうに響きわたる大声でジョークをいった。場内がどっと沸いた。ハロルドも戸惑いながら笑みを浮かべた。踊りくるっていた少年の父親という複雑な立場にどう対処すればいいのかわからなかったのだ。ちらりとモーリーンの顔を見た。モーリーンはじっとデイヴィッドを見つめていた。両手を口に当てていた。ハロルドの顔から笑みが消えた。とんだ裏切りを働いたような気分だった。

よみがえったことはほかにもあった。デイヴィッドの学校時代のこと。デイヴィッドが自分の部屋にこもって過ごした時間、しょっちゅう取ってきた百点満点、親の手助けはいっさい受け付けなかったことなどなど。「いつもひとりぼっちだからって、どうということはないわ」と口癖のようにモーリーンはいった。「あの子にはほかに興味のあることがいろいろあるんだから」そもそも、彼ら夫婦自身が人づきあいをしない質だった。ある週、デイヴィッドが顕微鏡を欲しがった。別の週にはドストエフスキーの全集が欲しいといいだした。そのつぎは『ドイツ語入門』だった。さらに、盆栽。新しいことを学びたいというデイヴィッドの貪欲《どんよく》な知識欲に畏怖の念を覚えながら、夫婦はそのすべてを買い与えた。デイヴィッドは自分たち親にはない頭脳とチャンスに恵まれているのだから、どんなことがあっても彼を落胆させてはならない。それが彼ら夫婦の思いだった。

「お父さん」とデイヴィッドはよくいったものだ。「ウィリアム・ブレイクを読んだことある？」あるいは「流動速度のことを何か知ってる？」

「なんだって？」

「そういうだろうと思った」

ハロルドは生まれてこの方ずっと頭《ず》を低くして、無用の対決を避けて生きてきた。にもかかわらず、彼の血肉から生まれ出た息子は、相手と真正面からやりあって決着をつけずにはいられない子どもだった。彼がジグを踊ったあの夜、にやりとしたりしなければよかった、といまハロルドは思う。

老人が踊りをやめた。ハロルドがいることに初めて気づいたらしく、まとっていた毛布を投げ捨てて深々とお辞儀をすると、片手で地面を掃くような仕草をした。どうやら毛布の下にスーツらしきものを着ていたようだ。とはいえ、よごれがひどくてどれがシャツでどれがジャケットか見分けがつかない。老人が上体を起こした。目は、依然として、ハロルドを見据えている。老人が見ているのは誰かほかの人かもしれない。そう思ってうしろを振り向いたが、通行人はみな足早に遠ざかってゆく。関わり合いになるのを避けているようだ。老人が見つめていたのは、間違いなくハロルドだった。

ハロルドは老人に近づいた。それもゆっくりと。途中まで行ったところで、とまどいを感じて足を止め、目にゴミが入ったようなふりをしてみたが、老人はそのままじっと待っていた。ふたりの距離が一メートル足らずにまで縮まったとき、老人は腕を大きく広げ、目に見えないパートナーの肩を抱くような仕草をしてみせた。ハロルドとしても、同じことをしないわけにはいかなかった。ふたりの足が、ゆっくりと、しかし、もたもたと、まず左に、ついで右にと移動した。互いに相手には触れないまま、それでもそれぞれのパートナーとして踊った。小便と、たぶん反吐《へど》と思われるにおいがしたが、ハロルドがそれを上回るにおいを発しているのも事実だった。聞こえるのは、行き交う車の音と群衆のざわめきだけだった。

老人は動きを止めてもう一度お辞儀をした。心動かされて、ハロルドも同じように頭を下げた。だが、老人は早くも毛布を拾い上げ、足を引きずり引きずり遠ざかりはじめていた。
　大聖堂近くのギフトショップで、モーリーンが喜びそうな浮き出し模様のある鉛筆を一セット買った。クウィーニーには、中に大聖堂の模型が収められていて逆さにするときらきら光りながら紙吹雪の舞う、小さなペーパーウェイトを買った。そして、ふと思った——観光客として宗教にかかわる場所に行くと、なぜかみんなその場所にまつわる記念品やアクセサリー類を買いたくなるものだ。たぶん、それは、妙な言い方かもしれないが、そうする以外にどうすればいいかわからないから、というのが真相なのだろう。

　エクセターの街はハロルドに不意打ちを食らわせた。彼の中にいつのまにかできあがっていたゆったりした体内リズムが、この大都会の凶暴なまでの激しさを目の当たりにして、いまや崩壊の危機にさらされていた。ここに来るまでは、どこまでも開けた大地と空とが与えてくれる安心感、すべてがあるべきところにあるという安心感に、心地よく浸っていられた。自分自身をたんなるハロルドという人間ではなく、もっと大きな何ものかの一部だと思っていられた。なのに、あまりにも視界の限られたこの街では、何が起きてもおかしくないし、その何かが何であっても、それに相対する心構えができていないように思えてならなかった。

足の下に、たとえ痕跡でもいいから土がないものかと探してみても、目に入るのは敷石とアスファルトばかり。何もかもが彼に警告を発していた。行き交う車も。ビルも。人波を押しわけ、携帯電話でわめきながら先を急ぐ人々も。そんな顔のひとつひとつにほほえみかけてみたが、それだけで疲労困憊するありさまだった。あまりにも多くの見知らぬ人々の顔を意識の中に取りこむというのは、ひどく疲れることだった。

まる一日を、ただ歩き回るだけで無駄に過ごした。この街を出ようと決心するのに、そのたびに気になることが目についてまた一時間が過ぎてしまう――そんなことの繰り返しだった。それまで要るとさえ思っていなかった商品を買うべきかどうかで迷いに迷った。モーリーンにガーデニング用の手袋を買って送ってやるべきだろうか？　店員がタイプの違う手袋を五種類も持ってきて自分の手にはめてみせた。それを見ているうちに、モーリーンが野菜づくりをやめてずいぶんになることを思い出した。何か食べようとして立ち寄った店では、何種類ものサンドイッチを見せられてその数の多さに仰天し、空腹だったことを忘れて何も食べずに店を出てくるしまつだった（チーズサンドイッチにしますか？　ハムサンドイッチにしますか？　それとも、〝本日のスペシャル〟のシーフードカクテルサンドイッチ？　まったく別のものがよろしいですか？　スシは？　それともペキンダックラップは？）。二本の脚で、たったひとり土の上を歩いていたときにははっきりわかっていたものが、品数も、通りの数も、正面がガラス張りのショッピングアウトレットの数も、何もかもが多すぎるこの街では、何がなんだかわからなくなった。早く広々とした自然の中に戻りたくてたまらなかった。

おまけに、せっかく徒歩での旅に必要なものを買うチャンスがやってきたというのに、そこでもやはりつまずいた。若くて商売熱心なオーストラリア男を相手にすること一時間、ウォーキングシューズはもちろん、リュック、小型テント、歩数計などまで見せられて、なんのかんのと弁解したあげく、手に入れたのは手回し充電方式の懐中電灯がひとつだけだった。そして、自分にこう言い聞かせた――いま履いているデッキシューズとレジ袋があれば充分。ちょっと工夫すれば、歯ブラシとシェイビングフォームは片方のポケットに、デオドラントと粉石けんはもう片方のポケットに入れられるじゃないか。というわけで、買い物をやめた代わりに、鉄道駅近くのカフェに入ることにした。

いまから二十年前、クウィーニーはこのエクセター・セント・デイヴィッズ駅まで来たにちがいない。ここからまっすぐにベリックに向かったのだろうか？　ベリックに家族でもいたのか？　友だちは？　そういう話は聞いたことがない。一度だけ、カーラジオから流れてきた曲を聞いて、泣きだしたことがある。

『マイティ・ライク・ア・ローズ』《バラのように強く》。男の歌声が車内に満ちた。安定した深い声だった。父を思い出しちゃった、と嗚咽《おえつ》の合間にクウィーニーはいった。その少し前に父親を亡くしたばかりだったのだ。

「ごめんなさい。ごめんなさい」と彼女はささやいた。

「いいんだよ」

「父はいい人だったの」

「だろうね」

「父のこと、気に入ってもらえたと思うわ、フライさん」

そのあと、クウィーニーは父親の思い出話を始めた。クウィーニーがまだ子どもだったころ、父親に見えないふりをされたときの話だった。「あたしはここよ！　ここだってば！」とクウィーニーは笑いながらいったという。そのあいだじゅう、父親はまっすぐに彼女を見ながら、こういいつづけていたという。「すぐにここにおいで。どこにいるのかな、クウィーニーは？」

「すごく楽しかったわ」といって、クウィーニーはハンカチで洟《はな》をかんだ。「父が恋しくてたまらない」彼女には、悲しみ方にさえほどのよい品があった。

カフェは混んでいた。行楽目的の旅行者が、スーツケースやバックパックを手に、テーブルや椅子のあいだの小さなスペースを器用にすり抜ける様子を眺めながら、ハロルドは、クウィーニーもここに腰を下ろしたことがあるのだろうか、と自分自身に問いかけた。まぶたにクウィーニーの姿が浮かんだ。たったひとり、青ざめた顔をして、あの流行遅れのスーツを着たクウィーニーが、毅然として前を見つめている。あんなかたちで彼女を行かせるべきではなかった。

「失礼」頭の上で穏やかな声がした。「ここ空いてますか?」

ハロルドはぶるっと身を震わせて現実に立ち返った。左手にりゅうとした身なりの男が立って正面の椅子を指さしている。ハロルドは目元を拭った。またしても泣いていたことに気づいて驚くとともに、恥ずかしくもあった。空いていると答えて、どうぞ、とうながした。

男は垢抜《あかぬ》けたスーツに濃いブルーのシャツを着て、袖口から小さなパールのカフスボタンをのぞかせていた。やせて優雅な身体つき。オールバックになでつけた豊かな銀髪。腰を下ろすときでさえ、ズボンの折り目が膝からまっすぐに伸びるような膝の折り方をした。両手を口元に当て、優雅な尖塔のかたちをつくった。自分もそうありたいとハロルドに思わせるような、そんなタイプの男だった。気品のある方ね、とモーリーンならいうだろう。おそらく、ハロルドがじっと見つめすぎたせいだろう。ウエイトレスがセイロン紅茶のポット(ミルクなし)とトーストしたティーケーキを持ってきたあと、男、いや紳士は感情をこめてこういった。「別れはいつの場合もつらいものですな」そして、紅茶を注ぎ、レモンを入れた。

その昔、がっかりさせてしまった女性のところまで歩いていくところだ、とハロルドは説明した。これが別れにならないことを願っている、彼女が生きていてくれることを心の底から祈っている、と。ハロルドは紳士の目を見るのではなく、ティーケーキを見つめていた。大きさは皿と同じ。バターが溶けて金色のシロップ状になっている。

紳士はケーキの半分を紙巻き煙草くらいの細さに切り分け、それを口に運びながらハロルドの話を聞いていた。カフェは混み合っていて騒がしく、窓は蒸気で曇って向こうが見えない。

「クウィーニーは人にちやほやされないタイプの女性でした。いわゆる〝かわい子ちゃん〟じゃなかったんです。ビール工場のほかの女性たちとは違ってね。顔が少しばかり毛深かったというか。いや、ひげが生えてるとかそんなんじゃないんですが。でも、ほかの男どもはいい物笑いの対象にしてましたよ。陰口をたたいたりね。彼女はそれに苦しんでました」自分の話が紳士に聞こえているのかどうか、ハロルドにはよくわからなかった。ケーキを口に運び、ひとくちごとに指を拭く紳士の手つきのみごとさに驚嘆せずにはいられなかった。

「少し召し上がりませんか？」と紳士がいった。

「いけませんよ、それは」といいながら、ハロルドは両手を上げてさえぎるような仕草をした。

「わたしは半分でいいんです。あとの半分を無駄にするのは申し訳ない気がするものですから。頼みますよ。半分引き受けてください」

銀髪の紳士は細く切り分けたケーキを紙ナプキンの上に並べ、手つかずの半分の載った皿をハロルドのほうに滑らせた。「ひとつ質問してもかまいませんか？」と紳士。「あなたはちゃんとした方とお見受けしますが」

ハロルドはうなずいた。ティーケーキがすでに口に入っていて、吐き出すわけにはいかなかったからだ。バターが流れ落ちるのを防ぐために指ですくったのはよかったが、バターはすでに手首を流れて袖口をよごしていた。

「わたしは毎週木曜日にエクセターに来るんです。午前の列車に乗ってきて、夕方の列車で帰ります。若い男性に会いにくるんです。ふたりでいろんなことをします。わたしの人生にこういう一面があることは誰も知りません」

銀髪の紳士はそこで間をおいて紅茶を注ぎ足した。ハロルドの喉にティーケーキが引っかかった。紳士の目がこちらの目を探っているのが気配でわかったが、顔を上げることはできなかった。

「話をつづけてもよろしいですか？」と紳士。

ハロルドはうなずいた。ごくりと喉を鳴らすと、ケーキはやっとのことで扁桃《へんとう》をくぐり抜け、痛みを伴いながら食道を下っていった。

「彼を相手にする行為そのものが好きなんです。そのためにここに来るんです。ただ、だんだん彼本人のことも好きになってしまいましてね。ことのあと、水を持ってきてくれたり、ときにはいろいろ話をしてくれたりするんですよ。彼は英語があまりうまくありません。子どものころにポリオを患ったらしくて、そのせいでときどき足を引きずることがあります」

銀髪の紳士はそこではじめて口ごもった。内なる何かと闘っているかのようだった。紅茶のカップを取り上げて口元に近づけようとした。しかし、その手が震えてカップの縁から中身がこぼれだし、ティーケーキを濡らした。「心を動かされるんですよ、あの若者には」と紳士はいった。「言葉では表現できないくらい動かされるんです」

ハロルドは視線をそらした。立ち上がっていいだろうかと考えて、それはまずいと思い直した。なにしろ、銀髪の紳士のティーケーキの半分を食べてしまったのだ。だからといって、そのまま紳士の無力さを目撃しつづけるのも不法侵入者の気分がした。相手はとても親切だし、とても優雅だ。そんな紳士が紅茶をこぼすところなど見たくなかった。せめて拭いてやりたいと思いながら、そうはしないで、その場にじっと座ったまま耐えていた。気にしないようにしていた。紳士のティーケーキは台なしになるだろう、でも、それは仕方がない、と思いながら。

紳士はつらそうに話をつづけた。言葉はゆっくりと、間をおきながら口から出てきた。「わたしは彼のスニーカーをなめるんです。それがわれわれのいつものコースの一部です。ところが、今朝、彼のスニーカーの爪先にちっちゃな穴が開いてるのに気づきましてね」声が揺らいだ。「新しいのを買ってやりたいんですが、気まずい思いはさせたくないし。でも、やはり、彼が穴の開いたスニーカーを履いて街を歩いていると思うと耐えられなくて。足が濡れるでしょうからね。どうすればいいでしょうかねえ?」紳士の上下の唇がぴたりと合わさった。苦しみの雪崩《なだれ》を押し戻そうとするかのようだった。

ハロルドは声もなく座っていた。銀髪の紳士はハロルドが最初に想像した男とは大違いだった。彼も自分と同じく、特異な苦しみを抱えた男なのだ、とハロルドは思った。ただし、街で行き合っただけなら、あるいはカフェのテーブルに向かい合って座ったとしても、ティーケーキを半分もらいさえしなければ、彼がそういう男だとは知らずにすんだはずだ。ハロルドのまぶたに、駅のプラットフォームに立つ紳士の姿が浮かび上がった。垢抜けた着こなしの彼に、ほかの男と違うところなどまったく認められない。でも、そういうことはイギリスのどこにでもあるのだろう。ミルクを買おうとしている人、車にガソリンを入れようとしている人、あるいはポストに手紙を出そうとしている人。そうした人たちが内面に抱えるものの恐ろしいほどの重さを知る者は、当人のほかにいない。正常さを保つためには、安楽な日常を過ごしているように見せるためには、超人的な努力が求められる。その孤独、その寂しさ。心揺さぶられ、謙虚な気持ちになって、ハロルドは自分の紙ナプキンを差し出した。

「わたしなら、新しいスニーカーを買ってあげるでしょうね」とハロルドはいった。そして、思い切って目を上げ、銀髪の紳士と視線を合わせた。紳士の瞳は薄いブルー、白目が充血して痛そうだった。それがハロルドの胸を引き裂いたが、今度は目をそらすことはしなかった。つかの間、ふたりは何もいわずに座っていた。やがて、ハロルドのなかに軽やかさが満ちて、それが彼の顔に笑みを広げた。彼はいま、かつて自分が犯した過ちを償うために歩いている、そのあいだに他人の自分とは異なる部分を受け入れることもまた自分の旅の一部だということがわかりはじめた。ひとりの通行人として、ハロルドはいますべてが、大地、あるいは自然だけでなくすべてが、開かれたところにいる。人々は心おきなく話してくれるだろう。自分は心おきなくそれに耳を傾ければいい。人々の小さな部分を抱えて歩けばいいのだ。いままでは、じつに多くのことをないがしろにしてきた。だからこそ、自分にはこの小さな寛大さのかけらをクウィーニーに、そして過去に返す責任がある。

銀髪の紳士もほほえんだ。「ありがとう」そして、ナプキンで、口元と手と、最後にカップの縁を拭った。立ち上がり際に、こういった。「またお目にかかることがあるとは思えませんが、お会いできてよかった。お話しできてよかった」

ふたりは握手をして別れた。ティーケーキの食べ残しをテーブルに置いたままで。

9　モーリーンとデイヴィッド

いったいどちらのほうがよりやっかいなのだろう、ハロルドが歩いてクウィーニーに会いにいくと知ったときの気の遠くなるような衝撃と、それと入れ替わりに噴き出してきた激しい怒りとでは？　それがモーリーンにはわからない。ハロルドからはすでに絵はがきが二通届いている。一通はバックファスト修道院《アビー》の、もう一通はダートマス鉄道の絵はがきだ（元気でいることと思う。H・）。でも、どちらにも本物のいたわりの言葉や説明は書かれていなかった。電話こそ毎晩のようにかかってくるが、疲れのせいか、いうことは要領を得ない。こんなことでは、老後のためにとっておいた資金もたちまち底を突くだろう。よくもこのわたしを捨てて出ていったものだ。こちらはあんな人との暮らしに四十五年も耐えてきたのに。ここまで恥をかかせてくれるなんて、いったいどういうこと？　こんなこと、息子にだって報告できやしない。廊下のテーブルには、光熱費などの請求書が小さな山になって並んでいる。請求先はミスター・H・フライ。その前を通るたびに、あの人がいないことを思い出してしまう

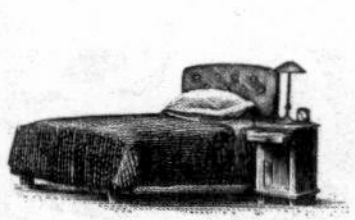

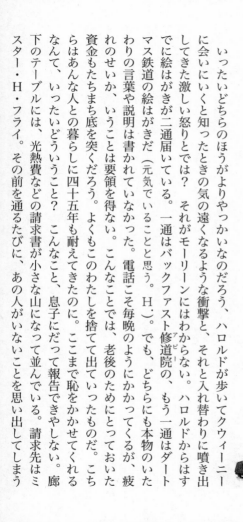

じゃないの。

モーリーンは掃除機を持ち出し、ハロルドの痕跡を、髪の毛一本、ボタン一個まで探し出してノズルに吸いこませた。ハロルドのベッドサイドテーブルと衣装だんすとベッドに、スプレー缶入りの殺菌剤を吹きかけた。

モーリーンの頭を占領しているのは、たんに怒りだけではなかった。隣人のレックスにどう説明すればいいかという心配もあった。彼女は、いま、ハロルドが足首をくじいて寝ているると嘘をついたことを後悔しはじめていた。レックスは、連日のように玄関先にやって来ては、ハロルドには見舞いを受け入れる気があるか、などといいながら、ちょっとしたものを差し出すのだった。〈ミルキー・トレイ〉を一箱、ゲーム用のカードを一組、地元の新聞から切り抜いた芝生用肥料についての記事などを。いまやモーリーンは玄関ドアのすりガラスを見ると、そこにレックスのずんぐりした影が映っているのでは、と不安になるまでになっている。じつは、あの人、あの前の夜、事故で救急搬送されたのといおうかとも思ったが、それではレックスがますます心配して、かえってこちらがいたたまれない思いになるだろう。それに、レックスのことだから、車で病院まで送ってやるといいだすだろう。というわけで、モーリーンはいま、自分の家にいながら、ハロルドがいなくなる前よりももっと引きこもっていなければならない気分になっていた。

家を出てからそろそろ一週間、ハロルドがまた公衆電話からかけてきた。もう一晩だけエクセターで泊まり、つぎの朝早くティヴァートンに向けて出発するという。

「ときどき、おれがこうして歩いてるのはデイヴィッドのためだ、と思うことがあるんだよ……。聞いてるか、モーリーン？」

モーリーンは聞いていた。けれども、口が利けなかった。

ハロルドがつづけた。「しょっちゅうあいつのことが頭に浮かんでくるんだ。で、いろんなことを思い出す。あいつが子どもだったころのことやなんかを。それが力になるような気がするんだ」

モーリーンは大きく息を、それも歯の神経がむき出しになったかと思うほど冷たい息を、吸いこんだ。そして、ようやくこういった。「あなた、デイヴィッドがあなたに歩いてクウィーニー・ヘネシーのところに行ってほしいといってる、といってるわけ？」

ハロルドは何もいわず、しばらくたってからため息をついた。「そうじゃない」どんよりした声、何かが落ちるような声だった。

モーリーンはつづけた。「あなた、あの子と話したの？」

「いいや」

「あの子に会ったの？」

もう一度「いいや」

「でしょうね」

ハロルドは何もいわなかった。モーリーンはカーペットを敷いた廊下をうろうろと歩きながら、自分の勝利の大きさ《サイズ》を足で感じ取っていた。「もしあなたがあの人のところに行くつもりなら、地図も携帯も持たずに、わたしに断りさえしないで、イングランドの南の端から北の端まで歩いていくつもりなら、せめて自分のしていることがどういうことかを認めるくらいの正直さを持ってもらいたいものね。これはあなたが自分で望んでしてることですからね、ハロルド。わたしが望んだことじゃないし、ましてやデイヴィッドが望むなんて、そんなこと絶対にありえませんからね」

そこまで正論をまくし立ててしまった以上、モーリーンにはもはや電話を切るほかにできることはなかった。切ったとたんに後悔した。かけ直そうとしたが、電話番号がわからない。彼女には、ときどきそんなふうに本心でないことを口走ってしまう癖がある。いつのまにかそれが彼女の話し方の骨格になってしまっている。何か気のまぎれることを探したが、まだ洗濯が終わっていないのはメッシュのカーテンだけで、いまはとてもそれを取り外す気分にはなれない。また新しい夜がきて過ぎていったが、何も起きなかった。

眠りは浅く、とぎれがちだった。何かのパーティに出ている夢を見た。ブラックタイとイブニングドレスの人でいっぱい。なのに、モーリーンの知り合いはひとりもいない。彼女はいま食事のテーブルについている。ふと視線を落とすと、あろうことか膝に自分の肝臓が載っている。「お目にかかれて光栄ですわ」とかなんとか隣の男にいいながら、男に見られないように片手で肝臓を必死で隠す。だが、そのあいだじゅう、肝臓が指のあいだを滑り、つかもうとするたびに、くびれた部分がぐにゃりとへこむ。どうすればそれを身体の中に戻せるかがわからず、途方に暮れるばかりだ。ウエイターが銀色のドーム蓋をかぶせた皿を配りはじめる。

肝臓が飛び出しているのに、痛みはまったく感じない。感じるのはむしろパニックに似たもの、パニックの苦悶《くもん》だ。突如として襲いかかったその苦悶が、額の生え際に刺すような痛みを残してゆく。誰にも気づかれずにこの肝臓を身体の中に戻すにはどうすればいいだろう？　身体じゅうをさわってみても、肝臓を押しこめるような肉の裂け目は見つからない。テーブルの下で必死に手を振ってみるが、肝臓は指に貼りついたまま離れない。もう片方の手で剝がそうとしても、たちまちその手にも貼りついてしまうだ。いますぐに飛び上がるようにして立ち上がり、大声でわめきたい。でも、そんなことをしてはいけないのはわかっている。このままじっとしていなければ。ぴくりとも動かずにいなければ。自分のはらわたをなだめていることなど人に知られてはいけない。

四時十五分、モーリーンはびっしょりと汗をかいて目を覚まし、ベッドサイドの明かりに手を伸ばした。エクセターにいるハロルドのことを、どんどん減ってゼロに近づこうとしている年金基金のことを、見舞いの品を手にしたレックスのことを、考えた。いくら追い払っても消えない家の静寂についても考えた。もうこれ以上耐えられなかった。

夜明けからしばらく、モーリーンはデイヴィッドと話をした。彼の父親が歩いて、昔、知り合いだった女性のところに向かっていることについて、事実をありのままに告白した。デイヴィッドは聴いていた。「あなたもわたしもクウィーニー・ヘネシーなんて知らなかったわよね」とモーリーンはいった。「だけど、ビール工場で働いてたんですって。経理の仕事をしてたらしいわ。たぶん、お嫁のもらい手のないタイプだったんじゃないかしらね。すっごく孤独だったんでしょうね」話し終えたモーリーンは、デイヴィッドに、あなたを愛してるわ、顔を見に来てくれたらうれしいのに、といいそえた。こっちだってそうだよ、とデイヴィッドは断言した。「で、ハロルドのことだけどどうすればいいかしら、デイヴィッド？　あなたならどうする？」デイヴィッドは父親の問題点をぴしゃりと指摘し、そのうえでモーリーンには医者に行くことを勧めた。モーリーンが怖くていえなかったことを、はっきりと口にした。

「だって、家を空けるわけにはいかないでしょ」とモーリーンは反論した。「あの人が帰ってくるかもしれないもの。帰ってきたのにわたしがいない、なんてことになるかもしれないじゃないの」

デイヴィッドは笑った。やや残酷な笑い方だった。決めるのは母さんだ。家にいて待っているもよし。何か行動に出るもよし。モーリーンのまぶたにデイヴィッドの笑顔が浮かんだ。もっとも、デイヴィッドは昔から言葉を加減する質ではなかった。少し間をおいて、デイヴィッドが思いがけないことをいったとたんに、涙が噴き出した。クウィーニー・ヘネシーのことは知ってるよ、いい人だよ、と。

モーリーンは小さく息をのんだ。「だって、あなた、あの人に会ったことないじゃないの」

そのとおりだ、とデイヴィッドはいった。でも、母さんがクウィーニーに会ったことがないというのは嘘でしょ、と。クウィーニーがハロルドに宛てた伝言を持ってフォスブリッジ・ロード13番地の家に来たことがある、というのだ。緊急の用です、とクウィーニーはいったという。

それで決まった。翌朝、診療所が開くとすぐ、モーリーンは電話をかけて予約を取った。

10　ハロルドと奇跡

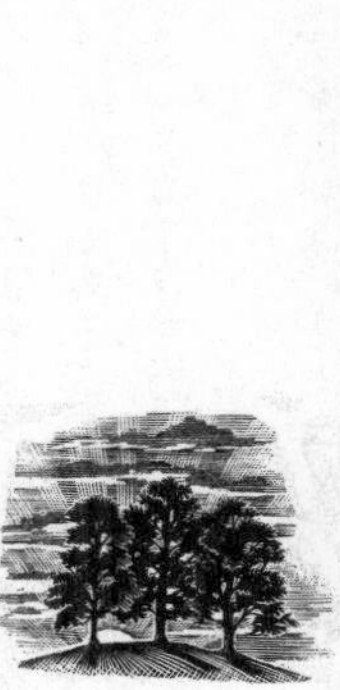

朝の空は青一色、そこに櫛で梳《す》いたような雲がたなびき、木立の向こうにはいまなお細い月が消え残っている。ハロルドはまた路上に戻れたことに安堵していた。この日早朝、エクセターを出発したが、その前に古本の野生草花事典と旅行者向けの大英帝国ガイドブックを買っておいた。それがいまビニールのレジ袋のなかに、クウィーニーへの二個のプレゼントとともに収まっている。ほかにも、新たに買い足した水とビスケット、足に塗るといいという薬屋のアドバイスで買ったチューブ入りのワセリンも入っている。「専門医の処方箋があれば特殊な薬用クリームをお渡しすることもできますが、そこまでするのは時間とお金の無駄でしょう」と薬局の主人はいって、天気が悪くなるようだとつけ加えた。

エクセターの街にいるあいだ、ハロルドの頭は思考停止状態に陥っていた。けれども、広々と視界の開けた自然の中に戻ったいま、彼はふたたびある場所と別の場所との中間地点にあって、頭にはさまざまな情景がなんの束縛もなく去来している。歩きながら、二十年ものあいだ考えまいとして必死に抑えつけてきた過去のもろもろを解き放った。おかげで、いま彼の頭の中では過去がけたたましくさえずりながら、独特の騒々しいエネルギーで駆けめぐっている。ハロルドはもはや距離をキロ数では測っていない。自分の記憶で測っている。

市民農園の前を通りかかったときには、脳裏にフォスブリッジ・ロード13番地の庭にいるモーリーンが浮かび上がった――ハロルドの着古したシャツを着て、風に乱されないように髪をうしろで束ね、顔には泥よごれがついている。インゲン豆の苗を植えているところだ。小鳥の割れた卵を目にしたときには、生まれたばかりのデイヴィッドの触れれば壊れてしまいそうな華奢な頭を思い出し、あまりのいとおしさに心が千々に乱れた。静寂《しじま》にカラスのうつろな鳴き声が響いたときには、ふいに十代のあの日に――自分のベッドで、まったく同じカラスの声を耳にして寂しさに打ちのめされた日に引き戻された。

「どこへ行くの？」とあの日、ハロルドは母親に声をかけた。彼はそのころすでに父親の背丈こそ超えていたが、ようやく母親の肩に届いたばかりであることがうれしかった。母親はスーツケースを取り上げ、首に長いシルクのスカーフを巻きつけた。スカーフの先端が母親の背中に髪の毛のように垂れた。

「どこにも」と母はいった。そのくせ、早くも玄関ドアを開けようとしていた。

「ぼくも行きたい」といって、ハロルドはスカーフをつかんだ。房飾りをつかんだだけだったから、母親には気づかれなかったかもしれない。指のあいだのシルクは柔らかだった。「行ってもいい？」

「ばかいわないで。だいじょうぶ。あんたはもう大人みたいなもんだから」

「おもしろい話をしようか？」

「またいつかね、ハロルド」母親は息子の指のあいだからスカーフを引き抜いた。「決心が鈍るじゃないか」といって、目元を拭った。「化粧が崩れちゃった？」

「きれいだよ」

「幸運を祈っておくれ」というと、母親は水に飛びこむときのように大きく息を吸って玄関を出ていった。

そのときのことが細部まで鮮明によみがえり、その記憶のほうがいま自分の足下にある大地よりもリアルに感じられる。母親の麝香《ムスク》のかおりが鼻をくすぐる。顔にはたいた白粉《おしろい》が見える。もしあのとき母親が頰にキスさせてくれていたなら、間違いなくマシュマロの味がしたはずだ。

「たまにはこういうのも気に入っていただけるんじゃないかと思って」と、ある日、クウィーニー・ヘネシーがいった。彼女が小さな缶の蓋をこじ開けると、四角くて白いものが現れた。粉砂糖をまぶしたマシュマロだった。ハロルドは首を横に振って運転をつづけた。クウィーニーは二度とマシュマロを持ってこなかった。

木立を透かして陽の光が差しこみ、風を受けて細かく震える若葉がアルミフォイルのようにきらめいた。ブラムフォーズビークにさしかかると、民家の屋根が草葺《くさぶ》きに変わり、煉瓦もそれまでの黒に近い灰色からあたたかみのある赤に変わった。コデマリの枝が満開の花をつけて深々と頭《こうべ》を垂れ、デルフィニウムの若芽が地面をやさしく突き上げている。ハロルドはエクセターで手に入れた野生草花事典の助けを借りてサルオガセとユーラシアシダ、フクロナデシコ、ヒメフウロ、そしてアルムを確認し、美しさに思わず見とれた星形の花がヤブイチゲであることを知った。おかげで心が弾み、それから先も事典と首っ引きで草花の名前を確かめながら、ソヴァートンまでの四キロを歩き通した。薬局の主人の警告にもかかわらず、雨は降らず、気分は上々だった。

大地は道路の左右で落ちこみ、そのまま視界が開けてかなたの丘陵地へとつづいていた。ハロルドはベビーバギーを押す若い女性をふたり、にぎやかな色の野球帽をかぶってスクーターを走らせる若者をひとり、犬の散歩をする人を三人、ハイカーをひとり、やりすごした。その夜は、詩人志望のソーシャルワーカーを相手に時間をつぶした。ソーシャルワーカーがハロルドのレモネードにビールを注ぎ足そうとしたが、ハロルドはそれを断った。アルコールのせいで不幸な目にあったことがあるといって、こうつけ加えた――自分自身もつらかったが、身近な人にもつらい思いをさせた、だからもう長いことアルコールには手を出さずに生きてきた。そして、少しだけクウィーニーのことを話した。歌を逆さまに歌うのが好きだったこと、なぞなぞが好きだったこと、甘いものが大好きだったことなどを。クウィーニーがとくに好きだったのは、洋梨形のドロップとシャーベットレモンとリコリスだった。たまに彼女の舌が、赤や紫などのけばけばしい色に染まることもあったが、ハロルドはそれを彼女にいう気にはなれなかった。「グラスに水を入れて彼女に持っていったものですよ。水を飲めば色が消えると思ってね」

「あなたは聖人だ」とソーシャルワーカーがいった。ハロルドが歩いてベリックに行くと打ち明けたときのことだった。

ハロルドはかりかりに揚げた塩漬けの豚皮《ポークスクラッチング》を噛みながら、それは違うと力説した。

「そうでないことくらい、家内が証明してくれますよ」

「あなた、わたしが担当する連中に会ってみるべきですよ」とソーシャルワーカー。「会っただけで、お手上げという気分になること請け合いです。ところで、あなた、ほんとにクウィーニー・ヘネシーが待っていると信じてるんですか？」

「ええ」とハロルド。

「ベリックにたどり着ける、と？　デッキシューズで？」

ね」

「最初は思いましたよ。でも、もう慣れました。何が起きるか予想がつきますから

「一度も怖いと思ったことはないんですか？　ひとりで歩いてて？」

「ええ」とハロルドは繰り返した。

ソーシャルワーカーの肩が上がってすとんと落ちた。「だけど、相手が違ったら？　たとえば、わたしが担当してる連中みたいなのが相手なら？　そういう相手に出くわしたらどうします？」

ハロルドはこれまでに出会い、別れてきた人たちのことを考えた。彼らに聞かされた身の上話に驚かされ、心を動かされた。心の琴線に触れずに終わった人はひとりもいなかった。ハロルドは早くも、この世には思った以上に愛すべき人々がいることを知らされていた。「わたしは平凡な男ですよ、ただ通り過ぎるだけの。群衆の中で目だつようなタイプじゃない。人に面倒をかける人間でもない。わたしが自分のしていることを説明すると、みんなちゃんと理解してくれるみたいです。あらためて自分の生き方を見つめて、わたしが目的地に着けるようにといってくれます。クウィーニーが生きていることを願ってくれます。わたしと同じくらいにね」

ソーシャルワーカーがあまりにも熱心に聴き入っていたので、ハロルドは少しばかり身体が熱くなるのを感じた。ネクタイに手を当ててゆがみを直した。

その夜、ハロルドははじめて夢を見た。夢の情景が頭に定着しないうちに起き出したにもかかわらず、自分のこぶしから血が噴き出している絵が消えず、用心していなければもっとひどい絵がよみがえってきそうだった。窓辺に立ち、どこまでも黒い空を見つめながら、母親が出ていったあの日、ぎらつく目で玄関ドアをにらみつけていた父親のことを思い出した。いつまでもにらみつづけていれば、ドアがさっと開いて母親の姿が現れるとでもいうように。あの日、父は玄関に椅子を出し、酒瓶を二本置いていつまでもいつまでも座っていた。

「あいつは帰ってくる」と父はいった。ハロルドはベッドに横になり、身を硬くして聞き耳を立てていた。自分が少年というよりは沈黙そのものになったような気分だった。翌朝、目が覚めると、母親のワンピースが、狭い家のいたるところに、まるで肉体の消えた母親のように、散乱していた。一部は、彼ら親子が〝表の芝生〟と呼んでいたささやかな草地にも転がっていた。

「何があったの？」と隣の女がいった。

ハロルドはワンピースを掻き集めて腕に抱えこみ、くしゃくしゃに丸めた。母親のにおいが鮮明すぎて、彼女が帰ってこないとはとうてい信じられなかった。両肘に思い切り爪を立てて漏れそうになる嗚咽をこらえた。頭の中でそのときのことを追体験しながら、ハロルドはいま夜の空から闇が剝がれ落ちる様子を見つめている。気持ちが落ち着いたところで、いま一度ベッドに戻った。

それから二、三時間後、ハロルドは何が起きたのかが理解できずにいた。身体がほとんど動かない。靴ずれなら絆創膏というクッションがあればなんとか我慢できる。ところが、少しでも右足に体重をかけると、とたんに足首からふくらはぎにかけて引きつれるような痛みが走るのだ。いつもすることを何もかもやってみた。シャワーを浴び、食事をした。ビニールのレジ袋に持ち物を詰めて宿代の精算もすませた。なのに、何度試しても、足首からふくらはぎにかけての痛みは消えてくれない。空は冷たいコバルトブルー、太陽はまだ地平線上に顔を見せたばかり。尾を引きながらたなびく霧は白く光っている。ハロルドはシルヴァー・ストリートをA396号線めざして歩きはじめたが、途中の景色や人はまったく目に入らない。二十分おきに立ち止まっては、靴下を下ろし、ふくらはぎの筋肉をつねってみなければならない。だが、ありがたいことに、何か損傷が起きているわけではなさそうだ。

クウィーニーのこと、あるいはデイヴィッドのことを考えて気を紛らわせようとしてみたが、何を考えてもそれが具体的なかたちをとってよみがえってくることはない。何かを思い出しても、思い出したとたんにその何かは消えてゆく。デイヴィッドの言葉がよみがえる。「どうせ父さんにはアフリカ大陸の国の名前なんて全部あげられないよね」せめてひとつくらい答えてやろうとするのだが、ふくらはぎに痛みが走り、何を答えようとしていたかを忘れてしまう。八百メートルほど歩いたところで、脛《すね》が切り裂かれたように痛み、右足に体重をかけることはほとんど不可能になった。仕方なく、左足を大きく前に踏み出したうえで、右足でおっかなびっくり跳ねて前進することにした。昼少し前、空はいつしか分厚い雲の毛布で覆いつくされている。どう考えても、この状態でイングランドの北端まで歩いていくのは、山をひとつ越えるのと同じくらいの難事だと思わないわけにはいかない。前方に延びる平坦な道でさえ、にわかに上り坂に見えてくるありさまだ。

台所の椅子にだらしなく座って母の帰りを待つ父の姿が頭から消えない。その光景は昔からずっと頭の中にあったはずなのに、いまはなぜか父親のそんな姿をはじめて見るような気がしてならない。父親は、おそらく、嘔吐してパジャマをよごしたのだろう。だとすれば、鼻で息をしないのがいちばんだ。

「あっちへ行け」と父親はいった。けれども、その視線はすぐさまハロルドをそれて壁に向かった。だから、父親の不機嫌が嘔吐したせいだったのか、それとも息子にそれを知られたせいだったのかはよくわからなかった。

事情を聞きつけた隣人たちが父親を慰めた。ジョーンは縛られるのが嫌いな質だから、と彼らはいった。よかったじゃないの、少なくともあんたはまだ若いからやり直せるよ。突然、家の中にかつてなかったほどの女の生活感があふれ出した。窓という窓が開け放たれ、戸棚が空になり、寝具は外気にさらされた。キャセロール料理、パイ、肉のゼリー寄せが持ちこまれ、スエットプディングやジャム、茶色の紙にくるまれたフルーツケーキまでが出現した。それほどの食べ物にお目にかかるのは初めてのことだった。母親はそもそも食事に関心のない女だった。白黒写真がハンドバッグに消えた。真っ赤な口紅がバスルームから消え、香水の瓶も同じく消えた。街角で、横断歩道で、ハロルドは母親を見かけた。学校帰りの彼を待つ母親を見かけ、猛ダッシュで追いかけたこともある。だが、母親と見えたのは、母親の帽子をかぶった、あるいは母親のスカートをはいた知らない女だった。母親は昔から鮮やかな色が好きだった。ハロルドの十三回目の誕生日がやってきて、過ぎていった。母親からの音信はないままだった。六ヵ月もすると、バスルームのキャビネットからさえ母親のにおいがしなくなった。父親は妻が占めていた空間を遠い身内たちで埋めはじめた。

「ミュリエルおばさんに挨拶するんだ」と父親は口癖のようにいった。部屋着を脱ぎ捨て、特大の肩パッド入りのスーツを着るようになった。ひげまで剃っていた。

「おやまあ、大きな子だこと」といったのは、毛皮のコートから大きな顔を突き出して、ソーセージそっくりの指でマカロンの袋をつかんだ女だった。「この子、これ好きかしら?」

そこまで思い出したとき、ハロルドの口に唾がわきあがった。レジ袋に入れてあったビスケットを全部食べたが、彼が食べ物と考えるところのものへの渇望はいっこうに満たされなかった。唾が練り粉のようにねばって白い。これでは、ほかの通行人と行き交うときはハンカチで口元を隠さなければ警戒心を抱かれかねない。ロングライフミルクを二カートン買ってがぶ飲みした。口からあふれたミルクが顎を伝って流れ落ちた。急ぎすぎているのはわかっている。だが、胃袋を満たしたいという欲求が強すぎてどうにもならない。だから、二度、三度とカートンに口をつけて飲むのだが、思うような速さでミルクが流れこんでくれない。一メートルほど進んだとき、いきなり吐き気に襲われて足を止めた。母親が出ていった日のことを考えずにはいられなかった。

スーツケースに身の回りのものを詰めて出ていったとき、母親はハロルドから彼女の笑い声ばかりか、彼よりも唯一背の高い人物をも奪い去ることになった。母親のジョーンはどう考えても愛情豊かな女とはいえなかった。それでも、少なくとも彼女はハロルドと雲とのあいだに立っていた。おばさんたちは甘いものをくれたり、ほっぺたをそっとつねったり、ドレスが似合っているかどうかと意見を求めたりしたが、ハロルドは自分が急に無防備になったような気がして、彼女たちに触られそうになると、もうそれだけで身を縮めるようになった。

「あの子がどうかしてるというわけじゃないけど」とミュリエルおばさんがいった。

「ただ、人の顔を見ようとしない子だね」

首尾よくビックレイにたどり着いた。手元のガイドブックには、エクス川の川岸にたたずむ赤煉瓦造りの小城を訪れるべきだ、とある。けれども、オリーブ色のズボンをはいた渋面の男によれば、ハロルドのガイドブックは、悲しいかな、情報が古すぎで、いまやぜいたくな結婚式や、マーダーミステリ・ウィークエンド――架空の殺人ミステリの謎解きにチャレンジするゲーム、週末に催される――に興味があるならいざ知らず、そうでなければわざわざ行く理由はないという。その代わりにといって、男はビックレイ・ミルのギフトショップを教えてくれた。そこならば、もっとハロルドの趣味と予算に合ったものが見つかるのではないかというのだ。

というわけで、ハロルドはガラスのアクセサリーや、ラベンダーのにおい袋、あるいは地元の住民が彫ったという吊り下げ式の小鳥給餌台などを見て回ったが、めぼしいものはおろか、必要と思えるものさえ見つからなかった。なんとなく、悲しくなった。店を出たいと思った。なのに、ほかに客はおらず、店員がじっとこちらを見ていたから、何も買わずに出ていくのはよくない気がした。結局、クウィーニーのためにテーブルマットを四枚――ラミネート加工を施したデヴォンの風景写真――、モーリーンにはペン先を押しつけると鈍い赤の光がついて、暗いところでも字が書けるボールペンを選んだ。モーリーンが暗いところで何か書く気になれば役に立つだろう。

ママなしハロルド、と同級生にからかわれた。小学校時代のことだ。学校を休むことが多くなった。何日も、何週間も。ついには同級生が異質の人間に見えはじめ、自分は彼らとは別の種に属する人間だと思うようになった。ミュリエルおばさんが欠席届を書いた――ハロルドは頭が痛いといっています、ハロルドは青い顔をしています。おばさんは、ときには辞書を持ち出して、もっと独創性を発揮したこともある――ハロルドは火曜日の午後六時ごろ胆汁性の発疹に見舞われました。試験に失敗したのをきっかけに、ハロルドはまったく学校に行かなくなった。

「あの子はだいじょうぶ」とヴェラおばさんがいった。ミュリエルおばさんが出ていったあと、ダブルベッドのミュリエルおばさんが寝ていたスペースを占領したおばさんだ。「あの子、おもしろいジョークを知ってるもの。さわりをもぐもぐとつぶやくだけだけどね」

疲れはて、よるべなさにさいなまれて、ハロルドは〈漁師の寝床《フィッシャーマンズ・コット》〉という名の宿に入って食事を注文した。眼下にエクス川をのぞむ宿だった。何人かの客とのおしゃべりで、泡立つ流れ《トラブルドウオーター》に架かる橋がサイモンとガーファンクルのあの歌のインスピレーションになったことを知らされた。そんな話を聞くあいだじゅう、ハロルドはうなずいては笑顔をつくり、ちゃんと話を聞いているふりをしていたが、そのじつ、頭の中はこの旅のこと、過去のこと、いま片方の脚に起きつつあるトラブルのことでいっぱいだった。何か深刻なことでも起きているのか？　そのうちに症状は消えるのか？　結局、早めに部屋に引き上げることにした。眠ればよくなる、と自分にいいきかせながら。だが、そうはならなかった。

いとしいむすこへ、と母親のジョーンがくれた一通きりの手紙にはあった。にゅうじいらんどはすてきなところだよ。どうしてもでてこなきゃならなかったのよ。あたしはははおやにむいてなかったってことだね。とうさんによろしくいっといてちょうだいな。母親に捨てられたことよりも彼女がろくに字を知らなかったことが、ハロルドにとっては何よりも情けなかった。

歩きはじめてから十日目、一歩前に踏み出すたびに、筋肉を一回曲げるたびに、右のふくらはぎに泡立つような痛みが走り、何かのトラブルが起きていることを思い知らされた。ホスピスの看護師に、息せききって、歩いてクウィーニーに会いにゆくと伝えたときのことがよみがえったが、いま思えば、子どもでもあるまいし、なんともばかなことをいってしまったものだ。ソーシャルワーカーに話したこともやはり恥ずかしい。一夜のうちに何かが起きたのかもしれない。歩くという行為と必ず歩き通すという信念とがかみ合わなくなり、容赦ない苦闘だけが残ったような感じだ。この十日間、ハロルドは歩いてきた。その間ずっと、片足の前にもう一方の足を置くことだけにすべてのエネルギーを注ぎこんできた。なのに、いまや自分の足が当てにならないことがわかってしまった。それとともに、実際に目の前にある不安に代わって、心の奥深くに潜んでいた不安が頭をもたげていた。

Ａ３９６号線を通ってティヴァートンに向かう五キロ半あまりは、これまでいちばんきつい道のりだった。車を避けるスペースがほとんどなく、生け垣は刈りこみが終わったばかりで、そのあいだから銀色にきらめくエクス川の流れが見えたが、そのきらめきを受けた生け垣が残忍な様相を帯びて、まともに見る気にはなれなかった。ドライバーはけたたましくクラクションを鳴らしては、邪魔だ、とわめいた。わめかれたハロルドは、なかなか距離を稼げない自分を叱りつけた――こんなことではベリックに着かないうちにクリスマスがきてしまうじゃないか。子どもだってもっとちゃんと歩けるはずだ。

デイヴィッドが悪魔のように踊ったときのことがよみがえった。バンタム・ビーチで沖に泳ぎだしたときのことを思い出した。ハロルドのジョークを聞いて顔をしかめたデイヴィッドの姿がまぶたに浮かんだ。「だって、意味がわかんないよ」とデイヴィッドはいった。いまにも泣き出しそうな顔だった。これはおもしろいジョークなんだよ、とハロルドは説明した。おまえを笑わせようとしたんだよ、と。そういったのはそれが二度目だった。「でも、やっぱりわかんない」とデイヴィッドはいった。その後、風呂でモーリーンにそのジョークの話をするデイヴィッドの声が聞こえた。

「父さんはおもしろいジョークだっていうんだ」とデイヴィッドはこぼした。「二度も同じことをいったけど、ぼく、笑えなかった」その年齢で早くもその口調は暗かった。

それからしばらくたったころ、ハロルドの脳裏に十八歳のデイヴィッドの姿が浮かび上がった。背中まで垂れた長髪。着ているものには長すぎる腕と脚。ベッドに寝転がり、足を枕に載せて虚空を見つめている。あまりにも強烈なその視線。それを目にしたハロルドは、つかのま、こんなことを考えた――もしかしてこいつはおれには見えないものを見ているのではないか。息子の手首は骨と皮だった。

自分の声が聞こえた。「お母さんの話だと、おまえ、ケンブリッジに入ったというじゃないか」

デイヴィッドはハロルドを見ようとはしなかった。虚空を見つめたままだった。

息子を引き寄せ、ぎゅっと抱きしめたかった。息子にいってやりたかった――おまえは父さんの自慢の息子だ、それにしても、どうしてそんなに頭がいいんだ、父さんはそうじゃないのに、と。なのに、デイヴィッドの無表情な顔を見て、こういっただけだった。「いやあ、そうか。それはすばらしい。よかったな」

デイヴィッドは鼻先でせせら笑った。いかにも親父らしいジョークじゃないか、とばかりに。それを受けてハロルドは、デイヴィッドの部屋のドアを閉め、自分にこうい聞かせた——そのうちに、息子が一人前の大人になったら、わかり合えるようになるだろう。

ティヴァートンから先は幹線道路を行くことにした。そのほうがより直線に近いというのがその理由だった。グレイト・ウェスタン・ウェイを歩き、そのあと近道をして田園地帯の小道に入り、A38号線に向かおう。トーントンまでは三十二キロくらいのはずだ。

嵐が近づいていた。雲がフードのように大地にかぶさり、ブラックダウン丘陵に不気味に明るい光を投げた。旅に出てはじめて、ハロルドは携帯電話を持ってこなかったことを後悔した。前方で待っていることに対する心構えができていないような気がした。モーリーンと話がしたかった。木々の梢が硬質なうねりを見せる空を背に輝きを放ち、やがて最初の風に打たれて身を震わせた。木の葉と小枝が宙に舞った。鳥たちが叫びをあげた。かなたで雨の帆がはためき、ハロルドと丘陵地とのあいだに垂れ下がった。ハロルドはジャケットの中に縮こまり、雨の最初の数滴をしのいだ。

どこにも隠れ場所はない。雨が防水ジャケットを叩き、首筋を下り、伸縮性のある糸を織りこんだ袖口を駆け上がる。雨粒が胡椒《こしょう》の実のように身体を打ち、水たまりで渦を巻き、側溝を走る。しかも、車が通り過ぎるたびに泥はねとなってハロルドのデッキシューズに襲いかかる。一時間もすると、ハロルドの足は水そのものになり、濡れた衣服が絶えず肌をこすってむずがゆさを連れてくる。空腹なのかそうでないのかがわからず、食べたかどうかも思い出せない。右のふくらはぎに痛みの閃光《せんこう》が走る。

一台の車が脇に近づき、ズボン全体に泥水をはねかけた。そんなことはどうでもいい。これ以上濡れようがないのだから。助手席側の窓がなめらかに開き、新しい革とエアコンで暖められた空気のにおいが流れだした。首を屈めて中をのぞいた。

窓の向こうの顔は乾いて若い。「迷ったんですか？　道案内しましょうか？」と顔がいった。

「行き方はわかってる」雨がハロルドの目を刺す。「だが、停まってくれてありがとう」

「こんな天気の日に出歩いちゃいけませんよ」と顔は食い下がった。

「約束したんだよ」といって、ハロルドは上体を起こした。「でも、気づいてもらえてうれしかった」

それからの一キロ半あまり、ハロルドは何度となく自分に問いかけた。助けを求めなかったのは愚かなことだったのか？　時間がかかればかかるほど、クウィーニーが生きていられる確率は低くなる。でも、やはり、彼女はきっと待っていてくれる。約束したのだから。こちらが約束を守らなければ、二度と彼女には会えないだろう。論理の筋が通っていようがいまいが、そんなことは関係がない。

どうすればいい？　何か合図をくれ、クウィーニー、とハロルドはいった。たぶん、声に出して、たぶん、自分自身に向けて。いまや彼はどこまでが自分の身体で、どこからが外の世界かわからなくなっている。

大型トラックが轟音をあげながら近づいてきた。けたたましくクラクションを鳴らし、ハロルドの頭のてっぺんから爪先まで泥水を浴びせかけた。

にもかかわらず、思いがけないことが起きた。しかも、それは彼が旅のあいだに出くわして、そこに大きな意味をくみとることになるいくつもの瞬間のひとつだった。その午後遅く、いきなり雨がやんだ。あまりにも唐突で、それまで降っていたことさえ信じられないくらいのやみ方だった。東の空で、雲ににわかに亀裂が走り、空の低いところに一本のきらめく銀色の帯が出現した。ハロルドは思わずその場に立ちつくし、灰色の雲塊《うんかい》に二度、三度と亀裂が走っては、新たな色が現れるさまに見とれていた。青、赤みがかった濃い茶色《バーントアンバー》、黄桃色《ピーチ》、緑、そして茜《あかね》色。やがて、雲はくすんだピンクに染め上げられた。ひとつひとつの色がきらめき震えつつ滲《にじ》みだし、鉢合わせをしては混ざり合ったかのようだった。ハロルドは動けずにいた。変化のすべてを自分の目で見届けたかった。大地に差す光は黄金《こがね》色。その光を浴びて彼の肌も暖かい。足下では、大地がきしみ、ささやき交わす。空気は緑のにおいがして、始まりの気配に満ちている。柔らかな霧が立ち上る。細くたなびく煙の筋のようだ。疲労困憊、足を上げることさえつらいのに、胸は希望に満ちている。めまいがするほどの希望に。自分自身より大きなものに目を向けてそらさずにいれば、きっとベリックまで歩き通せるはずだ。

11 モーリーンと代診の医師

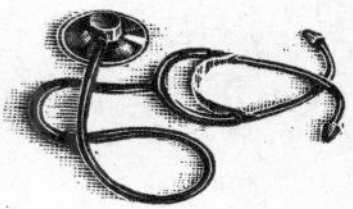

受付係が謝った。自動受付装置を導入したため、モーリーンの受付手続きができなくなったというのだ。「だって、わたしはいまここにこうして立ってるのよ」とモーリーンはいった。「どうして受け付けられないの？」受付係はメインデスクから一メートルほど離れたところに設置された端末機を指さし、新しい手続きは簡単にできると請け合った。

モーリーンの手はじっとりと汗ばんでいた。自動受付装置に男性か女性かと問われて、男性という表示をクリックした。生年月日を訊かれて、日にちの前に月をクリックし、背後の、肩のあたりでくしゃみを連発していた若い患者に手伝ってもらうはめになった。必要事項の書きこみが終わったころには、うしろにちょっとした行列ができていて、具合の悪そうなうめき声やきしんだ息づかいが聞こえていた。端末機の画面がちかっと光り、受付に行ってください、という文字が浮かび上がった。列をつくっていた患者たちが、やれやれとばかりにいっせいに首を振った。

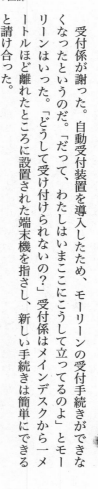

ふたたび受付係が謝った。モーリーンかかりつけの総合診療医は予想外の呼び出しを受けて不在だという。代診医でよければ予約できますが、と受付係はつけ加えた。

「さっきここに来たときにどうしてそれを教えていただけなかったのかしら?」とモーリーンは声を張りあげた。

受付係がそれで三度目になる弁解をはじめた。新しいシステムを導入したものですから。患者さん全員にコンピュータ手続きをしていただく必要があるんです。「老齢年金受給者でもそうなんです」といって、受付係はそのまま代診医の診察を待つか、それとも翌日の午前中に出直すかと問いかけたが、モーリーンは首を横に振った。そのまま家に帰れば、つぎの日にまた出直す気になるとは思えなかったのだ。

「お水をお持ちしましょうか?」と受付係。「お顔の色がよくありませんが」

「少し腰を下ろしたいだけですよ」とモーリーンは答えた。

もちろん、デイヴィッドのいったとおり、少し家を空けるくらいどうということはない。けれども、彼には、診療所に向かう途中でモーリーンが味わうであろう不安については何もわかっていない。それでも、べつにハロルドが恋しいわけじゃないわ、とモーリーンは自分に語りかけた。それでも、外に出て自分がひとりぼっちであることに気づいたときには、それまでにない衝撃に見舞われた。まわりじゅうどちらを見ても、人々はごくあたりまえの日常を送っている。車を運転する人、ベビーバギーを押す人、犬の散歩をする人、自宅に帰る人、この世はいつもとまったく同じだと思っているかのようだった。じつは、そうではないのに。何もかもがいままでとは違うし、おかしな具合になっているのに。モーリーンはコートのボタンをいちばん上までかけ、襟を立てて耳を隠した。なのに、空気は冷たすぎるし、空は広すぎ、まわりの色と形が強烈すぎる。レックスに見つからないようにフォスブリッジ・ロードを一目散に駆け下り、町中へと逃げこんだ。波止場沿いに咲いていた水仙の花がしわくちゃの茶色に変わっていた。

　待合室で待つあいだ、雑誌を読んで気をまぎらわせようとするのに、いくら字面を見つめてもそれが文章としてつながらない。彼女やハロルドと同年配のカップルが並んで座っておしゃべりをしている。午後遅い太陽の光に無数のほこりが浮かび、よどんだ空気の中でスプーンでかき回されたようにくるくる舞っている。

　若い男が診察室のドアを開け、患者の名前をつぶやいたとき、モーリーンは誰かが立ち上がるのを待ちながら、どうしてもたもたしているのだろうと考えていた。しばらくたったころ、呼ばれたのが自分の名前だったことに気づいて、あわてて腰を上げた。代診の医師は学校を出たばかりらしく、濃い色のスーツの中で身体が泳いでいる。靴はぴかぴか、まるで栃の実割《コンカーズ》りゲームに使う栃《とち》の実のような光り方だ。ふと、デイヴィッドが学校時代に履いていた靴のイメージがよみがえり、身のよじれるような苦しみに襲われた。デイヴィッドの助けを求めたりしなければよかった。家にいればよかった。

「どうしました？」とつぶやきながら、代診医が身体を折りたたむようにして椅子に座った。医師の口から音を伴わずに単語が出てくるような気がして、モーリーンは首を伸ばして単語を聞き取ろうとした。用心しなければ、聴力テストをされそうだ。

モーリーンは、夫が二十年も会っていない女性を訪ねるつもりで家を出たこと、がんを患う彼女を救えると信じこんでいることを説明した。夫が歩きはじめて十一日目になるといいながら、ハンカチをくるくると丸めて結びこぶをつくった。「ベリックになんて行けっこありません。地図も持ってないんですから。ちゃんとした靴も履いていません。携帯電話も持っていかなかったんです」初対面の医師にそこまで打ち明けてしまったことで、あらためて自分の受けた痛手の大きさを実感させられて、もう少しで泣きそうになった。それでも、あえて代診医の顔にちらりと視線を走らせた。知らないあいだに誰かが医師に近づいて、黒のボールペンで心配皺《じわ》でも書きこんだのではないかと思えるほど、医師の顔は変化していた。たぶん、余計なことまでいってしまったのだ、とモーリーンは思った。

代診医はゆっくりと、こういうときにふさわしい言葉を思い出そうとしているかのように、口を開いた。「ご主人は元の同僚を救えると思っておいでだと？」

「はい」

「がんから？」

「はい」モーリーンはいらいらしはじめていた。これ以上の説明はかんべんしてほしい。医者ならば直観的に理解できそうなものだ。ここに来たのは、ハロルドのしていることを弁護するためではない。

「どうやって救うつもりなんですか？」

「歩いていけば救えると思いこんでいるようです」

代診医は顔をしかめた。顎に向かっていっそう深い皺ができた。「歩いていけばがんを治せると？」

「ある娘さんからそういわれたようです」とモーリーンはつづけた。「ガソリンスタンドの娘さんに。チーズバーガーも温めてもらったとか。あの人、家ではバーガーなんて絶対に口にしないんですよ」

「娘さんに、がんを治せるといわれたと？」

気の毒に、このまま話をつづければ、まだ若いこのお医者の顔がどうにかなってしまいそうだ。モーリーンは頭を振って混乱を収拾しようとしたが、ふいにひどい疲労感に襲われた。「ハロルドの健康が心配なんです」

「いまのところ健康状態に問題はないんですか？」

「老眼鏡がないと近くが少し見づらいようです。前歯の両横に差し歯が二本ずつあります。でも、心配なのはそんなことじゃありません」

「だけど、ご主人は自分が歩けばがんを治せると思いこんでいる？　わかりませんねえ。ご主人は信心深い方ですか？」

「ハロルドが？　主人が神に呼びかけるのは芝刈り機のモーターが止まらなくなったときだけですよ」モーリーンは笑顔を向けた。冗談だということをわかってもらうためだった。代診医は戸惑った表情をした。「ハロルドは半年前に定年退職しました。それ以来、なんというかとても――」モーリーンは、突然、いいよどんで言葉を探した。代診医が頭を振った。わけがわからない、という合図だった。「動かなくて」

「動かなくて？」代診医が繰り返した。

「毎日、同じ椅子に座ったきりなんです」

とたんに代診医の目が輝き、ほっとしたようにうなずいた。「ああ。抑鬱《よくうつ》ですね」ペンを取り上げ、キャップをはずした。

「鬱ということはないと思います」心臓の鼓動が速くなった。「じつは、アルツハイマーなんです」とうとういってしまった、とモーリーンは思った。

代診医の口がぽかんと開いて、顎ががくんと不穏な音をたてた。キャップをしないままペンをデスクに戻した。

「ご主人はアルツハイマーで、しかもベリックまで歩いていこうとしておられる？」

「はい」

「で、どんな薬を飲んでらっしゃいますか、フライさん？」重すぎる沈黙に、モーリーンの身体に戦慄が走った。

「アルツハイマーとはいいましたが」モーリーンはゆっくりいった。「まだそう診断されたわけではありません」

代診医の緊張がゆるんだ。いまにも笑いだしそうだった。「ご主人は物忘れがひどいということですか？　老人特有の症状が出ることがある、と？　携帯電話を持っていくのを忘れたからといって、それだけでアルツハイマーということにはなりませんよ」

モーリーンは硬い表情でうなずいた。自分が医師の何にいらだちを感じたのか――こちらを向いて〝老人特有の症状〟といったときの口調のせいか、それとも人を小ばかにしたような笑みのせいか判断できなかった。「家系的にそうなんです」とモーリーンはいった。「いろいろ徴候があるんです」

というわけで、モーリーンはハロルドの生育歴を簡単に説明することになった――父親がアルコール依存症になって戦争から戻ってきたこと、鬱病の気《け》があったこと。両親が子どもを欲しがらず、母親が荷物をまとめて出ていったきり戻らなかったこと。父親が家につぎつぎと女性を引き入れたあげく、ハロルドの十六歳の誕生日に玄関ドアを指さして「出ていけ」といったこと。以来、父と息子は長年にわたって疎遠だったこと。「ところが、あるとき女の人がいきなり主人に電話をかけてきて、継母だと名乗ったんです。それで、あんた、父親を引き取ったほうがいいよ、っていったんです。完全に頭がおかしいから、って」

「それがアルツハイマーだった、と?」

「わたしが義父《ちち》のために老人ホームを見つけたんですが、結局、義父は六十前に亡くなりました。主人と一緒に、五回か六回、老人ホームに訪ねていきましたが、義父はさんざんわめいたり、ものを投げつけたり。ハロルドのことがまったくわかりませんでした。ところが、いま、主人が同じ道をたどっています。物忘れがひどいだけじゃありません。ほかにもいくつか症状があります」

「状況にふさわしくない言葉を使いますか？　会話の内容をまったく憶えていませんか？　ものを置くべきじゃないところに置きますか？　気分が急激に変化しますか？」

「はい、はい」モーリーンはいらいらと手を振った。

「なるほど」といって、代診医は唇を噛んだ。

モーリーンは勝利のにおいを嗅《か》ぎとった。代診医の様子を注意深く観察しながら、もう一度口を開いた。「わたしが知りたいのは——もし、先生が、お医者さまとして、歩くことで主人が自分を危険な状況に追いこんでいるとお思いなら、歩くのをやめさせることはできますか？」

「やめさせる？」

「ええ」喉がひりついた。「強制的に連れ戻すことはできますか？」頭の中で血管がどくどくと脈打ち、痛みが襲ってきた。「主人は八百キロも歩けません。クウィーニー・ヘネシーを救うなんてできません。連れ戻さなきゃいけません」

モーリーンの言葉が静寂のなかに響きわたった。彼女は両の手のひらを合わせて膝に置き、そのうえで両足をきちんとそろえた。家を出るときに、これだけはいおう、と思ったことをちゃんといった。なのに、思ったように気分は晴れず、無理やり抑えつけねば体内でふくれあがりつつある不穏な感情がいまにも噴きだしてきそうだった。

代診医が動かなくなった。外で子どもの泣き声がした。誰かあの子を抱き上げてあげればいいのに、とモーリーンは思った。代診医がいった。「どうやら、これは警察の介入がどうしても必要なケースのようですね。ご主人はCTスキャンを受けたことはおありですか？」

モーリーンは診療所を飛び出した。恥ずかしくて吐き気がした。ハロルドの過去と彼が歩いてクウィーニーのもとに行こうとしていることを説明することによって、彼女は初めてものごとをハロルドの視点から見ざるをえなくなっていた。ベリックまで歩いてゆくなど正気の沙汰ではないし、まったくハロルドらしくないことだが、だからといって、アルツハイマーだからそんなことをしようとしているわけではない。彼がしようとしていることには美しささえある。たとえそれがたった一度でいいから自分の信じることを、すべての困難に抗ってしようとしているというだけが理由だとしても。モーリーンは代診医に、考える時間が欲しい、どうやら自分はしなくてもいい心配をしているようだ、といった。ハロルドはほんの少し歳を取っているだけです、じきに帰ってくるでしょう、もしかしたら、もう目的地に着いているかもしれませんね、と。そして、自分用にごく弱い睡眠導入剤を処方されて診療所をあとにした。

波止場に向かって歩きながら、闇にいきなり光が差しこむように、モーリーンははたと事の真相に思いいたった。この日までの長い年月、彼女がハロルドと別れなかったのは、デイヴィッドのためではなかったのだ。ハロルドが気の毒だったからでもない。別れなかったのは、ハロルドとともに暮らす日々がいかにわびしかろうと、彼のいない世界はもっとわびしく荒涼としたところだろうと思えたからだ。

スーパーマーケットに立ち寄り、ポークチョップを一本と黄ばみはじめたブロッコリーを買った。

「それだけですか?」とレジの娘がいった。

モーリーンは何もいえなかった。

角を曲がってフォスブリッジ・ロードに入り、自分を待っているはずのわが家の静寂に思いを向けた。未払いの水道・光熱費の請求書。きちんと束ねてはあるが、だからといってそのぶん脅威的でなくなるわけではない。モーリーンの身体は重く、足取りは遅くなった。

モーリーンがわが家の門に近づいたとき、レックスが木ばさみを手に生け垣を刈りこんでいた。

「怪我人の具合はどうだい?」とレックスがいった。「よくなってるかい?」

モーリーンはうなずいただけで家に入った。

12 ハロルドとサイクリング・ママ

妙な話だが、遠い昔、ハロルドとクウィーニーにチームを組ませたのは、ミスター・ネイピアその人だった。ある日、ネイピアがハロルドを羽目板張りのオフィスに呼びつけ、パブの会計帳簿をクウィーニーに調べさせるように、といいだした。パブの店主どもは信用ならない、だから予告なしに彼らの店に行って調べてもらいたい、というのだ。だが、あの女は車の運転ができないから、誰かが店まで連れてってやらなきゃならん、で、よくよく考えたんだがな、と煙草の煙をぐっと吸いこみながら、ネイピアはつづけた。ベテランの営業部員で、なおかつ数少ない家庭持ちのひとりのあんたが候補に挙がったわけだ。ネイピアは大股を広げて立って、それだけのことをいった。相手より大きなスペースを占めることで誰よりも大物になった気分でいたのかもしれない。ただし、実物のネイピアは光沢のあるスーツを着こんだずるがしこい男で、背丈はハロルドの肩に届くかどうかという小男だった。

もちろん、ハロルドに選択肢などあろうはずはなく、いやでも同意するほかになか

ったのだが、内心ではやはり不安だった。事務用品保管庫での、あのばつの悪い一件以来、クウィーニーとは一度も口を利いていなかった。おまけに、車を運転している時間は自分だけのものとも思っていた。クウィーニーが、たとえば〈ラジオ2〉の番組が好きかどうかもわからない。彼女が話し好きだと困る、という思いもあった。なにしろ、彼は男が相手でもうまく話せない質《たち》だ。相手が女性となれば気詰まりなことはなはだしい。

「決まってよかったよ」といって、ミスター・ネイピアは手を差し出した。気味が悪いほど華奢な湿った手で、小型の爬虫類《はちゅうるい》でもつかんでいるような気分だった。「奥さんは元気かい？」

ハロルドは口ごもった。「元気です。おたくの――」ハロルドはひんやりしたパニックに襲われた。ミスター・ネイピアは六年のあいだに三人も妻を取り替えていた。三人目は金髪を高々と結い上げた若い女で、短いあいだバーのホステスとして働いたことがあったはずだ。ネイピアは他人が妻の名を忘れるのを喜ばなかった。

「ヴェロニカは元気はつらつだ。聞くところじゃ、あんたんとこのせがれ、ケンブリッジに入ったっていうじゃないか」

ミスター・ネイピアの顔がにやりと崩れた。彼の思考回路はあっというまに変化する。つぎに何をいいだすか見当がつかない。「頭でっかちのちんぽなし、か」といって、ネイピアは口の端からぷかりと煙を吐き出した。突っ立ったまま、ハロルドを見つめてけらけら笑いながら、反論を待っていた。ハロルドが反論しないことを知りながら。

ハロルドは頭を下げた。デスクには、ミスター・ネイピアご自慢のムラーノガラスの道化人形が並んでいた。顔の青いのもいれば、のんびり寝転がっているのもいる、楽器を弾いているのもいた。

「さわるんじゃねえぞ」といって、ネイピアは人差し指を拳銃のように突きだした。「おふくろの形見だからな」

それがネイピアのお宝であることは誰もが知っていたが、ハロルドには不格好で薄気味悪い人形としか思えなかった。顔や手足は陽にあたためられたスライムのようにねじ曲がっていたし、色もところどころで固まってむらになっていた。道化たちに、それもただのガラスの作り物にからかわれているという思いを抑えられず、腹の深いところで怒りの炎が燃え上がるのがわかった。ネイピアが灰皿で煙草の火をもみ消して、そのまま戸口に移動した。

ハロルドが部屋を出ようとしたとき、ネイピアがもうひとことつけ加えた。「ついでだが、ヘネシーから目を離さないでくれるか？　あの手の雌犬《ビッチ》がどういうものかはあんたも知ってるはずだ」そして、あの人差し指で自分の鼻をそっと叩いた。人差し指はもう拳銃ではなく、ふたりだけの秘密のありかを示す指示棒だとでもいうように。ただし、ハロルドはネイピアが何をいわんとしているのか見当がつかなかった。

ひょっとしたら、クウィーニーはあんなに有能なのに、ミスター・ネイピアはもう彼女を追い出す算段をしているのか、とハロルドは思った。ネイピアは自分より優秀な人間は何があっても信用しない男だった。

初めて一緒にパブ回りをしたのは、それから二、三日後のことだった。クウィーニーは四角いハンドバッグをしっかりつかんでハロルドの車の横に現れた。パブの会計帳簿を調べにいくのではなく、買い物にでも出かけるような様子だった。ハロルドはこれから出向くパブの店主のことをよく知っていた。最高に協力的なときでさえ、つかみどころのない対応しかしない男だ。クウィーニーのことが心配でならなかった。

「乗せていっていただけると聞いています、フライさん」とクウィーニーはいった。やや横柄に聞こえる口調だった。

走る車の中で、ふたりは黙りこくっていた。クウィーニーはハロルドの隣に、背筋をしゃんと伸ばして座り、両手を固く握りしめて膝に置いていた。道の曲がり方、クラッチの踏み方、目的地に着いたときのハンドブレーキの引き方を、あのときほど意識したのは初めてだった。運転席から飛び出して助手席側のドアを開け、クウィーニーの足がゆっくりと現れて舗装された路面を探るのを待った。モーリーンの足首はとてもほっそりしていて、見るたびに欲望に負けそうになったものだ。それに比べて、クウィーニーの足首は太かった。どちらかというと自分に似て、彼女も締まりのない身体つきだ、とハロルドは思った。

ちらりと目を上げて、ハロルドはたじろいだ。クウィーニーがまっすぐにこちらを見つめていたのだ。「ありがとうございました、フライさん」ややあってようやく彼女は素っ気ない口調でそういうと、腕にハンドバッグを抱えこんだ。

そんな状態だったから、ビールの減り具合を調べていてふと顔を上げたハロルドは、店主が真っ赤な顔をして汗をしたたらせているのに気づいて意外な思いにとらえられた。

「くそっ」と店主はいった。「あいつ、鬼みてえな女だぜ。何ひとつごまかせやしねえ」

ハロルドはふと称賛の思いに襲われた。誇らしささえ感じた。

帰り道、クウィーニーはまたしても口を固く閉ざして身じろぎひとつしなかった。眠っているのかとも思ったが、確かめることはできなかった。もし眠っていないなら失礼に当たると思ったからだ。ビール工場の敷地内に戻ったとき、クウィーニーがいきなり口を開いた。「ありがとうございました」

ハロルドはどぎまぎしながら、どういたしましてという意味のことをつぶやいた。

「あのう、二週間くらい前のこと、ありがとうございました」とクウィーニー。「事務用品保管庫でのこと」

「その話はやめておこう」とハロルドはいった。間違いなく本心から出た言葉だった。

「あのときは、わたし、すごく取り乱してて。親切にしていただきました。もっと早くお礼をいわなきゃいけなかったのに、気まずくて。いけませんよね」

ハロルドは彼女と目を合わせることができなかった。それでも、顔を見るまでもなく彼女が唇を噛んでいることはわかっていた。

「役に立ててよかった」ハロルドはまた運転用の手袋のスナップを留めた。

「あなたはジェントルマンです」クウィーニーがジェントルマンという言葉を途中で区切っていうのを聞いて、ハロルドは初めてそれが〝やさしい男性《ジエントル・マン》〟という意味であることを知った。クウィーニーはそれだけいうと、ハロルドが開けてくれるのを待たずに助手席側のドアを開け、降り立った。構内を、いつもどおりの茶色のスーツ姿で凛《りん》とした足取りで歩く彼女の姿を見送るうちに、ハロルドは切なさに襲われた。不器量だが誠実そのものの彼女がいとおしかった。その夜、ベッドにもぐりこんだハロルドは声に出さずにこう誓った――ミスター・ネイピアがあの曖昧な言い方で何をいおうとしたかはともかく、その言葉を忠実に守ろう。クウィーニーから目を離すまい。

モーリーンの声が闇のなかを漂ってきた。「あなた、いびきをかかないでもらいたいわ」

十二日目、どこまでもつづく灰色のかたまりが空と大地を移動し、雨のカーテンを連れてきて、まわりのすべてから色彩と輪郭を奪っていった。ハロルドは前方を見つめ、方向感覚を取り戻そうと、あるいはこれまで大きな喜びであった雲の切れ間を探そうとしたが、いくら目をこらしても、またもやわが家のメッシュカーテンを透かして世の中を見ているような気分になった。何もかもが家にいたときと同じだった。ガイドブックを見るのはやめた。知らないことなど何もなさそうなガイドブックの書きぶりと、何ひとつ知らないと思える自分とのギャップに耐えられなくなったのだ。ハロルドはいま、自分の身体と闘い、その闘いに敗れつつある、という思いにさいなまれていた。

服はもはや乾くことがない。デッキシューズの革は雨水を吸ってふくれあがり、靴の形をなしていない。ウィットニッジ、ウェストレイ、ホワイトボール。Wで始まる地名がなんと多いことか。木立。生け垣。電信柱。民家。リサイクル用ゴミ容器。とあるゲストハウスの共用バスルームに剃刀とシェイビングフォームを忘れてきたが、代わりのものを補充する気力がなかった。足の様子を調べて、怖《お》じ気《け》づいた。ふくらはぎの焼けるような痛みがいつしか具体的なかたちをとり、いまや皮膚のすぐ下で凶暴な深紅の染みとなって広がっている。いま初めて、ハロルドは心の底から怯えていた。

サンプフォード・アルンデルで、モーリーンに電話をかけた。彼女の声を聞かずにはいられず、自分がなぜ歩いているのかその理由を彼女に思い出させてもらいたかった。たとえ彼女が怒りにまかせてわめいてもかまわないと思った。彼女には、自分がいまさいなまれている疑念を、脚の不調を、気取《けど》られたくなかった。だから、彼女の様子と、家の様子を訊いた。わたしも家も変わりはないわ、と彼女はいった。つづけて、まだ歩いているの？　と訊いたから、エクセターとティヴァートンを過ぎて、トーントン経由でバースに向かうところだ、と答えた。何か送ってほしいものはあるかしら？　携帯とか、歯ブラシとか、パジャマとか、着替えとか？　そう問いかけるモーリーンの声はやさしかったが、きっとそれは気のせいだ、とハロルドは思った。

「おれはだいじょうぶだ」とハロルド。

「じゃあ、あと少しでサマセットに着くのね？」

「さあ、どうかな。たぶん、そうだろうな」

「きょうは何キロ歩いたの？」

「わからない。十一キロあまりかな」

「ふうん、そうなの」とモーリーン。

雨が電話ボックスの屋根をたたき、窓の向こうの薄明かりはにじんで、流れているように見えた。ハロルドはそのままでいたかった。そのままモーリーンと話しつづけていたかった。けれど、沈黙と距離——ふたりが二十年もの時間をかけて育ててきた沈黙と距離のせいで、ありきたりの会話までもがうつろに響き、苦痛にさえ感じられた。

ようやくモーリーンがいった。「さあ、もう切らなきゃ、ハロルド。することが山ほどあるの」

「そうだな。おれもだ。ちょっとかけてみただけだよ。おまえの様子が知りたかっただけだ」

「へえ、わたしならすこぶる元気ですよ。すごく忙しいの。毎日が飛ぶように過ぎていっちゃう。あなたがいないことに気づかないくらいよ。あなたは?」

「おれもとても元気だ」

「それは結構なことね」

「ああ」

とうとういうことがなくなってしまった。だから、これだけいった。「じゃあ、またな、モーリーン」それだって言葉には違いないから。もう歩くのは嫌だったが、それと同じくらい電話を切るのも嫌だった。

窓の外を見つめて雨がやむのを待っていると、うなだれたカラスが見えた。濡れそぼった羽がタールのように光っていた。頼むから動いてくれよと念じてみたが、カラスはぽつんと一羽、ずぶ濡れのまま動こうとしない。モーリーンはすごく忙しい、忙しすぎてハロルドがいないことさえ気づかないほどなのだ。


日曜日、ハロルドが目を覚ましたのは、まもなく昼食時間になろうというころだった。脚の痛みは少しもよくなっていない。雨も降りつづけている。外界の物音が聞こえる。世間はいつものように動いている。行き交う車、人々、すべてがつぎの活動に向けて忙しく動いている。ハロルドが何者でどこにいるかを知る者はいない。彼はいまベッドに横になったままじっとしている。きょうもまた歩かねばならない――その事実に向き合うのが嫌なのだ。ただし、戻るわけにいかないこともわかっている。その昔、モーリーンが同じベッドに寝ていたことを思い出し、彼女の裸体をまぶたに呼び出す。なんと完璧な、そしてなんと小さな裸体だったことか。肌を這う彼女の指の柔らかさがなつかしい。

デッキシューズに手を伸ばすと、靴底が紙のように薄くなっている。シャワーも浴びず、ひげも剃らず、足の状態を調べることさえしなかった。デッキシューズを履こうとすると、何かの容器に足を無理やり押しこんでいるような気がした。何も考えずに着替えをした。へたに考えれば、結果がどうなるかはわかりきっていたからだ。宿の女主人にしつこく遅い朝食を勧められたが、断った。親切を受け入れてしまえば、いや、彼女の目を見ただけでも、泣きだしそうで怖かったから。

サンプフォード・アルンデルから先をめざして歩きつづけはしたが、その一歩一歩が憎かった。顔をしかめて痛みに耐えた。人にどう思われようとかまわない。どうせ、みんな関係のない連中だから。足は止めない。ただし、身体は休みたくて悲鳴をあげている。自分がここまで弱いというのが腹立たしい。横殴りの雨が襲いかかる。デッキシューズはよれよれで、いっそ履いていないほうがましというものだ。モーリーンが恋しい。それ以外のことは考えられない。

なぜここまでこじれてしまったのだろう? 幸せだったこともあるのに。もし夫婦のあいだに溝をつくったのが成長期のデイヴィッドだったのだとしたら、その責任は夫婦の両方にあるはずだ。「デイヴィッドはどこ?」とモーリーンが訊いたとする。すると、ハロルドはあっさりと、玄関ドアが閉まる音がしたぞ、と答えてそれっきり。それも、歯を磨きながらだ。「ああ、そう」とモーリーンは答え、十八歳の息子が、夜、町をうろつくようになったことなど問題じゃない、というふりを装う。ハロルドがひそかな不安を口に出せば、モーリーンの不安が倍加するだけだ。それに、事実をいえば、そのころの彼女はまだ食事をつくっていた。まだハロルドと同じベッドに寝ていた。

けれども、そんな口に出さない緊張を永遠に隠し通すことはできなかった。現実が最終的にほころびを見せて傷口を開け、砕け散ったのは、クウィーニーが姿を消す直前のことだった。モーリーンはののしりわめいた。泣きじゃくった。こぶしを固めてハロルドの胸を叩いた。「あなたはそれでも男なの?」と吠えた。こうもいった――「あなたのせいよ。何もかも。あなたさえいなきゃ、うまくいってたのに」

聞いていられなかった。耐えられなかった。その後、彼女は彼の腕の中で泣いて謝った。なのに、ひとりになると彼女にいわれたことが宙にとどまり、なかったことにすることができなかった。あなたのせいよ。何もかも。

やがて、すべてがぱたりとやんだ。話しかけることも、わめくことも、ハロルドと目を合わせることも。新たに生じた沈黙は以前のそれとは違っていた。以前の沈黙は互いに相手を思いやるあまりの沈黙だったが、いまや守るべきものは何もなかった。モーリーンが胸の思いを口にするまでもなく、彼女の顔を見るだけで、ハロルドには彼女との仲を修復できる言葉ひとつ、身振りひとつないことが察せられた。モーリーンはもはやハロルドを責めなかった。もはや彼の前で泣かなかった。ハロルドが抱きしめて慰めてやりたいと願っても、それを許そうとしなかった。モーリーンは自分の衣類を客間に移した。ハロルドは夫婦のベッドに横になったまま、モーリーンがいやがるから彼女のところに行こうとせずに、彼女のすすり泣きにさいなまれていた。朝はそれでもやってきた。ふたりは時間をずらしてバスルームを使った。ハロルドが着替えて朝食をとるときには、モーリーンはハロルドなどいないとでもいうように、部屋から部屋へと歩き回っていた。かたときもじっとしていないことが唯一気持ちを抑える方法だとでもいうように。「出かけるぞ」「わかったわ」「じゃあな」「はい、それじゃ」

交わされる言葉に意味はなかった。どうせなら中国語を話していたほうがましというものだ。ふたりのあいだに横たわる溝に橋を架ける方法はなかった。定年退職直前、ハロルドが一度くらいビール工場のクリスマスパーティに行かないかと誘ったが、モーリーンは口をあんぐり開けて、暴行犯でも見るような目で彼を見つめ返すだけだった。

ハロルドは丘陵地を、空を、木立を見るのをやめた。北を指し示す道路標識を見るのもやめた。逆風をついて、頭を下げ、雨だけを見ながら足を進めた。見えるのは雨だけだったから。A38号線は想像していたよりずっとひどかった。硬い路肩から外れないように、可能なときには障壁となるものの陰を歩いたが、猛スピードで駆け抜ける車に泥水を浴びせかけられ、絶えず危険にさらされつづけた。数時間後、過去の思い出と悔恨に浸るあまり、見当外れの方角に三キロあまりも歩いてしまったことに気づかされた。引き返すほかに方法はなかった。

一度通った道を引き返すのは、それまで以上にきつかった。前に進んでいる気がまるでしない。逆に、わが身を嚙《かじ》っているような気にさえなった。バグリー・グリーンの西で降参し、宿泊所という看板のある農家の前で足を止めた。

宿の主《あるじ》は不安げな顔つきの男で、一部屋だけ空いている、といった。ほかの部屋は、ランズ・エンドからジョン・オグローツへの自転車旅行の女性六人組に占領されているという。「みんな母親だよ」と主。「みんな、すっかり羽を伸ばしちゃってる様子だがな」そして、目だたないようにしてたほうがいいかもしれないと警告した。

ハロルドはよく眠れなかった。また夢を見ていた。同宿のサイクリング・ママたちは宴会でもしているようだ。ハロルドは意識と無意識のはざまに滑りこんだ。脚の痛みが不安だったが、必死にそれを忘れようとした。女たちの声が、母親に代わって入りこんできた大勢の〝おばさん〟たちの声になった。笑い声、ついで父親が性欲を満たすときに漏らしたうめき声。ハロルドは目を大きく見開いた。脚が疼く。早く夜が終わればいい。ここではないどこかべつのところにいるのならいい。

朝、脚の痛みはますますひどくなっていた。踵の上のあたりが紫色の縞模様になって腫れ上がっていた。靴を履けるような状態ではない。それでも、痛みにひるみながら無理やり足を押しこんだ。鏡に、やせこけて日に焼け、虫ピンの頭のような無精ひげだらけの顔が映っていた。これではまるで病人だ、とハロルドは思った。頭の中いっぱいに、老人ホームにいる父親の姿が浮かび上がった。父はスリッパを左右逆に履いている。「息子さんに挨拶しましょうね」と介護士がいう。ハロルドの姿に気づいて、父親はわなわなと震えはじめる。

サイクリング・ママたちが起き出さないうちに朝食をすませるつもりでいた。なのに、ハロルドがコーヒーを飲み終えようとしたまさにそのとき、〈ライクラ〉の蛍光カラーとけたたましい笑い声が怒濤《どとう》のように農家の食堂に飛びこんできた。

「ねえ、ちょっとぉ」とひとりがいった。「あたし、またあの自転車に乗れるかどうかわかんないんだけど」ほかのママたちが笑った。六人のママたちのうち、いま愚痴をこぼしたママがいちばん騒々しくて、どうやらグループのリーダー格のようだった。このままじっとしていれば気づかれずにすむだろうとハロルドが思ったのもつかのま、リーダーが彼の目をとらえてウィンクをした。「迷惑かけたんじゃなきゃいいけど」

リーダーは骸骨のようにやせこけて浅黒い顔で、髪は短く刈りこみすぎて頭皮が透けて見え、しかもそれがいかにもはかなげに見えた。せめて帽子をかぶればいいのに、とハロルドは思った。彼女たち、あたしの生命維持装置でね、とリーダーはハロルドにいった。そして、彼女たちがいなきゃどこに行けばいいかわかんない、とつけ加えた。ふだんは狭いフラットで娘と一緒に暮らしているという。「あたし、家に落ち着いていられるタイプでなくてさあ」とリーダーはつづけた。「男なんて要らないしね」そして、男がいなくてもできることを片っ端から挙げてみせた。ずいぶんたくさんありそうに思えたが、あまりにも早口すぎて、その内容を理解するには彼女の口元に全神経を集中させていなければならなかった。口元を見つめ、耳をそばだてながら彼女のいうことを聞き取るのは途方もなく苦痛だった。彼自身がひどい痛みに苦しめられていたのだから。「あたしは鳥のように自由」とリーダーはいって、いわんとするところをわかってもらおうとしてか、両腕を突きだした。腋《わき》の下に黒い毛がもしゃもしゃと生えていた。

ひとしきりにぎやかな口笛と嬌声《きょうせい》があがった。「いいぞ、その調子！」ハロルドも調子を合わせねばと思ったが、せいぜいそっと拍手をするくらいしかできなかった。リーダーは笑い声をあげて仲間たちとハイタッチをした。にもかかわらず、その強がりには何か熱病的なものがあってハロルドを不安にさせた。

「あたしは自分が寝たいと思う男と寝る。先週は娘のピアノの先生と寝たしね。ヨガの修養会のときは仏教の坊さんと寝たよ。その坊さん、禁欲の誓いを立ててたのにね」数人のサイクリング・ママがはやしたてた。

ハロルドが寝たことのある女はモーリーンしかいない。モーリーンが料理本を捨て、髪を短く切ったときでも、あるいは、夜、彼女が部屋のドアに鍵をかける音を聞いたときでも、ほかの女を求めたことはなかった。ビール工場の同僚たちが浮気をしているのは知っていた。一度だけ、バーのホステスが彼のジョーク――少しもおもしろくないジョークに笑って、カウンターの上でウィスキーのグラスをそっと押し出し、もう少しで手と手が触れそうになったことがあった。それでも、ハロルドは度胸がなくてそれ以上先に進むことができなかった。モーリーン以外の女と一緒にいる自分が想像できなかった。モーリーンとはあまりにもたくさんのことを共有してきた。彼女なしで生きることは、自分の身体から生きるために欠かせない臓器をえぐり出すようなものだろう。そうなれば、自分は人間の皮でできた破れやすい袋でしかなくなるだろう。

ふと気づいたとき、ハロルドはリーダーのママに祝福の言葉をかけていた。ほかにどうすればいいかわからなかったからだ。そして、席を立った。一筋の痛みが閃光のように脚を駆け上がり、思わずよろけてテーブルに手を伸ばした。腕を掻くふりをして、襲いかかっては消え、また襲いかかる痛みに耐えた。

「楽しい旅を《ボン・ボヤージュ》」といってリーダーは立ち上がり、ハロルドを抱きしめた。柑橘《かんきつ》と汗の、心地よくもあり不快でもあるにおいが鼻をついた。リーダーは笑いながら身体を離し、ハロルドの肩に両腕を置いた。「鳥のように自由」と彼女はいった。その顔に自由がみなぎっていた。

ハロルドは胸に冷たいものを感じた。首をねじって肩のうしろを見たとき、リーダーの腕の内側に二本の深い傷痕《きずあと》が見えたのだ。傷は手首と肘のあいだの肉を裂いていた。そのうちの一本は、まだところどころにビーズのような血の塊が残っていた。ハロルドは硬い顔でうなずき、彼女の幸運を祈った。

十五分ほど歩いては、足を止め、痛む右脚を休めずにはいられなくなっていた。背中も、首も、腕も、肩も痛みがひどく、ほかのことはほとんど考えられない。雨は太い針となってハロルドに襲いかかり、家々の屋根とタールマック舗装路に当たって跳ねた。わずか一時間後、足がもつれて休まずにはいられなくなった。前方に木立と何やら赤いものが見えてきた。たぶん、旗だろう。人は道端になんとも不思議なものを置いてゆくものだ。

雨が木の葉を打ってわななかせ、空気は柔らかな腐葉土のにおいを運んでいる。旗に近づくにつれて、ハロルドの背は丸くなった。赤い旗と見えたものは、旗ではなく、〈リヴァプールＦＣ〉のＴシャツだった。しかも、それが木の十字架に掛かっている。

これまでにも、道端に追悼碑のたぐいが立てられているのを見たことは何度かあったが、いまこのときほど心乱されるものを見るのは初めてだった。道路の反対側に渡って見ないで通り過ぎようと自分にいいきかせたにもかかわらず、できなかった。どうしても十字架に引き寄せられてしまうのだ。見てはいけないものに引き寄せられるように。明らかに、身内か友人かが、十字架にぴかぴか光るクリスマスオーナメントを飾り、ビニール製のヒイラギのリースを掛けたのだろう。セロハン紙の中でしおれはじめた花束と、ビニールの定期券入れに収められた写真をじっくり見つめた。写真の男はたぶん四十代、がっしりした身体つき、濃い色の髪。肩に子どもの手がかかっている。男はカメラに向かってにたりと笑っている。世界一のお父さんへ、と濡れそぼったカードに書いてある。

最悪の父親には、どんな追悼の言葉を手向ければいいのだろう？

「ちくしょう」とデイヴィッドが小さく怒声を発したことがある。脚がよろけて、階段を転げ落ちそうになったときのことだった。「ちくしょう」

ハロルドはハンカチのよごれていない部分で写真の雨を拭き取り、花束から離した。ふたたび歩きはじめた彼の頭は、あのサイクリング・ママのリーダーのことでいっぱいだった。いったいいつ彼女はあんなことをしたのだろう？　絶望のあまり腕を切り、血が流れるにまかせたのはいつのことだったのだろう？　誰が彼女を発見して、どうしたのだろう？　彼女は助けられることを望んでいたのか？　それとも、無理やりこの世に引き戻されたのか？　いままさにこの世の生から解放されたと思ったそのときに？　何かいってやれればよかった。何か二度とそんなことをせずにすむような言葉をかけてやれればよかった。もし彼女に慰めの言葉をかけてやっていれば、心おきなく彼女と別れることができただろうに。だが、そうでなかったから、彼女に会って話を聞いたことで、心にもうひとつの重荷を抱えることになってしまった。しかも、その重荷のどれほどを抱えていけるのかわからない。ふくらはぎが痛む。骨の髄まで冷え切っている。心に悩みを抱えている。にもかかわらず、彼はますますわが身を叱咤して先に進んだ。

午後遅く、トーントンの郊外にたどり着いた。家と家が軒を接して建ち、パラボラアンテナが林立している。窓に灰色のメッシュカーテンが掛かっている。なかには金属のシャッターで守られた窓もある。わずかに土の見える庭では、草花が雨でなぎ倒されている。舗装道路一面に桜の花びらが散り敷き、濡れた紙でも張りつけたように見える。車が轟音をあげながら走り去り、耳を聾《ろう》する。道路は油を引いたように光っている。

ひとつの記憶が押し寄せてきた。ハロルドがいちばん恐れてきた記憶のひとつが。

ふだんはそれをとても上手に抑えつけていられるのに。クウィーニーのことを考えようとした。でも、それさえうまくいかない。両肘を突き出して足取りを速め、怒りにまかせて敷石を踏んだ。怒りのあまりの激しさに、息をすることさえむずかしい。だが、何をしても、二十年前のある午後、すべてが終わったあの午後の記憶から逃れることはできなかった。あの木製のドアに伸びる自分の手が見える。肩にあの日の太陽のぬくもりを感じる。腐葉土のにおいがする。熱い空気のにおいがする。あるはずのない沈黙の音が聞こえる。

「やめろ」と叫んで、ハロルドは雨に殴りかかった。

突如、ふくらはぎが破裂した。皮膚の真下の筋肉が切り開かれたかのようだ。路面が傾《かし》ぎ、ふくらんだ。片手を差し出してそれを止めようとするのに、その瞬間に膝が折れて身体が路面に打ちつけられた。両手と両膝がひりひり痛んだ。

許してくれ。許してくれ。おまえをがっかりさせて悪かった。

ふとわれに返ると、誰かが両腕を引っぱり、救急車がどうのと叫んでいた。

13　ハロルドと医師

転んだことが原因で、両膝と両手に切り傷が、両肘には痣《あざ》ができはじめている。彼を救ったのは、自宅のバスルームの窓からたまたま彼が倒れるのを見かけた女だった。女はハロルドを助け起こし、飛び散ったビニール袋の中身を回収すると、彼を支えて道を渡り、通りすぎる車に手を振りながら大声をあげた。「お医者、お医者を！」そして、ハロルドを自宅に連れ帰り、安楽椅子に座らせてネクタイをゆるめた。がらんとして寒々しい感じの部屋だった。段ボール箱の上にテレビが一台、傾いで載っていた。すぐそばの、閉じたドアの向こうで犬がしきりに吠えている。ハロルドには犬と一緒にいて心安らいでいられた経験が一度もなかった。

「何か壊れたものはありましたか？」とハロルドは訊いた。

女がハロルドには理解できない言葉を返した。

「瓶入りの蜂蜜が入ってたんですが」とハロルド。ややパニック気味だった。「壊れてませんか？」

女はこくんとうなずき、手を差し出してハロルドの脈をさぐった。指先を彼の手首に当て、中景のあたりをじっと見つめた。壁の向こうの何かをのぞきこんでいるとでもいうように。そして、声をひそめて数をかぞえた。まだ若いのに、頬はこけ、ジョギングパンツとスウェットシャツが身体からだらりと垂れている。どうやら、誰かほかの人のものを着ているようだ。たぶん、男物だろう。

「医者の必要はありません」とかすれた小声でハロルドはいった。「頼みます、救急車や医者は呼ばないでください」

女の家にいるのは嫌だった。女の時間を取るのも嫌なら、これ以上他人と関わり合いになるのも嫌だった。家に送り返されるのではと不安でもあった。モーリーンと話をしたかった。だが、何をどう話せば彼女を心配させずにすむかがわからなかった。うっかり倒れたりするんじゃなかった、歩きつづける気はおおいにあったのだから。

女が紅茶入りのマグカップを、取っ手をこちらに向けて差し出した。手を火傷しないようにとの心づかいだ。彼女がまた何かをいっている。だが、ハロルドには理解できなかった。わかったふりをして笑顔をつくろうとしたが、女はじっと彼を見つめたまま返事を待っている。そして、少し間をおいてまた同じことをいった。先ほどよりも大きな声で、ゆっくりと。「あの雨の中、あなた、いったい何してたの？」

ハロルドはいまようやく女の言葉にひどい訛りがあることに気がついた。たぶん、東ヨーロッパの訛りだろう。モーリーンとともに、彼女のような人たちのニュースを読んだことがある。稼げる仕事を求めてこの国に来る、と新聞にはあった。いつのまにか、犬が犬ではなく野生のけもののような吠え方をしはじめている。仮の監禁場所のドアに体当たりしながら、激しく吠えたてている。自由の身になったら少なくともふたりのうちのどちらかに嚙みついてやる、といわんばかりだ。そういえば、新聞にはそういう犬のニュースもよく載っている。

お茶を飲み終えたらすぐに失礼すると女にいって、ハロルドは自分のしていることを説明した。女は黙って聞いていた。歩くことをやめられない、あるいは医者に診てもらうわけにいかないのは、クウィーニーに約束したから、そして彼女を裏切るわけにはいかないからだといって、紅茶に口をつけて窓を見つめた。正面に太い木の幹が一本見える。どうやら、根が張って家を傷《いた》めつけているようだ。根を切り詰めねばならないだろう。その向こうを車がひっきりなしに通り過ぎる。また路上に戻ると思うとそれだけで怖くてたまらない。それでも、ほかに方法はない。ふと視線を戻すと、女は相変わらず彼を見つめている。依然として、にこりともしない。

「けど、あなた、いかれてるよ」といっさいの感情をこめず、批判するでもなく、女がいった。

「ああ、そのとおり」とハロルドは答えた。

「あなたの靴、いかれてる。身体も。眼鏡もそう」女はふたつに折れたハロルドの老眼鏡を、左右の手にひとつずつ持って掲げてみせた。「どこからどう見てもいかれてるよ。そんなんでどうやってベリックに行くつもり？」

それを聞いて、ハロルドはふいに、デイヴィッドの考え抜いたであろう悪態を思い出した——そのすさまじさたるや、ありとあらゆる悪態のつき方を慎重に検討したうえで、父親に抱く感情を考えれば、この世でいちばんきたない言葉をぶつけるのが唯一ふさわしいやり方だと結論づけた、としか思えないほどだった。

「わたしは——まさしくあんたのいうとおり——いかれてる」といって、ハロルドは頭《こうべ》を垂れた。ズボンは泥はねだらけ、両膝もすり切れている。靴はぐっしょり水を含んでいる。玄関で脱いでくるべきだった。「たしかに、ベリックはうんと遠い。たしかに、着ているものもいいかげんだ。わたしは歩く訓練もしていないし、歩けるような身体でもない。こんなんでどうしてベリックにたどり着けると思っているのか説明できない。どう考えたって、勝算はゼロだ。だけど、わたしは歩く。あきらめるべきだという気持ちが強い。でも、あきらめるわけにはいかない。たとえ歩きつづけたくないと思っても、それでも歩きつづける」その口調が途切れがちだったのは、自分が無理なことをいっているのを、このまま歩きつづけても苦しい思いをするだけなのを、知っていたからだ。「ほんとうに申し訳ない、わたしの靴がカーペットを濡らしてしまったようだ」

驚いたことに、ハロルドがちらりと盗み見ると、女の顔に笑みが浮かんでいた。初めて見せた笑みだった。女はいった。「今夜は泊まっていってよ」

階段の下で、女は吠えたてる犬のいる部屋のドアを足の裏で一蹴りしてから、ついてくるようハロルドに声をかけた。犬が怖かったのと、相手に余計な心配をかけたくなかったのとで、ハロルドは必死で彼女のあとをついていった。だが、実際には、転んだときにできた手のひらと膝の傷がずきずきしたし、右脚には体重をかけることさえできなかった。女はマルティーナと名乗った。スロヴァキア人だという。家はきたないし外の騒音もひどいが勘弁してほしいといって、マルティーナはつづけた。「こんな便所の穴みたいなとこ、仮住まいのつもりだったけど」ハロルドはそういう言葉づかいには慣れているという顔をしようと努力した。非難がましい態度はしたくなかった。

「わたし、きたない言葉、使いすぎね」とマルティーナがいった。ハロルドの心の内を読んだかのようだった。

「ここはあんたの家だよ、マルティーナ。いいたいことをいっていいんだよ」

犬は階下《した》で依然として吠えながら、自分を閉じこめたドアのペンキに爪を立てているようだ。

「うるさい、黙れ」とマルティーナがわめいた。奥歯の詰め物が丸見えになった。

「うちの息子も昔から犬を欲しがってた」とハロルド。

「わたしのじゃない。パートナーのだよ」マルティーナは二階の部屋のドアをさっと開け、ハロルドを通そうとして脇に寄った。

部屋はがらんどうで真新しいペンキのにおいがした。壁は殺風景な白、紫色のベッドカバーと同じ色のカーテン、枕の上にはスパンコールを縫いつけたクッションが三つ。つらい境遇にもかかわらず、マルティーナが寝具にそこまで気づかいをしていることにハロルドは胸を衝《つ》かれた。窓に目を向けると、階下の窓から幹だけが見えていた大木の枝と葉が、窓ガラスに押しつけられてもみくちゃになっていた。ゆっくり休んでほしい、とマルティーナはいい、ゆっくり休めるでしょう、とハロルドは応じた。ひとりになったハロルドは、ベッドにそっと身体を横たえた。筋肉という筋肉がずきずき疼く。傷口を調べて消毒しなければならないのはわかっているが、動く気力が出ない。靴を脱ぐ気にもなれない。

こんな状態でどうして歩きつづけることができるのか見当もつかない。怖い。寂しい。そんなことを思ったのがきっかけで、十代のころ、自分の部屋に隠れていたときのことがよみがえった。父親は大酒を飲んでいた。あるいは、おばさんたちを相手にことにおよんでいた。泊まっていけというマルティーナの好意を受け入れたりしなければよかった。もしかしたら、彼女は早くも医者に電話しているのではないか？　階下でマルティーナの声がするが、いくら耳をそばだてても、ただのひとことも聞き取れない。ひょっとしたら、相手はパートナーかもしれない。パートナーが、車でそいつを家に送り届けてやる、と言い張るかもしれない。

ポケットからクウィーニーの手紙を引っ張り出した。だが、老眼鏡なしでは、単語同士がぼやけてくっつき合っている。

ハロルドへ、突然こんな手紙を差し上げて、びっくりなさるかもしれません。最後にあなたとお会いしてからずいぶん時間がたちました。なのに、このところ、私は昔のことばかり考えています。昨年、私は手術を受けました。でも、がんはすでに広がっていて、これ以上打つ手がありません。私の心は安らかですし、穏やかな毎日ですが、遠い昔、あなたが私にくださった友情のお礼を申し上げたくて、この手紙を書いています。奥さまにどうかよろしくお伝えください。私はいまでもいとおしい思いとともにデイヴィッドのことを思い出しています。心からの敬意をこめて。

クウィーニーの落ち着きのある声がはっきり聞こえる。まるで本人が目の前に立っているかのようだ。結果として善良な女性を裏切り、なんの償いもしなかった男であることのこの恥辱。

「ハロルド、ハロルド」

行かなければ。どうしてもベリックに行かなければ。彼女を見つけ出さなければ。

「だいじょうぶ?」

ハロルドは身じろぎをした。あれはクウィーニーの声ではない。この部屋を使わせてくれている女の声だ。マルティーナだ。過去と現在の区別をつけるのがむずかしくなっている。

「入っていい?」とマルティーナの大声。

ハロルドは立ち上がろうとする。だが、うまく立てないうちにドアが開いた。マルティーナの目が、身体の半分がベッドの上、あとの半分がベッドの外という妙な姿勢のハロルドをとらえた。彼女はいま戸口に立っている。片手で清拭《せいしき》用の容器を抱え、腕にタオルを二本掛けている。もう一方の手にはプラスティックの救急箱が見える。

「あなたの足を」といってハロルドのデッキシューズに顎をしゃくった。

「あんたに足を洗ってもらうわけにはいかない」ハロルドはすでに立っていた。

「足を洗うために来たんじゃないけど、あなた変な歩き方してる。見せてもらわなきや」

「足はだいじょうぶ。なんともない」

マルティーナはいらだたしげに顔をしかめ、腰に載せたプラスティック容器の重みに耐えかねたように身体を傾けた。「どんな手当てしてる？」

「絆創膏を貼ってる」

マルティーナは笑ったが、おかしくて笑ったのではなさそうだ。「どうしてもベリックに行くんなら、わたしとしてもあなたの手当てをしないわけにはいかないよ、ハロルド」

自分にもこの旅の責任の一端がある、というような言い方をする人物に会ったのはこれが初めてだった。ありがたくて泣けてきそうだったが、泣くのではなく、うなずいてベッドに腰を下ろした。

マルティーナは床に膝をついてポニーテールを結び直すと、タオルの一枚を慎重にカーペット上に広げて折り目の皺を伸ばした。聞こえるのは、外を走る車の音と雨の音、そして甲高い悲鳴をあげながら大木の枝を窓ガラスに押しつける風の音ばかり。光が薄れはじめていたが、マルティーナは電灯をつけようとはせずに、カップ状に丸めた両手を差し出しながら待っている。

腰を屈めるのはつらいが、ハロルドはそれに耐えて靴と靴下を脱ぎ、いちばん新しく貼った絆創膏を剝がした。マルティーナが慎重な目で見つめているのが気配でわかった。裸足になった足を並べて床に下ろしながら、思わず知らず他人の目でその足を見てショックを受けた。初めて自分の足の状態に気づいたときのような衝撃だった。両足とも白くて不健康そのもの、しかも灰色に変わりはじめている。皮膚に靴下の皺や織り目が食いこみ、いくつもの畝《うね》ができている。爪先と踵と甲には靴ずれ。血がにじんでいるものもあれば、炎症を起こして膿《うみ》をもっているものもある。親指の爪は馬のひづめのように硬く、靴に当たる部分はブルーベリー色に変わっている。踵の皮膚が厚くなり、ところどころひび割れて血がにじんでいる。ひどい悪臭がして息を詰めずにはいられない。

「これ以上見ていたくないだろう」

「見たい」とマルティーナ。「ズボンの裾をまくって」

ズボンの裾が右ふくらはぎをこすり、焼けるような痛みが走った。たじろがずにはいられなかった。赤の他人にむき出しの肌を触らせたのはこれが初めて。脳裏に、結婚式の夜、ホルトのホテルのバスルームに立ちつくし、鏡に映る自分のはだかの胸を見て顔をしかめ、モーリーンをがっかりさせるのではと不安でいっぱいだった自分の姿が浮かび上がった。

マルティーナはまだ待っていた。そして、口を開いた。「だいじょうぶ。わたしは自分が何をしてるかわかってるよ。それなりの訓練受けてるからね」

ハロルドの右足がひとりでに動き、左足首のうしろに隠れた。「あんたは看護師さんなのかい？」

マルティーナは冷ややかな顔を向けた。「医者。女だって医者になるんだから、近ごろはね。スロヴァキアの病院で研修した。そこでパートナーに出会ったんだよ。彼もそこで働いてた。さあ、足をよこして、ハロルド。家に送り返したりしないから。約束する」

こうなったら、仕方がない。マルティーナがそっと足首を持ち上げた。彼女の手の柔らかなぬくもりを感じる。彼女が足に触れ、その手を足の裏に回した。右足首の上の青黒く変色しはじめた部分に気づいて、一瞬、ひるみ、手を止めて顔を近づけた。彼女の指がダメージを受けた筋肉をなで回し、ハロルドの脚の奥深いところに花火がはじけるような痙攣《けいれん》が走った。

「痛む？」

痛い。とても痛い。肛門をぐっと引き締め、しかめ面になるのをこらえた。「たいしたことはない」

マルティーナはハロルドの脚を上げて裏側をのぞいた。「痣が膝の裏側まで広がってるね」

「痛くない」とハロルドは繰り返した。

「こんな脚で歩きつづけたら、ますますひどくなる。それに、この靴ずれも治療しなきゃね。おっきいのは、水を出しちゃおう。そのあと、包帯でぐるぐる巻きだ。あなた、やり方をちゃんと覚えとかなきゃね」

マルティーナが最初の膿疱《のうほう》を針の先でつついて小さな穴を開けるところをじっと観察した。ひるんだりしなかった。マルティーナは皮膚が破れないように注意しながら膿を押し出した。ついで、柔らかくて温かいお湯を張った清拭容器にハロルドの左足を誘導した。思い切りひめやかな行為――マルティーナという女と彼の足とのあいだの、彼の身体のほかの部分とは無関係の、ひめやかな行為だった。ハロルドは天井を見上げた。見てはいけないところを見ないように。それはあまりにもイギリス的な行為だった。それでも、とにかく、ハロルドは天井を見つめた。

彼は昔からあまりにもイギリス的な男だった。そうすることで、自分がごく普通の人間であることをアピールしているつもりだった。彼は色に欠けていた。まわりのみんなは興味深い話のひとつやふたつは知っていた。あるいは、質問すべきことがらを持っていた。ハロルドはそうではなかった。彼は質問することが好きではなかった。相手の気持ちを害するのはいやだったから。ネクタイは毎日しめたが、ときどき、ひょっとして自分は実際にはありもしない規律やルールにしがみついているのではないか、と思うこともあった。まともに教育を受けていれば、様子は違っていたのかもしれない。学校を出ていれば。大学に行っていれば。だが、現実には、十六歳の誕生日に、父親にオーバーコートをあてがわれ、玄関を指さされた。コートは新品ではなかった。虫除け玉《ナフタリン》のにおいがした。内ポケットにはバスの切符が入っていた。

「なんだか悲しいね、あの子が出ていくのを見るなんて」とシーラおばさんはいったが、泣いてはいなかった。大勢のおばさんのなかで、シーラは彼のお気に入りだった。おばさんが腰を屈めて彼にキスをしようとすると、濃厚なかおりの波が押し寄せてきて、思わずその場を逃げ出したことがある。ばかなことを考えて抱きついたりしないためだった。

　子ども時代とさよならできてむしろほっとしたのを憶えている。その後、ハロルドは父親が一度もしなかったことをした——仕事を見つけ、妻子を養い、傍観的立場からだったといわれるかもしれないが、とにかくふたりを愛した。なのに、ときおり、黙りこくって過ごした子ども時代の習慣が家庭生活にも入りこみ、カーペットやカーテン、あるいは壁紙の裏にひそんでいて、ことあるごとに顔を出していたような気がすることもある。過去は過去だ。子ども時代から逃れることはできない。たとえネクタイを締める大人になっても。

デイヴィッドがその証明ではないか？

マルティーナはハロルドの片足を膝に載せ、柔らかなタオルで、こすらないよう用心しながらそっと水気を拭き取った。抗生剤軟膏を指先に絞り出し、指を小刻みに動かしながら患部に広げた。彼女の首の柔らかなくぼみに濃い色の紅斑がひとつ見える。むずかしい顔をしているのは神経を集中させているせいだろう。「靴下は二枚はかなきゃね。一枚じゃだめ。それから、どうしてウォーキングシューズを履かないかなあ？」といったが、顔を上げようとさえしなかった。

「エクセターに着いたら買うつもりだった。だけど、さんざん歩いてるうちに気が変わったんだ。足元を見たけど、靴はまったくだいじょうぶそうだった。なんで新しいのを買わなきゃならないのか、その理由が見つからなかった」

マルティーナは彼の目を見てほほえんだ。ふたりのあいだに絆が生まれたた気がした。それがきっかけで、ふたりのあいだに絆が生まれた。彼女が自分の言葉を聞いて喜んでくれた気がした。それがきっかけで、ふたりのあいだに絆が生まれた。パートナーは歩くのが好きでね、とマルティーナが話しはじめた。夏になったら高原で休暇を過ごす予定を立てていたという。「よかったら、あなた、彼の古いブーツを履いてってもいいよ。彼は新しいのを買ったから。まだわたしの衣装だんすに箱に入れたままで置いてあるけどね」いま履いているデッキシューズで充分だ、とハロルドはあくまでも言い張った。この靴に忠誠心みたいなものを持っているから、と。

「わたしのパートナーだったら、靴ずれがうんとひどくなって、それでも歩きつづけるつもりなら、足をダクトテープでぐるぐる巻きにするだろうね」マルティーナはそういってペーパータオルで手を拭いた。なめらかで自信にあふれた動きだった。

「あんた、きっといい医者だね」とハロルド。

マルティーナは目をむいてみせた。「イギリスじゃあ清掃の仕事しかさせてもらえないけどね。あなた、自分の足がひどくにおうと思ってるようだけど、わたしがこすらされてる便器を見るといい」ふたりして声をあげて笑い、やがてマルティーナがまた口を開いた。「あなたのとこの息子、犬を飼わせてもらえた？」

ハロルドの身体を鋭い痛みが突き抜けた。マルティーナがいきなり手を止めて顔を上げた。ほかにもまだ傷があったのかというように。ハロルドは背筋をぴんと伸ばして呼吸を整えた。そして、ようやく言葉を口にした。「いや。飼わせてやればよかったのに、やらなかった。残念だが、二十年前に息子をどうしようもないくらい落胆させたんだ」

マルティーナは上体を起こした。別の見方をする必要があるとでもいうようだった。「息子とクウィーニー？　ふたりとも裏切った？」

真正面からデイヴィッドについて質問されたのは何年かぶりのことだった。息子のことをもっと話したかったが、どこから話せばいいか見当がつかなかった。知らない家に、ズボンの裾をまくり上げて座っているいま、ハロルドは息子の不在を心の底から悲しんでいた。「いい関係だったとはいえない。これからも絶対にね」涙で目がじんじんした。まばたきをして涙を押し戻した。

　マルティーナは脱脂綿をちぎって丸め、ハロルドの手のひらの傷を消毒した。消毒薬が傷にしみたが、ハロルドはじっと動かずにいた。両手を差し出し、消毒されるがままになっていた。


　マルティーナに電話を借りてモーリーンにかけたが、回線の状態が悪くて、彼がいくら現在地を説明しても、モーリーンには通じないようだった。「どこに泊まってるんですって？」とモーリーンは繰り返した。脚のことや転んだことに触れたくなかったので、旅はうまくいっている、とだけ報告した。時間は飛ぶように過ぎるよ、と。

　マルティーナに穏やかな効き目の鎮痛剤をもらったにもかかわらず、眠りは浅く、通り過ぎる車の音や、窓辺の大木を打つ雨音で何度となく目が覚めた。定期的に脚の状態を調べては、よくなっていることを願ってそっと曲げ伸ばししてみたが、あえて体重をかけることはしなかった。脳裏に青いカーテンのかかったデイヴィッドの部屋と、スーツとシャツしか入っていない衣装だんすのある自分の部屋、そして最後にモーリーンのにおいのする客間の様子を思い浮かべているうちに、ゆっくりと眠りの世界に入っていった。

翌朝、ハロルドはまず身体の左側を、つぎに右側を伸ばした。関節をひとつひとつ順に伸ばし、目から涙がこぼれるほど何度もあくびを繰り返した。雨音は聞こえない。窓から木漏れ日が差しこみ、真っ白にペンキを塗った壁に、木の葉の影が落ちてさざ波のように揺れている。もう一度、伸びをしてすぐさま眠りの世界に舞い戻り、そのまま十一時過ぎまで眠りつづけた。

ハロルドの脚の状態を入念に調べたマルティーナは、少しはよくなっているが、歩くことは勧められないといった。足の包帯を交換して、あと一日休んでいくよう勧めた。パートナーの犬も、彼女が仕事で出かけているあいだの連れができて喜ぶだろう、というのだ。犬がひとりでいる時間が多すぎる、というわけだ。

「わたしのおばさんも犬を飼ってたよ」とハロルドはいった。「そいつ、しょっちゅうわたしを嚙むんだ、誰も見ていないときを見はからって」マルティーナは声をあげて笑い、ハロルドも笑った。ただし、それは、当時のハロルドにとってはとてつもない寂しさと、少なくない苦しみの源でもあった。「母親はわたしが十三になる直前に家を出ていった。おやじとの折り合いがどうしようもなく悪かったんだ。おやじは飲んだくれ、母親は旅がしたい。わたしが憶えているのはそれだけだ。母親が出ていってからしばらくは、おやじがますます酒びたりになったが、近所の連中がそれに気づいてね。みんな、母親みたいにおやじの面倒を見てくれた。そのうち、おやじが急に元気になってね。つぎからつぎへとおばさんを連れこむようになった。ちょっとしたカサノヴァになったわけだ」ハロルドが自分の過去をそれほどあけすけに語るのは初めてのことだった。哀れっぽく聞こえなければいいが、と彼は思った。

マルティーナが、唇がかすかに歪む程度の笑みを浮かべた。「おばさん？　みんなほんとのおばさんだった？」

「のようなもの、ってやつだな。おやじがパブで出会った女たちだよ。みんな、しばらくわが家にいては出ていった。家は、毎月、違う香水のにおいがしたものさ。洗濯ロープにもいつも違う下着が掛かってた。よく芝生に寝転がって、洗濯物を見上げてたものだよ。あんなきれいなものなんて見たことがなかったからね」

マルティーナの笑顔が少しずつ崩れ、その口からいま一度笑い声が漏れた。笑うと彼女の顔が柔和になり、頬にその表情にふさわしい朱がさすのがわかった。後れ毛が一筋、きつく結んだポニーテールから垂れていた。マルティーナがそれを掻き上げようとしないのが、ハロルドにはうれしかった。

それからしばらくのあいだ、ハロルドのまぶたに浮かぶのは、若き日のモーリーンの顔ばかりだった。彼の顔を見上げる彼女の無防備で屈託のない顔。柔らかな唇をなかば開いて、彼のつぎの言葉を待っている。あのときにはモーリーンの関心は間違いなく自分に注がれていた。それを思い出したとき、ハロルドの中にぞくぞくするような喜びがわき上がった。しかも、その喜びが強力すぎて、もっといろいろなことを話してマルティーナに喜んでもらいたいという気になった。なのに、何も思いつけなかった。

マルティーナがいった。「それから一度もお母さんに会ってないの？」

「ない」

「捜したこともない？」

「ときどき、捜せばよかった、と思うことはある。会って、ぼくはだいじょうぶだよ、といってやりたかったと思うことはね。もっとも、母親が心配してたらの話だけど。でも、彼女は母親になれるような女じゃなかった。モーリーンは正反対だった。彼女は最初からデイヴィッドの愛し方を知ってるみたいだった」

ハロルドはふと黙りこんだ。マルティーナも黙りこんだ。思わず過去を告白してしまったことに不安はなかった。クウィーニーに告白したときもそうだった。車のなかでいろいろなことを打ち明けても、彼女はそれを頭のどこかにしまいこんでくれていたし、聞いたことをもとに彼の人となりを判断したり、先々それを彼に不利な情報として利用するためにためこんでおいたりすることもなかった。友情とはたぶんそういうものだろう、とハロルドは思い、その友情をないがしろにして過ごしてきた長い年月を悔やんだ。

午後、マルティーナが清掃の仕事に出かけて留守のあいだに、ハロルドは壊れた老眼鏡を絆創膏で修理し、そのあと裏口のドアを無理やりこじ開けた。狭い庭の掃除をするためだった。例の犬は座ったまま、興味津々の目で彼を見つめていたが、吠えはしなかった。マルティーナのパートナーの道具を見つけて芝生を手入れし、生け垣を刈りこんだ。脚がひどくこわばっていたことや、デッキシューズをどうしたのだったか思い出せなかったこともあって、裸足で歩き回った。あたたかな土がビロードのように踵を包み、緊張をほぐしてくれた。寝室の窓にかかる大木の枝に取り組む時間があるだろうかと思ったが、木は高すぎるし、梯子《はしご》もなかった。

仕事から戻ったマルティーナが、ハロルドに茶色の紙袋を差し出した。中に彼のデッキシューズが入っていた。靴底を張り替え、ぴかぴかに磨いてあった。真新しい靴紐まで添えてあった。

「国民医療保険じゃそういうサービスはしてもらえないからね」といいながら、マルティーナはハロルドが礼をいう間もなく部屋を出ていった。

その夜、ふたりは夕食をともにした。ハロルドはその席でもう一度、部屋代を払わせてほしいと申し出た。その話はまた明日の朝ね、とマルティーナはいったが、それで引き下がるわけにはいかなかった。翌日は夜明けの最初の光が差すと同時に発《た》つもりでいたからだ。なんとしても遅れを取り戻さねばと思っていた。犬が足元に座り、彼の膝に頭を預けている。「あんたのパートナーに会えなくて残念だ」とハロルドはいった。

マルティーナが渋い顔をした。「彼は帰ってこないから」

一撃を食らったような気分だった。ハロルドはいまいきなりマルティーナと彼女の人生について考えていたことを修正しなければならない状況に追いこまれかけていた。それも、少し残酷ではないかといいたいほどの唐突さで。「わからないな」とハロルドはいった。「彼はいまどこにいるんだい？」

「さあね」マルティーナは顔をゆがめて皿を脇に押しやった。皿にはまだ食べ物が残っていた。

「さあね、ってどういうことだ？」

「この女、おかしいんじゃないか、と思ってるでしょうね、ハロルド」

ハロルドは、今度の旅で出会った人たちのことを思い出した。みんないささか変わったところのある人たちだったが、外見だけで異様だと思える人はいなかった。あらためて自分の人生を考えれば、外見上は、やはり、ごくありふれた人生と見えるのかもしれない。ほんとうは、内に途方もない闇とやっかいごとを抱えているというのに。「おかしいなんて思ってないよ」とハロルドはいった。そして、片手を差し出した。マルティーナはしばらくその手をじっと見つめていた。いままで人間の手を握るものと思ったことはなかった、とでもいうようだった。ややあって、ようやく彼女の指が彼の手に触れた。

「一緒にイギリスに来たのは、彼がもっといい仕事に就《つ》けると思ったから。ここに来て、まだ二、三ヵ月しかたってないころで、あれはたしか土曜日だったけど、スーツケース二個と赤ん坊を抱えた女がひょっこりやって来てね。彼には子どもがいる、っていいだして」マルティーナの手に力がこもり、ハロルドの結婚指輪が指に食いこんだ。「わたし、別に女がいるなんて知らなかったし、子どもがいるなんてことも知らなかった。彼が帰ってきたから、これで女と子どもを追い出してくれるだろうなって思ったよ。だって、彼がわたしをどれくらい愛してくれてるかちゃんと知ってたから。なのに、彼、追い出さなかった。それどころか、赤ん坊を抱き上げた。知らない男を見てるような気がしたよ。散歩してくるっていって外に出て、戻ってみたら、三人ともいなかった」マルティーナの肌は真っ白で、まぶたの静脈が透けて見えた。「彼、自分のものは何もかも置いてった。犬も。庭仕事の道具も。新しい靴だって。彼、歩くのが大好きなのよ。毎日、目が覚めるたびに思ってるよ、きょうこそ彼が帰ってくる、って。だけど、何日たっても帰ってこない」

しばらくのあいだ、沈黙のなかに彼女の言葉だけが響いていた。ハロルドは、あらためて人生が一瞬にして変わりうるものであることに気づかされて胸を衝かれた。ごく日常的なこと——自分のパートナーの犬の散歩をしたり、いつもの靴を履いたりというごく日常的なことをしていながら、大切なものを失おうとしていることに気づかない、ということだってありうるのだ。

「帰ってくるかもしれないじゃないか」

「だって、一年前だよ」

「わかるもんか」

「わかるよ」

マルティーナが洟をすすった。風邪のひきかけで洟が出るとでもいうように。だが、そんなことで彼女自身はもちろんハロルドをごまかすこともできなかった。「だけど、いまここにあなたがいて、ベリック・アポン・ツイードまで歩いていくなんてことをいってる」またしても、行けるわけがないといわれるのではないかというハロルドの不安をよそに、マルティーナはこうつづけた。「わたしにもちょびっとでいいからあなたの信念があればね」

「あるじゃないか」

「ないよ」とマルティーナ。「絶対に起きっこないことを待ってるだけだから」

マルティーナは座ったまま身じろぎひとつしなかった。彼女が過去のことを考えているのをハロルドは知っていた。そして、自分の信念も、じつは見てのとおり、脆《もろ》く崩れやすいものであることを知っていた。

ハロルドはふたり分の皿を片づけてキッチンに持ってゆき、シンクにお湯をためてよごれた鍋を洗った。食べ残しを犬に与え、戻ってこないであろう男を待つマルティーナのことを考えた。そして、妻のことを、彼には見えない染みをごしごしと洗い落とす妻のことを考えた。妙なかたちながら、いまならばモーリーンのことがもっとよくわかるような気がして、それを彼女に伝えられたらと切実に思った。

それからしばらくたったころ、ハロルドが部屋でビニール袋に身の回りのものを詰めていると、廊下で布のこすれ合うような小さな気配がして、つづいて一度だけノックの音がした。ハロルドが戸口に向かうと、マルティーナがウォーキング用の靴下を二足と、青いダクトテープを一巻き差し出した。ついで、空のリュックを彼の手首に掛け、手のひらに真鍮《しんちゅう》のコンパスを置いた。どれも彼女のパートナーのものだった。ハロルドがこれ以上甘えるわけにいかないと断ろうとしたにもかかわらず、マルティーナは顔をさっと近づけて彼の頬にそっとキスをした。「無事でね、ハロルド」とマルティーナ。「それと、部屋代のことは気にしなくていいから。あなたはわたしのお客だったんだから」手の中のコンパスがあたたかくて重かった。

ハロルドは、前日の言葉どおり、夜明けの最初の光とともに出発した。枕にマルティーナへの感謝の言葉を書いた絵はがきを立てかけ、ついでにラミネート加工を施したあのテーブルマットも立てかけておいた。クウィーニーよりもマルティーナのほうがそれを必要とする度合いが大きいはずだから。東の空で、闇がひび割れ、淡い光の帯が現れたと思うまもなく、帯は空を昇り、全体に広がりはじめた。階段を下りたところで、マルティーナのパートナーの犬を撫でた。

玄関ドアをそっと閉めた。マルティーナを起こしたくなかったから。だが、そのマルティーナはバスルームの窓ガラスに顔を押しつけて、ハロルドの様子をじっと見守っていた。ハロルドは振り返らなかった。手も振らなかった。窓に映るマルティーナの横顔には気づいたが、つぎの瞬間、精いっぱい大胆に足を踏み出した。マルティーナはおれの靴ずれのことを、あるいはデッキシューズのことを心配しているだろうかと気にしながら、このまま彼女をひとりきりに——犬と数足の靴と彼女だけにして、出ていかずにすめばいいのにと願っていた。彼女の客でいることはつらかった。彼女の状況を少しだけ理解して、そのうえで出ていかねばならないのもつらかった。

14 モーリーンとレックス

代診医と話したあと、モーリーンの落ちこみはいっそうひどくなった。二十年前にクウィーニー・ヘネシーが訪ねてきたときのことが罪悪感とともによみがえり、もっとやさしく接すればよかった、という気がしてならなかった。

ハロルドのいないいま、日々はただ果てしなく流れて明日がきょうになり、きょうが昨日になるだけで、モーリーンはそれをただ無気力に見つめるばかり。無為に過ぎてゆく時間をどう埋めればよいかがわからずにいた。ベッドのシーツでも剝がそうと決心するのに、そんなことをしても意味がないことを思い知らされるばかりだった。いくら洗濯物の籠《かご》を乱暴に床に置いてみても、あるいは、助けてなんかくれなくてもちゃんとひとりでやっていけますよ、おあいにくさま、と憎まれ口をたたいてみても、それを見聞きする者はひとりもいないのだから。キッチンテーブルに道路地図を広げてはみたが、それを見てハロルドの旅を想像しようとするたびに、痛切な孤独感が強くなるばかりだった。体内にとてつもなく大きな空白が広がり、自分が透明人間になったような気がした。

小型缶入りのトマトスープを温めた。どうしてこんなことになったのだろう？　ハロルドはベリックめざして歩いている、なのにわたしは何もしないで家に引きこもっている。いったいどこで人生のステップを踏み間違えたのだろう？　ハロルドとは違って、わたしはちゃんと学校も出たし、秘書の資格も取った。デイヴィッドが小学校に行っているころには、通信制大学でフランス語の勉強もした。庭いじりも大好きだった。以前は、フォスブリッジ・ロード13番地のこの家には、実のならない、あるいは花の咲かない土地は一平方センチだってなかった。一日も欠かさず料理をした。エリザベス・デイヴィッドの料理本を読んだし、新しい食材を探すことに喜びを感じた。「きょうはイタリアンよ」と笑い声でいって食堂のドアを足で開け、デイヴィッドとハロルドの前にアスパラガスリゾットを出した。「さあ、めしあがれ」持っていたすべてを手放したことへの後悔がどっと押し寄せてくる。あれほどのやる気はどこへ行ってしまったの？　あのエネルギーは？　どうして一度も旅をしなかったの？　どうしてもっとセックスをしなかったの？　できるうちに？　この二十年間の、目が覚めていた時間のすべてから色を抜き、なかったことにしてしまった。なんでもいいからすればよかった、こんな気分になるくらいなら。なんでもいいから行動すればよかった、ハロルドと目を合わせて口にするのもおぞましいことをいうくらいなら。

そんなの人生ではない、愛なしで生きるなんて。モーリーンはトマトスープをシンクに流し、キッチンテーブルについて両手で顔をおおった。

レックスのところに行ってハロルドについてほんとうのことを打ち明けるべきだ、といったのはデイヴィッドだった。ある朝、彼が、ずっとモーリーンのいまの状態を考えてきたけど、誰かに話せば気が楽になるのではないかと思う、という意味のことをいったのだ。モーリーンは笑って反論した。だって、レックスのことなんてほとんど知らないもの、と。けれども、デイヴィッドは彼は隣人じゃないかと指摘した。知らないわけないじゃないか、と。

「だからって、おしゃべりするような仲ということにはならないでしょ」とモーリーンはいった。「あの人たちがここに越してきてたった半年で奥さんが亡くなったのよ。それに、誰かに話さなきゃいられないわけじゃないわ。わたしにはあなたがいるんだもの」

もちろん、そのとおりだけど、ほんとうのことを打ち明けたほうがレックスにとってもいいんじゃないか、とデイヴィッドはいった。第一、永久にほんとうのことを隠し通すなんてできないんだから、と。あなたに会いたい、とモーリーンがいおうとしたまさにそのとき、いますぐにレックスにほんとうのことをいうべきだ、とデイヴィッドがたたみかけた。

「近いうちに会えるかしら？」とモーリーン。会えるよ、とデイヴィッドは請け合った。

レックスは庭に出て、刈り込み機の半月形の刃で芝生の縁を整えているところだった。モーリーンはお互いの庭を隔てる塀――庭そのものが傾斜地なので塀も少しばかり傾いている――のそばに立ち、軽い調子で、ご機嫌はいかが、と声をかけた。

「忙しくしてるよ。それがいちばんさ。ハロルドはどうだい？」

「元気よ」とモーリーンは答えたが、脚はぶるぶる震えるし、手もそわそわと落ち着きがない。深呼吸をひとつ。本の新しいパラグラフに取りかかるときのような気分だった。「あのねえ、レックス、じつは、ハロルドは家にいないの。ずっと嘘をついてたの。ごめんなさい」そして、指先で唇を押さえた。それ以上言葉が飛び出してくるのを止めるためだった。顔を上げることができなかった。

どきんどきんと脈打つような沈黙のなかに、刈り込み機を芝に置く音が響いた。近づいてくるレックスの気配がした。ミント入り歯磨きのにおい。そして、レックスの低い声。「わたしが何も気づいてなかったと思ってるのかね？」

レックスは片手を差し出してモーリーンの肩に置いた。誰かに触られるのは何年ぶりかのことだった。強烈な安堵感とともに悲しみが体内を駆け抜け、涙がこぼれて頬を伝った。すべてを台無しにしてしまった――そんな思いが強かった。
「うちに来ないか？　お茶でも飲もうじゃないか」とレックスがいった。

モーリーンがレックスの家に入ったのは、エリザベスの葬儀以来のことだった。あれからもう何ヵ月もたっているから、ほこりが積もってフェルトのようになっているだろう、普通程度には散らかっているだろうと思っていた。男の人は普通そういうことに気づかないものだから。とくに、愛する人を亡くして悲嘆の底にあるときには。なのに、意外や意外、家具の表面はどれもぴかぴかに光っている。窓台には、鉢植えのサボテンが等間隔で並んでいる。その間隔があまりにも一定なので、定規で測って並べたのかと思えるほどだ。未開封のまま置き去りにされた手紙の山は見当たらない。マッシュルーム色のカーペットに泥靴の跡もない。それどころか、玄関ドアから部屋への通路となる部分にビニールの保護カバーが敷いてあるが、どうやらそれはレックスが自分で買ってきて敷いたものらしい。エリザベスがいるときには、たしか、そんなものはなかったはずだから。モーリーンは円形の鏡で顔をチェックして洟をかんだ。青白くて疲れた顔、おまけに鼻の頭が警告灯のように赤くなっている。隣人の前で泣くなんて、息子のデイヴィッドならなんというだろう？　デイヴィッドと話すときにはあれほど泣かないようにがんばったのに。

居間で待っててくれないか、とキッチンからレックスの声がした。

「ほんとにわたしに手伝えることはないの？」とモーリーンはいったが、レックスはあくまでも、ゆっくりしていてほしいといってきかなかった。

居間も、廊下と同じように静かで整然としていて、そこに足を踏み入れたモーリーンは自分がとんだ闖入者《ちんにゅうしゃ》に思えて落ち着かない気分になった。マントルピースの前に行き、額に収められたエリザベスの写真にちらりと視線を向けた。エリザベスは、背が高くて顎は四角、笑い声はがらがらで、カクテルパーティの心ここにあらずのお客のような表情の女性だった。これはデイヴィッドにしかいったことはないのだが、エリザベスの前に出るといつもきまってやや気圧《けお》されるような気分になったものだ。彼女を好きなのかどうか、それさえわからないままだった。

カップの触れ合う音がして、ドアが開いた。振り返ると、トレイを手にしたレックスが立っていた。こぼさないようじょうずに紅茶を注ぎ、ミルク入りの容器も忘れずに用意してあった。

いったん話しはじめたモーリーンは、ハロルドのベリック行きについていいたいことがあまりにもたくさんあることに気づいて、われながら驚かされた。クウィーニーからの手紙のことや、ハロルドが前後の見境なしに歩いていくと決めたことを打ち明け、代診医の診察を受けたことや、屈辱感にさいなまれていることも打ち明けた。

「怖くてたまらないの、あの人、帰ってこないんじゃないかと思って」と最後にいった。

「なあに、帰ってくるとも」レックスの、子音がややぼやけた声が返ってきた。あまりにも明快なその言い方が、たちまちモーリーンを安心させた。そのとおり、ハロルドは帰ってくる。ふいに気持ちが軽くなり、声をあげて笑いたくなった。

レックスがモーリーンにカップを差し出した。繊細な陶器で、おそろいのソーサーに載せられていた。モーリーンのまぶたにコーヒーを淹れるハロルドの姿が浮かび上がった。マグカップの縁からコーヒーがあふれそうになっている。手に取ろうとすると、必ず中身がこぼれて手を火傷したものだ。いまとなってはそんなことさえおもしろく思える。

モーリーンはいった。「最初のうちは、これはいうところの中年の危機なのかもしれないと思ったわ。ハロルドのことだから、遅れてやってきただけかもって」レックスは笑った。やや礼儀正しさのほうが勝った笑い方に思えたが、それでもその笑いのおかげで少なくとも堅苦しさは消えたようだった。レックスが皿に色とりどりのクリームビスケットを並べた皿とナプキンを差し出した。モーリーンはビスケットをひとつつまみ上げた。つまみ上げて初めて、ひどく空腹だったことに気づかされた。

「ハロルドは歩き通せると思うかい？」とレックス。

「いままで一度だってこんなことしたことがないのよ、あの人。昨夜《ゆうべ》は若いスロヴァキア人女性の家に泊まったんですって。知り合いでもないらしいの」

「おやおや」レックスは片手を顎の下に当て、ピンク色のウェハースのかけらを受け止めた。「無事だといいが」

「むしろ、やたらに強がってる感じよ」

ふたりは笑みを浮かべたきり、そのまま黙りこんだ。それで互いのあいだに隔たりができたような気がして、もう一度ほほえんだ。それも、先ほどよりも慇懃《いんぎん》に。

「ふたりであとを追ったほうがいいんじゃないかなあ」とレックス。「無事かどうかを確かめるために。ローヴァーにガソリンを入れてきたところだ。サンドイッチでもつくるから、すぐに出発するといいかもしれないな」

「そうかもしれない」といってモーリーンは唇を噛み、じっくりと考えた。彼女はいまハロルドが恋しくてたまらなかった。デイヴィッドが恋しいのと同じくらい恋しかった。ハロルドに会いたくてたまらない。なのに、そのあとのこと、ハロルドに追いついてからのことを思うと、迷いが生じた。わざわざ会いにいったのに、おまえの顔なんか見たくないといわれたらどうしよう？　もし彼が本気で別れるつもりでいたとしたら？　モーリーンは首を横に振った。「じつは、わたしたち、会話のない夫婦なの。いつのころからか。まともに口を利くことはないの。あの人が出ていった朝は、わたしがしつこく小言をいってしまって。食パンとジャムのことで。ジャムのことなんかで。あの人が出ていったのも無理ないのよ」また悲しくなった。それぞれの冷たいベッド、別々の部屋にあるそれぞれのベッドのことや、夫婦で交わす言葉——ものごとの表面をかするだけで、なんの意味もなさない言葉のことを考えた。「もう二十年も夫婦なんてものじゃなかったの」

レックスは黙りこくったままカップを口元に運んだ。モーリーンもそれを真似た。しばらくして、レックスがいった。「あんたはクウィーニー・ヘネシーが好きだったのかい？」

そんなことを訊かれようとは予想していなかった。だから、モーリーンは急いで紅茶を飲みこまざるをえなかった。紅茶がジンジャーナッツビスケットの真っ赤なかけらを押し流し、咳を誘った。「わたしが彼女に会ったのは一度きりよ。それも、うんと昔に」モーリーンは胸を叩いてビスケットが通り過ぎるのを手助けした。「クウィーニーはいきなり姿を消した。わたしが憶えているのはそれがすべてよ。ある日、ハロルドは仕事に行った。そして、帰ってきて、経理に新しい人が入ったといったの。男の人だといったはずよ、たしか」

「クウィーニーはどうして消えたんだい？」

「わからない。噂はいろいろあったけど。でも、あのころはハロルドもわたしも、とてもつらい思いをしていて、だから、ハロルドはなんにもいわなかったし、わたしもなんにも訊かなかった。そういう夫婦なの、わたしたちって。近ごろの人は、誰もかれも自分のいちばん暗い秘密をぼろぼろとさらけ出してみせてるわよね。かかりつけのお医者に行ってセレブ雑誌なんか見てると、頭がくらくらしてきちゃうくらいに。だけど、わたしたちはそんなじゃなかった。そりゃ、昔は、わたしたちだって、いろんなことをぶつけ合ったわよ。いっちゃいけないこともずいぶんいい合ったりもした。でも、クウィーニーが消えた話なんて、聞きたくもなかった」

モーリーンはためらった。余計なことまで告白したのではないか、どうすればうまく話をつづけられるだろうと不安だった。「聞いた話じゃ、彼女、ビール工場でしちゃいけないことをしたらしいの。ビール工場のボスって、すごくいやな人でね。許して忘れるというタイプの人じゃなかったのよ。いろいろ考えれば、彼女が消えるのが、たぶん、いちばんよかったんでしょうね」モーリーンのまぶたに、遠い昔、フォスブリッジ・ロードの自宅に現れたクウィーニー・ヘネシーの姿が浮かび上がった。あの日、クウィーニーは玄関先に立ち、腫れた目をして、花束を差し出した……。レックスの居間の空気がにわかに冷えた気がして、モーリーンは思わず自分の身体を抱きしめた。

「わたしはあんたのことはよく知らないが」とようやくレックスが口を開いた。「ちよいとシェリーでも一杯やりたい気分だ」

レックスは車を運転して、モーリーンをスラプトン・サンズの〈スタート湾亭《ベイ・イン》〉に連れていった。モーリーンは、シェリー酒が最初は冷たく、やがて燃えるような熱さで喉を下り、全身の筋肉をひとつひとつゆるめてゆくのを感じていた。こんなふうにまたパブに来るなんてなんだか妙な気がする、とレックスにいった。ハロルドがアルコールを完全に断ってからというもの、モーリーン自身もめったに飲まなくなっていたからだ。お互いに、きょうは料理をする気になれないと意見が一致して、一杯のワインと早めの夕食を注文した。ハロルドの旅の幸運を祈って乾杯した。モーリーンのみぞおちのあたりにわだかまっていたものがほぐれ、脳裏にまだ若くて初めての恋に落ちたころのことがよみがえってきた。

外はまだ明るかった。そこで、ふたりは海と牧草地のあいだに伸びる砂嘴《さし》を歩いた。アルコールを二杯飲んだいま、モーリーンは体内にあたたかさを感じ、ものの縁がかすかにぼやけて見えるのに気がついた。カモメが一群れ、風に乗って飛んでいる。ここにはムシクイがいる、とレックス。オオカンムリウミツバメもね。「エリザベスは野生の生き物にあまり関心がなかった。どれもこれも同じに見える、といったものだよ」モーリーンはときに耳を傾け、ときに傾けなかった。ハロルドのことを考え、頭の中で彼と出会った四十七年前のことを描きだしていた。思えば妙な話だ。あの夜の細部をこんなにも長いあいだどこかに置き忘れていられたなんて。

あの夜、モーリーンは、会場に行ってすぐさまハロルドに気がついた。気づかずにいられるわけがなかった。ダンスフロアの真ん中で、ひとりスウィングに合わせて踊っていた。コートの裾がぱたぱた跳ねて、大きな千鳥格子の翼が揺れているように見えた。踊ることで自分の中に押しこめられている何かを解き放とうとしているかのようだった。モーリーンが初めて目にする光景だった。彼女が母親から紹介される若者たちはみな、髪をきっちり七三に分けてブラックタイを締めていた。おそらく、ハロルドは彼女に見つめられているのに気づいていたはずだ。どくどくと脈打つようなダンス音楽の鳴り響くあの薄暗いホールの、向こうとこちらに離れてはいたが。なぜならば、ある時点でハロルドがいきなりダンスをやめて、彼女の目をとらえたのだから。そのあとも彼は踊りつづけ、彼女は見つめつづけていた。呆然として身動きできなかった。そのときの彼女の心を揺さぶっていたのは、洗練という言葉とはまるで無縁のあのエネルギー、彼という人間を徹底的に体現するあのむき出しのエネルギーだった。彼がまたダンスをやめた。そして、また彼女の目をとらえた。人混みを縫うように彼女に近づき、熱い肌のにおいがわかるほど間近に来て止まった。

いま、モーリーンの脳裏にあの瞬間が、そしてまぶたにはあの情景が、鮮やかに浮かび上がる。彼が上体を屈めて耳元に口を近づけ、彼女の巻き毛をかき分けた。なにごとかをささやきかけやすいように。その大胆さに彼女のうなじを電流が駆け抜けた。いまもなお、皮膚の下に遠い日のざわめきが感じられる。あのあと彼は何をいったのだったか？　たしかとても滑稽なことをいった。そして、ふたりで大笑いした。笑いすぎてしゃっくりが止まらなくなって困ったものだ。バーに水を取りに行く彼のコートの裾がはためいていたのを思い出す。じっとその場に留まったまま、彼を待っていたのを思い出す。あのころは、ハロルドがそばにいるときだけ、世の中にぱっと明かりがついたような気がしたものだ。あれほど徹底的に踊り、徹底的に笑ったあの若いふたりは、いったい何者だったのだろう？

レックスがいつのまにか話すのをやめていた。やめて、モーリーンをじっと見ていた。「何を考えてるんだい、モーリーン？」

モーリーンはにっこりほほえみ、首を横に振った。「べつに」

レックスと肩を並べて海面を眺めた。沈みはじめた太陽が、水平線から岸辺に向けて、赤い絨毯を敷いている。今夜、ハロルドはどこで眠るのだろう、おやすみなさいといえればいいのに。首を反らせて空を見上げ、黄昏《たそがれ》の空に一番星の光を探した。

15　ハロルドと新たな始まり

雨がやみ、それと同時に自然界に新たな生長の季節が訪れた。木々や草花はいっせいに華やかな色彩とかおりをまき散らし、トチノキの枝は小刻みに震えながら、円錐形の花キャンドルを支えていた。白いヤマニンジンの花笠が道端をびっしりと覆っている。つるバラが庭塀を這い上がり、深紅のシャクヤクがティッシュペーパーのような花弁を開いている。リンゴの木は花びらを振り落としはじめ、そのあとにビーズのような小さな実をのぞかせている。青い釣鐘草《ブルーベル》が森の大地に広がり、川の流れを連想させている。タンポポは早くも綿毛になっている。

この五日間、ハロルドはよろめくことなく歩きつづけ、オザーリー、ポールデン丘陵地、ストリート、グラストンベリー、ウェルズ、ラドストック、ピーズダウン・セント・ジョンを通過し、月曜の朝にはバースに着いた。一日平均でおよそ十三キロほど歩いたわけで、マルティーナの忠告を入れて日焼け止め、脱脂綿、爪切り、絆創膏、新しい包帯、殺菌軟膏、靴ずれ防止パッド、そして非常食として〈ケンドール・

ミントケーキ〉を買いこんだ。洗顔用品と洗濯用粉石けんを補充し、マルティーナのパートナーのものだったリュックにダクトテープと一緒に詰めた。通りすがりに商店のショウウィンドウに自分の姿を映してみたが、見つめ返す男の背筋はあまりにもしゃんとして、足取りも驚くほど確かに見えた。だから、思わず見直して、それが間違いなく自分自身であることを確かめた。コンパスは着実に北を指していた。

ハロルドは思った——旅はいままさにほんとうに始まろうとしている。歩いてベリックに行くと決めた瞬間に始まったと思っていたが、いまはそんなことを思った自分がいかに単純だったかがよくわかる。始まりは、一度ではなく、二度も三度もありうるし、始まり方もいろいろなのだ。自分では何か新しいことを始めたつもりでも、そのじつそれまでとなんら変わらないということだってあるものだ。おれは自分の弱点に真正面から向き合い、それを克服した、だからほんとうの旅はたったいまこの時点から始まるのだ。

朝ごとに、太陽が地平線上に顔を見せてやがて天頂に達し、夕方には沈んで、一日が別の一日へと道を譲った。ハロルドは空と、その下で刻々と変化する大地を見つめて長い時間を過ごした。峰々の頂が昇りゆく太陽の光を背に金色に照り映え、その輝きを映す民家の窓が、ひとつまたひとつと強烈なオレンジ色に染まって燃え立つように見えた。日暮れどき、木々の影が長くなり、地面にもうひとつの森が——闇できた森が――出現したかのようだった。早朝の霧をついて足を進め、乳白色の靄《もや》の中からぬっと頭を突き出す高圧電線用の鉄塔に気づいて思わず顔をほころばせた。丘のかたちが柔らかく平らになって、視界が開けた。見渡すかぎり、穏やかな緑色がつづいていた。どこまでも平らに伸びるサマセットの湿地を通り抜けた。湿地を走る無数の水路が銀色の針のようにきらめいていた。地平線上にグラストンベリーの丘《トール》が鎮座し、その向こうにメンディップ丘陵地が見えた。

ハロルドの脚は徐々によくなりはじめていた。ふくらはぎの炎症が紫色から緑色に、さらに穏やかな黄色へと変わり、精神的にも不安を感じなくなっていた。むしろ、以前より自信を持てるようになった気がする。ティヴァートンからトーントンまでのあいだは、怒りと苦痛しか感じられなかった。すべては、肉体的な能力を超えることを自分に要求していたからで、そのために歩くこと自体が自分自身との闘いとなり、しかもそれに負けていたのだ。だが、いまの彼は、毎朝毎晩、ゆったりしたストレッチをワンセットずつこなし、二時間歩いては休憩を取るようになっている。靴ずれは炎症を起こさないうちに手当てし、新鮮な水を持ち歩くことも忘れない。しばらく開かずにいた野生草花事典を取り出して、低木に咲く花々の名とその利用法を調べる余裕も生まれている。実のなるものはどれか、その実は食べられるのか、あるいは毒があるのか、どの木の葉には薬効があるのかなどを調べるのだ。ワイルドガーリックが甘い刺激臭であたりを満たしている。いまさらながら、足元にどれほどたくさんのものがあるかに驚かされた。ただし、そのためには、自然を楽しんで観察することを知っている必要がある。

　モーリーンとクウィーニーには絵はがきを送りつづけて旅の進み具合を報告し、ときおりガソリンスタンドのあの娘にも絵はがきを送った。大英帝国ガイドブックの忠告を入れて、サマセット州のストリートにある靴博物館《シュー・ミュージアム》をチェックし、アウトレットモールの〈クラークス・ヴィレッジ〉で靴屋をのぞいたが、やはり愛用のデッキシューズに見切りをつけるのは間違いだという思いが消えなかった。とにかく、ここまでもってくれたのだから。ウェルズで、クウィーニーのために窓辺に吊るすバラ石英のペンダントを、モーリーンのためには小枝で作った鉛筆を買った。婦人会の愉快なメンバーたちに、マデイラケーキを買わなければとうながされて、ケーキではなく、クウィーニーが好きそうな茶色の手編みベレー帽を買った。ウェルズ大聖堂を訪ね、天井から水のように降り注ぐ冷たい光のなかで腰を下ろした。何百年もの昔、男たちが教会を、橋を、船を造ったことに思いをはせた。そうした行為のすべては、思えば、大いなる狂気と信念がなければできないことだろう。誰も見ていないのを確かめてそっとひざまずき、自分が残してきた人たちやこれまでに出会った人たち、そしてこれから会うであろう人たちの安寧を祈った。歩きつづける意思が持続することを願って祈りを捧げた。神を信じずにきたことの謝罪もした。

会社員、犬の散歩をする人、買い物客、学校に向かう子ども、ベビーバギーを押す母親、ハロルド自身と同じハイカー、そして数組の団体旅行者を追い越した。ドルイド教信者で、もう十年も靴を履いたことがないという税査察官とも出会った。実の父親を捜す旅をする若い娘と話し、ミサの最中にツイッターをしてしまうと告白した坊さんとも話した。マラソンレースに向けてトレーニングをする五、六人の男女や、歌うオウムを連れたイタリア人とも話した。ある日の午後を、グラストンベリーから来たという白魔女や、酒のせいで家を手放すはめになったホームレスの男、M5号線を探しているという四人の自転車乗り、人生がこれほど寂しいものだとは夢にも思わなかったと打ち明けた六人の子どもの母親と過ごした。そういう見も知らぬ人たちと歩き、彼らの話に耳を傾けた。誰のことも批判せず、判断も下さず、ただし、何日かが過ぎて時間と場所がごっちゃになるにつれて、税査察官は靴を履いていなかったのか、それともオウムを肩に載せていたのかが思い出せなくなった。そんなことはもうどうでもよくなっていた。いつしかハロルドは、人々のささやかな営みとそうした営みに付随する孤独さこそが自分の胸を打ち、やさしい気持ちにさせてくれることを学んでいた。この世は片足の前にもう一方の足を置く人々で成り立っている。そして、ある人の人生が平凡に見えるとしたら、それはその人が長いことそんなふうに生きてきたからにすぎない。いまやハロルドは、人はみな同じであり、同時に唯一無二の存在であるという事実、そしてそれこそが人間であることのジレンマだという事実を受け入れることができるようになっていた。

彼は確かな足取りで歩いている。生まれてからずっと椅子から腰を上げるときを待っていたとでもいうように。

モーリーンの電話で、彼女が客間を出て夫婦の寝室に戻ったことを聞かされた。もうずいぶん長いこと独り寝をしてきたハロルドは、それを聞いて最初のうちこそ驚いたが、やがてうれしさを抑えられなくなった。夫婦の寝室のほうが広くて快適なのと、表通りに面していて、キングズブリッジの町の広々とした眺望を楽しめるからだ。ただし、同時に、モーリーンが夫婦の寝室に戻ったということは、彼のものを片づけて客間に運びこんだということではないかという疑念も捨てきれなかった。

客間の閉ざされたドアを見つめながら、モーリーンが完全に自分の手の届かないところに逃げこんだことを思い知らされた、あの数かぎりない日々のことが脳裏によみがえった。ときには、ドアノブに触れてみたこともある。モーリーンの感じやすい身体の一部に触れるかのように。

モーリーンの声がひそやかになった。「わたし、このところずっとあなたに初めて会ったときのことを考えてるの」

「ええ、なんだって？」

「あれはウリッジでのダンスパーティでのことだったわ。あなたがわたしの首筋にさわったのよ。そして、何かおかしなことをいったわ。ふたりで大笑いしたわよね」

ハロルドは顔をしかめてその光景を思い描こうとした。ダンスパーティのことは思い出した。だが、そこから先は、モーリーンがとてもきれいで、とても優雅だったことしか思い出せない。自分がばかみたいに踊りくるったことは思い出せるし、モーリーンの長い黒髪がベルベットのように顔の両側に垂れていたことも思い出せる。けれども、あのときの自分に、ホールの人混みを縫って彼女に近づき声をかけるような大胆さがあったとは、とうてい信じられない。彼女を大笑いさせたなんて、たぶん、ありえない。モーリーンのやつ、誰かほかの男と勘違いしているのではないか、とハロルドは思った。

モーリーンはいった。「さあ、解放してあげなくちゃ。あなたが忙しいのはわかってるもの」

モーリーンの声はかかりつけ医に話すときの声――迷惑をかける気がないことを示すときに使う声だった。少し間をおいて、彼女はつけ加えた。「ダンスパーティのとき、あなたが何をいったんだったか思い出せればいいんだけど。すごくおもしろいことだったのよ」そして、電話を切った。

それからあとは、ハロルドの頭はモーリーンのこと、そしてふたりの仲がどんなふうに始まったのかを思い出すことでいっぱいで、ほかには何も考えられなくなった。そういえば、何度か映画を見にいったことがある。〈ライアンズ・コーナー・ハウス〉にも行った。彼女ほど奥ゆかしい食べ方をする人に会ったのは初めてだった。彼女は食べ物をうんと小さく切って口に運んだ。あのころのハロルドは、早くもモーリーンとの将来のためにお金を貯めはじめていた。早朝はゴミ収集トラックに乗り、午後はパートタイムでバスの車掌をした。週に二度は病院で夜勤、さらに土曜日には図書館で働いた。ときには、疲労困憊して本棚の下に潜りこみ、そのまま眠ったこともある。

そのうちに、モーリーンが自宅前からハロルドが車掌をするバスに乗り、そのまま終点まで行くようになった。ハロルドは切符を切り、ベルを鳴らして運転手に発車オーライの合図をしたが、そのあいだじゅう彼の目には、ブルーのコートを着て、陶器のような肌とあの鮮やかな緑色の目をしたモーリーンしか映っていなかった。モーリーンはそれだけでなく、歩いて病院に行くハロルドについてゆくようにもなった。そのため、ハロルドは床をごしごしこすりながら、モーリーンはいまどこにいるのだろう、あわてて走っていったけど何が見えたのだろう、とそんなことしか考えられなかった。モーリーンは図書館に忍びこみ、料理のレシピ本をめくるようにもなった。ハロルドはそんな彼女をカウンターから見守りながら、欲望と眠気とで頭をくらくらさせていたものだ。

結婚式はささやかだった。ゲストは、帽子と手袋をつけたハロルドの知らない人ばかり。彼の父親にも招待状を出したが、ありがたいことに、父親は顔を見せなかった。

ようやくホテルの部屋で新妻とふたりきりになったとき、部屋の隅でドレスのボタンをはずす彼女をハロルドはじっと見守っていた。彼女に触れたくてたまらず、そのくせ怖くて震えていた。ネクタイをはずし、バスの車庫で働く同僚から借りた、袖が少しだけ短すぎるジャケットを脱ぎながら顔を上げると、彼女がスリップ一枚でベッドに座っていた。あまりにもきれいすぎて、どうにもたまらなくなった。だから、あわててバスルームに飛びこんだ。

「ハロルド、わたしのせい？」とモーリーンがドア越しに声をかけた。三十分がたっていた。

そんなあれこれを思い出すのはつらかった。そのすべてがいまはもう彼の手の届かないはるか遠くにあったからだ。五、六回、目をしばたたき、頭に浮かぶ絵をかき消した。なのに、いったん消えた絵がまたしてもゆっくりと舞い戻ってくるのだった。

人々の生活音に充ち満ちた町を歩き、町と町をつなぐ田園の道を歩きながら、自分の人生のいくつもの瞬間を、いま目の前で起きたばかりのことのように理解した。ときには、自分が現在ではなく、過去の世界に生きていると思うことさえあった。頭の中でこれまでの人生のさまざまな場面を再現しては、それを外側の世界に追いやられて手出しのできない観客の気分で眺めた。目の前に、かつて自分自身が犯した過ちや一貫性を欠いた言動、してはならなかった選択の数々が再現されている――だが、どれも、いまさら手の打ちようのないことばかりだった。

ハロルドの脳裏に、モーリーンの母親の急死を知らせる電話を受けたときの自分の姿がよみがえった。彼女の父親の死から二ヵ月後のことだった。あのとき、ハロルドはモーリーンをしっかり抱きしめてそれを知らせた。

「わたしとあなたしかいないのね」とモーリーンは泣いた。

ハロルドは目だちはじめた彼女のおなかに手を伸ばし、だいじょうぶだよといってこう請け合った。おまえはおれが守る。本心だった。モーリーンを幸せにすること以外に望みはなかった。

当時のモーリーンはハロルドを信じていた。ハロルドさえいればほかになんにも要らないと思っていた。なのに、ハロルドはモーリーンのそんな心の内を知らずにいた。でも、いまならわかる。ほんとうの試練は、そして彼の破滅の原因は、父親になれなかったことだ。そして、いまハロルドは思う――自分はこの先ずっと客間で過ごすことになるのだろうか。

グロスターシャーめざして北上するころ、足取りがいやに確かになり、日によってはなんの苦もなく前進できることもあった。片足を上げて、つぎにもう一方の足を上げる、などと考える必要もなくなったのだ。歩くことは、クウィーニーを生かしつづける力が自分には備わっているという確信の延長であり、彼の肉体もいまやその確信の一部だった。近ごろでは、何も考えなくても丘を登って下ることができる。歩くにふさわしい身体になりつつあるような気がした。

目に映るもののほうに余計に心を奪われる日もあった。そんな日は、まわりの変化を表現するにふさわしい言葉を見つけたくて、あれこれと思いをめぐらせた。それでも、ときには、いろいろなできごとが、出会う人々と同じく、ごっちゃになってわけがわからなくなることもあった。また、ときには、自分のことにも、歩くことにも、まわりの景色にも、まったく意識が向かない日もあった。そんな日には、何も――少なくとも、言葉として表現できるようなことは何も考えていなかった。ただたんにそこに存在するだけ。肩に太陽を感じながら、翼を広げて音もなく大空を舞うチョウゲンボウを見守った。そして、そのあいだじゅう、足の親指の付け根が地面を踏んで踵を引き上げ、体重が片脚からもう一方の脚へと移る、ただそれだけの動きを繰り返していた。

とはいいながら、夜だけは悩みの種だった。引きつづき、質素な宿を探して泊まっているのだが、屋内の世界が自分と目的とのあいだに立ちはだかる障壁のように思えてくるせいだ。なぜか、直感的に、自分の一部はあくまでも外の世界に置いておくべきだという気がしてならなかった。カーテンや壁紙、額入りの絵、おそろいのハンドタオルとバスタオル。そんなものは、いまや彼にとっては、どうでもいいもの、なくてすむものだった。窓はすべて開け放った。そうすれば、空と空気があることを忘れずにいられるからだ。それでも、安眠はできなかった。日を追って、過去のあれこれが浮かび上がって眠れなくなったり、たとえ眠っても足が勝手に上がっては下がる夢を見たり、ということが多くなった。夜明けのはるか前に起き出して、窓辺で月を眺めては囚人の気分になった。いまは、ハロルドがデビットカードで支払いをすませて宿をあとにするころ、ようやく空がわずかに白みはじめる、そんな季節だった。

夜明けの薄明かりの中に踏み出したハロルドは、驚嘆の思いとともに、空が強烈な色で燃え上がり、やがてその色をなくして青一色に変わるさまを見守った。一日のほかとはまったく異なる時間の中にいるような、平凡なものなど何もない時間の中にいるような、そんな気がした。それをモーリーンに説明したい、と切に願った。

いつ、どんなふうにしてベリックに着くかということは、いつしかそれほどの重大事ではなくなっていた。いまやハロルドはクウィーニーが待っているのを知っていた。それは自分の影を見るのと同じくらい確かなことだった。彼の到着、日当たりのいい窓辺の椅子に座るクウィーニー――そんな情景を思い描いて喜びを感じた。話すことが山のようにあるだろう。過去の思い出を山のように話そう。パブ回りを終えての帰り道、彼女がハンドバッグから〈マーズ〉のチョコレートバーを取り出したときのことを話してやろう。

「わたしを太らせようとしてるんだな」とあのときハロルドはいった。

「あなたを？　ちっとも太ってなんかいないのに」といって、クウィーニーは笑った。

あれは奇妙なひとときだった。不愉快なという意味ではなく、それをきっかけにふたりの口の利き方に変化が生まれたという意味での奇妙なひとときだった。それは、彼女が彼の存在を認め、好意を抱いたことを明かすひとときでもあった。それ以後、クウィーニーはハロルドのために毎日ちょっとしたお菓子を持ってくるようになり、ふたりは互いにファーストネームで呼び合うようになった。パブ回りの車中にいるかぎり、ふたりとも気安く話し合えるようになった。ただし、一度だけ、ロードサイドレストラン・チェーンの〈リトル・シェフ〉に立ち寄り、合板のテーブルに向かい合わせに座ったときには、ふたりとも言葉が干上がったように何もいえなくなった。

「二人組の強盗《トゥー・ロバーズ》のことをなんていう？」というクウィーニーの声が聞こえた。

このときには、ふたりともまた車に戻っていた。

「悪いけどもう一度いってくれないか」

「これはジョークよ」とクウィーニー。

「ああ、なるほど。結構だね。だけど、わからないな。なんていうのかな？」

「女性用の下着、つまりズロースのこと《ア・ペア・オブ・ニッカーズ》」クウィーニーは口元をきつく押さえていたが、身体は激しく震えていた。笑っていたのだ。そんな彼女の指のあいだから大きな鼻息が漏れて、それと同時に顔が真っ赤に染まった。「このジョーク、うちの父のお気に入りだったの」

なるほど、とハロルドは思った。〝ニッカー〟にはスペリングこそ違うが、発音が同じで〝泥棒〟という意味の俗語があることを思い出したのだ。だから、〝ニッカー〟が複数になって〝ニッカーズ〟、つまり、二人組の泥棒《ア・ペア・オブ・ニッカーズ》になるというわけだ。

結局、ハロルドも車を停めざるをえなくなった。クウィーニーだけでなく、彼自身も大笑いしたからだ。その夜、スパゲティカルボナーラを食べながら、ハロルドはデイヴィッドとモーリーンにそのジョークを聞かせて反応を試したが、ふたりはぽかんとした顔で彼を見つめるばかりで、せっかくのオチも、彼がそれを説明するころには、おもしろいどころかどことなく卑猥《ひわい》に聞こえてくるしまつだった。

ハロルドとクウィーニーはよくデイヴィッドのことを話題にした。いまも彼女はそれを憶えているだろうか？　彼女には子どもはいなかったし、甥も姪もいなかったせいか、ケンブリッジに入ったデイヴィッドのその後におおいに関心を持っていた。デイヴィッドはケンブリッジの町をどう思ってるかしら、と口癖のようにいっていたものだ。お友だちはたくさんできた？　平底舟《パンティング》の川めぐりは気に入ったかしら？　あいつは人生を謳歌してるよ、とハロルドはいいきった。ただし、実際のデイヴィッドは、モーリーンがいくら手紙を出しても電話をかけても、ほとんどそれに応えようとしなかった。友人の話や勉強の話はまったくしなかった。パンティングについては触れたことさえなかった。

大学の長期休暇のあと、納屋でウォッカの空き瓶を何本も見つけたことを、ハロルドはクウィーニーにはいわなかった。茶色の封筒に入ったインド大麻のこともいわなかった。誰にもいわなかった。妻にさえいわなかった。空き瓶と大麻を段ボール箱に詰め、仕事に行く途中で捨てた。

「あなたもモーリーンもさぞかし鼻が高いでしょうね、ハロルド」とクウィーニーは口癖のようにいったものだ。

ハロルドはいまビール工場時代のあの日々を思い出している。彼もクウィーニーもあの職場のほかの仲間とつき合うことはまったくなかった。アイルランド出のあのホステスがミスター・ネイピアの子どもを宿したと公言していきなり辞めたのを、クウィーニーは憶えているだろうか？　噂では、ミスター・ネイピアが手配しておなかの子どもを処置させたが合併症が起きた、ということだった。新入りの若い営業部員がひどく酔ってビール工場の門に縛りつけられていた、それもパンツ一丁で、ということもあった。ミスター・ネイピアは、あいつを中庭に引っぱっていって犬どもをけしかけてやろうか、などといいだした。たいした見物《みもの》だぜ、きっと、と。しまいに、新入りの営業部員は泣きわめきはじめた。茶色い液体が彼の脚を伝ってしたたり落ちた。

そのときの光景を思い出しながら、ハロルドは吐き気を催すほどの恥ずかしさを覚えた。デイヴィッドのネイピア評は当たっていた。勇気を見せたのはクウィーニーだった。

クウィーニーがその昔よく見せたあの笑顔がまぶたに浮かんだ。ゆっくりと、幸せなできごとの中にも悲しみはある、というように広がるあの笑顔が。

彼女の声が聞こえる。「ビール工場で何かあったらしいの。昨夜《ゆうべ》のうちに」

クウィーニーの身体がぐらりと揺れた。いや、揺れたのは自分の身体だったのか？

倒れそうな気がした。ふと気づくと、クウィーニーの小さな手がハロルドの袖を握って揺さぶっていた。事務用品保管庫でのあの日以来、彼女が彼に触れたのはそれが初めてだった。顔が蒼白だった。

彼女がいった。「聴いてる？　これは大変なことだから、ハロルド。すごく大変なことよ。ネイピアは絶対に見逃さないわ」

彼女を見たのはそれが最後だった。彼女は真相を見抜いていた。そして、ハロルドは彼女が見抜いていたことを知っていた。

彼女はなぜおれに代わってあの罪をかぶるようなことをしたのだろう？　このおれがあのときの自分の態度をどれくらい後悔しているか、彼女はわかってくれているだろうか？　ハロルドはいまふたたび問い返した。なんで、あのとき、彼女はさよならをいうためにうちに寄ってくれなかったのだ？　そんなことをあれこれと考えながら、ハロルドは頭を振って北をめざして歩きつづけた。

クウィーニーはその場でクビを申し渡された。ネイピアの罵詈雑言《ばりぞうごん》がビール工場じゅうに響きわたった。彼が丸い小さなものを投げつけたという噂まで立った。投げたのは灰皿だったとも考えられる。あるいは小さな文鎮だったかもしれない。ともあれ、それは危ういところでクウィーニーの額をそれた。ミスター・ネイピアの秘書が、その後、二、三人の営業部員を前に、ネイピアが最初からクウィーニーを嫌っていたことを認めた。クウィーニーが微動だにしなかったことも認めた。クウィーニーがどういったのかはドアが閉まっていたので正確にはわからない、けれどもミスター・ネイピアのわめき方から判断すれば、彼女がいったことの要点はわかる、「なんでそんなに怒鳴られなければならないのかわかりません。わたしはお手伝いをしようとしていただけです」というようなことをいったようだ、と秘書はいった。「もし彼女が男なら」と誰かがハロルドにいった。「ネイピアのことだ、足腰が立たなくなるほど蹴っ飛ばしてただろうよ」それを聞いたとき、ハロルドはとあるパブにいた。吐き気がして、ブランデーのダブルに手を伸ばし、一気にあおった。

ハロルドはいまそれを思い出し、悄然《しょうぜん》と肩を落とした。おれは許しがたい臆病者だった。でも、少なくとも、いま、その埋め合わせをしようとしている。

バースの街が見えてきた。丘の斜面に、三日月形《クレセント》の建物と街路がまるで小さな歯のように食いこんでいる。蜂蜜色の石が朝日を背景に燃え立っている。暑い一日になりそうだ。

「父さん！　父さん！」

ハロルドはあたりを見回した。ぎょっとして、間違いなく誰かが呼んでいると信じながら。通りすぎる車が木々の葉をかさこそと鳴らしている。だが、あたりには誰もいなかった。

16　ハロルドと医師と超有名な俳優さん

バースでの滞在はごく短時間で切り上げるつもりでいた。エクセターでの経験から、都会にいると目的意識が希薄になることを学んでいたからだ。靴底を張り替える必要があったが、修理屋は閉まっていた。家庭の事情で正午まで休む、ということだ。店が開くのを待つあいだを利用して、クウィーニーとモーリーンへのお土産を買い足すことにした。太陽がくっきりした光の筋となってバース寺院《アビー》の構内に照りつけている。まぶしさのあまり、ハロルドは思わず額に手をかざして光をさえぎった。

「みなさん、きちんと一列に並んでいただけますか？」

振り返って、いつのまにか外国人観光客の集団にまぎれこんでいたことに気づかされた。全員がカンバス地の日よけ帽をかぶっている。どうやらローマ浴場見物の一行のようだ。引率のガイドはまだ二十歳《はたち》そこそこに見えるイギリス娘。繊細な顔だちで、声には上流階級の娘に特有の響きがあった。ハロルドが一行とは関係がないことを説明しようとしたまさにそのとき、ガイドがいきなり告白をはじめた。これがプロのガイドとしてのはじめての仕事なのだという。「この人たち、わたしの説明の内容なんてちっとも理解してないんです」とガイドは小声でいった。その発音が若いころのモーリーンにそっくりで、ハロルドは思わずぎょっとして動けなくなった。ガイドが口元をゆがめていまにも泣きそうな顔をした。それに気づいたとたんに、硬直が解けた。そのまま、行列の最後尾あたりをうろつきながら、つかず離れずの距離を保っているうちに、行列のほぼ全員が館内に消えていた。だから、その場から逃げようとした。なのに、そのたびに青いコートを着た若い日のモーリーンの姿がよみがえり、ガイドの娘を見捨てることができなくなった。二時間後、彼女のツアーはギフトショップで終わった。だから、そこでモーリーンとクウィーニーのために絵はがきと寄せ木細工のキーホルダーを買った。ガイドの説明のなかでもとくにおもしろかったのは、ローマ浴場の源泉である〈聖なる泉〉の部分だった。最高に頭がよかったんだね、ローマ人って、とハロルドはガイドにいった。

ガイドがかすかに鼻をひくつかせた。おかしなにおいがするとでもいうように。そして、すぐそばのテルマエ・バース・スパに行くつもりはあるか、といいだした。行けば、絵のようなバースの景色と、「芸術の域に達した浄化の経験」を楽しめるという。

愕然としたハロルドは、おおあわてでテルマエ・バース・スパに直行した。これまでも、身体や身につけるものは念には念を入れて洗ってきたつもりだが、シャツの襟はすり切れているし、爪のあいだには黒いものが詰まっている。入浴券と貸しタオルの代金を払ったまではよかったのだが、そのときになって水着がないことに気がついた。仕方なく、いったん外に出て、近くのスポーツ用品店を探しだした。そして、最終的に、彼はこの日、旅に出て以来最大の散財をするはめになった。店員が選《え》りすぐりの水着とゴーグルをつぎからつぎへと取りだした。ハロルドの、目的は泳ぐことではなく歩くことだという説明を聞くと、今度はコンパス用の防水カバーと、特選品の、ただし値下げした全天候型ズボンを売りつけようと躍起になった。

ハロルドが水着を入れた小袋を手に店を出るころ、舗道には大きな人だかりができていて、気づいたときには山高帽をかぶったヴィクトリア朝の男の銅像に押しつけられていた。

「ほら、あの超有名な俳優さんを待ってるのよ」と隣の女が説明した。顔が紅潮し、薄い汗の膜に覆われていた。「新しく出た本にサインしてくれるの。もし目が合ったりしたら、卒倒しちゃうな、あたし」

〝超有名な俳優さん〟を見るのはむずかしかった。まして、目を合わせるなど不可能だった。なぜなら、〝超有名な俳優さん〟はどちらかというと背が低く、そのうえ黒い制服姿の本屋の店員の壁に囲まれていたからだ。群衆が声をかぎりに叫び、拍手をした。カメラマンが商売道具を高々と差し上げ、フラッシュライトの光が路上にあふれた。あれほどの成功を収めた人生とはいったいどんな人生だろう、とハロルドは思った。

隣の女がしゃべっていた――あたしなんて、うちの犬に彼の名前をつけちゃった。コッカースパニエル。彼にそれを教えてあげたくて。雑誌で彼のことはいろいろ読んでる。だから、友だちみたいに知ってんのよ。ハロルドは銅像にもたれてもっとよく見ようとしたが、銅像に思いっきりあばらを突かれて果たせなかった。色の抜けた白い空が光っている。汗が首筋に噴き出し、腋の下から滑り落ち、背中にシャツがべったりと張りついている。

やっとスパに戻ったころには、若い女の一団がお湯の中ではしゃいでいた。彼女たちを驚かせたくなくて、あるいは邪魔をしたくなくて、スチームバスをさっと使っただけであわてて飛び出してきた。飲泉場《パンプルーム》に行き、健康になるという水のサンプルをベリック・アポン・ツイードの親友に持っていけるだろうか、と尋ねた。ウェイターがボトルにいくらか注いで、五ポンドを要求した。すでに昼下がり、ハロルドがローマ浴場の入場券をどこかに置いてきてしまったからだ。また道路に戻らなければならない。

公衆トイレで手を洗っていたハロルドは、隣に本にサインをしていた例の〝超有名な俳優さん〟がいることに気がついた。革ジャンに革ズボン、低いヒールのカウボーイブーツというでたちで、鏡の中の自分の顔に見入り、皮膚をつまんでは引っぱっている。まるで何かなくなったものがないかと確かめているとでもいうように。そばで見ると、髪は真っ黒でビニール糸のようだった。彼の邪魔をする気は毛頭なかったから、ハロルドは手を拭きながら、何か別のことを考えているふりをした。

「あんたんちにもおれの名前のついた犬がいるなんていわないでもらいたいな」と〝超有名な俳優さん〟がいった。「きょうは、そんな気分じゃないんでね」

犬は飼っていない、とハロルドは答えた。ついでに、子どものころにチンキーという名前のペキニーズに何度となく咬《か》まれた経験があるんでね、とつけ加えた。チンキーという言葉は、いまならば、政治的に正しくないといわれそうだが、その犬を飼っていたおばさんは他人の気持ちなどどうでもいいというタイプだった。「でも、このところずっと歩いてますが、最近すばらしい犬に何度か会いましたよ」

〝超有名な俳優さん〟は鏡に映る自分の顔に視線を戻した。そうしながらも、犬の名前についての話をやめようとしなかった。ハロルドがついつい口にしたおばさんの話などなかったことのように。「くる日もくる日も、誰かが近づいてきては犬の話をしやがる。犬にあんたの名前をつけたのなんのとね。あいつらの口ぶりを聞いてると、あんた喜ばなきゃいけないぜ、といわれてるような気がしてくるよ。あいつら、なんにもわかっちゃいねえんだよ」

それはあいにくですね、とハロルドは同調したが、そのじつ、内心では、悪い気はしないはずだと思っていた。そもそも、誰かがペットにハロルドという名前をつけるなど、彼には想像もつかないことだったから。

「おれは長年まじめな仕事をしてきたんだ。スコットランドのピットロホリーで一シーズンまるまる演じたこともある。コスチュームプレイも一本作ったし。ほんとだぜ。この国のやつらときたら、どいつもこいつも、犬におれの名前をつけるのは独創的なことだなんて考えてやがる。あんた、おれの本にサインが欲しくてバースに来たのか？」

それは違う、とハロルドは正直に答えた。そして、クウィーニーのことを細部にいたるまでありのままに説明した。ホスピスに着いたら看護師たちが拍手で出迎えてくれると想像したことには触れないほうがいいと判断した。〝超有名な俳優さん〟はじっと聴いているようだったが、ハロルドの話が終わるとまたしても、おれの本を持っているか、サインは要るか、といいだした。

ハロルドはうなずいた。サイン入りの本を持っていけばクウィーニーへの格好の土産になるかもしれないと思ったのだ。彼女は幼いころからの本好きだった。だから、ハロルドは、少し待っててほしい、ひとっ走り本を買ってくるからといいかけた。ところが、〝超有名な俳優さん〟が先に口を開いた。

「いや、気にしないでくれ。ありゃ、ゴミ本だよ。おれは一字だって書いちゃいない。読んでさえいない。おれは乱交三昧《ざんまい》、重症のコカイン中毒だ。先週なんか、女に乗っかったと思ったら、なんとちんこがついてるじゃねえか。本にゃ、そんなこと書いてないよ」

「ですよね」といって、ハロルドはトイレの出口に視線を走らせた。

「このところ、テレビのしゃべくり番組に出っぱなしだし、雑誌にも片っ端から出てる。みんな、おれのことをあの本にあるとおりのナイスガイだと思ってるよ。だけど、おれのことなんてこれっぽっちも知っちゃいない。なんか、おれという人間がふたりいるみたいな気がするよ。あんた、おそらく、わたしはジャーナリストです、なんていうつもりなんだろうな」そして、声をたてて笑ったが、その態度にはどこか投げやりで陰気なところが感じられて、ハロルドは思わずデイヴィッドを思い出した。

「わたしはジャーナリストじゃありませんよ。たとえそうだったとしても、どうしようもなくだめなジャーナリストでしょうね」

「もう一度教えてくれないか、あんたはなんでブラッドフォードまで歩いていこうとしてるんだっけ？」

ハロルドは、行き先はベリックで、目的は過去の償いであることを穏やかに説明した。〝超有名な俳優さん〟の告白を聞いて動転し、その秘密を胸のどこに収めるべきかでいまだに苦労していた。

「で、その女の人が待ってるってのがどうしてわかるんだい？　彼女から何かいってきたのか？」

「何かいってきた？」ハロルドは繰り返した。だからといって、聞き間違えたわけではなく、むしろ時間稼ぎをするためだった。

「楽しみにしてる、とでもいってきたのか？」

口を開けて何度か動かしてみたが、言葉が出てこなかった。

「正確にはどういうことなんだい？」と〝超有名な俳優さん〟がいった。

ハロルドは指先でネクタイに触れた。「絵はがきを送った。彼女はたしかに待っててくれる」

ハロルドがほほえむと、俳優もほほえんだ。ハロルドとしては、いいかげん納得してもらいたいという気分だった。ほかに説明のしようがあるとは思えなかったからだ。そして、一瞬、俳優も納得したように見えた。にもかかわらず、俳優の顔にじわじわと険悪な表情が広がった。何か食べてはいけないものを食べてしまったといいたげな表情だった。「おれがあんたなら車で行くな」

「いまなんと？」

「歩くなんてばかげてるよ」

ハロルドの声が震えた。「歩くことが大事なんです。歩くからこそ彼女は生きつづけるんです。昔、ジョン・レノンがベッドインしたことがありますよね。息子が自分の部屋の壁に彼の写真を飾ってましたよ」

「ジョン・レノンには同じベッドにヨーコ・オノがいたし、世界中のメディアもいた。あんたはひとりだ、ひとりでベリック・アポン・ツイードまでてくてく歩くってんだ。何週間もかかるんだぜ。それに、もし彼女にあんたの伝言が届いてないとしたら？　もしかしたら、伝言を聞いたやつが彼女に伝えるのを忘れてるかもしれないんだぜ」俳優の口がへの字に曲がった。その種のミスがどういう結果をもたらすかをじっくり考えているふうだった。「歩いていこうが車で行こうがどうだってんだ？　どんな方法でたどり着こうが違いなんてないさ。あんたは何がなんでも彼女に会わなきゃいけない。おれの車を貸してやる。運転手もな。今晩には目的地に着ける」

トイレのドアが開いて短パン姿の紳士が小便器に向かった。ハロルドは紳士が用を足すのを待った。〝超有名な俳優さん〟に、平凡な人間にも、うまく説明することはできないが、非凡な試みをする能力があることを知ってもらいたかった。なのに、頭に浮かぶのは、ベリックめざしてひた走る車の絵だけだった。この俳優のいうとおりだ。たしかに伝言は頼んだし、絵はがきも送った。それでも、クウィーニーが伝言の内容を真《ま》に受けたという証拠はないし、電話があったことを知らされたという証拠もない。暖かい車のなかにいる自分の姿も浮かんでくる。もしここで「イエス」と答えれば、あと何時間かでベリックに着ける。手をぎゅっと握りしめていなければ、震えを抑えることができなかった。

「おれ、あんたを怒らせちゃったんじゃないよな？」と俳優の声がした。声が急にやさしくなっていた。「さっきいったろ、おれはろくでもねえやつだって」ハロルドは首を横に振ったが、うつむいたままだった。短パンの紳士に見られていなければいいがと思った。

「歩きつづけなければならないんですよ」と穏やかな声でいったが、もはやほんとうにそうかどうかはわからなくなっていた。

短パンの紳士はハロルドと俳優のあいだに入って手を洗った。そして、声をあげて笑いはじめた。何か個人的なことを思い出したというように。やがて、口を開いた。

「あなたに知らせとかなきゃいけないな。じつはうちには犬がいて――」

ハロルドは通りへと出ていった。

空をべったりと覆う白くて分厚い雲がバースの街を押しひしぎ、命を搾りとろうとしているように見える。バーやカフェが舗道にあふれだし、人々は肌着一枚になって飲んだり買い物をしたりしている。だが、もう何ヵ月も太陽にお目にかかったことのなかった彼らの肌は真っ赤に染まっている。ハロルドはジャケットを脱いで腕に掛けていたが、シャツの袖で頻繁に汗を拭わねばならなかった。草花の綿毛がそよ吹く風さえない空気の中に浮いている。靴の修理屋に行ってみたが、店はまだ閉まったままだった。リュックの紐が汗を吸って肩に食いこむ。こう暑くては歩きつづけるのはとうてい無理だし、エネルギーも残っていない。

バース寺院に避難するのもいいかもしれない。そこならば涼しくて気力が戻るかもしれない。それに、何かを信じるのがどういうことかを思い出させてくれるかもしれない。なのに、寺院は観光客を閉め出していた。聖歌隊の練習があるというのだ。だから、小さな日陰に腰を下ろし、少しのあいだ銅像を見つめた。しばらくたったころ、幼い子どもがいきなり泣きはじめた。銅像が手を振り、あめ玉を差し出したのだ。こぢんまりしたティーショップに入って靴の修理屋が開くのを待とう。紅茶を一人前注文するくらいの金銭的な余裕はあるだろう。

ウェイトレスが顔をしかめた。「午後は飲み物だけというのはやってないんです。リージェンシー・バース・クリームティーにしてもらいます」ハロルドは早くも腰を下ろしかけていたから、仕方なくいわれたとおりのものを注文した。

テーブルとテーブルの間隔が狭すぎる。そのうえ、濃密な熱気がいまにも固体化して目に見えてきそうだ。客たちは大股を広げて座り、ラミネート加工を施したメニューを扇子がわりにあおいでいる。注文の品が届いたときには、クロッテドクリームのかたまりが溶けた脂肪の海のなかで泳いでいた。ウェイトレスがいった。「どうぞごゆっくり」

ハロルドはウェイトレスにストラウドまでの最短ルートを尋ねたが、ウェイトレスはちょいと肩をすくめてこういった。「相席よろしいですか？」許可を得ようとする口調とはいえなかった。そして、そのまま戸口にいた男に声をかけると、ハロルドの向かいの席を指さした。男は申し訳なさそうに腰を下ろして本を取り出した。彫りの深い端整な顔と、短く刈りこんだ明るい色の髪の男だった。白いシャツの襟元が開き、完全なV字形のキャラメル色の肌がのぞいていた。男はハロルドにメニューを取ってくれるよう頼み、ついでにバースは気に入ったかと問いかけた。彼はアメリカ人で、イングランドを巡っているところ、ガールフレンドは目下ジェイン・オースティンの世界を経験している最中だという。そういわれてもハロルドにはぴんとこなかったが、彼女のためにも例の〝超有名な俳優さん〟とは関わりがないことを祈った。ふたりが黙りこんだときにはほっとした。またしてもエクセターでのような出会いを経験するのはごめんだったし、つい先ほどのような出会いもかんべんしてもらいたかったからだ。もちろん、いろいろな人に恩義は受けている。それでも、いまこの瞬間は自分のまわりに壁があればという思いが切実だった。

紅茶は飲んだが、スコーンに手をつける気にはなれなかった。ひどい無力感に襲われ、遠い昔の、クウィーニーがいなくなったあとのビール工場での日々に戻ったような気がした。あのころのハロルドは抜け殻も同然、空気がスーツを着て座っているようなものだった。たまに自分から言葉を発することはあったし、まわりの言葉が聞こえてくることもあった。毎日、車に乗って家にも帰っていた。だが、もはや誰ともつながってはいなかった。ネイピアの後任の支配人に、窓際の席に移動するよう勧められた。そこで書類綴《と》じでもして定年を待てばいいというわけだ。ちょっとした相談に乗ってやってくれるのも悪くない、と支配人はいった。というわけで、ハロルドはコンピュータを置いた専用デスクと名札をあてがわれた。だが、相談にくる者はひとりもいなかった。そして、いま彼は目の前の皿をナプキンで覆い、向かいに座る彫りの深い顔をした男の視線をとらえた。

「こう暑くちゃ食べる気がしませんな」と男がいった。

ハロルドはうなずいた。そして、すぐさま後悔した。相手がもっと話をつづけなければという気になったように見えたからだ。

「バースはよさそうなところですな」と男はいった。そして、本を閉じた。「ご旅行ですか?」

仕方なく事情を説明したが、できるだけ要点を話すだけにとどめたつもりだった。ガソリンスタンドの娘のことや、娘がおばさんの命を救った顚末《てんまつ》などは省略した。その代わりに、ケンブリッジを出た息子が、卒業後すぐに歩いて湖水地方に向かったことを話した。ただし、ハロルド自身は彼がどこまで歩いたのかを知らなかった。家に戻ってきたデイヴィッドは、それから何週間も動こうとしなかった。

「息子さんも合流なさる予定ですか?」と男。

そうではない、とハロルドは答えた。そして、アメリカ人だという相手の男の職業を尋ねた。

「医者ですよ」

「スロヴァキア人の女医さんに会いました。この国では清掃の仕事にしか就けないという話でした。ところで、おたくはどういうお医者さん?」

「腫瘍専門医」

ハロルドの血の流れが速くなった。ついうっかり急に走り出してしまったときのようだった。「なんとまあ」といったが、彼も医師もそのあとの言葉が見つからなかった。「それはまた」

腫瘍専門医は肩をすくめ、残念そうにほほえんだ。別の職業に就いていたかったとでもいうように。ハロルドはあたりを見回してウェイトレスを探した。あいにくウェイトレスはほかの客に水を持っていくところだった。熱気で頭がくらくらした。額の汗を拭った。

医師がいった。「あなたのお友だちの女性ですが、どこのがんだかわかりますか？」

「よくわからないんです。手紙には、もうできることはない、とありました。それ以上のことは何も書いてないんです」内面をすっかりさらけ出してしまったような気分だった。いっそ目の前の医師にメスで皮膚を切り裂かれるほうがまだましに思えた。ネクタイを緩め、シャツの第一ボタンを外した。ウェイトレスが早く来てくれればいいのにという気持ちでいっぱいだった。

「肺がん？」

「ほんとに知らないんですよ」

「手紙を見せてもらえますかね？」

見せたくはなかった。だが、医師は早くも空いたほうの手を差し出している。仕方なく、ポケットに手を入れて封筒を探り当てた。応急修理のために貼った絆創膏の位置を直して老眼鏡をかけた。けれども、顔が汗だらけだったので、手で押さえていなければ眼鏡がずり落ちそうだった。シャツの袖でテーブルを拭き、さらにナプキンで拭いてからピンク色の便せんを広げ、折り目を伸ばした。時間が止まったような気がした。医師が手紙に手を伸ばし、そろそろと自分のほうに引き寄せたが、ハロルドの右手は依然として便せんの上のあたりをさまよっていた。

医師の読む手紙をハロルドも読んだ。手紙を守らねばならない、目を離さずにいれば手紙を守れる、そんな気がしたからだ。目が追伸のところでとまった。お返事は要りません。そのあとに、乱れて判読不能の文字がつづいている。誰かが左手で書き損じたような文字だ。

医師は上体をさっと起こすと、大きなため息をついた。「なんと感動的な手紙なんだ」

ハロルドはうなずいた。老眼鏡をシャツのポケットに戻した。「それにタイプもみごとなものです」とハロルド。「クウィーニーは昔から几帳面でした。彼女の机を見てもらいたかったですよ」その顔にようやく笑みがこぼれた。だいじょうぶ、このぶんなら心配はいらない、と思ったのだ。

医師がいった。「だけど、それは介護士が代わって打ったんじゃないですかね」

「はい？」ハロルドの鼓動が止まった。

「オフィスに座ってタイプを打つほどの体力はないでしょう。誰かホスピスのスタッフが代わりに打ったんでしょうね。でも、住所を書けたのはすばらしい。わかるじゃありませんか、彼女が一生懸命書いたことが」そういって、医師が笑みを浮かべた。

ハロルドを安心させようという意図が透けて見えそうな笑みだったが、医師の顔に貼りついたままいつまでも消えないその笑みを見ているうちに、それが誰かの忘れ物か置き場所を間違えたもののように見えてきた。

ハロルドは封筒を手に取った。真実がずしりとした重りとなって体内を駆け下り、すべてががらがらと崩れ落ちるような気がした。いまはもう耐えがたいほど暑いのか凍えるほど寒いのか、それさえもわからない。いま一度、ぎごちない手つきで眼鏡をかけ直しながら、これまで理解できなかったあることに――これまでずっと誤解してきたあることに気がついた。なぜもっと前に気づかなかったのだ？　子どもみたいな字じゃないか。右下がりで、笑っちゃうくらい不揃いで。手紙の最後のたくったみたいな字と同じだ。あらためてよく見れば、のたくっているのは彼女が必死で書いた自分の名前じゃないか。

これはクウィーニーの字だ。彼女はもうこんな状態になってしまったのだ。

手紙を封筒に戻そうとしたが、手がわなわな震えてうまく入らない。もう一度抜き出し、たたみ直して封筒に戻した。

ずいぶんたってから、医師が口を開いた。「あなたはがんのことをどの程度知ってますか？」

ハロルドはあくびをすることで感情が顔に出るのを抑えようとした。そんなハロルドを前に、医師はゆっくりと穏やかに、がんができる過程を話しはじめた。先を急がず、たじろぐこともなしに。一個の細胞が正常な制御システムを無視して増殖を繰り返し、やがて異常な組織のかたまりを形成すること、がんには二百以上のタイプがあって、それぞれ発生原因も症状も異なることを説明した。さらに、原発がんと転移がんの違いと、原発巣を突き止めることで治療法が決まること、遠く離れた臓器に転移したがんの振る舞いは原発がんのそれと同じであることも説明した。たとえば、乳がんが転移して肝臓にできたがんは肝臓がんではなく、肝臓に転移がんを伴う原発乳がんということになるのだという。だが、いったんほかの臓器が巻きこまれると、症状はより悪化する。しかも、いったんがんが原発巣を越えてほかの臓器に広がると、治療はより困難になる。たとえば、がんがすでにリンパ系に入りこんでいれば、残された時間は長くない。ただし、免疫力がひどく落ちているため、がんではなく感染症で命を落とすこともある。「風邪でさえね」と医師はつけ加えた。

ハロルドは身じろぎもせずに聴いていた。

「がんは治せない、といってるんじゃありませんよ。それに、手術でうまくいかなくても、ほかにも治療法があります。それにしても、医者として、わたしなら患者さんに向かって、もう打つ手はないなんてことは絶対にいいませんね。もう打つ手はないという絶対的な確信がないかぎりはね。いいですか、ハロルド、あなたには奥さんと息子さんがいる。こういうことをいうのはなんだけど、あなたは疲れた顔をしている。ほんとうに歩いていく必要があるのだろうか？」

言葉をなくしたまま、ハロルドは立ち上がった。ジャケットに手を伸ばし、袖に片腕を通したが、何度やってももう片方がうまく通らない。医師が見かねて立ち上がり、手を貸した。「幸運を」といいながら、片手を差し出した。「ここの勘定はわたしにもたせてほしい。それがわたしにできるせめてものことだから」

そのあと、ハロルドはどこに向かっているかもわからないままに、ふたたび歩きはじめた。歩いていけばクウィーニーはきっと助かる、そんな思いを共有してくれる相棒が必要だった。そうすれば、自分もまたそう思えるようになるだろう。なのに、人に話しかける気力はほとんど残っていなかった。やっと靴底を張り替えてもらえた。絆創膏を一箱買い足し、ストラウドまでの旅に備えた。テイクアウトのコーヒーが欲しくて店に立ち寄り、ごく簡単にベリックのことに触れたが、歩いてそこに行くつもりでいるとはいわなかったし、ベリックに行く理由も話さなかった。誰ひとり、彼が聞きたくてたまらないことをいってはくれなかった。誰ひとり、あんたはきっとベリックに行ける、クウィーニーは生きている、といってはくれなかった。誰ひとり、大勢の人があんたを拍手で迎えてくれる、だって、これは、ハロルド、われわれが聞いたかぎりで最高にすばらしい話だから、といってはくれなかった。あんたなら必ずやりとげられる、といってはくれなかった。

モーリーンに電話をかけたが、彼女の時間を取るのは気が引けた。ごく普通の会話や質問の仕方——ありふれた言葉のやりとりにつながるはずの話し方をすっかり忘れてしまった感じだった。だから、何を話してもつらさが増すばかりだった。快調に歩きつづけてるよ、と嘘をついた。勇気を奮い起こして、なかには歩き通せるわけがないという人もいる、とほのめかしてみた。モーリーンが、そんなことないわよ、と笑い飛ばしてくれると期待したのに、返ってきたのはこんな言葉だった。「ええ、わかるわ」

「じつはわからないんだ、彼女が——」またもや言葉が尽きた。

「彼女が——何？」

「まだ待ってくれてるかどうか」

「わかってるんだと思ってたけど」

「そうじゃないんだ、じつは」

「またスロヴァキア人女性のところにでも泊まったの？」

「医者に会った。超有名な俳優にも」

「おやおや」といって、モーリーンは笑った。「レックスがなんていうことやら」

ずんぐりむっくりで頭のはげた男がひとり、模様入りのフロックコートを着てとぼとぼと電話ボックスの前を通り過ぎた。まわりのみんなが足取りを緩めて男を指さし、笑い声をあげた。コートの腹のあたりがぱんぱんでボタンがいまにもちぎれそうだ。片目が大きく腫れ上がって青痣《あおあざ》になっている。どうやら、パンチでも食らったばかりのようだ。見なければよかったと思ったが、見てしまった。しばらくあの男のことが頭から消えないと思うとたまらない。でも、やっぱり、消えないだろう。

「あなた、ほんとにだいじょうぶなの？」とモーリーンがいった。

そして、もう一度、間《ま》。急に泣きだしそうになった。だから、いった――電話が空くのを待っている人がいる、それにもう行かなくちゃ。西の空に赤い帯が一本伸びている。太陽が沈みはじめたのだ。

「そう、それじゃ」とモーリーンはいった。

ハロルドは、長いこと、バース寺院近くのベンチに座ったまま、どこに行けばいいかと考えていた。ジャケットを脱ぎ、シャツを脱ぎ、皮膚と筋肉も脱ぎ捨ててしまったような気分だった。ごくありふれたものを見ても、圧倒されそうな気分だった。とある店の店員が縞模様の庇《ひさし》を巻き上げはじめた。けたたましいその音が頭に切りこんでくる。人けの消えた通りを眺めた。誰も知らない、居場所もない。と、そのとき、道の向こう側の角から、デイヴィッドが現れた。

ハロルドは立ち上がった。心臓が早鐘を打ち、いまにも口から飛び出しそうだ。まさか、デイヴィッドであるはずがない。あいつがバースにいるなんて、そんなことありえない。なのに、猫背の人影が大股で近づいてくる。煙草を吸っている。黒いコートが鳥の翼のようにはためいている。それを見ているうちに、ハロルドは悟った。間違いない、あれはデイヴィッドだ、このままだと鉢合わせする。全身がわなわな震えるあまり、ベンチに手を伸ばしてへたりこまずにはいられなかった。

これだけ離れていても、デイヴィッドがまた髪を伸ばしたのがわかる。モーリーンがどんなにか喜ぶだろう。デイヴィッドが髪を剃ったあの日、彼女は号泣した。あの歩き方は昔と同じだ。よろよろと、そのくせ大股で、地面を見据え、頭を垂れて、他人は避けねばならないというようなあの歩き方は。ハロルドは大声で呼びかけた。

「デイヴィッド！　デイヴィッド！」ふたりの距離はわずかに十五メートル。

息子がよろめいた。バランスを崩したのか、それとも何かにつまずいたのか。たぶん、酔っているのだ。でも、かまわない。コーヒーをおごってやろう。それとも、酒を。もし彼がそのほうがいいというなら。食事をしてもいい。しなくてもいい。あいつが望むことならなんだってしてやれる。

「デイヴィッド！」とハロルドは叫んだ。じりじりと近づきはじめた。ゆっくりと、危害を加えるつもりがないことを示すために。あと二、三歩。それだけだ。

湖水地方から戻ってきたときの、やせ細ったデイヴィッドの姿がよみがえった。首に乗っかった頭がかろうじてバランスを保っていた。肉体はすでにこの世のすべてを拒絶した、いま関心があるのはこの肉体を費消するだけ、といっているかのようだった。

「デイヴィッド！」ともう一度叫んだ。顔を上げさせるために、先ほどよりも少しだけ大きな声で。

デイヴィッドがハロルドの目をとらえた。だが、笑みはなかった。ちらりとハロルドに向いた目は、父親などそこにいないというような、あるいは父親は街路の一部で自分の知らないものというような、そんな目だった。ハロルドのはらわたがひっくり返った。倒れなければいいが、と彼は思った。

若者はデイヴィッドではなかった。別人だった。誰か別の男の息子だった。つかの間、ここに座っていれば、通りの向こうからデイヴィッドが出てくるはずだと勝手に思いこんだだけのことだった。若者は鋭角に右折して、たちまち遠ざかっていった。姿がだんだん小さくなり、見分けがつかなくなり、やがて、もうひとつの角をさっと曲がった。ハロルドは見つめつづけた。万が一、若者が思い直して戻ってくるときに備えて。若者がやはりデイヴィッドだった場合に備えて。だが、若者は戻ってこなかった。

つらかった。二十年も息子に会えずにきたことよりももっとつらかった。息子がいて、息子がいなくなったこと、それをいま一度体験し直した気分だった。バース寺院の外のベンチに戻った。どこか泊まるところを探さねばならないことはわかっている。なのに、動けなかった。

結局、鉄道駅近くの、道路を見下ろす風通しの悪い部屋にもぐりこんだ。空気を取りこもうと窓をこじ開けたが、車の流れは途切れず、列車は金切り声もろともプラットフォームを離れてゆく。壁の向こうから、外国語が聞こえた。大声で電話をかけているようだ。柔らかすぎるベッド――彼以前に数えきれないほどの人間が眠ったベッドに横になり、理解できない言葉を話す声に聴き入り、不安を覚えた。起き上がり、部屋のなかをうろうろと歩き回った。壁が迫りすぎている。空気はいっこうに動かない。そのくせ、通りを流れる車と列車は目的地をめざしている。どこへ行くかはともかくとして。

過去は変えられない。手術できないがんは治せない。女の服装をした見知らぬ人物がまぶたに浮かぶ。頭にがつんと衝撃を覚えた。卒業式当日の、そして、それにつづく数ヵ月間の、デイヴィッドの様子を思い出した。目を開けたまま眠っている気分だった。たまらない。このままの状態がつづくのはたまらない。

夜が明けるころ、ハロルドは早くも歩きはじめていたが、コンパスにもガイドブックにも頼ろうとはしなかった。片方の足をもう一方の足の前に置くには、持てる力と意思のすべてが必要だった。馬にまたがった十代の娘三人組にシェプトン・マレットへの道を尋ねられて初めて、違う方角に歩いてまる一日を無駄にしたことに気づかされた。

道端に腰を下ろし、黄色い花で燃え立つような牧草地を眺めた。花の名前は思い出せなかったし、野生草花事典を取り出す気にもなれなかった。じつのところ、彼は必要以上に金を使いすぎていた。歩きはじめて三週間、いまだにベリックよりもキングズブリッジのほうが近いのだ。頭上では、シーズン最初のツバメの群れが大きく小さく急降下を繰り返しながら、所狭しと遊んでいる。まるで子どものように。どうすればもう一度歩く気になれるのか見当もつかない。

17 モーリーンと庭

「そうなのよ、デイヴィッド」とモーリーンは息子に報告した。「あの人、まだ歩いてるの。毎晩のように電話してくるわ。それと、レックスがとってもやさしいの。なんかおかしい感じはするけど、ちょっと悪くない気分よ。この気持ち、どうやったらハロルドにうまく伝わるかしら」

かつてハロルドとともにしたクイーンサイズのベッドに寝転がったまま、モーリーンはメッシュカーテンでさえぎられた明るい朝の光を眺めていた。たった一週間であまりにもたくさんのことが起きたせいか、自分が自分でなくなったような気がすることがある。「絵はがきを送ってくるわ。たまにプレゼントも。あの人、ペンが好きみたい」モーリーンはそこまでいって間《ま》をおいた。デイヴィッドがなんの反応もしないので、何か気にさわることでもいってしまったのではないかと不安になったのだ。

「愛してるわ」とモーリーンはいった。言葉が途切れがちになり、やがて完全に消えたが、それでもデイヴィッドは何もいわなかった。「そろそろ解放してあげなくちゃね」とたまりかねてモーリーンはいった。

息子とのおしゃべりをやめてほっとしたわけではないのだが、それでもモーリーンはこのごろ初めて、息子と話すことに落ち着かなさを感じるようになっていた。それまでは、ハロルドがいないいまこそ、これまで以上に情愛をこめて息子とのおしゃべりを楽しめると信じて疑わなかった。なのに、いまはその気になりさえすれば息子にこの間のことをいろいろ報告する時間が取れるはずなのに、忙しくてとてもそんなことをしてはいられない、という気がしてくるのだ。いや、もしかしたら、たとえ話しかけても息子は何も聴いていないという思いがしだいに大きくなっている、というべきかもしれない。息子の部屋の片づけをしない口実をあれこれと見つけ出した。彼に会えるかもしれないと思うことさえやめた。

転換点は、レックスと一緒にスラプトン・サンズに出かけたときだった。あの晩、モーリーンはぎごちない手つきで玄関ドアの鍵穴にキーを差しこみ、お互いの敷地を分ける塀越しに、ありがとうとレックスに声をかけ、そのあと靴を履いたまま階段を上がり、そのまままっすぐにかつて夫婦で使っていた寝室に入っていった。何もかも着たままでベッドに倒れこみ、目を閉じた。真夜中、自分がどこにいるかに気づいて、小さなパニックの痛みに襲われたが、やがて痛みは安堵感に変わった。終わった。何が終わったのか正確にはわからなかったが、ずしりと重く漠然とした痛みが消えたことだけははっきりしていた。羽毛キルトを引き上げ、ハロルドの枕にしがみついた。〈ペアーズ〉の石けんとハロルドのにおいがした。しばらくして目が覚めたとき、かつてと同じ軽やかさが温水のように全身に広がってゆくのがわかった。

それ以後、モーリーンはそれまで使っていた客間から自分の衣類を抱えて運び出しては、衣装だんすのハロルドの衣類が掛かっている側とは反対の端に掛けていった。自分に努力目標を課していた。毎日、彼がいなくても、ひとつ新しいことをしようと決めたのだ。封も切らずにうっちゃっておいた請求書の山をキッチンのテーブルに持ってゆき、一緒に持っていった小切手帳に支払うべき金額を書きこんだ。保険会社に電話して、ハロルドの医療保険が更新されていることを確かめた。車でガソリンスタンドに行き、タイヤの空気量をチェックした。古い絹のスカーフで髪を包んだ。昔、そうしていたように。思いがけずレックスが塀際に顔を見せたときには、あわてて手を上げて、スカーフの結び目をほどくはめになった。

「おかしいわよね」とモーリーンはいった。

「そんなことないよ、モーリーン」

レックスは何か思うところがありそうだった。だけど、どうせ、ふたりで庭のことやハロルドの現在地のことでも話して、そのあとレックスがふとあることに気づいて黙りこんでしまうのが関の山だ。モーリーンが、だいじょうぶ？　と訊いたのに、レックスはうなずいただけだった。「ちょっと待っててくれ」とそのうちにいいだすはずだ。「ひとつ内緒の計画があるんだよ」と。その計画はきっとわたしに関係がある、とモーリーンは予感した。

前の週、モーリーンがメッシュのカーテンを引いたまま、寝室ではたきをかけているときのこと、郵便配達人が厚紙の筒に入ったものをレックスの家に運びこむのが目についた。翌日、同じ二階の窓から、レックスが窓の大きさほどもありそうな板を愛車のローヴァーから下ろし、苦労しながら玄関に運びこむのが見えた。板には、その正体を隠すためと思われるタータンチェックの毛布がかかっていた。好奇心をそそられた。だから、庭に出て、レックスが出てくるのを待った。取りこんだばかりの洗濯物の籠を持ち出し、もう一度干す真似までしてみたが、レックスは午後いっぱい出てこなかった。

だから、彼の家のドアをノックして、牛乳は足りているかと訊いてみた。だが、レックスはドアを細く開けると、もごもごと、牛乳なら足りている、今夜は早寝するつもりだというだけだった。なのに、夜の十一時にモーリーンが裏庭の様子を確かめに出たときには、レックスのキッチンにはまだ明かりがこうこうとともり、彼がうろうろと動き回っているのが見えた。

つぎの日、郵便受けに何かが当たる音がして、モーリーンは急いで玄関に駆けつけた。のぞき窓の向こうに奇妙な四角い影が見え、その上に小さな頭らしきものが浮かんでいた。ドアを開けると、レックスが茶色の大きな包みを抱えて立っていた。包みには紐が幾重にもかかっていた。「入ってもいいかな?」とレックスは絞り出すようにいった。息が切れていた。

クリスマスや誕生日でもないのにプレゼントをもらうのはいつ以来のことになるのか、モーリーンには思い出せなかった。レックスを招き入れ、居間に案内しながら、紅茶がいいかしら、それともコーヒーがいいかしらと声をかけた。そんな時間はないんだ、いいから包みを開けてごらん、とレックスはいった。「紙なんか引きちぎっちゃえよ、モーリーン」

そうはいかない。わくわくする。引きちぎるなんてとんでもない。茶色い包み紙の角を剝がすと、硬い木枠が見えた。もう片方の角を剝がすと、やはり同じものが見えた。レックスは膝で両手を組んで座ったまま、モーリーンが別の角を剝がすたびに、透明ロープでも飛び越すように足を跳ね上げて息をのんだ。

「早く、早く」とレックス。

「いったい何かしら?」

「出してごらん。さあ。ちゃんと見てくれよ。あんたのためにつくったんだから」

現れたのはピンボードに貼りつけたイングランドの巨大な地図だった。裏側には小さなフックが二個とりつけられていて、壁に掛けられるようになっている。レックスがキングズブリッジを指さした。そこに画鋲が刺してあった。画鋲には青い糸が巻きつけられ、それがロッディスウェルまで伸びている。糸はそこからさらにサウス・ブレントに伸び、さらにバックファスト修道院《アビー》へとつづいてバースで終わっている。つまり、ハロルドのこの日までのルートが青い糸と画鋲で示されていたのだ。イングランドの最北端に当たる部分に、緑色の蛍光ペンと手作りの小さな旗でベリック・アポン・ツイードの位置が示されている。画鋲が別にもう一箱用意されていて、ハロルドの絵はがきを張れるようになっている。

「彼のルート以外の場所に絵はがきを張ればいいと思ってね」とレックスがいった。「ノーフォークとか、サウス・ウェールズとか。それがいいと思うよ」

レックスがテーブルの脇の壁に釘を打ち、モーリーンと力を合わせて地図を掛けた。そこならば、モーリーンがハロルドの現在地を確かめられるし、その先も旅のルートを画鋲で記録してゆけるはずだ。地図は少しばかり傾いていた。レックスがドリルをうまく使えず、最初に打ちこんだ〈ロールプラグ〉のプラスティックチューブが深く入りすぎたせいだ。だが、それくらい、少し首を傾げて地図を見ればすむことだ。それに、とモーリーンはレックスにいった。完璧じゃないからいけないというわけじゃないわ。

それもまた、モーリーンの新たな変化だった。

地図のプレゼントのあと、ふたりは毎日出かけるようになった。モーリーンはバラの花束を持ってエリザベスの墓参りに行くレックスに同行し、そのあと〈希望の入り江《ホープ・コーヴ》〉に寄ってお茶を飲んだ。キングズブリッジ川の河口にほど近いソルコームに出かけ、ボートで入り江を渡ったこともある。別の午後にはレックスの運転で、漁師町のブリクサムまで行って蟹《かに》を買ったこともある。海沿いの道を歩いてビッグベリーまで行き、〈牡蠣小屋《オイスター・シャック》〉で新鮮な貝を食べたこともある。そんなときレックスは、外に出るのは自分にとっていいことだ、だが、あんたの邪魔をしてるのでなければいいがといい、モーリーンは、あれこれ考えなくてすむからわたしにとってもいいことなのよ、と返した。ふたりでバンタムの砂丘の前に座っていたとき、モーリーンが、ハロルドと結婚したばかりの四十五年前に、キングズブリッジに越してきたいきさつを話しはじめた。あのころのふたりは希望にあふれていた。

「知り合いはひとりもいなかったけど、全然気にならなかったわ。ふたりでいれば、ほかになんにも要らなかった。ハロルドの子ども時代は大変だったの。でも、お母さんのことは心から愛してたんでしょうね。お父さんだって、あの戦争のおかげで一種の神経衰弱になったのよ、きっと。わたし、彼が味わえなかったことを全部味わわせてあげたいと思ったわ。安らげる家庭をあげたかった。だから、お料理の腕を磨いた。カーテンも縫った。木箱を探してきて、コーヒーテーブルだってつくったわ。ハロルドが庭を耕してくれたから、わたしはそこでいろんな野菜を育てたわ。ジャガイモ、インゲン豆、ニンジン」モーリーンは笑った。「ふたりとももののすごく幸せだった」そんなことを声に出していうのはとても心楽しく、そのころのことを形容する言葉がもっともっとあればいいのに、とさえ思った。「ものすごく幸せだった」ともう一度いった。

ずっと遠くまで潮が引き、陽の光を浴びた砂地が釉薬《うわぐすり》をかけた陶器のようにきらめいていた。磯辺とバー島のあいだに砂嘴《さし》がくっきりと伸びていた。人々は色とりどりの風除けや小型テントを持ってきていた。犬たちが砂浜を跳ね回りながら棒切れやボールを追い、子どもたちは手に手にバケツとシャベルを持って駆け回り、はるか沖合では海がきらきら光っていた。デイヴィッドがしきりに犬を欲しがったことが思い出された。震える手でハンカチを取り出し、レックスには、気にしないで、と声をかけた。たぶん、ずいぶん久しぶりでバンタムに来たせいだ。いったい何度ハロルドを責めたことだろう。デイヴィッドが溺れて死にそうになったあの日のことで。

「わたしって、本心じゃないことをあれこれいってしまう癖があって。なんていうか、ハロルドってすてきだなと思ってるのに、それを口に出すころには別の言葉になってるというか。彼が何かいうとするでしょ。すると、わたし、『そうじゃないと思うわ』っていっちゃうの、彼がまだいいたいことを全部いいもしないうちに」

「わたしだって、エリザベスには腹を立ててばかりだったよ、彼女が歯磨きチューブのキャップを取ったままにしてるのなんのとね。だけど、いまは、新しいチューブを開けるとすぐにキャップは捨ててしまう。キャップなんて要らないことに気づいたんだよ」

モーリーンはほほえんだ。レックスの手が彼女の手の近くにあった。片手を上げて自分の鎖骨のあたりに触れた。肌はまだ柔らかだった。「若いころ、同じ年かっこうの人を見て、わたしの人生はいうことなしだ、なんて思ってた。六十三になってこんなにひどいことになっているなんて、思ってもみなかった」

もっと別のやり方をすればよかった、と思うことがモーリーンにはいくつもあった。朝の光を浴びてベッドに横たわったまま、あくびをして伸びをしながら、両手両足でマットレスの広さを感じた。四隅の人の体温の届かないところまでさわってみた。しばらくして、その手で自分に触れた。頬に触れ、喉に触れた。胸の輪郭をなぞった。ハロルドの両手が腰を包み、ふたりの唇が重なるところを思い描いた。肌はたるみ、指先はもう若いころのあの敏感さをなくしている。それでも、心臓はいまも早鐘を打ち、血が騒ぐ。外で、レックスの家の玄関ドアが閉まる音がした。モーリーンはぎょっとして上体を起こした。一、二分後、レックスの車のエンジンがかかり、遠ざかっていった。もう一度羽毛キルトにしがみつくと、人の身体であるかのように引き寄せた。

衣装だんすのドアがわずかに開いていて、ハロルドが置いていったシャツの袖が見えた。胸をえぐられるようなあのおなじみの痛みが走った。キルトをはねのけ、気持ちをほかに向けてくれるものを探した。衣装だんすの前を通ったときに、うってつけの仕事が向こうから勝手に姿を見せた。

長年、衣類は季節ごとに分けてその順番に掛けておく、というのがモーリーンが母親から引き継いだ整理の仕方だった。冬物は厚手のプルオーバーとともにいちばん端に掛け、夏物はその反対側の端に掛けてその横に薄手のジャケットとカーディガンを並べるのだ。なのに、客間に移してあった自分の衣類を戻したときに、なぜか気がせいてハロルドのものが季節や材質におかまいなしにごっちゃに掛かっているのに気づかなかったようだ。それを一枚一枚点検して、もうハロルドが着ないものは捨て、要るものだけをきちんと掛け直しておこう、とモーリーンは思った。

ハロルドが職場に通うときに着ていたスーツ。襟《えり》の折り返しがすり切れている。全部とり出してベッドの上に置いた。ウールのカーディガンが何枚もある。どれも肘のところが薄くなっている。当て布をするとしよう。上等のシャツもそろっている。白いのもあれば、格子柄のもある。ざっと調べているうちに、ハロルドがデイヴィッドの卒業式に出るためにといってとくに買ってきた、ツイードのジャケットが目にとまった。胸をどんと叩かれたような気がした。何かが胸の内側に閉じこめられているような感じだ。そういえば、ずいぶん長いことそのジャケットを見ないようにしてきた。

それをハンガーからはずし、からだの前で広げてハロルドの胸の高さに上げてみた。二十年の歳月が後景にしりぞき、自分たち夫婦の姿が浮かび上がった。ふたりはいまケンブリッジ大学キングズ・カレッジの礼拝堂前に立っている。ともに新調の衣装で決めているせいか、なんとなく浮き足立っている。ふたりがいるのはデイヴィッドに待っているように指示されたまさにその場所だ。モーリーンのまぶたに、肩パッドの入ったサテンドレスをつけた自分の姿がよみがえった。あれはたしか茹《ゆ》でたエビを連想させる色のドレスで、たぶん、頬の色に合っていたはずだ。ハロルドの姿も浮かんできた。肩をすぼめているので、前にせり出した腕が硬直して、袖が布ではなくて木でできているように見える。

あなたのせいよ、とあのときモーリーンはハロルドを責めた。打ち合わせたことをもう一度確かめておかなきゃいけなかったのに、と。彼女がきつい言葉を吐いたのは、神経がぴりぴりしていたせいだ。ふたりは二時間以上も前からそこで待っていた。なのに、待ち合わせ場所を間違えたせいで、結局、卒業式には出られなかった。

そのあと、ふたりはパブから出てくるデイヴィッド（それは、まあ、大目に見てやってもらいたい、なにしろ卒業式の日のことだから）とばったり出くわした。デイヴィッドは申し訳ないと謝ったが、約束したはずの川めぐり《パンティング》にもやはり顔を見せなかった。ケンブリッジからキングズブリッジまでの長い帰り道、夫婦は黙りこくったまま車を走らせた。

「しばらく歩いて旅をしてくるっていってたわ、あの子」とたまりかねてモーリーンがいった。

「それはいい」

「とりあえず時間つぶしね。仕事が見つかるまでの」

「それはいい」

挫折感が涙となって、しこりか何かのようにモーリーンの喉を詰まらせた。「少なくとも、あの子は大学出よ」と吐き出した。「少なくとも、それなりの人生は送れるはずよ」

デイヴィッドは二週間後に戻ってきた。予想外だった。なぜそんなに早く帰ってきたのか、その理由は話さなかったが、茶色の大型旅行鞄を持っていて、どすんばたんと階段の手摺りにぶつけながら二階に運び上げた。おまけに、始終モーリーンを脇に呼んでは、金の無心をした。「大学の勉強で疲れてるのよ」とか「ちゃんとした仕事さえ見つかればだいじょうぶよ」と口癖のようにいって、モーリーンはいつまでも起きてこようとしないデイヴィッドをかばった。デイヴィッドは面接をすっぽかした。たとえ行っても、顔も洗わず髪も梳かずに出かけて行った。「デイヴィッドは頭がよすぎるのよ」とモーリーンはかばった。そんなときハロルドは、いつもの事なかれ主義でうなずいてみせるのだが、モーリーンのほうは彼女の言葉など信じてもいないのに信じるふりをする彼を怒鳴りつけたくなるのだった。真実をいうなら、彼らの息子はほとんどの場合、まっすぐに立っていることさえおぼつかない状態だった。そんな息子の様子を盗み見て、彼がほんとうにケンブリッジを卒業したとは思えなくなることさえあった。デイヴィッドのことは、あらためて振り返ると、つじつまの合わないことが多すぎて、確かだと思っていることさえ、そうではないのではないかと思えてくるしまつだった。そのくせ、しばらくすると、彼を疑ったことに罪悪感を覚え、疑ったのはハロルドのせいだということにしてうしろめたさをなだめるのだった。少なくともデイヴィッドには将来性がある、というのがモーリーンの口癖だった。少なくともデイヴィッドには覇気がある、と彼女はいった。ハロルドの気持ちが乱れることなら、なんでもいった。やがて、モーリーンの財布から現金が消えはじめた。最初は小銭《コイン》が。ついで紙幣が。モーリーンは、お金なんて消えていない、というふりを装っていた。

あのころ、モーリーンはデイヴィッドに、あなたのためにもっとしてあげられることはないかしら、と何度となく声をかけた。デイヴィッドは、ないよ、と答えて彼女の不安を打ち消した。最終的に、新聞の求人欄を見て、デイヴィッドに適した仕事にアンダーラインを引いたのはモーリーンだった。医師の予約を取り、車で連れていったのもモーリーンだった。モーリーンの脳裏に、デイヴィッドが医師の処方箋を彼女の膝に落としたときの情景がよみがえった。こんなのぼくには関係ないからね、といいたげな仕草だった。処方箋には、〈プロチアデン《抗鬱剤》〉と〈ジアゼパム《抗不安薬》〉、それでも眠れないときのための〈テマゼパム《睡眠鎮静剤》〉という薬品名が書いてあった。

「ずいぶんたくさんねえ」といいながら、モーリーンは急いで立ち上がった。「先生はなんとおっしゃったの？　どう思ってらっしゃるの？」

デイヴィッドは肩をすくめてもう一本の煙草に火をつけた。

だが、それ以後、状態はそれなりに改善した。夜、耳をそばだてると、デイヴィッドの寝息が聞こえるような気がした。いつのまにか、午前四時に起きて朝食を食べるのをやめた。寝間着の上にガウンをはおっただけで夜中に散歩に出ることもなくなったし、家じゅうにマリファナの甘ったるい煙のにおいを充満させることもなくなった。仕事はきっと見つかるはずだ、と自信を持っていた。

モーリーンのまぶたに、またデイヴィッドが——陸軍の入隊面接を受けると決めて、自分で頭を剃った日のデイヴィッドの姿が、浮かび上がった。バスルームの床一面に、彼の長い巻き毛が落ちていた。頭皮には切り傷もいくつかあった。手が震えて剃刀が滑ったせいだ。いとおしいあの頭、モーリーンが物狂おしいほどに愛したあの頭に加えられた蛮行に、彼女は金切り声をあげたくなった。

ベッドに腰を下ろして顔を両手で覆った。自分たち夫婦にもっとできることがあっただろうか?

「ああ、ハロルド」モーリーンはハロルドの粗いツイードのジャケット――イギリス紳士にふさわしいジャケット――を指でさすった。

いままでとはまったく違う何かをしたいという衝動がこみ上げた。衝動が電撃的なエネルギーとなって体内を走り、思わず立ち上がらずにはいられなかった。デイヴィッドの卒業式の日に着た茹でエビ色のドレスを取りだして、衣装だんすの真ん中に掛けた。つぎに、ハロルドのジャケットを手に取り、その隣に掛けた。それだけではなんだか寂しそうに思えた。それに離れすぎている。だから、ジャケットの袖をすくい上げ、ドレスの肩にそっと掛けた。

そのあと、自分のものと彼のものを一着ずつペアにした。自分のブラウスの袖口を彼の青いスーツのポケットに入れた。スカートの裾をズボンの脚に絡めた。もう一着のドレスを彼の青いカーディガンの腕で包んだ。目には見えない何人ものモーリーンとハロルドが、衣装だんすの中で外に踏み出すチャンスを待っている……。それを見て彼女の顔に笑みが広がり、やがて彼女は涙にくれた。それでも、たんすの中身はそのままにしておいた。

外で、レックスのローヴァーが停まる音がして、モーリーンの物思いは中断された。ほどなく、庭で何かを削る音がした。メッシュのカーテンを上げてのぞくと、レックスが紐と支柱で芝生を矩形《くけい》に仕切り、鋤《すき》で掘り返そうとしていた。

レックスがモーリーンに気づいて手を振った。「うまくいけば、紅花インゲンがまだ間に合うかもしれん」

ハロルドの古いシャツを着て、モーリーンはインゲンの苗を二十株植え、竹の支柱を立てて柔らかな緑の茎が傷つかないようにそっと結わえた。根元の土をやさしく叩いて水をやった。最初のうちは、心配しながら見守った。苗がカモメに食べられたら困る、五月の霜にやられたら大変、と。ただし、四六時中見張っていたのは一日か二日で、やがて不安はおさまった。ほどなく、茎が太くなり、新しい葉が出はじめた。レタスとビーツとニンジンも植えた。池の石のかけらも取り除いた。

また爪のあいだに泥が詰まるのを感じながら、何かを育てるのはいい気分だった。

18 ハロルドと決断

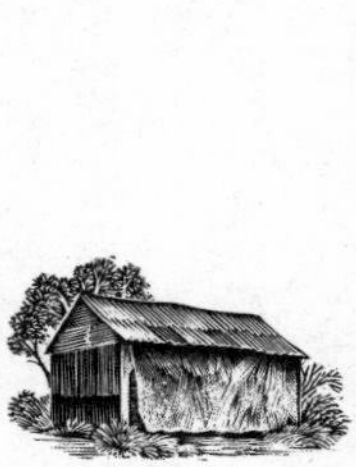

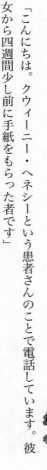

「こんにちは。クウィーニー・ヘネシーという患者さんのことで電話しています。彼女から四週間少し前に手紙をもらった者です」

二十六日目、ストラウドの南およそ十キロの地点で、これ以上歩くのはやめようと決心した。八キロの道を引き返してバースに戻り、そこからさらに四日間、A46号線を歩きつづけてきたが、方角を間違えたのがひどくこたえて、旅をつづけることがむずかしくなった。生け垣が少しずつ姿を消して、その代わりに溝と石積みの壁が目立ちはじめている。視界が開け、右も左も平坦な土地がはるか遠くまで延びている。目の届くかぎり、巨大な鉄塔が連なっている。そんな光景を目にしながら、いまはもうそういうものがある理由に興味が持てなくなっている。前を見てもうしろを見ても、道路は、ただどこまでも延びるばかりで、なんの希望も見えない。心の底では、どうせ歩き通せるわけがないことくらいわかっているのだ。それでも歩きつづけるには、ありったけの体力と気力を動員しなければならない。

なんでこんなに時間を無駄にしてしまったのだ。空や丘を眺めてみたり、行きずりの人としゃべってみたり、人生を考えてみたり、過去を思い出してみたり。車で行こうと思えばいくらでも行けたではないか。当たり前だ、デッキシューズなんかで歩き通せるはずがない。クウィーニーが生きていられるはずがない。いくら、生きていなきゃいけないと伝えたからといって。くる日もくる日も、空には低く、白い雲が垂れこめ、ときおり太陽が細い銀色の筋となって差しこむだけだった。そのなかを、下ばかり向いて歩いてきた。そうすれば、頭の上で急降下を繰り返す猛禽や、あっというまに通り過ぎてゆく車を見ないですむから。はるかな山中にひとり取り残されたとしても、これほどの寂しさや心細さを感じることはないだろう。

決断をするに際してハロルドが考えたのは、自分のことだけではなかった。モーリーンのことも考えた。彼女を思う気持ちが日ごとにつのっていた。彼女に愛されていないことくらい、とうの昔からわかっている。だからといって、断りもなしに家を出て、あとは野となれ山となれ、などということをしていいわけがない。それでなくても、彼女にはさんざん悲しい思いをさせてきたのだ。それに、デイヴィッドのこともある。バースでのあの一件以来、デイヴィッドとの距離がとてつもなく大きくなったと感じないわけにはいかない。モーリーンが恋しい、そしてデイヴィッドが恋しい。

最後に、金の問題もある。これまでの宿は安く泊まれるところばかりだったが、それでもいまのようなペースで金を使いつづけてはいられない。銀行口座を調べてショックを受けた。もしクウィーニーがまだ生きているなら、そして見舞いを受け入れる気があるなら、列車で行こう。きょうの夜にはベリック・アポン・ツイードに着くだろう。

電話の向こうの女性がいった。「以前、お電話をくださったことがありますか？」ひょっとして、相手は初めて電話して伝言を頼んだときのあの看護師なのか？　スコットランド訛りがある。いや、これはアイルランド訛りか？　疲れていてよくわからない。

「クウィーニーと話ができますか？」

「大変申し訳ないのですが、それはできません」

見えない壁にぶつかったような気がした。「というと——？」胸がきりきり痛みはじめた。「彼女は——？」その先をつづけることはできなかった。

「あなたは歩いてここをめざしてらっしゃるというあの男性ですか？」

ハロルドはぎょっとして息をのんだ。しばらくして、答えた。ええ、そうです。そして、謝った。

「フライさん、クウィーニーには身寄りがありません。お友だちもいません。この人のために生きなければと思える対象がいない人は、死期が早まる傾向があります。ずっと待ってたんですよ、あなたからのお電話を」

「そうですか」ハロルドはほとんど口が利けなかった。聴くだけで精いっぱいだった。血の流れまで止まって冷たくなっていた。

「あなたがお電話をくださってから、ここのみんながクウィーニーの様子が変わったことに気づいたんです。それはもう、目を見張るように変わりましたよ」

ハロルドのまぶたに、ストレッチャーに載せられた人間が浮かび上がった。硬直している。息をしていない。遅すぎた。とうとう助けられなかった。かすれ声でささやいた。「ええ」相手が何もいわないので、もう一度いった。「まあ、当然ですね」電話ボックスのガラスに額を押し当て、ついで片方の手のひらを当てて、目を閉じた。このまま何も感じられなくなればいいのだが。

相手の女性が軽く声をあげた。笑い声に聞こえたが、そんなはずはない。「あれほどの変わり方は初めて見ました。日によっては、ベッドで上体を起こしていることもあるんですよ。あなたからの絵はがきは全部見せてくれますしね」

ハロルドは首を横に振った。意味がわからなかった。「いまなんと？」

「クウィーニーは待ってますよ、フライさん。あなたがおっしゃったとおりに」

ハロルドの口から喜びの叫びがあがり、それに彼自身が驚かされた。「クウィーニーは生きてるんですね？　よくなってるんですね？」ハロルドは笑った。笑うつもりはなかったのに、笑い声がどんどん大きくなって、無数の波となってあふれ出し、それと同時に涙が頬を濡らした。「わたしを待ってるんですね？」電話ボックスのドアをさっと開け、空気にパンチをくれた。

「あなたのお電話で、歩いてここにいらっしゃるとうかがったとき、失礼ですが、病状の深刻さがおわかりではないと思いました。でも、それはわたしの間違いでした。普通ではちょっと考えられない回復ぶりです。あなたがどうしてそんなことを思いつかれたのか、わたしにはわかりません。でも、この世にはそういうことが必要なんでしょうね。ちょっとだけ常識からはずれれば、ちょっとだけ信じる気持ちが強くなる」

「そう。そう」ハロルドは依然として声をあげて笑っていた。笑いを抑えられなかった。

「旅は順調ですか？」

「それはもう、とても。昨日は、いや、一昨日《おととい》だったか、オールド・ソドベリーで泊まりました。ダンカークも通りました。いまいるのは、たしか、ネイルズワースのはずです」そういうだけでおかしくて、くすくす笑いがつづいていた。

「どうしてそういう地名がついたのか、不思議ですよね。で、いつごろお着きになりますか？」

「さあてと」といってハロルドは洟をかみ、最後に残った涙を拭いた。腕時計を見て、あとどれくらいで列車に乗れるか、何度乗り換える必要があるかを考えた。そして、いま一度、クウィーニーと自分とのあいだに広がる空間を頭に描いた。丘、道路、人々、空。歩きはじめた初日の午後と同じように、そのひとつひとつを思い描いたが、このときには違いがひとつだけあった。絵のなかに自分自身の姿を加えたのだ。彼はいまや少しやつれ、少し疲れて、窮地に立っている。それでも、クウィーニーをがっかりさせるわけにはいかない。「あと三週間くらいで。それ以上かかることもないわけじゃありませんが、実際にはもう少し早いでしょう」

「それはそれは」と相手の笑い声。「クウィーニーに伝えておきますね」

「ついでに、あきらめちゃいけないと伝えてください。わたしは歩きつづけるから、と」ハロルドはまた笑っていた。相手が笑っていたからだ。

「それも伝えておきますよ」

「たとえだめかもしれないと思っても、待っていなきゃいけない。彼女は生きつづけなきゃいけないんです」

「きっとだいじょうぶです。神の祝福がありますように、フライさん」

それから午後いっぱいハロルドは歩いた。あたりを薄闇が包みはじめた。ホスピスに電話するまで胸にわだかまっていた激しい疑念は消えていた。大きな危機を脱したのだ。やはり、この世には奇跡というものがある。もし列車や車に乗っていれば、たとえこれでいいのだと自分を納得させたとしても、それでも乗っているあいだじゅう、これではいけないという思いにさいなまれながら、目的地に向かっていることだろう。もう少しで歩くことをあきらめかけた。なのに、あきらめとは別の何かが起きて、歩きつづけた。もう二度とあきらめたりはしないだろう。

ネイルズワースをあとに、昔の織物工場群を通り過ぎ、ストラウドの郊外に入った。街の中心部に向かう坂を道なりに下り、赤煉瓦の低層集合住宅《テラスハウス》の前を過ぎた。そのうちの一軒に工事用の足場と梯子がかかり、道路には建築廃材を運ぶための大型容器が陣取っていた。何かがハロルドの目をとらえた。足を止め、ベニヤ板のかけらを掻き分けると、寝袋が出てきた。さっと一振りして土ぼこりを払った。破れている。破れ目からは詰め物もはみ出している。白く柔らかな舌が突き出しているように見えるが、破れているのは表面だけでジッパーも壊れていない。だから、寝袋を筒状に巻き、足場のかかった家に向かった。一階には早くも明かりがついていた。家の持ち主はハロルドの話を聞いて妻を呼び、ふたりして折りたたみ椅子や〈ティーズメイド〉の紅茶沸かし機、ヨガマットまで持っていかないかといいだした。寝袋だけで充分すぎる、とハロルドは答えた。

持ち主の妻がいった。「気をつけてくださいよ。つい先週、地元のガソリンスタンドに銃を持った四人組が押し入ったばかりですから」

用心します、とハロルドは約束した。とはいうものの、いつしか彼は人間の根っこにある善良さを信じるようになっていた。夕闇が濃くなり、毛皮のように建物の屋根と木立の輪郭を包みこんだ。

家々の窓にともるバター色の明かりと、その中で動き回る人々の様子を見守った。人々はやがてそれぞれのベッドにもぐり、夢の世界に遊ぶだろう。そんなことを考えているうちに、彼はふとあることに思いいたった——おれはこんなにも彼らの身を案じ、彼らがとにもかくにも暖かく安全でいることにほっとしている。一方で、このおれは自由に歩きつづけている。しょせん、ずっとこうだったのだ。おれはいつも人とは少し離れたところで生きてきたのだ。月がくっきりと姿を見せた。中天にまん丸い月が、水の中から現れた銀貨のようにかかっていた。

納屋を見つけてドアに手を伸ばしたが、南京錠がかかっていた。屋外運動場でねぐらになりそうな場所を探したが、見つからなかった。建築中の家も窓がプラスティック板でふさがれている。歓迎されない場所にもぐりこむのはいやだった。帯状の雲が漆黒の空をバックに銀色に光っている。鯖《さば》の背中を連想させる。道路も人家の屋根もあくまでも淡いブルーの月明かりを浴びて濡れたように光っている。

険しい丘の道をたどって一本の泥道に出くわした。道の先に納屋らしきものが見える。犬はいないようだし車も見えない。屋根は波板鉄板で葺《ふ》いてある。三方の壁面にも同じ鉄板が張ってあるが、残りの一面は防水布でふさがれただけで、それが月明りを背に白っぽく浮かび上がっている。防水布の裾を上げ、腰を屈めて中に踏みこんだ。甘く乾いたにおいがする。まったくの静寂の世界だ。

干し草の梱《こり》が積み重ねられている。ある山は低く、ある山は垂木《たるき》に届きそうなほどに高い。山のひとつによじ登った。あたりは真っ暗だが、足がかりを見つけるのは思いのほか簡単だった。干し草が足の下できしんだ音をたて、手の下で柔らかく沈んだ。登り切ったところで寝袋を広げ、膝をついて脇のジッパーを開けた。そのまま横になってじっとしていたが、このままでは寒さで鼻風邪でもひくのではないかと心配になった。そこで、リュックを探って、クウィーニーへの土産のつもりで買った柔らかな毛糸編みのベレー帽を見つけ出した。少しくらい利用させてもらっても、クウィーニーなら許してくれるだろう。谷の向こうで、人家の明かりがちらちら揺れた。

ハロルドの頭はしだいしだいに澄みわたり、身体が溶けた。雨が屋根と防水布を打ちはじめた。けれども、その音はやさしく、あくまでも寛容で、幼いデイヴィッドを寝かしつけるときのモーリーンの歌声を思い出させた。やがて、雨音はやんだが、ハロルドにはむしろそれが寂しかった。いつしか雨音が彼の知るものの一部になっていたかのようだった。いまや彼自身と大地と空とのあいだには実体のあるものなど何ひとつ存在しないような気がした。

夜明け前に目が覚めた。片肘をついて起き上がり、防水布の隙間から、新しい日が夜の闇を追いやり、地平線にあくまでも淡い夜明けの光がしみこんでゆくさまを眺めた。鳥たちがいっせいに歌いはじめた。かなたの風景が浮かび上がり、新しい日が自信たっぷりに立ち現れたときのことだった。空は灰色から淡黄色《クリーム》に、淡黄色から黄桃色《ピーチ》に、さらに藍色に、そして青に変化した。霧の柔らかな舌が谷底を這い、雲の中から丘の頂と人々の家が立ち上がった。月は早くもおぼろな影になっている。

やった。初めて屋外で夜を過ごせた。信じられないという思いが一気に押し寄せてきて、それがすぐさま喜びに変わった。足踏みをしながら、そして両手を丸めて息を吹きかけながら、これをデイヴィッドに報告したかったという思いに襲われた。大気は小鳥たちの歌声と生命感にあふれ、降り注ぐ雨の中に立っているような気がした。寝袋をしっかり巻いて、また歩きはじめた。

一日じゅう歩きつづけた。途中で泉を見つけて腰を屈め、水を手ですくって喉を潤した。冷たくて清らかな味だった。道端の露店でコーヒーとケバブを買った。ハロルドの話を聞いた店主が、代金は要らないといいはった。彼の母親もやはりがんを患っていて、いまは小康を得ているという。一食おごれるのがうれしいのさ、と店主はいった。ハロルドはお返しにバースの温泉水入りのペットボトルを差し出した。温泉水ならまた道中で手に入ることもあるだろう。スラドの村にさしかかった。やさしい顔の女がいちばん高い窓から見下ろしてほほえんだ。スラドをあとにバードリップに向かった。太陽がクラナムの森の木の葉を透かしてきらめき、ちらちら揺れる金色の筋となってブナの落ち葉のカーペットに降り注いだ。空っぽの材木小屋を仮の宿として、屋外での二度目の夜を過ごし、つぎの日にはチェルトナムをめざして旅をつづけた。左手では大地が落ちこみ、巨大な椀《わん》のようなグロスターの谷が見えていた。

遠くには、地平線をまたいでブラック山脈とモールヴァン丘陵が横たわっている。工場の屋根とグロスター大聖堂のぼやけた輪郭が見える。小さくマッチ箱のように見えるのは、人家と車にちがいない。あそこにはあまりにもたくさんのものがある。たくさんの人生が、日常の営みが、苦しみと闘いの営みがある。だが、人々はここからハロルドに見られていることを知らない。ハロルドはふたたび、心の奥底から感じた――自分はいまこの目に映るものの外側にいると同時に内側にもいる、この目に映るものとつながっていると同時にそういうものを突き抜けようとしている。歩くとは、じつはそういうことなのだ。自分はいろいろなものの一部であると同時にその一部ではないということだ。

この旅を成功させるには、そもそも最初に自分を駆り立てたあの気持ちに忠実でありつづけなければならない。ほかの人なら別の方法を取るだろうが、そんなことはどうでもいい。事実、自分にはこうするしかないのだから。あくまでも歩きつづけよう。ときには猛スピードで走る車に出くわすこともあるが、それでも路上を行くほうが安全な気がするから。携帯電話などなくてもかまうものか。あらかじめルートを考えなかったから、あるいは道路地図を買わなかったからといって、それがどうした。自分には別の地図がある。頭のなかにある地図が。これまでに通ってきたすべての場所、これまでに出会ったすべての人からなる地図が。このデッキシューズも手放すまい。すり減って破れも目だつが、これは自分のものだから。日ごろなじんだものから切り離されて旅をつづける者には、妙なものが新しい意味を持つようになるものだ。それがわかったいまは、ほかの誰でもない、自分自身の本能に忠実であることが大事だと思う。

まさにそのとおりではないか。なのに、なぜまだこんな不安が残っているのだ？両手をポケットに突っこみ、ばらの小銭をじゃらじゃら鳴らした。

ハロルドの脳裏に、食べ物を恵んでくれたあの女性のやさしさが、そして、マルティーナのやさしさがよみがえった。彼女たちは彼が遠慮したにもかかわらず、慰めと休息の場を提供してくれた。そんな彼女たちの親切を受け入れたとき、彼は新しい何かを学んだ。受け取ることは与えることと同じように贈り物なのだということを。なぜなら、受け取ることも与えることも、ともに勇気と謙虚さの両方を必要とするからだ。前々日の夜、例の納屋で寝袋にくるまっていたときに感じた安らぎを思い出した。そんなことをあれこれと考えながら歩く彼の眼下では、どこまでもつづく大地がはるかな空と溶けあっていた。ふいにハロルドは気づいた。ベリックにたどり着くには何をすべきかに気づいたのだ。

チェルトナムで、コインランドリーに入ろうとしていた学生に粉石けんを譲った。プレストベリーの女性がハンドバッグに入れた鍵を見つけられずにいるところに出くわしたときには、手巻き充電式の懐中電灯を差し出した。翌日、絆創膏と抗生剤軟膏を、膝から血を流してベソをかいていた子どもの母親に与えた。ついでに、ちょっとした気まぐれで櫛も差し出した。大英帝国のガイドブックは、クリーヴ・ヒル近くで道に迷って途方に暮れていたドイツ人カップルに手渡した。野生草花事典もついでに差し出した。自分はもう中身をすっかり暗記しているからよければどうぞ、といって。クウィーニーへの土産に買った瓶入りの蜂蜜とバラ石英のペンダント、きらきら光るペーパーウェイトとローマ浴場で買ったキーホルダー、そして毛糸のベレー帽は包み直した。モーリーンへの土産のつもりで最近買ったものは、小包にして郵便局に持っていった。コンパスとリュックは手元に残した。両方とも、自分のものではないので手放すわけにはいかなかったからだ。

ここから先は、ウィンチクーム経由でブロードウェイに向かおう。そこからさらにミクルトン、クリフォード・チェンバーズを通り、さらにストラトフォード・アポン・エイヴォンをめざそう。


二日後、モーリーンがインゲン豆の蔓を竹の支柱に巻きつけていると、門から呼び声がした。小包が届いたのだ。中から、新しいプレゼントがいくつかとハロルドの財布、腕時計、コッツウォルズのもこもこの羊を写した絵はがきが出てきた。

絵はがきにはハロルドのメモがあった――


モーリーンへ、私のデビットカードその他を入れておきます。ものをあまり持たずに歩くつもりです。シンプルな旅をすれば、目的地に着けるはずです。しょっちゅうおまえのことを思っています。H.

モーリーンは自分に足があることさえ気づかないままに、玄関までの坂を駆け上がった。

ハロルドの財布を彼のベッド脇の引き出しの、彼女自身とデイヴィッドの写真の下に押しこんだ。絵はがきはレックスの地図に画鋲で留めた。

「ああ、ハロルド」とモーリーンは小声でいった。そして、思った――ハロルドとの距離はどんどん広がっているのに、それでも声は届くだろうか？

19
歩くハロルド

これほど美しい五月は初めてだ。くる日もくる日も、空はたとえようのない青さに輝き、それを損なう雲はひとかけらも見えない。家々の庭は早くもルピナスやバラ、デルフィニウム、スイカズラの花、さらにライムグリーンの雲を思わせるハゴロモグサで埋め尽くされている。虫たちが飛び立ち、宙にとどまり、羽音をたて、空を切って飛び去ってゆく。ハロルドはキンポウゲとヒナゲシとフランス菊とシロツメクサとカラスノエンドウとナデシコの咲き競う野原を通り過ぎた。生け垣をニワトコの花房の甘いかおりが包み、野生のクレマチスやホップ、ノイバラが絡みついている。市民菜園もまた芽吹きの季節を迎えている。レタス、ほうれん草、チャード、ビーツ、ジャガイモの若芽、そして支柱に絡みついてドーム型に伸びるエンドウ豆が列をなしている。グズベリーの枝には産毛に覆われた緑色の実が下がっている。どことなく豆の莢《さや》を連想させる。菜園の主たちが収穫した作物の余りを箱に入れて、通り過ぎる人たちに提供している。「ご自由にどうぞ」と貼り紙をつけて。

ハロルドはいつしか自分なりの歩き方を見つけている。クウィーニーのこと、そしてガソリンスタンドで出会った娘のことを話したうえで、見知らぬ人に力を貸してもらえまいかと声をかけるのだ。そのお返しに、彼らの話に耳を傾ける。サンドイッチやペットボトルの水、あるいは新しい絆創膏をまるまる一セットもらえることもある。必要以上に受け取ることはしないし、車に乗せよう、歩くための装備や旅をつづけるための食料を提供しようという誘いは、やんわりと断る。支柱に絡みつくエンドウ豆の蔓から莢をひとつむしり取り、お菓子でも食べるようにむさぼる。途中で出会う人々、通過する場所が彼の旅のすべてであり、胸の内にそのひとりひとり、ひとつひとつを収める場所ができている。

納屋で過ごしたあの晩からずっと、ハロルドは野宿をつづけている。乾いた場所を選び、まわりのものの邪魔をしないよう絶えず気をつかってきた。顔や身体は公衆トイレや泉、あるいは小川で洗った。衣類は誰にも見られないところで洗った。そして、自分がもう半分ほど忘れてしまった世界のことを考えた。家の中で、街中で、あるいは車の中で、人々が日々の営みを繰り広げる世界――日に三度食事を取り、夜になったら眠り、人と人とのつき合いのある世界のことを。そして、彼らの日々が安泰であることを喜び、そんな人々の中からついに抜け出せたことにも満足していた。

A道路を歩き、B道路を歩いた。小道も歩いたし、踏み分け道も歩いた。震えながら北を指すコンパスの針に従って歩いた。日中の光を受けて歩く日もあれば、夜の闇をついて歩く日もあった。いつ歩くかは気分次第。何キロも何キロも何キロも歩いた。靴ずれがひどくなったときには、ダクトテープを巻いた。眠くなれば眠り、また起き上がって歩きはじめた。星空の下を歩き、眉月のやさしい光を浴びて歩いた。木の幹がまるで白骨のように光っていた。風に抗い雨をついて歩き、陽に焼かれた空の下を歩いた。生まれてからずっとこうして歩くことを待っていたような気がした。いつしかどこまで歩いたかがわからなくなっていたが、まだ歩きつづけることだけはわかっていた。コッツウォルズの蜂蜜色の石がウォリックシャーの赤煉瓦に変わり、大地は平らになってイングランド中部に入った。手を口元に上げて蝿を払おうとして、あごひげが伸びて太い房のようになっているのに気づいた。クウィーニーは生きているはずだ。いうまでもないことだった。

にもかかわらず、そんな日々のなかで不思議でたまらないのは、車のドライバーが追い越しざま、シャツとネクタイをつけ、デッキシューズらしきものを履いた彼に気づいても、どこにでもいそうな男としか思わないらしいということだった。ずいぶん滑稽な話ではないか。そして、いまや幸せでいっぱい、足下の地面とすっかり一体化しているハロルドは、そんな単純で想像力に欠けた見方を笑うだけ笑った。

ストラトフォードからウォリックに向かった。コヴェントリーの南で、青い柔和な目の陽気な若者に出会った。もみあげがカールして頬骨の下に伸びていた。若者はミックと名乗り、ハロルドにレモネードをおごると、ビールのグラスを上げて彼の勇気に乾杯した。「つまり、あなたの命は他人の手の中にあるってこと？」と若者はいった。

ハロルドはほほえんだ。「そうじゃない。ちゃんと用心してるさ。都会にいるときには夜のあいだは出歩かないことにしている。トラブルを避けてるんだよ。だけど、大体において、足を止めて話を聞こうという人は、助ける気のある人だよ。もっとも、一度か二度、怖い思いをしたこともあるがね。A439号線で男に会ったときには、こりゃ襲われるな、と思ったけど、実際にはそいつはわたしをハグしようとしただけだったよ。奥さんをがんで亡くしたって話だった。わたしが思い違いをしたのは、男の前歯が欠けていたせいだ」そういいながらハロルドはレモネードのグラスをつかむ自分の手が真っ黒になっているのに気がついた。爪は欠けて茶色だった。

「それで、ほんとにベリックまで歩いていけると思ってるんですか？」

「無理に急がない、だらだらもしない。ただ片足をもう一方の足の前に置く、それを繰り返していればいずれベリックに着くというのが道理だよ。じつは、このごろ、人間ってやつは必要以上に座ってることが多すぎると思うようになってね」ハロルドはそういってほほえんだ。「足があるのは歩くためじゃないのかね？」

若者は唇をなめた。まだ口に入れてもいない何かの味を楽しんでいるかのようだった。「あなたがしてるのは二十一世紀の巡礼の旅ですね。すごい話だ。そういうのこそ、世間の人が聞きたがる話ですよ」

「申し訳ないが、ポテトチップスを一箱めぐんでもらうわけにはいかないだろうか？」とハロルド。「昼めしからこっちなんにも食べてないんだ」

別れ際、ミックが、携帯電話で写真を撮ってもいいか、といいだした。「あなたと出会った記念に」と。フラッシュの光がダーツを楽しむ地元の男たちの邪魔になるかもしれないと思って、ハロルドはいった。「外の、ふたりだけのところで撮るのはどうかな？」

ミックはハロルドに、北西のウォルヴァーハンプトンの方角を示す標識の下に立つようにいった。「わたしはそんなところに行くわけじゃない」とハロルドはいったが、細かいところは写らない、この暗さだから、とミックは応じた。

「もうくたくたって顔してこっちを見てくれませんか」とミック。

それくらいいいとも簡単なことだった。

ベドワース。ナニートン。トゥワイクロス。アシュビー・デ・ラ・ゾウチ。ウォリックシャーを抜け、レスターシャーの西の縁を抜けて、ダービーシャーに入った。なおも歩いた。二十キロ以上歩ける日もあれば、市街地の道路で迷い、十キロも歩けない日もあった。空は青から黒へ、そしてまた青へと変わった。工業都市と小さな町とのあいだで丘がゆるやかに起伏していた。

ティックナルに着いたとき、ハイキング中のふたり連れに口をぽかんと開けて見つめられたのには驚かされた。ダービーの南では、タクシーの運転手がハロルドを追い抜きざま両手の親指を立てたし、紫色の帽子をかぶった道化師がアコーディオンを弾く手を休めてにやりと歯を見せた。リトル・チェスターでは、金髪の少女が紙パック入りのフルーツジュースを差し出して、ハロルドの膝に抱きついた。うれしくてたまらないという顔で。つぎの日、リプリーでは、伝統舞踊《モリス・ダンス》の一行が手にしていたビールを置いて喝采したように見えた。

アルフレトン。クレイ・クロス。チェスターフィールドのねじれた尖塔が、ピーク地方に入ったことを教えてくれた。ドロンフィールドのコーヒーショップで、モーニングコーヒーを楽しむために集まっていた男のひとりが、手元の柳の杖をハロルドに差し出し、ついでに肩をもんでくれた。そこから十一キロ余り先のシェフィールドでは、とある店の店員がハロルドの手に自分の携帯電話を押しつけ、家に電話するようながした。元気よ、とモーリーンは答えた。でも、シャワーヘッドが漏れてちょっと困っている、と。そして、例の記事は読んだか、とつけ加えた。

「いいや、モーリーン。家を出て以来、新聞は読んでないんだ。なんだい？」

確信はなかったが、モーリーンが小さな嗚咽を漏らしたような気がした。ややあって、彼女はいった。「じつは、あなたのことが記事になったの、ハロルド。あなたとクウィーニー・ヘネシーのことが。そこらじゅう、あなたの話で持ちきりみたいよ」

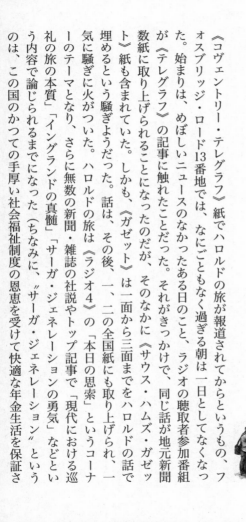

20 モーリーンと広報係

《コヴェントリー・テレグラフ》紙でハロルドの旅が報道されてからというもの、フォスブリッジ・ロード13番地では、なにごともなく過ぎる朝は一日としてなくなった。始まりは、めぼしいニュースのなかったある日のこと、ラジオの聴取者参加番組が《テレグラフ》の記事に触れたことだった。それがきっかけで、同じ話が地元新聞数紙に取り上げられることになったのだが、そのなかに《サウス・ハムズ・ガゼット》紙も含まれていた。しかも、《ガゼット》は一面から三面までをハロルドの話で埋めるという騒ぎようだった。話は、その後、一、二の全国紙にも取り上げられ、一気に騒ぎに火がついた。ハロルドの旅は《ラジオ4》の「本日の思索」というコーナーのテーマとなり、さらに無数の新聞・雑誌の社説やトップ記事で「現代における巡礼の旅の本質」「イングランドの真髄」「サーガ・ジェネレーションの勇気」などという内容で論じられるまでになった（ちなみに、〝サーガ・ジェネレーション〟というのは、この国のかつての手厚い社会福祉制度の恩恵を受けて快適な年金生活を保証された最後の世代のことを指している)。商店、遊園地、公園、パブ、パーティ、オフィスなど、さまざまな場で話題になった。ハロルドの旅は、ミックが編集長に請け合ったとおり、人々の想像力をがっちりととらえた。ただし、話が広まるにつれて細部が変化し、尾ひれがつきはじめた。ハロルドは七十代の初めだという者もいれば、学習障害があるという者もいた。イングランド南西端のコーンウォルで彼を見かけたという者もいれば、スコットランド北部のインヴァネスで見かけたという者もいた。ロンドンのキングストン・アポン・テムズで、あるいはダービーシャー北部のピーク地方で見かけたという者もいた。モーリーンの玄関先の形のふぞろいな自然石を敷きつめた通路には、五、六人のカメラマンや記者が張りこみ、レックスのイボタノキの生け垣の外には、地元テレビ局のクルーが泊まりこんでいた。手段さえあれば、ツイッターでハロルドの旅を追うことさえ可能だった。だが、モーリーンにはその手段がなかった。

地元紙でハロルドの写真を見たモーリーンがいちばんショックを受けたのは、彼のあまりの変わりようだった。ハロルドが手紙を出してくるといって家を出てから六週間を少し過ぎたところだが、写真の彼はありえないほどひょろ長く見えるし、同時に気分的にゆったりしているようにも見える。いまだにいつもの防水ジャケットとネクタイをつけているが、髪の毛はもじゃもじゃで頭にモップでも載せているようだし、顎の先ではまだら模様のひげが撥《は》ねている。顔は真っ黒に日焼けして、よくよく目を見開いて見なければ知っているはずの男の面影を見つけ出すことはむずかしい。キャプションには「ハロルド・フライの思いもよらない巡礼の旅」とあった。本文では、キングズブリッジ（ミス・サウス・デヴォンの出身地でもある）在住の年金生活者が、金も携帯電話も地図も持たずにベリックまで歩き通すことで、二十一世紀の英雄になろうとしている様子が描き出されていた。記事の最後には、もう一枚、小さめの写真が添えられていた。「八百キロを歩き通すはずの靴」というキャプションつきのその写真には、ハロルドのものとよく似たデッキシューズが写っていた。どうやら、その靴の製造元は記録的な売り上げに沸いているようだった。

レックスの地図上では、青い糸がバースから北へうねうねと這いながらシェフィールドへと伸びようとしている。モーリーンの計算では、ハロルドがこのままのペースで歩きつづければ、数週間以内でベリックに着けそうだ。ところが、ハロルドの旅が成功しそうだというのに、自宅の庭では野菜や草花がみごとに育っているというのに、そしてレックスとの友情にもかかわらず、いわんや郵便受けに、くる日もくる日も、善意の人々やがん経験者からの支援の手紙が届けられているにもかかわらず、ときとしてモーリーンは喪失感にさいなまれることがあった。喪失感はどこからともなく襲いかかってきた。たとえば、紅茶を淹れていて、テーブルに自分のカップがひとつぽつんとあるだけなのに気づいたときなど、そのわびしさに、身も世もなく叫びたくなるのだった。レックスには一度もそんなことを打ち明けたことはないのだが、そんなときには夫婦の寝室に駆けこみ、カーテンを引き、頭から布団をかぶってさめざめと泣いた。そのまま起き上がらずにいることくらいいとも簡単だった。顔を洗うのを、食べるのを、やめることとくらい簡単にできた。ひとりで生きるには絶えず途方もない努力が必要だった。

ある日、若い女がだしぬけに電話をかけてきて、広報代行サービスを申し出た。世間がモーリーンの側の話を聞きたがっている、という。

「だって、わたしには話すことなんてありませんよ」とモーリーンは応じた。

「ご主人のなさっていることをどうお思いですか？」

「ずいぶん疲れるだろうな、と思います」

「ご夫婦の仲に問題があるというのはほんとうですか？」

「ごめんなさい、あなた、どういう方でしたっけ？」

若い女は広報代行サービスをしている、と繰り返した。世間に向けて、きわめて共感を呼ぶイメージを提示することでクライアントを守るのが仕事だという。ちょっと待っていただけるかしら、といってモーリーンは相手の話をさえぎった。カメラマンがインゲン豆の苗を踏みつけているのに気づいて、窓を叩いて注意しなければならなかったのだ。

「いろんなかたちでお手伝いできますよ」と若い女がつづけて、できることの内容を列挙した。精神的なサポート、朝の情報番組からの取材や各種パーティへの招待などの調整。「何が必要かおっしゃっていただきさえすれば、あとはわたしが対処します」

「それはまたずいぶんご親切なことですが、わたし、昔からパーティは好きじゃないんですよ」日によっては、いったいどちらがおかしいのか——自分の頭の中の世界がおかしいのか、それとも新聞や雑誌で読む世界がおかしいのか、わからなくなることがあった。広報代行業者には、ご親切にどうもありがとうといって、こうつけ加えた。「でも、お手伝いは必要ありませんよ。ただし、アイロンをかけてくださるなら、もちろん、話は別ですけどね」

モーリーンから話を聞いて、レックスは笑った。そういえば、広報代行サービスの女はくすりとも笑わなかったな、とモーリーンは思った。ふたりはいまレックスの家の、通りに面した部屋でコーヒーを飲んでいるところだ。モーリーンが牛乳を切らしていたのと、庭の外にハロルドの消息を求めてファンがちょっとした集団をつくっていたからだ。彼らの手にはダンディケーキや手編みの靴下があったが、モーリーンはすでにそのうちの数人に、どこに転送すればいいかわからないと伝えておいた。

「これは完璧なラブストーリーだ、なんてことをいう記者がいるのよ」と静かな口調でモーリーンはいった。

「ハロルドはクウィーニー・ヘネシーに恋してるわけじゃないよ。彼はそんなことのために歩いてるんじゃない」

「夫婦仲に問題があるのか、って広報代行業者にいわれちゃった」

「ハロルドを信じなきゃ、モーリーン。あんたがたの仲も信じなくちゃ。ハロルドはきっと帰ってくるさ」

モーリーンはスカートの裾を調べた。糸がほつれ、折り返しの一部が垂れている。

「でも、信じつづけるのはすごくむずかしいわ。ほんとにつらいの。あの人がいままでもわたしを愛してくれているのかどうかわからない。あの人がクウィーニーを愛しているかどうかわからない。日によっては、あの人が死んでてくれればもっと気が楽なのに、と思うこともあるわ。そうすれば、少なくとも自分の立場がわかるでしょうから」モーリーンはレックスにちらりと視線を向けた。その顔から血の気が引いた。

「ひどいことをいっちゃった」

レックスは肩をすくめた。「だいじょうぶだよ」

「エリザベスを亡くしてあなたがどれほどつらい思いをしているかくらいわかってるのに」

「わたしはいつだってエリザベスがいないのがつらくてたまらない。彼女がいないことは頭ではわかってるんだが、それでもつい捜してしまう。ひとつだけ違うのは、わたしはその苦しみに慣れはじめているということだ。地面にでっかい穴を発見するようなものさ。最初のうちは、穴があることを忘れて、しょっちゅう落ちる。しばらくすると、穴はまだちゃんとあっても、それを迂回して歩くことが身につく」

モーリーンは唇を嚙んでうなずいた。結局のところ、彼女も彼女なりに大きな悲しみを経験してきている。人間の心がどんな痛みを感じつづけるものかにあらためて思いいたった。若者にとって、道ですれ違うレックスは、ただの無力な老人にしか見えないだろう。世の現実に疎い、よぼよぼの老人としか。けれども、青ざめたその皮膚の下、そして余分な肉のついたその身体の中には、十代の若者と同じ情熱で鼓動する心臓があるのだ。

レックスがいった。「彼女を亡くしてわたしが何をいちばん後悔してるかわかるかい？」

モーリーンは首を横に振った。

「闘わなかったことだよ」

「だって、エリザベスは脳腫瘍だったんでしょ、レックス。闘いようがないじゃないの」

「医者に助からないことを知らされたとき、わたしは彼女の手を握ってあきらめた。

彼女もわたしもあきらめたんだ。わかってるんだよ、結果は同じだったろうってことは。それでも、わたしがどれほど彼女に生きていてほしいと思っているかを知らせてやっていればという気がしてならないんだ。彼女の病気と闘うべきだったんだよ、モーリーン」

レックスはティーカップに覆いかぶさり、祈るような仕草をした。そのまま顔を上げなかった。そして、それまで一度も聞いたことのなかった穏やかな、そのくせ強い口調で同じ言葉を繰り返した。彼のカップが受け皿の上でかたかた鳴った。握りこぶしは骨そのものだった。「闘うべきだったんだ」

そのときの会話はいつまでもモーリーンの耳にこびりついていた。またもや気分が落ちこみ、何時間ものあいだ窓の外を見つめて昔を思い出しているばかりで、ほとんど何もしないで時を過ごした。若いころの自分のことを考えた。あのころは、ハロルドのためならどんなことでもするつもりでいた。なのに、いまの自分はどうだろう。妻とさえいえない。以前ハロルドのベッド脇の引き出しで見つけた例の写真を取りだした。一枚はこの家の庭で笑っている彼女自身の、もう一枚は初めて靴を履いたデイヴィッドの写真だ。

二枚目の写真を見ていたモーリーンは、ふとあることに気づいてぎくりとした。思わず目をしばたたいて写真を見直した。手が写っている。誰かの手が一本足で立つデイヴィッドを支えている。背中にぞくりと震えが走った。モーリーンの手ではない。ハロルドの手だ。

その写真を撮ったのはモーリーンだ。間違いない。それをいま思い出した。ハロルドがデイヴィッドと手をつないでいた。そのあいだに彼女がカメラを取りにいったのだ。いったいなぜその場面を記憶から追い出してしまったのだろう？　長いこと、彼女はハロルドを責めてきた。あなたはあの子を一度も抱いたことがない、といって。子どもには愛情をかけなきゃいけないのにあなたはそれをしなかった、といって。

モーリーンは〝いちばんいい部屋〟に行き、いまはもう見る者さえいないアルバムを引っぱり出した。縁にこびりついてフェルト状になったほこりをスカートで拭き取った。こぼれそうになる涙をこらえながら、ページを、一枚一枚、丹念に見つめた。ほとんどが彼女とデイヴィッドのものだが、そのあいだにはさまるようにして何枚かそうでないものが交ざっている。ハロルドの膝に抱かれた赤んぼうのデイヴィッド。赤んぼうを見つめる父親、手が両方とも宙に浮いている、触ってはいけないと自分を戒めているかのようだ。そして、もう一枚、デイヴィッドを肩車したハロルドの写真がある。首を精いっぱい伸ばしてデイヴィッドがまっすぐ座っていられるように、落ちないようにと気をつかっているようだ。十代のデイヴィッドとハロルドが並んで写ったものもある。全身黒ずくめで長髪のデイヴィッド、ジャケットとネクタイ姿のハロルド、ふたりそろって金魚の池をのぞいている。モーリーンは思わず噴き出した。ふたりときたら、仲のよさそうなふりをしている。わざとそうしていることがばれないようにして。いつもはそんなそぶりも見せなかったのに。でも、ハロルドは仲のよい父と息子でありたかったのだ。デイヴィッドだって、たまにはそうありたかったのだ。モーリーンはアルバムを膝に広げたまま、虚空を見つめた。その目にはカーテンではなく、過去だけが映っていた。

ふと気づくと、まぶたにまたしてもバンタムでのあの日がよみがえっていた。あの日、デイヴィッドは沖に向かって泳ぎだし、潮の流れめざして突き進んだ。もたもたと靴紐をいじるハロルドが見える。そんな彼を見つめながら、彼を責めつづけて過ごした長い年月に思いをはせる。ふいに、そのときの情景がこれまでとは別の角度から見えてくる。カメラを回転させて自分に向けたときのように。胃袋がびくんと跳ねる。波打ち際に女がひとり、わめきながら両手を振り回している。だが、海に飛びこもうとはしない。恐怖のあまり半狂乱の母親。そのくせ、なんの手も打とうとしない。もし、あの日、デイヴィッドがバンタムで溺死《できし》しかけたのだとしたら、その責任は自分にも同程度にあったはずだ。

それからの数日間、気分はいっそう落ちこんだ。〝いちばんいい部屋〟の床じゅうにアルバムが転がっていた。それを元に戻すという作業に向き合うことができなかった。朝早く洗濯機を回しても、洗い上がったものはそのまま一日じゅうほったらかしにしておいた。食事はチーズとクラッカーですませた。鍋一杯のお湯を沸かす気にさえなれなかったからだ。彼女はいまやたんなる記憶再生装置でしかなかった。せっかくハロルドが電話をかけてきたのに、話を聞くだけで精いっぱい、せいぜい「おやまあ」とか「それは意外ねえ」とつぶやくくらいしかしなかった。ハロルドは野宿した場所を報告した。材木置き場、道具小屋、丸太小屋、バスの停留所、納屋という言葉が、彼の口から猛烈な勢いであふれ出すのを聞いているうちに、自分が老人になってしまったような気になった。

「迷惑になるようなことはいっさいしないように気をつけてる。錠前をこじ開けるようなことは絶対にしない」とハロルドは口癖のようにいった。生け垣にふさわしい植物の名やその効用を何もかも知っていた。そのいくつかを挙げたが、モーリーンは話についていけなかった。まわりの自然を見て方角が割り出せるようになってきたよ、とハロルドはいった。途中で出会って食べ物をくれたり、靴の修理をしてくれたりした人たちのことを説明した。なかには、麻薬中毒者や酔っぱらい、社会から落ちこぼれた人たちまで含まれていた。「足を止めて話を聞いてみさえすれば、みんなそう恐れるような連中じゃないんだよ、モーリーン」彼にはそういう人たち全員に割く時間があるようだ。あきれてものがいえない。ひとりぼっちで歩きながら、知りもしない人に平気で声をかけて回るなんて、いったいどういう人なんだろう？　とまどいが大きすぎる。だから、モーリーンは、お返しに、少しばかり甲高い声で、外反拇趾《がいはんぼし》がどうのお天気がこうの、といわずもがなのことをいった。「ハロルド、わたし、あなたにはずいぶんひどいことをしてきちゃった」とはけっしていわなかった。イーストボーンの休暇村、楽しかったわ、ともいわなかったし、犬を飼いたいっていったときに賛成すればよかった、ともいわなかった。「ほんとにもう手遅れなの？」とは断じていわなかった。にもかかわらず、彼の話を聞くあいだじゅう、頭の中ではそんな言葉を繰り返していた。

ひとり置き去りにされて、夜空の冷たい光のなかに腰を下ろし、長いこと泣いた。何時間もと思えるほど長いこと。自分と孤独な月だけがお互いのことをわかり合えるような気がした。デイヴィッドと話をしようとさえ思わなかった。

キングズブリッジを覆う闇と、その闇を切り裂く街灯の明かりを見つめた。なんの不安もなく眠るこの世界に自分の居場所がないことを思い知らされた。レックスのことを、そして彼がエリザベスの死をどれほど嘆いているかを思わずにはいられなかった。

21 ハロルドと同行者

誰かがあとをつけてくる。それを背筋が感じている。足取りを速めたが、硬い路肩をついてくる誰かも同じように足取りを速めた。まだお互いの影がひとつになるほど近づいたわけではないが、まもなくそうなりそうだ。思わず前方に目を凝らして人影を探したが、誰もいない。振り返っても、黄色い菜の花畑のあいだをリボンのように延びて、地平線へとつづく舗装道路が見えるばかりだ。午後の強烈すぎる日差しを浴びて陽炎《かげろう》が立っている。どこからともなく車が現れては、現れたと同じ速さで去ってゆく。中に乗っているはずの人の姿さえ目に入らないほどのスピードだ。だが、歩いている人はひとりもいない。硬い路肩には誰も見えない。

それでも、歩きつづけながら、ハロルドは肌で、それも首から後頭部にかけての肌で、間違いなくうしろに誰かがいるのを感じ取っている。誰かが依然としてついてくる。足を止めたくはなかった。だから、車の流れが途切れる瞬間をねらって車道に飛び出し、大急ぎで反対側に渡った。渡りながら、さっと左に目を走らせた。誰も見えない。なのに、また数分後、ついてきていた誰かも同じように道路を横断していたことに気づかされた。足取りをいっそう速めた。息がはずみ、心臓が早鐘を打っている。いつのまにか、全身に汗が噴き出している。

足を止め、うしろを振り返るのに誰も見えない、でもたしかに誰かがついてくる、そんな状態がさらに三十分つづいた。一度だけ、振り返ったときに、低い灌木《かんぼく》の繁みが風もないのに震えているのに気づいたことがある。歩きはじめてもう数週間、ハロルドは初めて携帯電話を持ってこなかったことを後悔した。その夜は鍵のかかっていない道具小屋にもぐりこみ、寝袋にくるまったまままんじりともせずに、外で待っている――と本能が教えてくれる――何者かの気配に耳をそばだてていた。

翌朝、バーンズリーのすぐ北のA61号線で、道の反対側から誰かが自分の名を呼んでいるのに気がついた。ふと見ると、ミラーサングラスに野球帽姿のひょろ長い体型の若者が、ひらりひらりと車をかわしている。ぜいぜいと息をつきながら、一緒に歩こうと思ってついてきた、と若者はいった。早口だった。頬骨が鉛筆のようにとがっていた。ルフ、と若者が名乗った。ハロルドは顔をしかめた。「イルフ」と若者が繰り返した。そして、もう一度、「ウィルフ」と。どうやら栄養失調気味で、年のころは二十歳そこそこか。蛍光グリーンの靴紐のついたスニーカーを履いている。

「ぼくも巡礼になります、フライさん。ぼくもクウィーニー・ヘネシーを救いにいきます」そして、スポーツバッグを持ち上げて宙で止めた。どう見ても新品だ。スニーカーも同じだ。「寝袋とか全部持ってます」

デイヴィッドと話しているような気がした。若者の手までデイヴィッドと同じように震えていた。

反対する暇もあらばこそ。ウィルフと名乗った若者は、早くもハロルドの脇に場所を確保し、歩調を合わせて歩きながら、神経質な口調でしゃべりつづけている。ハロルドは話に耳を傾けてはいたが、ウィルフに目を向けるたびにそこに息子のデイヴィッドの面影を見つけて彼の話に集中するのがむずかしくなった。指先の肉が見えるほど嚙んだ爪。他人に聞いてもらえるかどうかなどおかまいなしに言葉を繰り出す話し方。「新聞であなたの写真を見たんです。だから、そのあと、お告げをくださいと祈りました。『主よ、もしぼくがフライさんのもとに行くべきなら、そのようにお示しください』って。そしたら、主はどうなさったと思いますか？」

「さあねえ」通りかかったワンボックスカーが速度をゆるめた。ドライバーが窓から携帯電話を突きだした。どうやら、ハロルドの写真を撮ったようだ。

「主が鳩をおつかわしになりました」

「何を？」ワンボックスカーが走り去った。

「ええっと、もしかしたら家鳩だったかな。けど、大事なのは、それがお告げだったってことですよ。主はすばらしい。道を尋ねなさい、フライさん、尋ねれば主は示してくださいます」

ウィルフに気安く名を呼ばれて、ハロルドの混乱はますます深まった。ぼくはあなたのことを知っている（ハロルドはウィルフが自分の何を知っているのかを知らない）、あるいはあなたについてゆく権利がある、といわれているような気がしたのだ。そのままふたりは道路脇の草地を歩きつづけた。だが、ときには道が細くなり、並んで歩くのがむずかしくなることもあった。ウィルフの歩幅はハロルドよりも小さく、そのため前のめりになって小走りでついてくることが多かった。

「フライさんが犬を連れてるなんて知りませんでした」

「連れてないよ」

ウィルフは顔をしかめて振り返った。「じゃあ、誰の犬かな？」

いわれてみれば、たしかに犬が一匹、道路の向こう側で足を止め、空を眺めている。舌を垂らして、はあはあああえいでいる。朽葉《くちば》色の、ブラシのように強《こわ》い毛をした小型犬だ。前夜、一晩じゅう、道具小屋の外で待っていたのはこの犬だったにちがいない。

「あの犬はわたしとは関係がないよ」とハロルドはいった。

ハロルドが遅れまいと跳ねながらついてくる若者を従えてまた歩き出したとき、視界の隅に道路を渡って若者と同じく小走りでついてくる犬が映った。ハロルドが足を止めて振り返るたびに、犬は身を縮め、頭を垂れて、生け垣のなかにもぐりこんだ。犬なんかいない、いるのは犬ではなくてほかのもの、たとえば犬の像だとでもいうように。

「行け」とハロルドは呼びかけた。「自分のうちに帰れ」

犬が小首を傾《かし》げた。おもしろい話を聞くものだ、とでもいうように。そして、小走りで近づいてきて、ハロルドの足元にそっと小石を置いた。

「たぶん、帰るうちがないんですよ」とウィルフがいった。

「あるにきまってるさ」

「じゃあ、うちが好きじゃないのかも。殴られたりするのかも。よくあるじゃないですか。首輪もしてないし」犬は先ほどの小石をくわえると、今度はハロルドの反対側の足元に置いた。そして、そのままお座りの姿勢になって、辛抱強い目でハロルドを見上げた。まばたきをするでもなければ、頭を動かすでもなかった。地平線の上に、ピーク地方の黒々とした荒野《ムア》が見えてきた。

「犬の世話はできない。食料を持ってないから。それに、車の多い道を歩いてベリックに行くつもりだから。危険すぎる。さあ、帰れ、わん公」

ハロルドはウィルフとともに草原《くさはら》に石ころを投げこみ、生け垣の陰に隠れて、なんとか犬をまこうとしたが、犬は石ころをくわえてきては、生け垣の脇に座ってしっぽを振った。「問題は、こいつがフライさんを好きらしいってことですね」とウィルフは小声でいった。「こいつもやっぱりついていきたいんですよ」というわけで、ハロルドとウィルフは生け垣から這い出してまた歩きはじめた。犬はいまやおおっぴらにハロルドの横を歩いている。こうなったら、A61号線にこだわっていては危険が大きい。だから、迂回して、少しは交通量の少ないB6132号線に入ることにした。遠回りになるがいたし方ない。おまけに、ウィルフは、四六時中足を止めてはスニーカーを脱ぎ、中にまぎれこんだ小石を振り出さずにはいられないようだった。結局、そのときまでに歩いた距離は一キロ半余りにすぎなかった。

意外なできごとはそれだけでは終わらなかった。とある家の前を通りかかったときのこと、庭でバラの花がらを摘み取っていた女性が、彼に気づいて声をかけてきた。「あなた、あの巡礼さんでしょ?」と女性はいった。「あなたのなさってることは、とってもすばらしいことですよ」そして、財布を開けて、二十ポンド紙幣を差し出した。ウィルフは野球帽で額の汗を拭い、ひゅぅっと口笛を吹いてみせた。

「それは受け取るわけにはいきません」とハロルドはいった。ウィルフの焼けるような視線が自分の脇腹に注がれているのを感じた。「ですが、サンドイッチでもいただけるとありがたいのですが。ついでに、今夜使うためのマッチを少々とロウソクを一本。バターをちょっぴり。そういうものがまったくないものですから」そして、ウィルフの神経質な顔にちらりと視線を向けた。「必要になるかもしれませんので」

女性はハロルドに、軽い夕食でもどうぞとうながし、ついでにウィルフにも声をかけた。そればかりか、バスルームと電話まで使わせてくれた。

呼び出し音が七回鳴って、モーリーンが電話口に出た。硬い声だった。「またあの広報代行サービスの方？」

「違うよ、モーリーン、おれだ」

「大変なのよ」とモーリーンはいった。「家の中に入れてもらえないか、なんていいだす人までいて。この前は、レックスがうちの石塀を削ってかけらを持っていこうとしてる男の子を見つけたっていうし」

ハロルドがシャワーをすませるころには、家の女主人が少人数の友人を招いていた。庭でちょっとした即席パーティを開くつもりだという。ハロルドが顔を出すと、客たちはいっせいにグラスを上げ、クウィーニーの回復を祈って乾杯をした。灰青色の髪をオールバックにした頭や、マスタード色、金色、あるいは小豆色のコーデュロイのズボンをそれほどたくさん目にするのは初めての経験だった。カナッペとコールドミートの並ぶテーブルの下では、問題の犬が寝そべって前足のあいだに何かをはさみ、しきりに囓りついていた。ときおり、誰かが投げた石ころを回収してきて、また投げてくれるのを待つこともあった。

男たちはヨットや狩猟などそれぞれの冒険談に花を咲かせ、ハロルドはそれを辛抱強く聞いていた。ウィルフが勢いづいて女主人に話しかけるところを見守った。女主人の笑い声には、ハロルドがもうほとんど忘れかけていた甲高い響きがあった。ここをこっそり抜け出したら誰かに気づかれるだろうか、とハロルドは思った。

ハロルドがリュックを肩に掛けようとしたまさにそのとき、ウィルフがいきなり女主人から離れて追いかけてきた。「こういうこととは知らなかったなあ」といいながら、ウィルフはスモークサーモンを載せたロシア風パンケーキ《ブリニ》を五本の指全部を使って口にねじこんだ。まるで生き物でも押しこむような調子だった。「どうして行くんですか？」

「先を急がなきゃ。それに、いつもはこうじゃないんだ。寝袋にもぐりこめる場所を探して寝てても、誰にも気づかれないのが普通だ。もう何日もロールパンと見つけたものだけを食べて生きてきた。でも、きみはここに残ればいい、そうしたければ。きっと歓迎してもらえるさ」

ウィルフはハロルドをまじまじと見つめていたが、実際には何も耳に入っていないようだった。ややあって、口を開いた。「さっきからずっと訊かれっぱなしだったんだ、あんたはあの人の息子かって」ハロルドの顔に笑みが広がった。ふいに、やさしい思いがこみあげてきた。もう一度パーティの客に目を向けながら、ウィルフとのあいだに何かのつながりがあるのを感じ取っていた。ふたりとも世間から外れたアウトサイダーだが、ただそれだけの理由で、何か実際以上に大きなものを共有しているような気がしてきたのだ。ウィルフとふたり、パーティの客に手を振って、その場をあとにした。

「きみはわたしの息子にしては若すぎる」といって、ハロルドはウィルフの腕をそっと叩いた。「さあ、もう行ったほうがいい、どこかに寝場所を探さなきゃいけないからな」

「幸運を！」パーティの客たちが大声でいった。「クウィーニーはがんばって生きていてくれるでしょう！」

犬は早くも門の前で待っていた。ふたりと一匹は、ふたたびゆったりとしたペースで歩きはじめた。三つの影が三本の柱のように路上に伸び、深まりゆく黄昏《たそがれ》の中にニワトコやイボタノキの花の甘いかおりが漂っていた。ウィルフが自分の身の上を語りはじめた。これまでにいろいろなことを試してきたが、何ひとつうまくいかなかったことなどを。もし主がおいでにならなかったら、とウィルフはつづけた。いまごろは刑務所に入っていただろう、と。ハロルドはときおり彼の話に耳を傾け、ときおり夕闇を切り裂いて飛ぶコウモリに目を凝らしていた。頭にいくつもの疑問が浮かび上がった――この若者は本気でベリックまでついてくるつもりなのか、あの犬をどうしよう、デイヴィッドは神にすがったことがあるのか？　遠くで、工場の煙突がぷかりぷかりと煙を吐き出し、空に雲をつけ加えていた。

ほんの一時間ほどたったころ、ウィルフは明らかに足を引きずりはじめていた。まだ一キロも歩いていない。

「休みたいか？」

「だいじょうぶ、フライさん」そうはいったが、ぴょんぴょんと跳ねるような歩き方になっている。

ハロルドが雨風をしのげる場所を探しだし、ウィルフとふたり、いつもより早めに歩くのをやめた。ウィルフはハロルドを真似て、楡《にれ》の倒木のかたわらに寝袋を広げた。枯れた幹から皿の形をしたキノコが重なり合って生えている。鳥の羽根のようなまだら模様のあるヨウセイノコシカケだ。ハロルドはそのキノコを摘んだ。だが、ウィルフは、そのあいだじゅう右に左にと足を踏み替え踏み替え飛び跳ねながら、気味が悪いのなんのと金切り声をあげていた。ついで、ハロルドは葉をつけたまま落ちた木の枝と柔らかいベルベットのような苔《こけ》を集めて、木の根元に開いた穴に敷きつめた。そうして寝場所をつくるために手間をかけるのは何日かぶりのことだった。その作業のあいだじゅう、犬があとをついて回り、石をくわえてきてはハロルドの足元に並べていた。

「そんなもの投げる気はないぞ」といいながら、それでもハロルドは一度か二度、石を投げてやった。

ウィルフに声をかけて靴ずれの有無を確かめさせ、大事なのはきちんと手当てをしておくことだといって、あとで膿の出し方を教えてやるといいそえた。「ところで、きみは火を熾《おこ》せるか、ウィルフ？」

「あったりまえじゃん。で、石油は？」

ハロルドはもう一度、余計なものは持たずに歩いていることを説明した。ウィルフに薪《たきぎ》用の木切れを探しにいかせ、ハロルド自身は爪をナイフ代わりにヨウセイノコシカケを裂いた。予想以上に硬くて気にはなったが、それはそれで歯ごたえがあってよさそうに思えた。そんなこともあろうかとあえてリュックに入れて持ち歩いていた缶詰の空き缶に、裂いたキノコを入れて火にかけ、バターひとかたまりとちぎったガーリックマスタードの葉を加えて炒《いた》めた。あたりに油で揚げたニンニクのにおいが漂った。

「食べろよ」といいながら、ハロルドはウィルフに缶を差し出した。

「何で？」

「手で、だよ。手がよごれて気になるなら、あとでわたしのジャケットで拭けばいい。明日はジャガイモが手に入るかもしれないな」

ウィルフは食べようとせず、悲鳴に似た笑い声をあげるだけだった。「だって、毒じゃないってどうしてわかるのさ」

「わたしが食べてる。見ろよ。ついでにいっとくが、今夜はほかになんにもないぞ」

ウィルフはキノコの端をほんの少しだけ囓り、唇を閉じずに嚙みはじめた。唇を刺されるのが怖いとでもいうように。

「ひゃあ」ウィルフの悲鳴はつづいていた。「うひゃあ」ハロルドが声をあげて笑うと、ウィルフはさらにもう少しだけキノコを食べた。

「思ったほどまずくない」とハロルド。「だろ?」

「なんかニンニクの味がするなあ。マスタードの味も」

「その葉っぱだよ。野生のものはたいてい苦い味がするんだよ。なあに、そのうちに慣れるさ。なんにも味がしなけりゃ、それはそれでよし。もしうまかったら、めっけもののご馳走というわけだ。そのうちにスグリが見つかるんじゃないかな。そうでなくても、ヘビイチゴくらいは。ヘビイチゴだって、うんと熟したのはチーズケーキみたいな味がするぞ」

ハロルドとウィルフは膝を抱えて座ったまま、炎を見つめていた。ふたりのはるか背後の地平線上に、シェフィールドの街が硫黄色の光となって浮かび上がり、じっと耳を澄ませていればひっきりなしに走る車の音が聞こえてきた。だが、ハロルドには、自分たちが人間世界とははるかに離れたところにいるような気がしてならなかった。彼はウィルフに、いつのまにかたき火で料理をするすべが身についていたこと、エクセターで手に入れた小さな本で植物の生態を学んだことなどを話して聞かせた。同じキノコでも食べていいものといけないものがある、とハロルドはいった。大事なのはその違いを知ることだ。たとえば、タモギダケのつもりでニガクリタケを採《と》っちゃいけない。そんなことを話しながら、ときおり、たき火の上に覆いかぶさるようにして息を吹きかけた。熾《おき》がよみがえり、赤い炎の花を咲かせた。灰が空中に舞い上がり、つかのま輝いて、やがて闇に解けた。空気はコオロギの歌で息づいていた。

「怖くないの?」とウィルフが訊いた。

「わたしは子どものころ、両親にいなくてもいい子だと思われていた。その後、妻に出会って子どもがひとりできた。その生活もうまくいかなかった。こうやって広い自然の中を歩くようになってからは、怖いことや心配ごとが少なくなったような気がする」デイヴィッドに聞こえていればいいのだが、とハロルドは思った。

その後、ハロルドが鍋代わりに使った空き缶の内側を新聞紙で拭《ぬぐ》い、リュックに戻しているあいだ、ウィルフは草むらに石を投げこんで犬とたわむれていた。犬はけたたましく吠えながら闇の中に駆けこみ、石ころをくわえて戻ってきてはウィルフの足元に置いた。それを見ていたハロルドは、自分が孤独と静寂にすっかりなじんでいたことに気づかずにはいられなかった。

ふたりがそれぞれの寝袋にもぐりこんだあと、ハロルドはウィルフに声をかけられた。一緒に祈らないか、というのだ。だから、答えた。「他人が祈ることに反対するつもりはない。だが、差し支えなければ、わたしは遠慮したい」

ウィルフは両手を組んで目を閉じた。爪がひどくぎざぎざだ。そのせいか、指先がいやに柔らかすぎるように見える。ウィルフが頭を垂れた。まるで子どものように。そして、ふたことみこと小声でつぶやいた。だが、ハロルドはあえてそれに耳を貸そうとはしなかった。にもかかわらず、心の中では、誰か、あるいは何ものか、自分ではない何ものかがウィルフの祈りの言葉を聞いていてくれればいいと願っていた。空に一筋の光が消え残るころ、ハロルドとウィルフは眠りの淵へと落ちていった。雲は低く、空気はぴくりとも動かない。きっと雨は降らないだろう。

祈りを捧げたにもかかわらず、真夜中、ウィルフが大声をあげて目を覚ました。わなわなと震えていた。思わず彼を抱きしめたハロルドは、彼が全身にびっしょりと汗をかいているのを知った。キノコに中《あ》たったのかと不安になった。これまでに毒のあるものとそうでないものを間違えたことはないのだが。

「なんだ、あの音は？」とウィルフが身を震わせた。

「狐だよ。犬かもしれない。それに、羊もいるな。たしかに、あれは羊の声だ」

「羊なんて見なかった」

「そうだな。だけど、夜になると昼間よりまわりの物音がよく聞こえるようになるものだ。すぐに慣れるさ。心配いらない。きみに危害を加えようとするものなどいやしないよ」

ハロルドはウィルフの背中を撫で、なだめすかして寝かしつけた。その昔、湖水地方から戻ったデイヴィッドが恐怖発作に襲われたときに、モーリーンがよくそうしていたように。「だいじょうぶ。だいじょうぶだ」とハロルドは繰り返した。あのときのモーリーンと同じだった。初めて外で夜を過ごすウィルフのために、もっとちゃんとした場所を見つけてやるべきだった。そういえば、二、三日前は、ガラス窓に鍵がかかっていないサマーハウスを見つけ、その中の柳編み細工のソファで安楽に眠ったじゃないか。橋の下だってここよりはましだったはずだ。まあ、人目につきやすいという不安はつきまとうけれども。

「すっげえおっかない」とウィルフ。歯ががちがち鳴っていた。ハロルドはクウィーニーのために買った手編みのベレー帽を取りだして、ウィルフの頭にかぶせた。

「わたしも前はよくいやな夢を見たものだが、こうして歩いているうちに見なくなったよ。きみもきっとそうなるさ」

じつに何週間ぶりかで、その夜、ハロルドは眠らなかった。起きてウィルフを見守りながら、過去を思い出して自分に問いかけていた。どうしてデイヴィッドはあんな選択をしたのだろう？　父親なら最初からあいつがあんな行為に走るきっかけになった原因に気づいていて当然だったのか？　もしあいつの父親がおれでなかったとしても、結果は同じだったのか？　そんな疑問がハロルドを悩ませたのは、ずいぶん久しぶりのことだった。かたわらに犬が寝そべっていた。

夜明けどき、青白い月がしらじら明けの光の中で、いましも太陽にひれ伏そうとしている。ハロルドとウィルフは朝露の中を歩いていた。ピンク色の羽根のようなスゲとオオバコの濡れた穂先が、ふたりの脚をひんやりなぶった。草の茎に露のしずくが宝石となってぶら下がり、刀身状の草の葉のあいだには、ふんわりしたパフのような蜘蛛の巣がかかっている。昇る朝日が空の低いところでまばゆく光り、前方にあるものの形がぼやけて霧の中に溶けこんでゆくようだ。ハロルドは、道端の、自分たちの足が踏んでできた平らな跡を指さした。「あれがきみとわたしだよ」

ウィルフは依然として新しいスニーカーに悩まされつづけていたし、前夜の睡眠不足がたたってハロルドの足取りも遅くなっていた。結局、それからの二日で、ウェイクフィールドまで歩くのがやっとだった。それでも、ハロルドはウィルフを置き去りにする気にはなれなかった。ウィルフのパニック発作や悪夢はつづいていた。これでも、前はもっとひどかったんだ、だけど、きっと主が救ってくださる、とウィルフは言い張った。

けれども、ハロルドはウィルフほど確信を持てずにいた。なんといっても、ウィルフは痛々しいほどやせている。気分の振れ幅も大きすぎる。いま駆けだして犬と競争で石ころを探していたかと思うと、つぎの瞬間にはほとんど口もきけなくなるという状態がつづいていた。だから、ウィルフの気持ちをまぎらわせてやりたくて、ハロルドは草花事典を読んで知った生け垣にふさわしい植物のことや、歩くうちに身についた空の知識を、片っ端から講釈して聞かせた。空を指さしては、低いところに層を成して浮かぶ層雲と、高いところで髪を櫛で梳いたような細い雲が集まる巻雲の違いを話して聞かせた。まわりのものの影や特徴を観察することで、進むべき方角がわかることも教えた。たとえば、片側だけがよく繁った植物は明らかにその面に太陽の光を余計に受けていること、そこからその植物のよく繁る側が南であることがわかる、だから自分たちは反対方向に進まなければならない、ということなどを教えたのだ。ウィルフは知識を貪欲に吸収しているようだった。ただし、ときにはまるで集中していなかったことがばれるような質問をすることもあった。ふたりでポプラの根元に腰を下ろし、風を受けてかさこそと鳴る葉ずれの音に聴き入った。

「震える木といわれてるんだよ、ポプラは」とハロルドはいった。「すぐに見つけられるんだ。震え方がすごくて、遠くからだと細かな光に包まれてるみたいに見えるからね」

歩きはじめたばかりのころに出会った人たちのことや、つい最近行き合った人たちのことも話した。藁葺《わらぶ》き屋根の家に住む女性もいれば、車に山羊を乗せた夫婦者もいた。一日に十キロ近く歩いて泉の水を汲みにゆくと話してくれた元歯科医もいた。

「その人が教えてくれたんだよ、人間は大地が無料《ただ》で与えてくれるものを受け取らなければいけない、とね。それは神への感謝の行為だというんだ。だから、それ以来、泉を見ると必ず足を止めて水を飲むことにしてるよ」

そういう話をしているときだけ、ハロルドは自分がずいぶん変わったことを意識するのだった。空き缶に少しだけ入れた水をロウソクの火で沸かし、ライムの木から花を摘んでウィルフにお茶を淹れてやることに喜びを感じた。フランス菊やコシカ菊、ホソバウンラン、スイートホップの若枝は、食べたければ食べられることを教えた。デイヴィッドにしてやらなかったことを何もかも、いまウィルフのためにしてやっているという気がしていた。ウィルフに見せたいこと、教えてやりたいことがいくらでもあった。

「これはソラマメの莢《さや》だ。甘いけど、食べ過ぎはよくない。いいかな、ウォッカだって同じだぞ」ウィルフは小さな莢を握ってひとくち囓り、すぐさまぺっと吐きだした。

「ぼくはウォッカのほうがいいな」

ハロルドは聞こえなかったふりをした。ふたりで川の土手にしゃがみ、雁《がん》が卵を産むのをじっと待った。卵が産み落とされたとき、ウィルフは跳ね回って金切り声をあげた。草の上に、濡れて白い、大きな卵が見えた。「なんだよ、あれ、すっげえくさいじゃんか。そりゃそうだよな、あいつのケツから出てきたんだもんな。何か投げてやろうか？」

「雁に？　だめだ。投げるなら犬に石を投げてやれ」

「どうせなら雁にぶつけたいよ」

ハロルドはウィルフをその場から引き離し、もう一度聞こえなかったふりをした。ふたりでクウィーニー・ヘネシーのこと、その昔、彼女が見せてくれたささやかな親切のことを話し合った。ハロルドは彼女が歌を逆から歌えたことや、なぞなぞが好きだったことを話した。「ほかに彼女のそういうことを知っている人はいないはずだ」とハロルドはいった。「彼女とはほかの人にはいわないようなことをいろいろと話し合った。車で走ったり、外を歩いたりしてるときは、そういう話をしやすいんだよ」ハロルドはリュックのなかからクウィーニーへのプレゼントを取りだして見せた。ウィルフは、彼がエクセター大聖堂の近くで買い求めた、逆さまにするときらきら光るペーパーウェイトがとくに気に入ったようで、ときおり勝手に取り出しては、ハロルドがつい、気をつけろよ、と声をかけずにいられなくなるほどいじくり回していた。そして、そのお返しのつもりか、ウィルフもクウィーニーへの土産を取りだした。火打ち石のかけら、斑点のあるホロホロチョウの羽根、輪っかにはめた石。一度は、釣り竿をかついだノーム像を取り出したこともある。人の庭から盗ってきたのではなく、ゴミ箱で見つけたのだ、とウィルフは言い張った。牛乳の一パイント入り紙パックを三本抱えてきたこともある。無料だった、といって。急いで飲むんじゃないぞというハロルドの言葉を無視して飲んで、それから十分後には吐き気に襲われていた。

ウィルフからの〝お土産〟が多すぎて、彼が見ていないすきに置いてきたこともある。そんなときには、犬に気づかれないよう気をつかった。石ころくらいの大きさのものならどんなものでも回収してきて、ハロルドの足元に置く癖があったからだ。ときには、前を行っていたウィルフが振り返り、いいものを見つけたと叫ぶこともあった。そのたびに、ハロルドの胸の鼓動が一拍とんだ。彼の姿がいとも簡単にデイヴィッドの姿に重なったからだ。

22 ハロルドと巡礼者たち

クウィーニーへ、とんでもないことが起きています。
やたらにたくさんの人にあなたの容態をきかれます。
くれぐれもお大事に。ハロルド
追伸　郵便局のやさしい女性が切手代はいらないといいました。
彼女も、あなたによろしくといっています。

歩きはじめて四十七日目、ハロルドの旅に中年女がひとりと、ふたりの子どもの父親だという男がひとり加わった。女はケイトと名乗り、つい最近とてもつらい目にあったばかりだが、なんとか立ち直りたいと思っていると説明した。小柄で、着ているものは黒、顎を突き出しわずかに上に向けて歩く姿は、だらりと垂れた帽子のつばが邪魔でよく見えない前方をなんとか見ようと必死でがんばっている、とでもいうようだった。額の生え際に汗が噴き出し、腋の下は半月状に濡れていた。

「デブだね、あの人」とウィルフがいった。

「そんなことというもんじゃないぞ」

「だって、デブだから」

　男のほうはリッチと名乗った。リチャードを縮めてリッチ、名字はライアンだという。金融業界で働いていたが、三十代半ばで業界から足を洗った。以来、「なりゆきまかせでやってきた」。新聞でハロルドのことを読み、子どものころからこっち味わったことのなかった希望で胸がいっぱいになった、だから、必要なものを二、三バックパックに詰めて家を出てきたというのだ。ハロルドと同じく長身で、自己主張の強そうな、鼻の詰まったような声の持ち主だった。いでたちは、歩くことのプロが履くような深靴に迷彩色のズボン、ネット通販で買ったというカンガルー革のブッシュハット、ほかにテントと寝袋、緊急時用と称してスイスアーミーナイフを持っていた。

「正直にいいますが」とリッチは打ち明けた。「じつは、わたし、人生を棒に振ってしまったんですよ。人員整理の対象にされて、それ以来、ちょっと精神的におかしくなったりして。妻は出ていっちゃいました。息子をふたりとも連れてね」そういうと、リッチはアーミーナイフの鋭い刃で地面を打った。「つらいのは息子たちのことなんですよ、ハロルド。会いたくてたまらない。あいつらにわかってもらいたいんです、わたしだってちゃんとしたことができるんだ、ってところをね。わかるでしょ？

あいつらに自慢できる父親だと思ってもらいたいんです。ところで、道のついてないところを歩こうと思ったことありますか？」

新たにできあがったグループがリーズにたどり着くころ、今後のルートについて議論が持ち上がった。リッチは都会を避けてヒースの繁る荒地帯《ムア》を行くべきだと提案した。ケイトはこのままA61号線を行くべきだと主張した。ハロルドの意見を求めた。争いが嫌いなハロルドは、どちらも悪くないと思う、そして、ベリックに行けさえすればね、と答えてお茶を濁した。ずっとひとりで歩いてきたために、絶えず他人と一緒にいなければならないことに気疲れを覚えた。仲間があれこれと疑問点をただしたり熱意を見せたりしてくれるのは、ありがたかったし心を動かされもしたが、同時にそれは旅のペースを鈍らせることでもあった。それでも、ハロルドは、仲間たちが自分と一緒に歩き、クウィーニーを救うという旅の目的を支える道を選んでくれたのだから、自分にも——別にこちらからそうしてくれと頼んだわけでなくても——仲間に対する責任があると思っていた。だからこそ、彼らのばらばらの要求に耳を貸すだけでなく、彼らの道中の安全を確保しなければならないという思いが強かった。ウィルフはハロルドの横でふくれっ面《つら》をして両手をポケットに突っこんだまま、スニーカーが小さすぎるとこぼしている。そんな彼を見ているうちに、ハロルドはふと、その昔、デイヴィッドに抱いたのと同じ気持ちに襲われた。ウィルフのやつ、もっと愛想よくできないものか、そうできないのは彼の気持ちが不安定だからだが、これでは傲慢なやつだと誤解されかねない。一時間以上かけてようやく、全員がまずまず快適に眠れそうだと納得する場所が見つかった。

グループができて二日としないうちに、リッチとケイトとのあいだに一悶着《ひともんちゃく》が起きた。必ずしもケイトのいったことが原因ではない、問題はむしろあの態度だ、とリッチはいった。ほんの三十分早くハロルドに合流したというだけで、自分のほうが偉いと思っている、というのだ。「それに、知ってますか？」とリッチはつづけた。わめき声になりはじめていた。何を「知ってますか？」なのか、ハロルドには見当もつかない。それどころか、自分に難癖をつけられているような気さえした。「彼女、ここまで車で来たんですよ」しかも、そのケイトはハロゲイトに着いたとたんに、みんなで温泉《ロイヤル・バス》に行ってさっぱりしてくるべきだ、などといいだすありさまだった。リッチは鼻先でせせら笑いながらも譲歩した。アーミーナイフ用の予備の刃を手に入れられるならというのが、その理由だった。温泉には入りたくないし、ナイフの刃にも用のないハロルドは、市立公園でひと休みと決めこんだ。ベンチに腰を下ろしていると、見も知らぬ人が何人か近づいてきて、旅の上首尾を祈る言葉をかけると同時に、クウィーニーの様子をあれこれと尋ねた。ウィルフはどこかに消えたようだった。

全員が戻ってくるころには、ハロルドの隣にがんで妻を亡くしたという若い男が座っていた。男は仲間に入れてもらいたいといったうえで、クウィーニーへの支援者をもっと募るために、ゴリラの着ぐるみで歩きたいといいだした。ハロルドがそれを思いとどまらせられずにいるうちに、ウィルフが戻ってきた。まっすぐ歩くのに苦労しているようだった。

「嘆かわしい」とリッチ。

一行はゆっくり進んだ。ウィルフが二度転んだ。ゴリラマンが飲み食いをするにはストローを使うしか方法がないことや、暑さと疲労で悲しみが倍加しているらしいことがはっきりした。だから、ハロルドは、ほんの一キロ足らず歩いただけで、今夜はここで休もうと提案した。

火を熾しながら、ハロルドは自分にこういいきかせた。おれだって自分に合うリズムを見つけるには二、三日かかったじゃないか。いまこの連中を見捨てるのは薄情というものだろう。せっかくおれを探し当てたのだし、ここまでクウィーニーに肩入れしてくれているのだから。クウィーニーの助かる確率が大きくなるのなら、そのぶん彼女が助かることを信じて歩きつづける人も増えるのも道理だ、という気さえした。

そのあたりから、歩く仲間が増えた。いろいろな人が一日か二日だけ歩くつもりでやってきた。天気のいい日には、集団ができた。何かの運動家がいたし、ぶらぶら歩きを楽しむ人もいた。家族連れもいれば、学校や社会からドロップアウトした人、観光客、ミュージシャンなどもいた。幟旗《のぼり》あり、キャンプファイアーあり、討論あり、準備体操あり、音楽あり。ある者はがんで亡くした愛《いと》しい人のことを、またある者はみずからがかつて犯した悔やむべき行為のことを、感動的に語った。人数が増えれば増えるだけ、旅の進み方は遅くなった。歩き慣れない者にペースを合わせる必要があるだけでなく、全員に食べさせる必要もあったからだ。焼きジャガイモ、串焼きのニンニク、アルミフォイルに包んで焼いたビーツ。リッチはまわりの自然から食料を調達する方法を書いた本を持っていて、ブタクサをフリッターにするなどといってきかなかった。一日に稼げる距離がさらに短くなった。日によっては、五キロも進めないことさえあった。

ペースの遅さにもかかわらず、一行はハロルドにはついぞなじみのない妙な自信にあふれているように思えた。いまや彼らはみずからに、自分たちはもはや胴体と足と頭と心臓からなる人間集団ではなく、単一のエネルギー――クウィーニー・ヘネシーによって結ばれた単一のエネルギーだ、といいきかせていた。この旅は、あまりにも長いあいだ、ハロルドが自分の胸ひとつに収めてきた試みだった。だから、いまこうして自分以外の人がその試みを信じて支持してくれるのを目《ま》の当たりにして、ハロルドの胸は感動で震えていた。震えただけではない。きっと旅は成功する、と確信していた。むろん、いままでも成功すると思っていた。しかし、いまではそれが強い確信に変わっていた。みなで手分けしてテントを張り、寝袋を広げ、空の下で眠りについた。クウィーニーは生きている、と誰もがいいきった。一行の左手には、キースレー・ムアの黒い峰々が曲線を描いていた。

ところが、それからほんの二、三日もしないうちに、グループ内にぴりぴりした空気が漂いはじめた。ケイトはリッチと関わりを持とうとしなくなった。あの男、病的な自己中《じこちゅう》だよ、とケイト。そのお返しに、リッチは彼女を、情もへったくれもない雌牛、と呼んだ。そんなある晩、ゴリラマンと留学生が同じ小学校教師と寝たのが原因で、険悪な空気が生まれた。それを解決しようとリッチが努力したものの、それがかえって一触即発の危機を招いた。ウィルフは相も変わらず仲間を神に帰依《きえ》させることを、あるいはクウィーニーのための祈りを要求することをやめられず、それがグループ内の雰囲気をますます悪化させた。夜、徒歩愛好グループのメンバーがテントを張ったとき、またしても食い違いが表面化した。ある者は、テントはハロルドの旅の真の精神にそぐわないと主張し、ある者は道路を避けてもっと困難の多いペナイン道に向かうべきだと引かなかった。そうなると車に轢《ひ》かれて死んだ動物が手に入らなくなるがそれでもいいのか、とリッチが応じ、またしてもひとしきり火花が散った。そんなやりとりに耳を傾けながら、ハロルドはしだいに大きくなる不安を抑えられずにいた。仲間がどこで寝ようが、どこをどんなふうに歩こうが、彼にはどうでもいいことだった。彼らが何を食べようが、それもやはりどうでもいいことだ。彼の望みはたったひとつ、何がなんでもベリックにたどり着くことだった。

ハロルドはいまや同行者に深入りしすぎてにっちもさっちもいかなくなっていた。しょせん、同行者たちもタイプこそ違えそれぞれの悩みを抱えて苦しんできた人たちだ。ウィルフは依然として夜中にパニック発作に襲われているし、ケイトはたき火のそばに座って頬を涙で濡らすことが多い。あのリッチでさえ、息子たちの話をするときにはハンカチを振って広げ、花粉症に悩まされているふりをする。ベリックへの旅に同行しようという彼らの決断はハロルドには迷惑きわまりなかったが、だからといって仲間を裏切るのは彼の性分には合わなかった。それでも、ときには、仲間から離れて水辺で顔やからだを洗ったり、胸いっぱいに空気を吸いこんだりすることがあった。そして、自分の旅にルールがないことをあらためて自分に言い聞かせた。その昔、一度か二度、自分はちゃんとわかっていると思いこんでいながら、そのじつ何もわかっていなかったということがあった。もしかしたら、この巡礼者たちについても同じなのではないか？　ひょっとしたら、彼らはこの旅のつぎの段階でなんらかの役割を演じることになるのではないか？　ときとしてハロルドは、わからないことが最大の真理で、人間は知らないままでいるべきだ、と思うことがあった。

巡礼の旅をめぐるメディアの報道は、その後も勢いを増しつづけ、それ自体が独自のエネルギーを獲得したかのような様相を見せはじめていた。一行が近づいているという噂がたつだけで、誰もが〈アガ〉の調理器具を取り出してパンやビスケットを焼きはじめた。ケイトは、スライスした山羊乳チーズを届けたい一心で駆けつけた女の運転するランドローヴァーに危うく轢かれかけた。リッチはたき火を囲みながら、ハロルドに向かって、三度の食事の前に巡礼の旅をすることの意味を手短に説明すべきだといいだした。ハロルドがそれを断ると、リッチは、ならば自分が代わりに話すといった。誰かメモを取る気のある者はいるか、とリッチはつづけた。ゴリラマンが手を挙げたが、毛むくじゃらの手袋をはめたまま字を書くのは容易ではなくて、絶えずリッチに話の中断を求めるしまつだった。

メディアは同時に、ハロルドの善良さを証明する人々の言葉も延々と流しつづけた。当のハロルドには新聞を読む余裕はなかったが、リッチはハロルドより最新情報に通じているようだった。ランカシャー東部の町クリゼローに住む心霊術師が、巡礼者ハロルドには黄金のオーラがあると断言した。ブリストルのクリフトン吊り橋から身投げする寸前だった若者は、ハロルドに説得されて思いとどまったと証言して読者の胸を打った。

「だけど、わたしはブリストルには行ってないんだがなあ」とハロルドはいった。「バースに行って、そこからストラウドに行ったんだよ。なぜそれを憶えているかというと、そこで危うく旅をあきらめかけたからだ。どこの橋だろうと、誰にも会っちゃいない。誰かを説得して思いとどまらせたなんてことがあるわけがない」

そんなのは瑣末《さまつ》なことだ、とリッチはいった。瑣末どころか、どうでもいいことだよ、と。「たぶん、その若者は自殺するところだったとはいってないんじゃないかな。ただ、あなたに会って希望が持てたんじゃないかな。あなたが忘れてただけと思うけどな」そして、またしてもリッチは、もっと大きな絵を見なくてはいけない、とハロルドを諭した。報道されないのは悪い報道《ノー・パブリシティ・イズ・バッド・パブリシティ》をされることと同じというわけだ。そんなあれこれを聞かされているうちに、ハロルドはふと、リッチがまだ四十歳で自分の息子といってもいいくらいの年齢であることに気づかされた。にもかかわらず、子どもはハロルドのほうだ、と言わんばかりのしゃべり方をしている。おまけに、いいですか、ハロルド、あなたはいまリッチな市場を牛耳ろうとしているんですよとか、鉄《アイロン》は熱いうちに打たなきゃ、などということをいいだした。ほかにも、自分に都合のいいところだけを選ぶ《チェリーピッキング》ことがどうのとか、〝同じことを繰り返す〟というつもりらしいが、わざわざ〝同じ賛美歌の譜面を見て歌う〟などというややこしい言い回しをしてみたりした。それを聞いているうちに、ハロルドは頭痛がしてくるしまつだった。頭の中が、桜《チェリー》の木だの、賛美歌の譜面だの、蒸気アイロンだのといった支離滅裂なイメージでいっぱいになり、リッチのいうことを正しく理解するには何度も足を止めて考えこまねばならなかった。リッチには、妙な言い回しで相手の気力をそぐのではなくて、言葉の本来の意味を大切にしてもらいたかった。

時はすでに六月半ば、ウィルフの、とうの昔に彼を捨てたはずの父親がインタビューに応じ、息子の勇気を褒めたたえて読者を感動させた（「この人、ぼくの顔さえ見たことがないのに」とウィルフはいった）。ベリック・アポン・ツイードの議会は、巡礼者一行の到着に備えて、歓迎のプラカードと垂れ幕の制作を依頼した。ハロゲイトから十六キロばかりの地点にあるリポン市の個人商店主は、巡礼の一行に商品を五、六品盗まれたと告発をした。盗まれたもののなかには、ウィスキーも含まれていたという。

リッチはミーティングを招集し、その場で言葉をぼかすことなくウィルフを窃盗犯と名指し、親元に送り返すべきだと提案した。このときばかりは、ハロルドも意を決して立ち上がり反論したのだが、思いがけず人と対決するはめになったことに心が痛み、二度とこういうことはできないと思い知らされた。リッチが目をすがめて聞いているのに気づき、反論は尻切れトンボで終わってしまったのだ。最終的に、もう一度だけウィルフにチャンスを与えることでリッチも譲歩したが、その日は夜になってもハロルドと目を合わせようとはしなかった。その後、仲間の半分が急激な腹痛と高熱に襲われた。ウィルフが軽い毒のあるキノコを、つい気を許してしまいそうなくらいそっくりの毒なしキノコと間違えて調理したのが原因だった。キノコ中毒の症状が治まりはじめたまさにそのとき、今度はスグリとサクランボとグズベリーの食べ過ぎがたたって猛烈な下痢がはじまった。ついで、リッチの言葉をメモしていたゴリラマンがひどい痛みに襲われた。毛むくじゃらの手袋のなかにスズメバチが一匹まぎれこんでいたのが原因だった。そんなこんなで、巡礼の一行はまるまる二日間、一歩も先に進まなかった。

地平線上に青い峰が連なっていた。それを見たハロルドは、なぜか無性に登ってみたくなった。東の空高くに太陽が昇り、取り残された月が雲と見間違えそうなほど淡い色に変わっている。この連中がいなくなってくれればいいのだが。何かほかに信じるものを見つけてくれればどんなにいいだろう。ハロルドは首を左右に振り、そんなことを思ったわが身の不実さをこっぴどく叱った。

リッチが仲間たちに向かって、本物の巡礼者とただついてくるだけの者を区別するために、何か手を打つ必要があるといいだした。そして、方法はあるとつけ加えた。すでにＰＲ業界で働く古い友人で、彼に恩義のある人物に連絡を取ってあるという。リッチの話を聞いた友人が健康飲料の販売代理店に連絡を取ったところ、代理店から、本物の巡礼者には胸と背中に〝ＰＩＬＧＲＩＭ〟（巡礼者）と文字を入れたＴシャツを提供する用意があるといってきた、というのだ。シャツの色は白、サイズは三種類の予定だという。

「白？」とケイトがふふんと鼻を鳴らした。「そんなもの、どこで洗濯しようっての？」

「白は目だつ」とリッチ。「それに、白には純潔のイメージがある」

「ほうれ、おじさんがなんかいってるよ、くだらないことをさ」とケイト。

代理店は、ほかにも、ヘルシーなフルーツ飲料を無制限に提供するといっているという。その見返りとして彼らの求めることはひとつだけ、ハロルドにはできるだけ頻繁に人目につくところで飲料のボトルを手にしていてもらいたい、ということだった。Ｔシャツが届くと同時に記者会見が設定され、Ａ６１７号線でハロルドとミス・サウス・デヴォンが合流し、写真撮影に応じることが発表された。

ハロルドはいった。「みんなも一緒に写真に入るべきだな。みんなだって、わたしと同じくこの旅の参加者だから」

そんなことをすれば、二十一世紀の信仰というメッセージが曖昧になるばかりか、クウィーニーへの愛の物語が薄味になってしまう、とリッチはいった。

「そうはいっても、わたしは一度だってメッセージだのなんだのを掲げたつもりはないんだがな」とハロルドは反論した。「それに、わたしは妻を愛している」

リッチはハロルドにフルーツ飲料を手渡し、ボトルのラベルをカメラに向けるよう念押しをした。「飲み干してくれとはいわない。ボトルを持っててくれるだけでいいんだ。それと、もういったかな、あなたは市長とのディナーに招待されている」

「正直なところ、あまり腹はへってないんだがな」

「犬を連れていかなきゃいけない。市長夫人が動物愛護協会《ブルー・クロス》に関係してるらしいんでね」

世間では、巡礼の一行が自分の町に来ないと気を悪くするようだった。ノース・デヴォンのとあるリゾート地の町長は、ハロルドを「白人中産階級のエリート主義者」と非難する会見を開いた。ハロルドはそれにひどく動揺し、謝罪しなければならないという思いになった。そればかりか、もし帰りも歩くなら、ベリックまでの往路で通りそこねた場所のすべてを通らねばならないのだろうか、とさえ思いはじめた。フルーツ飲料が消化器系に大混乱を引き起こしていることをケイトに告白した。

「だって、リッチがいってたでしょうが」とケイト。「飲む必要はないって。写真撮影が終わったら、すぐに捨てればいいのよ」

ハロルドは悲しげにほほえんだ。「ボトルを手にして蓋を取って、それで飲まないなんて、そんなことはできないよ。わたしは戦後の子どもなんだ、ケイト。戦後の子どもは自分の手柄をひけらかすようなことはしないし、やたらにものを捨てたりもしない。そういうふうに育てられたんだ」

ケイトは腕を伸ばすと、どうしようもないねとばかりにハロルドを抱擁した。

ハロルドも抱擁を返したかった。そして、思った――もしかしたら、これもおれの世代のもうひとつの特徴なのか？ たしかに、まわりの肌着のシャツ一枚とショートパンツの連中を見れば、自分はもうお払い箱なのかもしれない。

「何か心配なことでも？ このところ、しょっちゅう気がそぞろになってるみたいだけど」

ハロルドは背筋を伸ばした。「なんか、こういうのはよくないという気がしてならないんだよ。この騒々しさ。無駄な騒ぎ。みんながよくやってくれてることには感謝するけど、こんなことをしてどうクウィーニーのためになるのか、もうわからなくなったんだ。昨日は十キロも進めなかった。その前の日は十一キロとちょっとだった。もうひとりで行くべきじゃないかという気がするんだ」

ケイトの顔がいきなりハロルドに向いた。まるで顎に一撃でも食らったかのようだった。「行く？」

「また歩くということだよ」

「あたしらと別れて？」とケイト。目に恐怖の色が浮かんでいた。「だめだよ。あたしらを置いていくなんてだめ。いまはだめ」

ハロルドはうなずいた。

「約束して」といって、ケイトがハロルドの腕をつかんだ。彼女の金色の結婚指輪が太陽の光をとらえた。

「もちろん、みんなを置いていくつもりなんかないさ」ふたりは黙りこくって歩きつづけた。胸にわだかまる思いを口にしたりしなければよかった、とハロルドは思った。ケイトにそれを受け入れるだけの余裕がないのはわかりきっていた。

それでも、やはり、ハロルドの悩みは消えなかった。仲間たちと歩くようになってからもうずいぶんになる。なのに、病気や怪我、世間からの多すぎる支援のおかげで、九十五キロ余りを歩くのに二週間近くかかってしまった。まだダーリントンにも着いていない。モーリーンが新聞で自分の写真を見ているだろうと思うと、身の縮む思いがする。はたしてモーリーンはどう思っているだろう？　ばかな男、と思っているだろうか？

ある晩、たき火を囲むサポーターたちがギターを取りだして歌いはじめたとき、ハロルドはリュックを手にその場をそっと抜け出した。空は澄んだ漆黒、星たちがまたたき、満月はまた少しずつ欠けはじめていた。ストラウド近郊の納屋で寝た夜のことを振り返った。彼がなぜ歩いてクウィーニーのところに行こうとしているのか、本当の理由を知る者はひとりもいない。世間のみんなは勝手に決めてかかっている。これはラブストーリーだの、いや、奇跡の物語だの、うるわしい行為だの、勇気ある行為だのと。だが、実際にはそんなものではないのだ。自分の思うことと他人の思いこみとの食い違いの大きさが怖かった。置き去りにしてきた仲間のいる野営地を振り返ったが、あの連中のただなかにいても本当の自分をわかってもらえるとは思えなかった。たき火は闇の中のたったひとつの光だった。話し声と笑い声が聞こえた。その声の主たちは全員が、彼にとっては縁もゆかりもない人だった。

歩きつづけることはできた。引き留めるものは何もなかった。たしかに、ケイトには約束した。だが、クウィーニーに誠意を尽くさねばという思いのほうが大きかった。必要なものは全部ある。靴。コンパス。クウィーニーへの土産。本来のルートをはずれてもいい。丘陵地帯を突っ切るルートを行くのも悪くない。そうすれば、誰にも会わずに歩けるだろう。心臓の鼓動が速くなり、それとともに何ものかに駆り立てられるように前に前にと足が進んだ。夜の闇をついて歩くのもいい。夜明けを歩くのもいい。あと何週間かすればベリックに着けるだろう。

そのとき、ケイトの声がした。夜の空気に抗うように、細い声で彼の名を呼んでいる。その足元で犬が吠えている。ほかの声も聞こえる――誰のものかがわかる声もあり、わからない声もある。全員が闇に向かって叫んでいる。「ハロルド」と。彼らへの思いはクウィーニーへの思いとは違っている。でも、だからといって、説明もせずに彼らを見捨てていいわけはない。ゆっくりと、ハロルドは引き返していった。リッチが影のなかから現れ、それと同時にハロルドはたき火の柔らかな光の中に踏みこんだ。ハロルドに気づいたリッチが駆け寄って、彼を腕の中に包みこんだ。

「行っちゃったかと思ったよ」

その声は震えていた。たぶん、飲んでいたのだろう。たしかに、酒のにおいがする。リッチのしがみつき方がきつすぎる。バランスが崩れてもう少しで倒れそうになった。

「落ち着けよ」とリッチが笑った。珍しく愛情にあふれた瞬間だった。少しばかりよろめきながら、それでもリッチの腕にがっしりととらえられたまま、ハロルドは必死で息をついていた。じわじわと喉が詰まりかけているというように。

翌日、いくつもの新聞に、ハロルド・フライはたどりつけるか？　というキャプションつきの写真が載った。いままさにリッチの腕の中に倒れこもうとしているような写真だった。

23　モーリーンとハロルド

モーリーンはもう我慢ができなくなった。だから、レックスに、デイヴィッドの忠告に逆らってハロルドを捜しに出かけると打ち明けた。ハロルドと電話で話したときには、翌日の午後にはダーリントンに着くと思う、ということだった。いまさら過去は変えられないのはわかっていた。それでも、もう一度だけ、帰ってきてほしいと説得してみようと思っていた。

空が白みはじめるとすぐ、モーリーンは廊下のテーブルから車のキーを取り上げ、ハンドバッグに珊瑚《さんご》色の口紅をそっとしまった。玄関ドアに鍵をかけていると、驚いたことに彼女の名を呼ぶレックスの声がした。なんとレックスは日よけ帽をかぶり、サングラスをして、ハードカバーのイギリス諸島道路地図を抱えている。

「道案内が要るんじゃないかと思ってね」とレックスはいった。「自動車協会《AA》のロードマップによれば、午後の遅い時間にはダーリントンに着くはずだ」

数十キロがたちまち過ぎた。だが、モーリーンにはほとんど何も目に入っていなかった。あれこれと話をしてはいたが、何ひとつ意味のあることをいっていないのはわかっていた。胸の中にはとてつもなく巨大な思いが渦巻いているのに、口を突いて出るのはその思いのほんの先端をとらえただけの言葉でしかないような気がした。もしハロルドに会いたくないといわれたらどうしよう？　ほかの巡礼者たちが一緒だったらどうしよう？

「あなたのいってることと違ってたらどうすればいい、レックス？　あの人が、やっぱり、クウィーニー・ヘネシーを愛してるんだとしたら？　手紙にしたほうがいい？　どうかしら？　手紙のほうが自分の気持ちをうまく伝えられそうな気もするけど」

返事がないのに気づいて、モーリーンはレックスに顔を向けた。ずいぶんやつれた顔をしている。「だいじょうぶ？」

レックスがこわばった様子でうなずいた。身動きするのが怖いとでもいうようだった。「あんたねえ、これまでにトレーラートラックを三台と長距離バスを一台追い越してるんだよ」とレックス。「一車線道路なのに」そして、じっと座って窓の外を見ていればだいじょうぶだと思う、とつけ加えた。

ハロルドと巡礼者たちは簡単に見つかった。何者かが車両進入禁止のマーケット広場で、観光局主催の写真撮影会の段取りをしていたからだ。モーリーンは小さな群衆の中にまぎれこんだ。カメラマンを誘導する長身の男がひとり、どこかに座りたそうなゴリラが一頭、サンドイッチを食べる太めの女、こそこそした感じの若者も見える。そして、ハロルドが。まるで他人のような目で彼を見かけたとき、モーリーンの胸から構えが消えた。それまでにも彼の姿は地元テレビのニュースで見ていたし、ハンドバッグには新聞の切り抜きも入っている。だからといって、それで――デイヴィッドの昔の口癖を借りるなら――「生身《なまみ》」の彼を見るときの心構えができたことにはならなかった。もちろん、ハロルドの背が伸びたり横幅が広くなったりしたわけではない。それでも、風雨にさらされて海賊さながらの風貌の男を――赤銅《しゃくどう》色に焼けてなめし革のような肌ともじゃもじゃ頭の男を見ていると、モーリーンは自分の薄っぺらさや脆《もろ》さを思い知らされた。贅肉のそげ落ちたハロルドの生気《バイタリティ》がモーリーンをおののかせた。彼は、ついに、本来そうであったはずの男になった――そんな気がした。身につけた巡礼者のTシャツは染みだらけで、首回りがすり切れている。デッキシューズの色は消え、革を透かして足の形がほとんど丸見えになっている。ハロルドがモーリーンの視線をとらえて、はたと足を止めた。長身の男になにごとかをいって仲間から外れた。

　ハロルドはモーリーンに近づきながら、誰に遠慮するでもなくからからと笑っていた。あまりにもおおらかなその笑い声に、モーリーンは思わず視線をそらせた。彼の満面の笑みを真正面から受け止めることができなかった。彼に唇を差し出すべきか、それとも頬を差し出すべきかがわからず、最後の瞬間になって考えを変えた。おかげで、ハロルドのキスはモーリーンの唇や頬ではなく鼻に着地した。ハロルドのひげが顔に触れてちくちくした。人々がそんなふたりの様子をじっと見ていた。

「やあ、モーリーン」というハロルドの声は野太く、自信に満ちていた。モーリーンの膝から力が抜けた。「なんでまたわざわざダーリントンまで？」

「それは」といって、モーリーンは肩をすくめた。「レックスとドライブでもどうかなと思って」

ハロルドはまわりを見回した。顔が輝いている。「そりゃそりゃ。レックスも一緒かい？」

「彼は〈WH・スミス〉に行ったわ。ペーパークリップが要るんですって。そのあと、どうしても鉄道博物館に行きたいって。〈ロコモーション号〉が見られるそうよ」

ハロルドはモーリーンの正面に立って彼女の顔をのぞきこんだまま、視線をそらせようとはしなかった。頭上から光が降り注いでいるような気分だった。「ジョージ・スティーヴンソンが造った世界最初の蒸気機関車よ」とモーリーンはつけ加えた。ハロルドが依然として何をするでもなく、ただにこにことほほえんでいるだけだったからだ。そういうモーリーンも、彼の口元を見つめるのをやめることができずにいた。

ひげが伸び放題に伸びている。なのに、彼の顎からいつものあのこわばりが消えていた。唇は柔らかそうだった。

年老いた男がひとり、メガフォンを口に当て、群衆に向かって大声をあげた。「さあ、買えるだけ買うことだ。これは主の御言葉である！　買い物とはわれわれの人生に目的を与えるものである！　イエスがこの地上においでになったのは買い物をするためだ！」老人は靴を履いていなかった。

それがきっかけで氷が解けた。ハロルドとモーリーンはほほえんだ。モーリーンは、ハロルドと自分とのあいだに何か陰謀めいたものができあがったような気がした。ものごとを正しく見ているのはハロルドと自分だけ、そんな気分だった。「なんて人たちかしら」と訳知り顔で頭を振った。

「いろんな連中がいてこそ世の中というものだよ」とハロルド。

その言い方に相手を見下すような響きはなかったし、非難めいた響きもまったく感じられなかった。感じられたのは、むしろ、寛容さだった。他人の異様さはすばらしいことだといっているように聞こえた。けれども、そのせいで、逆にモーリーン自身は自分の考え方がひどく狭くて偏っているような気持ちになった。彼女がいった。

「お茶《カッパ》でもいただく時間はあるかしら？」ふだんのモーリーンなら〈アール・グレイ〉を〝カッパ〟などとは絶対にいわない。それに、〝いかにも〟なイギリス人気質をお茶に誘うことで取り繕おうとするのも滑稽なことだった。

「それはいいな、モーリーン」とハロルドは答えた。

ふたりが選んだのは、デパートの一階にあるコーヒーチェーン店だった。よく知っている店のほうが安心できる、とモーリーンがいったのだ。カウンターの娘が、この人どこで会ったんだっけ、という顔でハロルドを見つめた。モーリーンは誇らしく思うと同時に、邪魔者の気分でもあった。出がけに、急に思い立って履いてきた新品のスニーカーが彼女の足先で灯台のように光っていた。

「ずいぶんいろいろあるんだなあ」といいながら、ハロルドはマフィンとケーキ類を見つめていた。ひとつひとつがペーパーカップに収まっている。「ほんとにいいのかな、払ってもらっても、モーリーン？」

モーリーンは何よりもハロルドを見つめていたかった。彼の青い目にこれほど生気がみなぎっているのを見るのは何年ぶりかのことだった。彼はいま巨大なあごひげのカールを親指と人差し指でつまんでしごいている。おかげで、ひげがしっかり泡立てたメレンゲの角《つの》のようにとがっている。カウンターの娘はわたしがハロルドの妻であることに気づいているだろうか、とモーリーンは思った。

「何がいいかしら？」とモーリーンはいった。あとに「ダーリン」とつけ加えたかったが、言葉のほうが恥ずかしがって口から出ようとしなかった。ハロルドは〈マーズ・バー・トレイ・ベイク〉を一切れとストロベリーフラッペを頼んでいいか、とモーリーンに尋ねた。モーリーンは彼女らしくもない甲高い声をあげて笑った。

「じゃあ、わたしは紅茶をいただくわ」とモーリーンはカウンターの娘にいった。「ミルクね、お砂糖はなし」

ハロルドはきらきらした目で娘にやさしくほほえんだ。娘の黒いTシャツの左胸の真上に名札がピンで留められていた。驚いたことに、娘が首から上を真っ赤に染め、歯を見せて笑い返した。

「お客さま、ニュースに出てたあの人ですよね」と娘はいった。「あの巡礼さん。あたしの友だちがみんないってます、すごい人だ、って。よければ、ここにサインしていただけませんか?」そして、片腕とフェルトペンを差し出した。ハロルドが娘の手首の上の柔らかい部分に消えないインクで名前を書くのを目の当たりにして、モーリーンはもう一度驚かされた。〝心をこめて、ハロルド〟とひるむふうもなくハロルドは書いた。

娘はその腕をもう片方の腕で大事そうに抱えて長いことじっと見つめていた。やがて、飲み物と〈マーズ・バー〉ケーキをトレイに載せ、スコーンを一個おまけに添えた。「これ、あたしのおごりです」

モーリーンにとって、それは初めて目にする光景だった。ハロルドのあとについて店に入ったとき、入ると同時に店内の面積がさっと広がり、静まりかえったような気がした。まるで店そのものがハロルドのために空間をつくろうとしているかのようだった。気がつくと、ほかの客がハロルドをじっと見つめながら、丸めた手で口元を隠して何かいいあっている。隅のテーブルでは、モーリーンと同じ年ごろの女性が三人、お茶を飲んでいる。あの人たちのご主人はどこにいるのだろう、とモーリーンは思った。ゴルフにでも行っているのか、もう亡くなっているのか、それともハロルドと同じく妻に背を向けて出ていったのか？

「こんにちは」と明るい声でハロルドが見ず知らずの他人に声をかけた。

ハロルドが選んだのは窓際の席だった。そこならば、犬から目を離さずにいられるからだ。犬は外の舗道に寝そべって石を囓っていた。待つという仕事におおいに興味を持っている、というような様子だった。モーリーンの胸にそんな犬へのうねるような親近感が湧き上がった。

モーリーンとハロルドは向かい合って腰を下ろした。並んで座ることはしなかった。四十七年ものあいだ、そんなふうにして彼とお茶を飲んできたというのに、紅茶を注ぐ彼女の手は震えていた。ハロルドの頬がぺこりとへこみ、それと同時にフラッぺがストローを通って、ずずーっと音をたてながら彼の口へと入っていった。モーリーンはフラッぺが彼の喉を下るのを礼儀正しく待ってから話しかけようとした。なのに、長く待ちすぎたのかどうか、彼女が口を開こうとしたまさにそのとき、ハロルドも同じように口を開いた。

「よく来て――」

「すばらしい――」

ふたりは声をあげて笑った。あまりよく知らない者同士のように笑った。

「いや、いや――」とハロルド。

「あなたからどうぞ」とモーリーン。

また話がぶつかりそうになったので、ふたりともそのまま飲み物へと逃げこんだ。モーリーンはカップにミルクを注ぎ足したが、またしても手が震えてミルクが勢いよく流れ出した。「みんな、あなたのこと見ただけでわかることが多いの、ハロルド？」と尋ねたモーリーンの口調は、テレビのインタビュアーのようだった。

「わかったんだよ、モーリーン、人間がどんなにすばらしいものかってことが」

「昨夜《ゆうべ》はどこで寝たの？」

「野っ原で」

モーリーンは恐れ入ったとばかりに首を左右に振ったが、ハロルドはそれを誤解したのか、あわててこんなことをいいそえた。「におったりしないだろ、どうだい？」

「いいえ、におわないわ」とモーリーンもあわてて言葉を返した。

「川で身体を洗ったし、そのあと水飲み場でも洗った。ただ、石けんを持ってないんだ」ハロルドは早くも〈マーズ・バー〉ケーキを食べ終え、カウンターの娘のおごりのスコーンにナイフを入れていた。そして、吸いこんでいるのではないかと思えるほどの速さで平らげた。

モーリーンがいった。「石けん、買ってあげましょうか。たしか、途中で〈ボディ・ショップ〉を見かけたわ」

「それはどうも。ありがたいよ。だけど、あまりいろんなものを持ち歩きたくないんだ」

モーリーンはそれを理解していなかった自分をいまさらのように恥じた。ハロルドに本心を打ち明けたくてたまらなかった。なのに、何が本心なのかがよくわからなかった。だから「あら、そう」とだけいって顔を伏せた。いつもの苦しみがせりあがって喉に詰まり、口がきけなくなった。

ハロルドの手がくしゃくしゃのハンカチを差し出した。モーリーンは生温かいそのハンカチに顔を埋《うず》めた。ハロルドのにおいがした。遠い昔のにおいがした。こらえきれなくなって涙があふれた。

「あなたに会えたから、それだけよ」とモーリーンはいった。「あなたはすごく元気そう」

「おまえも元気そうだよ、モーリーン」

「そんなことないわ、ハロルド。捨てられた女みたいな顔してるでしょ」

モーリーンは顔を拭いたが、指のあいだから涙が依然として流れ出していた。カウンターのあの娘が見ているにちがいない、買い物客も、夫連れでない三人の女性客も、やはり見ているはずだ。でも、とモーリーンは思った。見たければ見ればいい。みんなじろじろ見ていればいい。

「寂しいわ、ハロルド。帰ってきてもらいたいの」血管がどくどくと脈打つのを感じながら、モーリーンは待った。

ややあって、ようやくハロルドが頭をさすった。そこが痛むというように、あるいはそこに取りついているものを取り除かねばというように。「おれがいなくて寂しい?」

「ええ」

「おれに帰ってこいと?」

モーリーンはうなずいた。二度同じことを口にするのは沽券《こけん》にかかわるからだ。ハロルドはまた頭をこすって顔を上げ、モーリーンと視線を合わせた。モーリーンの内臓がびくんと跳ねてでんぐり返った。

ハロルドがゆっくりといった。「おれも寂しい。だけどなあ、モーリーン、おれはいままで何もしないで生きてきた。いまやっと何かをしてるんだよ。この旅は最後までやりとげなきゃならない。クウィーニーが待っている。彼女はおれが行くことを信じている。わかるだろ?」

「ええ、まあ」とモーリーン。「よくわかるわ。もちろん、わかりますとも」紅茶を口に含んだ。冷たかった。「わたしはただ——ごめんなさい、ハロルド——わたしには自分の居場所が見つからないの。あなたはいまや巡礼さんで、いろいろなことがある。だけど、わたしはどうしても自分のことを考えてしまうの。わたしはあなたみたいに無私じゃないから。申し訳ないけど」

「おれだって、みんなと同じさ。ちっともいい人間じゃない。これくらいのことは誰にだってできる。だけど、人間、余計なものは要らないんだ。初めはおれもそれがわからなかった。だけど、いまはわかる。みんな、自分では必要だと思ってるものがあるだろうけど、そんなもの捨てるべきなんだ、キャッシュカードだとか、携帯電話だとか、地図だとか、そういったものは要らないんだよ」ハロルドはきらきらした目と揺るぎない笑顔でモーリーンを見つめた。

モーリーンはもう一度紅茶に手を伸ばし、それが口に入ったところで、すっかり冷えてしまっていたことを思い出した。巡礼者は妻を同行してはいけないものなの？と訊きたかったが訊かなかった。そして、いつものとおり楽しげな表情のつもりで、なのにつらそうに見える顔をしてから、ちらりと窓の外の、犬が依然としてハロルドを待っているところに目を向けた。

「あの犬、石を食べてるわ」

ハロルドは笑った。「そうなんだよ。あの石を投げないように用心しなきゃいけないぞ。投げたりしたら、石投げが好きなんだと思ってついてきちゃうからな。あいつ、忘れてくれないんだよ」モーリーンはもう一度ほほえんだ。今度はつらそうには見えなかった。

「名前はつけたの？」

「ただの『犬』とね。それ以外の名前は似合わない気がしたんだよ。あいつ、いってみれば、主体性があって、人のいうなりにならない犬なんだ。そんな犬に名前をつけるのは、あいつの所有者面《づら》してるみたいじゃないかという気がしてね」

モーリーンはうなずいた。いうべき言葉をなくしていた。

「なあ」とハロルドがふいにいった。「おまえも一緒に歩いてもいいんだぞ」

ハロルドは手を伸ばしてモーリーンの手を求めた。モーリーンはそれに応えた。ハロルドの手のひらは染みとマメだらけ、それに引き替えモーリーンの手はあまりにも青白くて華奢だった。だから、ふたつの手がかつてぴたりと重なり合うことがあったこと自体が信じられなかった。モーリーンの手はいま夫の手の中にある。彼女の身体のそれ以外の部分からすべての感覚が消えている。

ハロルドと夫婦として過ごした日々がモーリーンの脳裏を去来した。一連の写真でも見ているように。結婚式の夜、バスルームから忍び出てきたハロルドが見える。裸の胸のあまりの美しさに彼女がはっとして声をあげた。すると、彼がまるで飛びこむようにしてまたジャケットをはおったものだ。病院でのハロルド、生まれたばかりの息子をまじまじと見つめて、指を突きだしている。あの革表紙のアルバムの中の、彼女が長い年月のあいだに記憶から消し去ってしまっていた、彼のさまざまな写真も見える。そんな絵の数々が、一瞬のうちにモーリーンの脳裏を駆け抜けた。彼女のほかにわかる者のいない絵の数々。モーリーンはふっとため息をついた。

すべてははるかに遠い昔のこと。いまのふたりのあいだには、それ以外のあまりにも多くのものが居座っている。まぶたに二十年前の彼女とハロルドが浮かび上がる。肩を並べて座り、ともにサングラスをかけている。なのに、お互いに相手に触れることができずにいる。

ハロルドの声がモーリーンの物思いの被膜を掻き分けた。「どうする？　一緒に来る気はあるかい、モーリーン？」

モーリーンはハロルドの手から自分の手をそっと抜き出し、椅子を押しやった。「もう遅すぎる」とつぶやいた。「行かないわ」

モーリーンは立ち上がったが、ハロルドは立ち上がらなかった。だから、モーリーンはもう自分がドアの外に出てしまったような気分になった。「菜園があるの。レックスのこともあるし。それに、必要なものを持ってないから」

「そんなもの要ら――」

「要るわ」とモーリーン。

ハロルドはひげをしゃぶりながらうなずいたが、顔を上げようとはしなかった。わかっているよ、というようだった。

「もう行ったほうがいいみたい。そうそう、レックスがよろしくって。それと、あなたにと思って絆創膏を持ってきたの。あなたが大好きな例のフルーツ飲料もね」モーリーンはそうしたものをテーブル上の、彼女自身とハロルドの中間あたりに滑らせた。「だけど、もしかして、巡礼さんは絆創膏を使わないんだったかしら？」

ハロルドは椅子の背にもたれて、モーリーンのプレゼントをポケットに滑りこませた。ズボンが腰のあたりでだらりと垂れた。「ありがとう、モーリーン。おおいに助かるよ」

「歩くのはやめてなんていって、自分勝手だったわ。許してね、ハロルド」

ハロルドは深々と頭を垂れた。その垂れ方があまりにも深く、テーブルにもたれて眠ってしまったのではないかと思うほどだった。襟首から、彼の背中の白く柔らかな肌が見えた。そこまでは太陽の光が届かないのだ。モーリーンの身体に戦慄《せんりつ》が走った。彼の裸体を初めて見たときのようだった。ハロルドの顔が上がり、ふたりの目と目が合ったとき、モーリーンの顔がぽっと染まった。

ハロルドはとても小さな声で話をした。言葉が空気の一部になった。「許してもらわなくちゃならないのはおれのほうだよ」

レックスは助手席で、ポリスチレンのカップに入ったコーヒーとナプキンに包んだドーナッツを手に待っていた。モーリーンは彼の横に滑りこみ、二度、三度、小さく息を吸って嗚咽《おえつ》を抑えこんだ。レックスがコーヒーとドーナッツを差し出したが、何かを口にする気にはなれなかった。

「思っていないことまでいっちゃった。信じられないわ、あんなことというなんて」

「泣きたいだけ泣くことだ」

「ありがとう、レックス。でも、もう充分よ。もう泣くのはやめなくちゃ」

モーリーンは目元を拭いて通りに目を向けた。誰もが自分のするべきことをしている。どこを見ても、男と女が連れ立って歩いているようだ。老人のカップル、若者のカップル。離れて歩くカップル、くっついて歩くカップル。カップルの世界はとても忙しそう。とても自信がありそうだ。モーリーンはいった。「うんと昔、ハロルドと初めて会ったとき、彼、わたしのことをモーリーンと呼んだの。そのあと、モーに変わって、長いことそのままだった。でも、このごろはまたモーリーンになったわ」モーリーンは口に手を当てて押さえつけた。声を漏らさないように。

「もう少しここにいたいか？」とレックスの声がした。「もう一度彼と話し合うかい？」

モーリーンはイグニッションにキーを差し入れて回した。「いいえ。帰りましょ」

車が走り出したとき、モーリーンの目に、ハロルドが、長年彼女の夫だったのに、いまは知らない男になった人物が、そして彼の脇を駆ける犬と、彼女の知らない同行者のグループが見えた——けれども、モーリーンは手を振らなかった。クラクションさえ鳴らさなかった。ファンファーレもセレモニーも、まともな別れの言葉さえなしに、彼女はハロルドから走り去り、彼に旅をつづけさせた。

二日後、モーリーンは目覚めて、希望に満ちた明るい空と、木の葉とたわむれるそよ風とに対面した。洗濯にうってつけの日だ。脚立を持ち出し、メッシュのカーテンを外した。光と色彩と質感がどっとばかりに室内に流れこんだ。長年、カーテンのうしろに閉じこめられていたというように。カーテンは白くなり、その日のうちに乾きあがった。

モーリーンはカーテンをたたんで袋に入れ、チャリティショップに持っていった。

24 ハロルドとリッチ

何かが起きたのは、ハロルドがモーリーンのそばを離れて歩きはじめたあとのことだった。ドアが、それも開けたままにしておいたほうがいいのかどうかハロルド自身にもよくわからないドアが、すっと閉じたような気がしたのだ。ホスピスで出迎えてくれるはずの看護師や患者たちの集団を想像しても、もはや喜びは感じられなかった。旅の終わりを思い描くこともできなかった。旅ははかどらず、仲間内での言い争いに明け暮れるばかりで、そのためダーリントンからニューカッスルまで歩くのに一週間近くかかるしまつだった。ハロルドはウィルフに柳の杖を貸したが、いまだに返してもらっていなかった。

寂しいわ、ハロルド、とモーリーンはいった。帰ってきてもらいたいの、と。その言葉を頭から閉め出すことができない。だから、なんのかんのと口実を見つけては、携帯を借りて電話をかけた。

「わたしは元気よ」とモーリーンは毎回いった。「だいじょうぶよ」と。そして、郵

便で感動的な手紙が届いたこと、ちょっとした贈り物をもらったことなどを報告した。庭の紅花インゲンの育ち具合を説明することもあった。「でも、わたしのことなんて聞きたいわけじゃないわよね」とモーリーンはつけ加えた。だが、ハロルドは聞きたかった。聞きたくてたまらなかった。

「また電話？」と、そのたびにリッチはいってにやりとしたが、ハロルドの気持ちを理解しているようには見えなかった。

そして、そのリッチはまたしてもウィルフが盗みを働いているといいだし、ハロルドも内心そうではないかと不安になった。ウィルフをかばいつづけるのは骨の折れることだった。腹の底では、彼が息子のデイヴィッドと同じくらい何をしでかすかわからない若者であることを知っていたからだ。ウィルフは空になった酒瓶を隠そうとさえしなくなった。朝、彼を起こすにはやたらに時間がかかることもあれば、歩きはじめたとたんに、彼が不平たらたらになるということもあった。そんなウィルフを守ろうとして、ハロルドは右脚の古傷が痛みはじめたと嘘をついてみたりした。休憩の時間をもっとゆっくり取ろうと提案してもみた。みんなは先に行ってくれてもいい、とまでいいだした。だめ、だめ、と仲間が口をそろえた。あなたこそこの旅の要《かなめ》なんだから。あなたなしで歩けるはずがない、と。

旅に出て初めて、ハロルドは町に着くとほっとするようになった。ウィルフがバネ仕掛けの人形のように息を吹き返すかに思えたのと、仲間たちの様子を見たり商店のウィンドウをのぞきこんで自分に要らないもののことを考えたりしているうちに、胸にわだかまっていた、この旅はいったいどうなってしまったのか、という疑念をいっとき忘れることもできたからだ。そもそも、いまや、ハロルドには、いったいどういうなりゆきでこんな大それたこと、それもいつのまにか自分の手に負えなくなってしまったことをはじめてしまったのかがわからなくなっていた。

「ある男に、きみの経験を書いてくれたら金をたんまりはずむっていわれた」といいながら、ウィルフが全速力でハロルドに追いついてきた。またしてもウィルフは落ち着きをなくし、ウィスキーのにおいをさせていた。「でも、断ったよ、フライさん。ぼく、フライさんから離れないからね」

巡礼たちは野営の準備をはじめた。だが、ハロルドはいつのまにか、彼らが料理をしたり翌日のルートを話し合ったりするあいだに、そのそばにいるということをしなくなっていた。リッチはウサギや鳥の狩りをはじめ、獲物の皮を剝いだり羽根をむしったりしてたき火で調理をするようになっていた。哀れな動物が丸裸にされ、串刺しにされるのを目にして、ハロルドは怖気《おぞけ》をふるった。そのうえ、近ごろではリッチの目に飢えたけもののようなすさんだものを感じるようになり、ネイピアと彼自身の父親の両方を思い出して恐怖に駆られてもいた。リッチの巡礼Tシャツは血でよごれていた。首には齧歯類《げっし》の小さな歯に糸を通して作ったネックレスをつけていた。そんなあれやこれやがハロルドの食欲を減退させた。

疲労と募るむなしさにさいなまれて、ハロルドはいつしか迫りくる夜の中をぶらぶらと歩き回るようになった。あたりではコオロギが鳴き、星たちが空に小さな穴をうがっていた。それはハロルドが自由を感じ、この世とのつながりを感じる唯一のときだった。モーリーンとクウィーニーのことを考えた。過ぎた日々を思い出した。数時間が過ぎても、もう数日が過ぎたと思えることもあれば、まったく時間が過ぎていないと思えることもあった。一行の元に戻ると、ある者はすでに眠っていたし、ある者はたき火のそばで歌っていた。それでも、ハロルドは戻るたびにほとんど毎回のようにひんやりしたパニックの波を浴びるような思いになった。そして、考えた——おれはこんな連中を相手にいったい何をしているのだ？

ある日、ハロルドが野営地を離れているあいだに、リッチがひそかにミーティングを招集した。心配なことがある、と彼は切り出した。こんなことを口に出すのはつらいことだが、誰かがいわなきゃいけない。クウィーニーはもうそんなに長くはもたないだろう。それを考えて、偵察隊を——わたしをリーダーとする偵察隊を組んで、いまのように道路を通るのではなく、山野を横断するルートを取って、先に行くことを提案したい。「誰にとってもつらいことだというのはよくわかる。みんな、ハロルドを愛しているのだから。ハロルドはわたしにとっては父親同然だった。だけど、彼のペースは落ちている。脚がよくない。夜になるとしょっちゅうどこかをほっつき歩いている。そこへもってきて、こんどは断食だ。彼はもう以前の彼では――」

「断食なんてしてないよ」とケイトが反論した。「そんな宗教がかった言葉なんか使っちゃって。あの人が食べないのはおなかが空いてないから、それだけのことだよ」

「なんだっていいけど、彼はいまやこの旅に適していない。事実は事実と認めなきゃいけない。いまわれわれが考えなくちゃいけないのは、どうすれば彼の手助けになれるかということだ」

ケイトは奥歯にはさまった筋張って緑色のものをすすった。「くだらないことを」

ウィルフがヒステリックな笑い声をあげたのをしおに話し合いは中止されたが、リッチはそのあともずっといやにおとなしく座ったまま、ほかの仲間と少しだけ離れて、アーミーナイフで棒切れを削り、細く割って先端をとがらせ、槍《やり》のようなものをつくっていた。

翌朝、ハロルドは仲間の叫び声を聞いて目を覚ました。リッチのナイフが消えていた。野原や畑、土手、生け垣の中をくまなく捜したが、ウィルフがナイフを持って逃げたのは明らかだった。ほかにも、ハロルド自身がクウィーニー・ヘネシーへの土産に買った、きらきら光るペーパーウェイトも消えていた。

ゴリラマンが、巡礼者ウィルフはフェイスブックを立ち上げていたと報告した。すでに一千を超える「いいね！」が寄せられているという。今度の旅についての個人的なエピソードと、彼が救った（という）人々のことが書かれていた。祈禱文《きとうぶん》も五つか六つ書いてあった。そして、ファンに向けて、週末の複数の新聞にさらに旅についての記事が出ると予告してあった。

「いったでしょ、あいつはよくないって」とリッチがたき火をはさんで正面からいった。彼の目が闇の向こうからハロルドを射すくめていた。

ハロルドはウィルフの失踪にひどく心を乱された。仲間から離れ、暗がりに目を凝らしては手がかりを探した。町に入ったときには、パブをのぞき、若者集団を見つめてウィルフのやせて青白い顔を探し、あの神経を逆なでする甲高い笑い声が聞こえないかと耳をそばだてた。ウィルフを落胆させたという思いが強く、おれはいつもこうだと自分を責めた。また眠れなくなり、ときには一睡もしない夜もあった。

「疲れた顔してるねえ」とケイトがいった。ふたりはいま仲間とは少し離れて小川のほとりの煉瓦造りのトンネルの中に座っていた。川の水は淀《よど》んで濁り、流れというより緑色のベルベットを連想させた。少し離れた土手沿いに、ウォーターミントとクレソンが生えていたが、ハロルドはいつしか自分がそういうものを摘むことに興味を感じなくなっているのに気づかされた。

「ずいぶん遠くまで来たものだ。だけど、まだまだ目的地まではずいぶん遠い気もする」ハロルドはあくびをした。全身を震わせながら突き抜けてきたようなあくびだった。「ウィルフはどうしていなくなったのかな?」

「もう堪能したんだろうね。あの子はワルとかそんなんじゃないと思うよ、あたしは。まだ若いんだよ。あてにならないところがあるのさ」

ハロルドは、ようやく誰かが飾り気や気取りのない言葉で話してくれているような気がした。歩きはじめたばかりのころはそうだった。まだ誰も、彼自身を含めて、余計な期待を持っていなかったころには。ウィルフを見て息子を思い出したこと、近ごろではクウィーニーを落胆させたことより、息子のデイヴィッドを失望させたことのほうがつらいと思うときもあることなどを打ち明けた。「息子がまだ小さいころ、われわれ親は彼がやけに頭がいいことに気づいたんだよ。息子はいつも自分の部屋にこもって学校の勉強をしていた。最高点が取れなかったりすると、泣いたものだ。だけど、あの頭のよさが裏目に出たんだろうな。あいつは頭がよすぎた。孤独すぎたんだ。ケンブリッジに入って酒をおぼえた。わたしはどうしようもない劣等生だったから、あいつの頭のよさに恐れをなした。わたしが得意なのは、落ちこぼれることとだけだったからね」

ケイトは笑った。顎の肉がつぶれて首にめりこんだ。口の利き方も物腰もぶっきらぼうな女だが、それでもハロルドは彼女の頑丈な身体に安らぎを見いだしはじめていた。彼女がいった。「これはまだ誰にもいってないいんだけど、二、三日前、夜のあいだにあたしの結婚指輪も消えたんだよね」

ハロルドはため息をついた。いろいろと問題があることを知りながら自分がウィルフを信じたことはわかっていた。だが、同時に、どんな人間にも根っこには善良さがあるものだとも信じていた。だから、このときにもそういう部分に賭ければなんとかなるはずだと思っていた。

「指輪のことはどうでもいいんだけどね。亭主とは離婚したところだし。なんであんなものをいつまでもつけたままにしてたんだか」ケイトは指輪の消えた指を曲げ伸ばしした。「だから、もしかしたらウィルフはいいことをしてくれたのかもしれないね」

「わたしももっと力になるべきだったのかな、ケイト？」

ケイトはほほえんだ。「あんた、世間の人間を全員救うなんてできないんだよ」そこで間をおいて、言葉を継いだ。「あんた、いまでも息子さんと会ってんの？」

胸がずきんとした。「いいや」

「会いたいだろうねえ、そうだよね？」

マルティーナと話をしてからこのかた、デイヴィッドのことを訊いた者はいなかった。口が渇き、心臓の鼓動が速まった。吐瀉物の中に倒れた息子を見つけてベッドに運び、全身をきれいにしてやり、翌朝は何も見なかったふりをする父親の気持ちがどういうものかを事細かに説明したかった。まだ幼いころに、それとまったく同じ状態の父親を見つけた子どもの気持ちがどういうものかを説明したかった。そして、いいたかった。どういうことだ？　わたしのせいなのか？　わたしは父親と息子をつなぐ橋なのか？　けれども、ハロルドはいわなかった。ケイトにそこまでの重荷を背負わせたくなかったから。だから、うなずいてこう答えるだけにした。ああ、デイヴィッドに会いたいよ。

膝頭をぎゅっとつかみ、十代のころ自分の部屋のベッドに寝転がって、母親の消えた家の沈黙に耳をそばだてていた自分自身の姿を脳裏に呼び出した。クウィーニーが辞めたと聞いて、椅子にへたりこんだときのことを思い出した。へたりこんだのは、彼女がさよならもいわずに消えたせいだった。憎しみのあまり真っ青な顔で客間のドアをぴしゃりと閉めたモーリーンの姿が目の前にちらついた。最後に父親に面会に行ったときのことを思い起こした。

「とても申し上げにくいのですが」と介護士がいった。介護士はハロルドのジャケットの袖をつかみ、ほとんど引きずるようにして声を聞かれないところまで連れていった。「混乱なさってるみたいなんです。きょうのところはそっとしておかれたほうがよさそうですね」

　急いでその場をあとにしながら肩越しにちらりと振り返ったとき、彼の目に最後に焼きついたのは、ティースプーンを投げて、息子なんかいない、とわめく小さな男の姿だった。

　どうしてそんなことを話せるだろう？　それが自分の生涯なのだ。それを伝える言葉を探してみるのはいい。だが、たとえ言葉が見つかっても、その言葉の持つ意味が自分とケイトとで同じであるはずがない。「わたしの家は」といったとしよう。それを聞いたケイトの頭に浮かぶのは、あくまでも彼女自身の家のイメージだろう。いってみても始まらない。

　ふたりはもうしばらくのあいだ無言のまま座っていた。ハロルドは柳の葉を渡る風音に聴き入り、葉がそよぐさまを見守った。すっくと立つヤナギランとマツヨイグサの花が闇に光った。たき火のまわりから笑い声と叫び声が聞こえてきた。リッチが夜ごと恒例の鬼ごっこをはじめようとしていた。「もう遅いよ」とケイトがついにいった。「あんた、寝なきゃ」

　ハロルドはケイトとともに仲間のところに戻っていった。それでも、睡魔は来てくれなかった。頭は依然として母親のことでいっぱいで、安らぎをくれるかもしれない母の記憶をなんとかしてとらえようとしていた。子ども時代の家の冷たさと、彼が学校に着ていく服にさえ染みついていたウィスキーのにおい、そして十六歳の誕生日にプレゼントされた防寒コートの記憶がよみがえった。生まれて初めてハロルドは、母親に、あるいは父親に望まれない子どもとして生きる苦しさを、いっさいの抑制なしに身に染みて感じた。闇の中を何時間もうろついた。頭上には微細な星たちに照らされた空が広がっていた。母親のジョーンの姿が脳裏を去来した。指をなめなめ旅行雑誌のページをめくっていた母、ボトルに伸ばした父の手がぶるぶる震えているのを見て目をむいてみせた母。だが、キスをしてくれる母、あるいは、だいじょうぶよといってくれる母の姿は、記憶のどこを探っても見つからなかった。

母親はわが子の居場所を気にかけたことがあったのか？　息子がどうしているかを気づかったことがあったのか？

コンパクトの鏡に口元を映して唇に真っ赤な口紅を塗る母親の顔が見えた。あまりにも入念なその塗り方。母親が紅の下に何かを塗りこめようとしているのではないか、とさえ思ったものだ。

一度だけ母の目をとらえたときのことを思い出し、体内をうねるような感情が突き抜けた。母は口紅を塗る手を止めた。おかげで、母の口は半分がジョーンで、半分が母親のままに見えた。心臓の激しい鼓動のために震える声で、ハロルドは勇気を振り絞って口を開いた。「ねえ、教えてくれるかな？　ぼくってみっともない？」

母親はどっとばかりに笑いだした。頬にできたえくぼが深すぎて、思わずそのなかに指を入れるところを想像したものだ。

滑稽さをねらったわけではない。本心から訊いたのだ。それでも、肉体的な愛情表現をまったく知らないハロルドには、母親の笑い声はそのつぎにうれしいことだった。母親からきたたった一通の手紙をびりびりに破いたりしなければよかった、といまは思う。誤字だらけの手紙。それでも、何かの意味を持っていたはずだ。息子のデイヴィッドを腕に抱き、そのうちによくなる、だいじょうぶだよ、といってやることも、同じように何かの意味を持っていたはずだ。取り返しのつかないさまざまなこと――それを思うと感じるのは激しい苦しみばかりだった。

夜明け前、寝袋に戻ったハロルドは、ジッパーの下に小さな包みがあるのを知った。中に、パンの切れ端とリンゴとペットボトルの水があった。ハロルドは涙を拭いてそれを食べた。けれども、依然として眠ることはできなかった。

ニューカッスルの輪郭が地平線を威圧しはじめるにつれて、緊張がまた高まった。ケイトは大都会のニューカッスルを完全に避けたがった。だが、なかには足に深刻なマメができて、医者に診てもらいたい、せめて応急処置くらいしてもらいたいという者もいた。リッチは現代の巡礼の旅の本質について考えることが多すぎて、ついあれこれとしゃべるので、それをメモするゴリラマンは新しいノートを買う必要に迫られていた。そんな全員を面食らわせたのが、ハロルドの、回り道をしてヘクサム経由のルートを取れないかという言葉だった。彼はそういって、ポケットから、旅の第一夜を過ごしたホテルで出会った男の名刺を取りだした。時間の経過とともに名刺はしわくちゃになり、縁が毛羽立っていた。それでも、ハロルドは、歩きはじめたばかりのあの二、三日、ほとんどダウン寸前になっていたあの日々を、いまはなつかしく羨望の念とともに思い出していた。すべてがシンプルだったあの日々、それがいま失われようとしていると感じずにはいられない。もっとも、それも、すでに失われていなければの話だが。

「もちろん、みんなについてきてくれとはいえない」とハロルドはいった。「でも、わたしはあくまでも約束は守るつもりだ」

ふたたびリッチの発案で秘密のミーティングが招集された。「こういうことをいえるほど男らしいのがわたしだけというのが信じられない思いだ。だが、きみらは木を見て森を見ていない。あの男は壊れかけてる。ヘクサムに行くわけにはいかない。本来行かなきゃならない方角から三十キロ以上も外れている」

「あの人は約束したんだよ」とケイト。「あたしらに約束したと同じにね。あの人は礼儀をわきまえてるから、約束を違《たが》えたりできないんだよ。それこそイギリス人ってもんだし、すばらしいことじゃないか」

リッチがやにわに吠えた。「あんた、忘れてるのかもしれないけどな、クウィーニーは死にかけてるんだぜ。おれは別働隊を組織してまっすぐベリックに向かうというのに一票だ。さっきハロルド自身がそんなようなことをいったじゃないか。一週間もあれば着くはずだ」

誰も意見をいわなかったが、翌朝ケイトは、夜のうちにさんざん勧誘活動が行われていたことを知った。テントの中で、あるいは消えゆく熾《おき》を前に、ひそひそと話し合いがつづけられ、リッチの意見が追認されたのだ。いわく、全員がハロルドを愛している、だが、そろそろ離れていいころだ。というわけで、全員がハロルドを捜したが、見つからなかった。だから、巡礼の一行は寝袋とテントをたたんで、姿を消した。くすぶる熾のほかに、野原には何もなく、ケイトにはそれまでのすべてが夢か幻だったように思えた。

その後、ケイトは、川のほとりに腰を下ろし、犬に石を投げてやっているハロルドを見つけた。両の肩が重荷でもかついでいるかのように悄然と垂れていた。ケイトはそれを見てショックを受けた。なんて急に老けこんでしまったのだろう。リッチがゴリラマンを説得して先に行ったこと、リッチとゴリラマンのふたりがサポーターたちと、まだついてきていたジャーナリスト連中を連れていったことを伝えた。「あいつがミーティングを呼びかけて、あんたには休息が必要だみたいなことといったんだよ。ちょっぴり涙まで絞り出してみせたりしてね。あたしにはどうしようもなかった。けど、みんなだって、そういつまでも騙《だま》されちゃいないだろうよ」

「かまわないよ。正直いうと、もうたくさんという気になりかけてたところだ」複数のツバメが水面をかすめては、そのまま垂直に向きを変えて飛び立ってゆく。ハロルドはそれをしばらく見つめていた。

「これからどうする、ハロルド？　家に帰る？」

ハロルドは首を横に振ったが、その振り方は重苦しかった。「ヘクサムまで行って、そこからまた北上してベリックをめざす。もうそれほど距離はない。あんたはどうする？」

「あたしは帰るよ。元の旦那から連絡があったから。もう一度やり直したいんだって」

ハロルドの目が朝の光の中で潤んで見えた。「そりゃいい」といってケイトの手を取り、ぎゅっと握った。この人、奥さんのことを考えているのだろうか、そんな思いがケイトの胸を一瞬よぎった。

それをきっかけに、ふたりの腕がそれぞれ相手の身体を抱きしめた。自分がハロルドにしがみついているのか、それともその逆なのか、ケイトにはよくわからなかった。巡礼Tシャツのなかの彼の身体は骸骨同然だった。ふたりはそのまま、なかば抱き合っているような、なかばそうでないような妙な抱擁をつづけながら、わずかにバランスを崩した。やがて、ケイトはハロルドの腕から逃れ出て、頬の涙を拭った。「身体に気をつけてね」とケイトはいった。「あんたはいい人で、人の扱い方を心得てるらしいこともわかる。だけど、あんたは疲れてる。身体に気をつけなきゃいけないよ、ハロルド」

ハロルドはケイトが遠ざかってゆくのを待った。ケイトは五度、六度と振り返っては手を振り、ハロルドは同じところに留まったまま彼女を見送った。ほかの人間と歩くのはもううんざりだった。さんざん彼らの話に耳を傾け、彼らのいうとおりのルートをたどってきた。また以前のように自分の言葉だけに耳を傾けていればすむなら、どんなにか気が楽だろう。にもかかわらず、しだいに小さくなるケイトの姿を見つめているうちに、彼女との別れのつらさに襲われて、自分の小さなかけらが死んでゆくような気分になった。ケイトは前方の、木立の途切れるところに達していた。ハロルドが先を急ごうとしたまさにそのとき、ケイトの足が止まった。道に迷った、あるいは忘れ物をしたとでもいうように。彼女が戻りはじめた。それも猛スピードで、ほとんど走るようにして。それを見たハロルドは身内にぞくぞくするような興奮が走るのを感じた。全員のうちで、ウィルフまで交ぜたとしても、いつしか彼が愛するようになっていたのは、ほかならぬケイトその人だったから。なのに、ケイトはまた足を止めた。そして、頭を左右に振ったように見えた。彼女のためにもこのまま立っていなければならない、彼女を見送らなければならない、彼女が遠くの定点のようになるまで、充分に遠ざかるまで、一点に留まって見送らなければならない。それをハロルドは知っていた。

ハロルドは大きく一度だけ手を振り、ついで、行け、とばかりに両手で空気を打った。ケイトはくるりと背を向けて、木立の中に消えていった。

ハロルドはそのまま長いこと同じ場所に立ちつくし、万が一ケイトがまた戻ってくるかもしれないと待っていた。けれども、空気は動かず、彼女は戻ってこなかった。

巡礼Tシャツを脱ぎ捨て、最初から着ていたシャツとネクタイをリュックから取りだした。どちらもしわくちゃでよれよれだったが、それを身につけるとまた自分自身に戻った気がした。Tシャツはもうひとつの土産としてクウィーニーに持っていくべきかとも思ったが、あれほどの悶着を起こしたものを持っていくのはよくない気がした。だから、誰も見ていないのを確かめて、路上のゴミ箱にそっと入れた。自分の実感以上に疲れているのに気がついた。ヘクサムにたどり着くにはさらに三日が必要だった。

名刺をくれたビジネスマンのアパートのブザーを押して、午後いっぱい待ったが、部屋に名刺の主の気配はなかった。別のフラットに住む女性が下りてきて、部屋の住人は休暇でイビサ島に行っていると教えてくれた。「あの人、しょっちゅう旅行だって出かけてるわ」と女性はいった。そして、ハロルドにお茶でもいかが、それとも犬にお水をあげましょうかと勧めてくれたが、ハロルドはそのどちらも断った。

仲間と別れて一週間後、巡礼の一行がベリック・アポン・ツイードに到着したと報道された。新聞には、リッチ・ライアンがふたりの息子と手をつないで波止場を歩く写真と、ゴリラマンがミス・サウス・デヴォンと頬をすり寄せ合っている写真が掲載された。一行を歓迎するための ブラスバンドの演奏、地元のチアリーディング隊によるパフォーマンス、地元議会の議員やビジネスマンを集めたディナーパーティなどが催されたという。日曜新聞数紙が、リッチの日記の独占掲載権を獲得したと発表した。映画化の話も出ていた。

巡礼の一行の到着はテレビのニュース番組でも取り上げられた。BBCの地元ニュース番組《スポットライト》の厚意で、モーリーンとレックスは、リッチ・ライアンと数人の仲間が、ホスピスのスタッフに、花束とマフィン入りの巨大な籠を手渡す場面を見るチャンスを与えられた。もっとも、クウィーニーがそれを受け取ることは不可能だった。あいにくですが、ホスピス側のコメントはいっさいありません、と女性レポーターが報告した。レポーターはマイクを手にホスピスの車寄せの端に立っていた。背後にはこざっぱり手入れされているらしい庭が見え、青いアジサイが咲いていた。オーバーオール姿の男がひとり、刈り取られた芝草を熊手で掻き集めていた。

「あの人たちったら、クウィーニーのことなんて知りもしないのに」とモーリーンはいった。「唾をひっかけてやりたくなっちゃう。なんでまたハロルドが着くのを待てなかったのよ？」

レックスは麦芽飲料《オヴァルティン》にちびりと口をつけた。「早く着きたくて我慢できなかったんだろ」

「だって、これは早さを競うレースなんかじゃないのよ。大事なのは歩く過程そのものなのに。それに、あの男の人、クウィーニーのために歩いたんじゃない。自分がヒーローだってとこを見せて、子どもたちを取り返したかったから歩いたくせに」

「まあ、しかし、最終的には、あの男の旅も一種の巡礼の旅だったんじゃないかな」とレックス。「性質は違うがね」そして、カップをコースターの上にそっと置いた。テーブルにカップの跡がつかないようにという配慮だ。

レポーターはごく手短にハロルド・フライについて触れ、一瞬、カメラから尻ごみするハロルドの画《え》が映った。ハロルドはまるで影のようだった。よごれて、憔悴《しょうすい》して、不安げだった。独占インタビューで、リッチ・ライアンは波止場から、デヴォン出身のあの初老の巡礼者は疲労と複雑な情緒的問題に苦しんでいる、だからニューカッスルの南で巡礼をやめさせた、と説明した。「でも、クウィーニーは生きています。それですよ、大事なのは。わたしやほかの仲間たちがいて介入できたのはラッキーでした」

モーリーンはせせら笑った。「あきれたこと、この人ったらまともな英語もしゃべれないのね」

リッチは頭上で両手を握りしめて勝利のジェスチャーをしてみせた。「ハロルドはみなさんの支援に感動することでしょう」押し合いへし合いのサポーターのあいだから歓声があがった。

波止場の壁の、ピンク色を帯びた石を映してレポートは終わった。壁のそばでは、市の職員が数人、スローガンらしきものを書いたプラカードを取り外している最中だった。ひとりが手前の端から、もうひとりが反対側の端から、文字の書かれた板を一枚また一枚と剝がし、乗ってきたワンボックスカーに積みこんでいた。いまや残るは、誤字だらけ、文法間違いだらけの「われわれは彼女を歓迎する」という意味らしき文字が書かれたものだけだった。モーリーンはテレビを消して部屋のなかをうろうろと歩き回った。

「あの人たち、うちの人のことを隠そうとしてる」とモーリーンはいった。「うちの人を信じたのを恥じてて、だからうちの人をばかな男に仕立て上げなきゃならないのよ。ショックだわ。そもそも、うちの人はあんな人たちの目を引くつもりなんてこれっぽっちもなかったのに」

レックスは口をすぼめて考えこんでいた。「少なくとも、これで世間の連中もハロルドをほっといてくれるだろう。少なくともこれは、ハロルドが歩いている、ただそれだけのことなんだ」

モーリーンは窓の外の空に見入った。口が利けなかった。

25　ハロルドと犬

またひとりで歩けることに、ハロルドは安堵していた。犬だけを相手に自分なりのリズムで歩いた。議論することもなければ、言い争うこともなかった。ニューカッスルからヘクサムまでは、疲れたら休み、元気を回復したらまた歩いてやってきた。また夜明けどきに歩くようになったし、ときには夜歩いたこともある。胸は新たに生まれた希望でいっぱいだった。家々に明かりがともる様子や、人々がそれぞれの人生に取り組む様子を見守っているときが、彼にとっては最高の幸せだった。誰にも気づかれず、知らない人々の知らない人生をやさしい思いで見守るのはこのうえない幸せだった。彼は、いまふたたび、頭の中で再現されるさまざまな思いや記憶に心を開けるようになっていた。モーリーンとクウィーニーとデイヴィッドは彼の旅仲間だった。ばらばらになっていた心がまたひとつにつながったのを感じた。

新婚時代の、自分に押しつけられたモーリーンの身体と、彼女の股間の黒くて美しい繁みを思い出した。自分の部屋から外の世界を、自分から何かを盗んでいったとばかりに一心ににらんでいたデイヴィッドの姿がまぶたに浮かんだ。クウィーニーを横に乗せて車を走らせていたとき、彼女がミントキャンディをしゃぶったり、少し前とは別の歌を逆から歌ったりしたことを思い出した。

ハロルドと犬はもうすでにベリックのすぐ近くまで来ていた。だから、しなければならないのは歩くことだけ。巡礼の一行とのことがあったから、いまは極力人目を避けようとしている。うっかり知らない人に話しかけたり話に耳を傾けたりしたために、相手に自分も仲間に入れてもらいたいという気持ちを起こさせてしまった。でも、いまはもう自分にそんな力はないことがわかっていた。だから、市街地の近くまで来て、そこを迂回する手段がないときには、町外れの草原《くさはら》で暗くなるまで眠って時間をやり過ごし、まだ夜の明けきらないうちに起き出して街を抜けた。犬と一緒に生け垣や路上のゴミ箱の中で見つけたものを食べた。作物を失敬するときには、手入れの行き届いていなさそうな市民農園や果樹を選んだ。水が湧き出ているところでは、いまも変わらず足を止めてその水を飲んだが、誰かの手を煩わせることはしなかった。一度か二度、写真撮影をせがまれて、仕方なくそれに応じたことはあったが、まともにレンズを見つめることがむずかしくなっていた。ときおり、行きずりの人が彼に気づいて、食べ物を恵んでくれることもあった。ジャーナリストらしき男に、ハロルド・フライかと訊かれたこともある。だが、いつも心して顔を伏せていたのと、物陰にこだわったり、反対に広い場所で人混みにまぎれたりしていたおかげで、ほとんどの場合、近づいてくる者はいなかった。ガラスに映る自分の姿さえ見ないようにしていた。

「少しはお疲れが取れたようならいいのですが」とグレイハウンド犬を連れた優雅な女性に声をかけられた。「あなたを見失うなんて、ほんとうに残念でした。主人とふたりで泣きましたのよ」何をいわれたのか理解できないまま、ハロルドは女性に礼をいって先を急いだ。前方で大地が隆起し、黒い峰々をかたちづくっていた。

西から北に向けて強風が吹きつけ、雨を連れてきた。寒くてとても眠れたものではなかった。だから、寝袋の中で縮こまったまま、月の面《おもて》を走るちぎれ雲を眺めて、ぬくもりを逃すまいとがんばっていた。寝袋の中では犬がぴたりと寄り添っていた。あばらの浮き出た犬の脇腹はごつごつして、ふとバンタムの海でデイヴィッドが沖に泳ぎだした日のことと、海難救助員の日に焼けた腕に抱かれた息子の肉体のもろさを思い出した。デイヴィッドの頭の、彼が自分で剃刀を突き立てたところにできた複数の傷と、また嘔吐しないうちにと彼を抱えて二階に運び上げた日々のことがよみがえった。デイヴィッドがわが身をわざと危険にさらしたあの日々、まるで父親の凡庸さに当てつけるかのように冒したあの行為の数々が、浮かび上がった。

ハロルドの身体ががたがたと震えはじめた。最初は歯の根が合わなくなるくらいの震えだったが、やがて勢いを得たかのように、手も足も腕も脚も、がたがたと痛みを覚えるほどの激しさで震えはじめた。寝袋の外に目を向けた。何か慰めになるもの、あるいは気をまぎらわせてくれるものを探したが、以前とは異なり、あたりの田園景色に親しみのある一体感を見いだすことはできなかった。月は輝いていた。風も吹いていた。彼がぬくもりを求めていることなど知らぬげに。自然は残酷なのではない。もっとひどい。気づいてさえくれないのだ。ハロルドはいまひとりきり、モーリーンはいない、クウィーニーもいない、デイヴィッドもいない、彼が寝袋の中でわなわなと震えていることなど気づきもしない自然の中に、ひとり取り残されている。歯を食いしばり、こぶしを固めてみるが、震えはひどくなるばかりだった。遠くで、狐が群れをなして獲物を追いつめているようだ。アナーキーな彼らの叫びが夜気を切り裂く。雨に濡れた服が肌を刺し、体温を奪う。身体の芯まで冷え切っている。この震えがおさまるのは、内臓が凍りついたときだけだろう。もはや寒さに抵抗するすべさえ残っていないのだ。

また歩き出せば状態はきっとよくなると思ったが、そうはいかなかった。前夜、寒さと闘っているときに気づいた事実から逃れることはできなかった。ハロルドがいようがいまいが、月は昇ってまた沈み、風は吹いたりやんだりを繰り返す。大地はどこまでも伸びてやがて海と出合う。人は生きて死んでゆく。彼が歩こうが、震えようが、家にこもっていようが、何ひとつ変わりはしない。

平板でひそやかな思いとしてははじまったものが、時間とともにしだいに激しい自責の念へと変わっていった。自分など取るに足りない存在だと思えば思うほど、ハロルドはますますその思いから逃れられなくなった。おれはいったい何様なのだ、クウィーニーのところに行こうなんて？　リッチ・ライアンがおれに成り代わっておいしいところを持っていったからといって、それがどうした？　ハロルドが足を止めて息を整えるたびに、あるいは脚をさすって血の流れをよくしようとするたびに、犬は彼の足元に座って心配そうに見上げていた。犬はもうハロルドの進路から迷い出ようとはしなくなっている。石ころをくわえてこなくなっている。

ハロルドはここまでの自分の旅のことを思い出した。途中で出会った人たち、目にした場所、その下で眠った空。いまのいままで彼はそういうものを土産物のコレクションのように心に抱いて旅をつづけてきた。歩くのがつらくてあきらめたくなったときにも、そのコレクションが足を先に進めてくれた。なのに、いまはそういう人たちや場所、あるいは空のことを考えても、もうその中に自分の姿を見つけることができない。ここまで歩いてきた道にはいろいろな車がつぎつぎに走っていた。彼が追い越してきた人たちは、ほかの人たちを追い越していた。でも、彼の足跡はいずれ雨で流されてしまう。まるでいままで通ってきた場所のどこにもいなかったようなものだ。

出会った人の誰にも出会わなかったようなものではないか。背後を振り返った。早くも彼の痕跡は消えていた。彼の気配はどこにも残っていなかった。

木々は風に身をゆだねて、水中で揺らぐ軟体動物の触手さながらに、枝をしなやかにそよがせている。おれは人生を台無しにしてしまった。まともな夫になれなかったし、まともな父親になれなかった。まともな友人にもなれなかった、まともな息子にさえなれなかった。そう思うのは、たんにクウィーニーを裏切ったからではないし、両親に求められない子どもだったからでもない。妻と息子のいる人生を何もかも台無しにしてしまったからでもない。そうではなくて、人生をただ通り過ぎてきただけで、なんの刻印も残してこなかったせいだ。つまり、おれは無に等しいということだ。ハロルドはA696号線を渡ってカンボの方角に行こうとして、犬がいないことに気がついた。

恐怖がシャワーのように降りかかってきた。犬は怪我でもしたのか？　それに気づかなかったのか？　ハロルドはすぐさま踵《きびす》を返し、路上や溝の中をくまなく捜したが、犬の気配はどこにもなかった。最後に姿を見たのはいつだったかを思い出そうとした。ベンチで一切れのサンドイッチを分け合ってからもう何時間も経っているはずだ。いや、あれは昨日のことだったか？　そんな簡単なことさえ思い出せないのが信じられない。手を振って車を停め、犬を見なかったかと声をかけた。ちょっとだけ毛並みのふさふさしたこれくらいの大きさの犬だけど、と。だが、車は急いで走り去った。危険人物に出くわしたとでもいうように。ハロルドの顔を見た幼い子どもが、車のシートにしがみついて泣きじゃくった。こうなったら仕方がない、もう一度ヘクサムに引き返そう。

犬はバス停の、少女の足元に座っていた。少女は学校の制服を着て、長くて濃い、犬の毛とほとんど同じ秋色の髪をした、やさしそうな雰囲気の持ち主だった。少女は身を屈めて犬の頭を撫でると、足元に落ちていたものを拾い上げてポケットにしまった。

「石を投げちゃいけないよ」とハロルドはいまにもいいそうになったが、いわなかった。バスが停まり、少女が乗りこんだ。犬も少女のあとにつづいた。バスの行き先を知っているような様子だった。ハロルドは走り去るバスを見送った。バスは少女と犬を乗せて走り去った。少女と犬は振り返りもしなければ、手を振りもしなかった。

犬は自分で決断したのだ、と思って納得することにした。しばらくおれに同行し、そのあと歩くことをやめてあの少女と一緒に行こうと決めたのだ、と。この世とはそうしたものだ。とはいいながら、最後の同行者をなくしたいま、皮膚をまた一枚剝がれたような気がする。つぎに何が起きるか心配だ。これ以上何かを受け入れる余裕はない。

数時間が数日になり、いつしかハロルドは出会った人たちの区別がつけられなくなっていた。しきりにへまをするようになった。毎日、夜の闇に細い光の筋が現れると同時に歩きはじめることにしているが、めざすのはあくまでも太陽の見える方角で、それがベリックへの方角かどうかなどにはまるでおかまいなしだった。コンパスが南を指したときには、コンパスと言い争いをした。コンパスが壊れてしまったと思いこんだ。それどころか、もっとやっかいなことに、コンパスは嘘をついていると信じて疑わないことさえあった。ときには、十五キロ以上も歩いたのに、気づいてみれば、一日かけてぐるりと巨大な輪を描いていただけで、出発した場所のすぐ近くに戻ってきただけだったという日もあった。人の叫び声や影を追って脇道に入ったはいいが、結局、どこにも行き着かなかったこともある。とある丘の頂近くで、女がひとり助けを求めて叫んでいるのに気がついた。だから、一時間をかけて丘を登った。ところが、いざ現場にたどり着くと、女と見えたのはただの枯れ木の幹だったということもある。足がふらつき、つまずいたことも一度や二度ではなかった。あの老眼鏡はまた壊れたので、捨ててきた。

休息を取れず、希望もなくしたいま、ハロルドから眼鏡だけでなくほかにもいろいろなことがぼろぼろとこぼれ落ちはじめていた。ふと気づくと、デイヴィッドの顔を思い出せなくなっていた。彼の黒い目と、相手をじっと見つめるまなざしのきつさは浮かんでくるのに、その目に覆いかぶさる前髪を思い出そうとしても、クウィーニーのきつくカールした前髪しか思い出せなくなっていた。たとえていえば、頭の中でジグソーパズルを仕上げようとするのに、肝心のピースが一枚も見つからない――そんな感じだった。この頭はどうしてここまで残酷なんだ、とハロルドは思った。時間の観念が完全に消え、食事をしたかどうかも意識から消えた。忘れたのではない。そんなことはもうどうでもよくなったのだ。何を見てももはやなんの興味も湧かないし、それぞれの違いや名前にもいっさい関心が持てなくなった。いまや、木は行きずりのたくさんのもののひとつにすぎない。頭に浮かぶ言葉はひとつきり、自分にこう問いかけるものだけということもある――おまえはなぜ相も変わらず歩きつづけているのだ、そんなことをしても何も変わりやしないのに。はぐれガラスが一羽、黒い翼を鞭《むち》のようにしならせて空気を打ちながら、頭上を通り過ぎた。それにこの世のものならぬ恐怖を感じたハロルドは、大あわてで身を隠す場所を探して飛びこんだ。

自然はあまりにも大きくて広く、ハロルドはあまりにも小さい。そのために、どれほど歩いてきたかを測ろうとうしろを振り向いても、まったく前に進んでいないような気持ちにさせられた。足は上げたのとぴったり同じところに下りただけ、そんな気がした。地平線上に並ぶ峰に、波打つ草地に、石ころだらけの荒れ地に目を向けた。そういうもののあいだにひっそりと建つ、灰色の家々はあまりにも小さくてはかなく、いまだに倒れずにいることのほうが不思議に思えた。人間とはずいぶんはかないものを頼りにこの世にしがみついているものだと思い、それに気づいて絶望に胸ふさがる思いがした。

照りつける太陽の下を歩き、打ちつける雨の中を、青く冷たい月の下を、歩いた。だが、いまはもうどこまで歩いてきたかがわからなくなっている。星たちで息づく硬質な夜空の下に座り、手が紫色に変わってゆくのを見守った。手を上げるべきだ、口に当てて息を吹きかけるべきだ、それはよくわかっている。なのに、それに必要な筋肉をひとつまたひとつと順序正しく収縮させ、つぎにまた別の動作に必要な筋肉を同じ手順で収縮させることを思うと、それだけでうんざりした。どの筋肉がどの腕を動かすのかが思い出せない。動かせばどんな役に立つのかも思い出せない。何もしないでじっと座ったまま、闇と自分を包む空《くう》に取りこまれているほうが楽だった。歩きつづけるよりあきらめるほうが楽だった。

ある夜遅く、ハロルドは公衆電話ボックスからモーリーンに電話をかけた。料金はいつもどおり受信人払いにした。モーリーンの声が聞こえたとき、ハロルドはいった。「無理だ。おれには歩き通せない」

モーリーンは何もいわなかった。この前モーリーンは、寂しいわ、あなたがいなくて、といった。だけど、よく考えてみたら、そうでもなかったのか。いや、もしかしたら寝ぼけていたのかもしれない。

「無理なんだ、モーリーン」とハロルドは繰り返した。

電話の向こうでモーリーンがごくりと唾をのむ音がした。「ハロルド、いまどこにいるの？」

ハロルドは電話ボックスの外に目をやった。車が飛び去ってゆく。ライトをつけて、家路を急いでいる。看板が一枚、テレビ番組を宣伝している。いわく、今秋放送予定。巨大サイズの女性警察官がにっこり笑っている。その向こうに見えるのは闇ばかり。闇がハロルドと彼が向かう先――どこかはともかく――とのあいだに広がっている。「どこだかわからない」

「どこから来たかはわかるの？」

「いいや」

「村の名前は？」

「わからない。だいぶ前からまわりのものが目に入らなくなってるみたいだ」

「わかったわ」とモーリーン。ハロルドには自分の居場所がわからない、ということがわかっただけでなく、ほかにもいろいろなことがわかったというような言い方だった。

ハロルドはごくりと唾をのみこんだ。「もしかしたら、チェヴィオット丘陵の入り口《ゲイトウェイ》じゃないかな。そのあたりかもしれない。たしか看板を見かけた気がする。けど、それは二、三日前だったかもしれない。丘があった。ハリエニシダが生えてた。ワラビもいっぱい」電話の向こうではっと息をつく気配がした。しばらくして、もう一度同じ音。モーリーンの顔が見えるようだ。考えごとをするときに口を開けたり閉めたりする彼女の顔が。もう一度ハロルドはいった。「帰りたいんだ、モーリーン。おまえのいうとおりだった。おれには無理だ。こんなことしたくない」

ようやくモーリーンの声がした。ゆっくりと慎重に、抑えた言葉を使おうと心がけているような声だった。「ハロルド、これからあなたがいまいるところを割り出して、今後どうすべきかを考えてみるわ。三十分だけ時間をちょうだい。それでいいかしら?」ハロルドは電話ボックスのガラスに額を押しつけて、彼女の声をしみじみと味わった。「もう一度電話してくれる?」

ハロルドはうなずいた。モーリーンには見えないことを忘れていた。

「ハロルド?」とモーリーンは呼びかけた。そうしなければ自分が何者かをハロルドが思い出せないとでもいうように。「ハロルド、聞いてるの?」

「聞いてる」

「三十分ちょうだい。三十分だけ」

だから、町を歩いてみることにした。そのほうが時間が早く過ぎるような気がしたからだ。フィッシュ・アンド・チップスの店の前に行列ができている。酔っ払いが嘔吐している。電話ボックスから離れれば離れるだけ、不安が募った。自分の中の、まだまともな部分がいまも電話ボックスに残っていて、モーリーンを待っているような気がした。丘が、夜の空に突き刺さる黒々と恐ろしい巨人に見える。若者の一団が大股で道路に踏み出しながら、通りかかる車に怒声を浴びせたり、ビールの缶を投げたりしている。ハロルドは物陰で縮こまっていた。彼らに見つかるのが怖かった。もう家に帰ろう。歩き通せなかったことを世間にどう説明すればいいかわからない。でも、そんなことはどうでもいい。そもそも、あんなことを思いついたこと自体、どうかしていたのだ。もうやめにしなければ。もう一度手紙を出せば、クウィーニーにもわかってもらえるだろう。

また受信人払いでモーリーンに電話をかけた。「またおれだよ」モーリーンは答えない。ごくりと唾をのむ音がした。ハロルドはたまらず名を名乗った。「ハロルドだ」

「ええ」モーリーンはまたごくりと唾をのんだ。

「もう少しあとでかけようか？」

「いいえ」モーリーンはそういって間をおき、しばらくしてゆっくりした口調で話しはじめた。「レックスがここにいるの。ふたりで地図を調べてたの。二、三本、電話もかけてみたわ。レックスがパソコンで調べてくれたの。あなたの『自動車でイギリスを旅する人のためのガイドブック』まで持ち出して調べてみたわ」依然としてモーリーンの声はまともではなかった。言葉が妙にうわずっている。あるいは、長距離を走ってきたばかりで呼吸を整えるのに苦労しているような感じだ。彼女の言葉をきちんと聞き取るには、受話器を耳に押しつけねばならなかった。

「レックスによろしくいってくれないか」

それを聞いて、モーリーンは笑った。短く、ふわふわした感じの笑い声だった。

「レックスもそういってるわ」そのあと、またしても唾をのむような異様な音が何度かつづいた。しゃっくりのようでもあるが、それよりは小さかった。しばらくして、モーリーンの声がした。「レックスがいうには、あなたがいまいるのはウーラーにちがいないって」

「ウーラー？」

「発音はそれでいいのかしら？」

「さあね。何を聞いても同じに聞こえるようになってるんだ」

「あなた、たぶん、曲がるところを間違えたのよ」そんな間違いなら何度もしたことがあるといいかけたが、それさえも面倒だった。「〈ブラック・スワン〉っていうホテルがあるわ。よさそうな名前でしょ。レックスもそう思うって。そこにお部屋を予約しておいたから、ハロルド。向こうもあなたが来ることを知ってるわ」

「だけど、おれは一文無しだ。それに身なりだってひどいもんだ」

「宿泊費は電話でカード払いしておいたわ。それに、どんな身なりだろうと問題ないわ」

「おまえはいつここに来る？　レックスも来るのか？」それぞれの問いかけのあとに間をおいたが、モーリーンはそのどちらにも答えなかった。もう電話を切られたのかと思うほどだった。「おまえ、来るんだろ？」といってはみたが、激しい不安で全身が熱くなった。

電話は切れていなかった。モーリーンが長々と息を吸いこむ気配がした。まるで手を火傷したときのようだった。受話器から、突如、彼女の早口の大声が飛び出した。それが耳に響いて、ハロルドは思わず受話器を少し耳から遠ざけた。「クウィーニーはいまもがんばってるわ、ハロルド。あなたが、会いにいくから待っててくれって頼んだでしょ、だから、彼女、待ってるのよ。レックスとふたりで天気予報をチェックしてみたの、そしたらイギリスじゅうに、にこにこお日さまマークが出てたわ。明日の朝になれば、あなたも元気が出るわよ」

「モーリーン？」これが最後のチャンスだった。「もう無理だ、おれにはできない。間違ってたんだよ」

モーリーンは聞いていなかった。あるいは聞いていたのかもしれないが、ハロルドが本気でいっていることをあえて認めまいとしたのだろう。モーリーンの声がつぶてのように飛び出してきた。それも、しだいに高くなりながら。「歩きつづけなさい。ベリックまではあとたったの二十五キロほどよ。あなたにはできるわ、ハロルド。ただし、B6525号線から外れちゃだめよ」

そういわれてしまっては、自分の思いをどう伝えればよいかわからない。だから、黙って電話を切った。


モーリーンにいわれたとおり、ハロルドはホテルにチェックインした。フロントの顔も、部屋まで案内してドアを開けるといってきかないボーイの顔も、まともに見ることができなかった。ボーイは窓のカーテンを引き、エアコンの調節の仕方や浴槽つきのバスルームの場所、さらにはミニバーと〈コルビー〉のズボンプレッサーのありかまで説明した。ハロルドはいちいちそれにうなずいていたが、実際には何も目に入っていなかった。エアコンの効いた空気は冷たく、肌に硬かった。

「何かお飲み物をお持ちいたしましょうか？」とボーイが訊いた。

アルコールにまつわる失敗談を説明するわけにはいかなかった。だから、にべもなく断った。ボーイがいなくなると、何もかも身につけたままベッドに倒れこんだ。頭を去来するのは、もう歩きたくないという思いだけだった。ほんのいっとき眠り、ぎくりとして目を覚ました。マルティーナのパートナーのコンパスはどこだ。ズボンのポケットを探り、その手を引き出してもう片方のポケットを探った。ない。ベッドにも、床にも落ちていない。エレベーターの中にもない。きっと、電話ボックスに置いてきたのだ。

ボーイがメインドアのかんぬきを外して、待っていると約束してくれた。ハロルドは走った。息が、吹きすさぶ風のように胸腔の奥深くに突き刺さるほど、必死に走った。力いっぱい電話ボックスのドアを引き開けた。だが、コンパスは消えていた。

ひょっとすると、また室内にいて、清潔なシーツとふんわりした枕のあるベッドで横になるという思いがけない成り行きに衝撃を受けたせいだったのかもしれない。理由はともあれ、その夜、ハロルドは声をあげて泣いた。マルティーナのコンパスをなくした愚かさが信じられなかった。あんなの、ただの道具じゃないか、と自分に言い聞かせた。マルティーナはわかってくれるさ、と。にもかかわらず、いまハロルドが思うのは、コンパスの重みが消えたポケットのうつろさだけ、そのうつろさが大きくて、かえってその存在感が増したような気がする。コンパスを置き忘れてきたために、自分の本質的で、心身を安定させてくれるはずの何かまで置き忘れてきたような不安が頭をもたげている。ほんのつかの間、無意識に似た状態に滑りこんだときでさえ、頭の中にはさまざまなイメージが渦巻いていた。バースで出会った正装の男、目のまわりが痣《あざ》になっていた。クウィーニーの手紙をまじまじと見つめた腫瘍専門医と、宙に話しかけるジェイン・オースティン命の女。腕にリストカットの痕のあるサイクリング・ママ。ハロルドはもう一度自分に問いかけた。人間はなぜあんなことをするのだろう? 枕に抱きつき、銀髪の紳士の夢を見た。わざわざ列車に乗ってスニーカーを履いた若者に会いにゆくというあの紳士の夢を。帰ってくるはずのない男を待つマルティーナが見えた。サウス・ブレントを出ることはないだろう、あの宿《B&B》の女主人はどうしているだろう? それに、ウィルフは? もうひとり、ケイトは? 彼らはみんな幸せを探している。ハロルドは泣きながら目を覚まし、一日じゅう泣きながら歩いた。

モーリーンのもとにチェヴィオット丘陵の絵はがきが届いた。切手はなかった。いい天気だ。H. x. と書いてあるだけだった。翌日、また絵はがきが届いた。ハドリアヌスの城壁の絵はがきだったが、メッセージはなかった。
絵はがきは毎日届いた。ときには、日に五、六通届くことさえあった。文面は素っ気ないほど短かった。雨。うれしくない。歩いている。おまえに会いたい。丘の形を描いてきたこともある。別のときには、のたくったWを書いてきた。おそらくは、鳥を描いたつもりだろう。多くの場合、はがきには切手が貼られていなかった。だから、モーリーンは郵便配達人に、局で仕分けをするときによく注意して別にしておいてくれるよう依頼した。そのぶん、余計に代金を払うから、と。このメッセージはラブレターより大事なの、と彼女はいった。

ハロルドはあれから二度と電話をかけてこなくなった。モーリーンは毎晩待った。だが、むなしかった。旅をつづけるよう仕向けたこと、ハロルドが彼女の助けを求めていたにもかかわらず、突き放してしまったことが彼女を苦しめていた。あの日、モーリーンはホテルを予約し、涙ながらにハロルドに話しかけた。だが、そうするまでに、レックスと繰り返し話し合い、目的地まであと少しといういまになって旅をあきらめればハロルドは一生後悔するだろう、という結論に達していた。

七月の始まりが風と豪雨を連れてきた。モーリーンの竹の支柱は傾《かし》ぎ、酔っぱらいのように地面を向いて、インゲン豆の蔓はすがるものを求めてやみくもに宙を探っていた。ハロルドからの絵はがきは依然として届いていたが、それはいつしか彼が北へのルートを着実にたどっていることを示さなくなっていた。ケルソーからのものもあったが、モーリーンの計算によれば、ケルソーはハロルドが本来いるべき場所から西に三十七キロも外れていた。エックルズからもきたし、コールドストリームからもきたが、どちらもやはりベリックからは西に大きく外れていた。モーリーンは、ほとんど一時間おきに警察に電話しようと決心し、受話器を上げたが、そのたびにこう考えて思いとどまった——ハロルドはもういつなんどきベリックに着いてもおかしくないところにまで行っている。それを止めたりしてはいけない。

モーリーンが朝までゆっくり眠れる日はほとんどなくなった。無意識に身をゆだねてしまえば、夫とのたったひとつの接点を放棄することになる、そうなれば夫を完全に失うことになるかもしれない。それが怖かった。外に出て、満天の星の下、庭椅子に腰を下ろして、どこかとても遠いところの、同じ空の下に一夜の宿を求めているはずの男のために、寝ずの番をした。ときおり、しらじら明けのころ、レックスが紅茶と車に積んであった旅行用毛布を持ってきてくれることがあった。そんなときには、ふたりで夜が闇を放棄し、夜明けの真珠色の光が差すさまを、無言のまま、身じろぎもせずに見守った。

何よりも、モーリーンはハロルドに戻ってきてもらいたかった。

26　ハロルドとカフェ

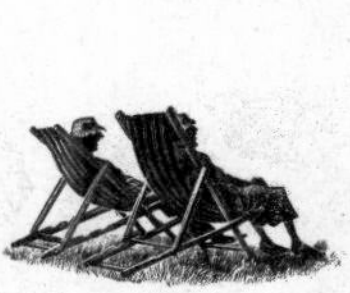

旅の最終段階は最悪だった。目に入るのは道路だけ。頭の中は空っぽだった。歩きはじめたばかりのころに悩まされた、右ふくらはぎの炎症が再発し、脚を引きずりながら歩くしかなくなっていた。楽しみもなければ喜びもなく、いつしかハロルドはそんなものの存在しない世界に入りこんでいた。羽虫が雲のように群がり、顔にまとわりついた。ときには咬《か》まれることもあった。もしかしたら、刺されたのかもしれない。草地は広大でうつろ、車はおもちゃのようにのろのろと通り過ぎていった。また同じような峰を越え、また同じような空の下を歩いた。そして、また一キロ歩いた。何もかもが同じ。代わり映えのなさにうんざりし、閉口もして、あわや降参というところにまで追いつめられた。いまはもうどこをめざしているかを忘れることさえしばしばだった。

愛がなければ、何ひとつ――なんだっけ？　なんというんだっけ？　思い出せない。たしかvではじまる単語だったはずだ。外陰部《ヴァルヴァ》でいいような気もするが、絶対にそれは違う。でも、どんな単語だろうと、いまさらどうでもいいことだ。闇が空から忍び寄ってきた。雨が肌を打ちつけた。吹きつける風の激しさに、ちゃんと立っていることさえむずかしかった。濡れたままで眠り、濡れたままで目を覚ました。暖かいとはどういうことか、もう思い出すことはないだろう。

過去に置いてきたと思っていた悪夢がまた舞い戻り、それから逃れるすべがなかった。目が覚めているときも眠っているときも、過去を追体験し、あらためて血の凍る思いにさいなまれた。斧《おの》を振り回しながら厚板でできた園芸作業小屋の壁に挑みかかる自分が見えた。両手が裂けて棘《とげ》だらけだ。頭はウィスキーの酔いでぐらぐら揺れている。無数のガラスのかけらに血の花を咲かせる自分のふたつのこぶしが見えた。祈りを捧げる自分の声が聞こえた。目を固く閉じ、手を組み合わせている。だが、祈りの言葉に意味などありはしない。別のときには、モーリーンが自分に背を向け、まばゆい光のボールのなかに消えてゆく絵が見えたこともある。過ぎた二十年の日々は刈り取られてしまった。日常の背後に隠れるすべはない。常套句の背後に隠れるすべさえなかった。まわりの大地から細部が消えたように、日常だの常套句だのはもはや存在しないのだ。

これほどの孤独を想像できる者はいないだろう。一度だけ大声をあげてみたこともあるが、こだまひとつ返ってこなかった。身体の奥深いところに寒さを感じた。骨までが凍りつこうとしているようだった。目を閉じて眠ろうとした。生きて目覚めることはないだろうと思い、そのくせ死と闘う意思も持ち合わせてはいなかった。目が覚めて、肌に食いこむシャツのこわばりと、太陽に、あるいは寒さに焼かれた顔のつっぱりを感じたとき、ハロルドは起き出してとぼとぼと歩いた。

水を吸ったデッキシューズはふくれあがって縫い目が裂け、靴底はすり減って細い繊維のようになっている。いつなんどき爪先が革を破って飛び出してきてもおかしくはない。だから、青いダクトテープを巻きつけた。ぐるぐるぐるぐる、靴底から上に回し、くるぶしまで巻き上げた。こうして、靴はいまやハロルドの身体の一部になった。それとも、その逆か？　どちらにしても、ハロルドはいつしか靴にはそれ自体の意思があると思いはじめていた。

先へ、先へ、先へ。それが口から出るたったひとつの言葉だった。それをほんとうに叫んだのか、それとも頭の中で思っただけなのか、あるいは他人がかけてくれた言葉だったのか、それはわからない。ひょっとしたら、自分はこの世に残されたたったひとりの人間かもしれないと思った。いまやあるのは道路だけ。そして、ハロルドはたんなる〝歩き〟の容れ物。彼は青いダクトテープの足であり、ベリック・アポン・ツイードだった。

ある火曜日の午後三時半、ハロルドは風に潮のかおりをかいだ。一時間後、とある丘の頂にたどり着くと、眼前に町が広がっていた。町の周囲を縁取る無数の裂け目は海だった。ピンク色を帯びた灰色の城壁に近づいたが、足を止める者はいないし、あらためて見直そうとする者も、食べ物を差し出す者もいなかった。

手紙を出すために家を出てから八十七日後、ハロルド・フライは聖バーナディン・ホスピスの門にたどり着いた。何度か道を間違えたこともあるし、わざと脇道にそれたこともある。それを含めて、歩いた距離は一千八・八キロに達していた。目の前に見える建物は現代的で控えめ、両方の側面を風に打ち震える木立に守られている。正面玄関近くには古風な街路灯と、駐車場の位置を示す標識板がそれぞれ一本ずつ立っている。芝生のデッキチェアに何人かが座っているが、洗濯を終えた衣類を広げただけのようにも見える。カモメが一羽、頭上で旋回し、鋭い鳴き声をあげる。

ハロルドはゆるやかにカーブする車寄せを歩き、ブザーに指を当てようとした。いまのこの一瞬がこのまま固定されればいい、と思いながら。時間の流れから切り取られたようなこの瞬間、黒ずんだ自分の指が白いブザーの前で止まり、肩に太陽の光が降り注ぎ、カモメが笑っている、この瞬間がいつまでもつづけばいい。旅は終わった。

ハロルドの思いは自身をここにまで連れてきたはるかな距離へと戻っていった。いくつもの道路が見える。丘が、民家が、塀が、ショッピングセンターが、街路灯が、郵便ポストが見える。どれも、これといって並外れたところのないものばかり。すべては自分がただ通り過ぎてきただけのものにすぎない。とくに自分でなくても、どんな人だろうと通り過ぎたはずのものにすぎない。そう思ったとき、ふいに胸苦しさに襲われた。そして、不安になった。意外だった。まさかここまで来て、目的達成の喜び以外の感情を味わおうとは思ってもいなかった。それにしても、おれはいったいなんだって、あんなありふれたこと――誰にだってできることを積み重ねていけば少しはましな何かにつながる、などという思いにとりつかれたのだ？　ハロルドの指は先ほどから同じ位置にとどまっている。ブザーの前で宙に浮いたまま、押そうとはしない。これまでのことはいったいなんだったのだ？

　手を差し伸べてくれたさまざまな人の顔がよみがえった。誰にも求められていない人、愛されていない人のことを考えた。自分自身もそのなかのひとりに数えた。そして、ようやく、ここからどうすべきかを考えた。まず、クウィーニーに土産を渡し、ありがとう、と言葉をかける。だけど、そのあとは？　もうほとんど忘れてしまった元の生活に戻ることになるのだろう。人々が窓辺に安ぴかものの装飾品を置いて、自分と外界との境界線代わりにしている元の生活に。彼がひとつの寝室で眠れないままに夜を過ごし、モーリーンがもうひとつの寝室で夜を過ごす元の生活に。

ハロルドはリュックを肩に掛け、ホスピスに背中を向けた。彼が門を出ようとしたときにも、デッキチェアに横たわった人影は顔を上げようとしなかった。彼が来ることを予想していた者はひとりもいなかった。だから、彼が到着したことに、あるいは立ち去ろうとしていることに気づく者はいなかった。ハロルドの生涯でいちばん並外れた瞬間は、訪れて、なんの痕跡も残さずに消えていった。

こぢんまりしたカフェで、ハロルドはウェイトレスに一杯の水を所望し、バスルームを使わせてほしいと申し出た。お金は持っていないと謝った。ウェイトレスの目が彼のもつれた髪の毛と、破れたジャケットとネクタイを見つめ、そのまま下に向かって泥だらけのズボンまで下り、デッキシューズというより青いダクトテープというほうがふさわしい足まで行って止まった。ウェイトレスが口をゆがめ、背後の灰色のジャケットを着た年かさの女を振り返った。年かさの女はいましも客と話をしているところだった。明らかにウェイトレスの上司のようだった。ウェイトレスがいった。

「じゃあ、急いだほうがいいです」そして、ハロルドをドアのほうに案内した。彼の身体のどの部分にもさわらなかった。

ハロルドは、鏡の中の、おぼろげにしか憶えていない顔と対面した。皮膚が黒ずんだ襞《ひだ》となって垂れている。その下にある頭骨を包むには皮膚が大きすぎ、あまった部分が下がっているという感じだ。額と頬骨のあたりに切り傷が五つ、六つ。髪の毛とひげは思った以上にぼさぼさ、眉毛と鼻孔からは針金のようにごわごわした長い毛が飛び出している。物笑いの種とはこのことだ。はみ出し者だ。手紙を出すために家を出た男の面影はどこを探しても見当たらない。カメラマンに向かってポーズした男、巡礼Tシャツを着たあの男とはまったくの別人だ。

ウェイトレスは使い捨てカップに水を入れて差しだしたが、座れとはいわなかった。ハロルドは意を決して、誰か剃刀か櫛を貸してもらえないだろうかと声をかけた。だが、灰色のジャケットの女店長がつかつかとやってきて、窓の貼り紙を指さした。〝物乞いお断り〟そして、出ていってもらいたい、さもなければ警察を呼ぶ、といいそえた。ハロルドは戸口に向かったが、顔を上げる者はひとりもいなかった。もしかして、おれは悪臭を放っているのだろうか？　もう長いこと外にばかりいるから、どれがいいにおいでどれが嫌なにおいかを忘れてしまった。みんながいたたまれない思いをしている、そんなことはさせたくない、とハロルドは思った。

窓際のテーブルで、若い男とその妻が赤ん坊をあやしていた。胸に強烈な痛みが湧き上がり、まっすぐに立っているのがむずかしくなった。

女店長とカフェの客に向き直り、真正面から顔を合わせた。そして、いった。「息子に会いたい」

そういったとたんに、全身を震えが駆け抜けた。穏やかな震えではなく、身体の奥深くから突き上げてくる痙攣的な震えだった。顔がゆがみ、悲しみが胸筋を引き裂き、ふくれあがって喉元へとせり上がった。

「息子さんはどこにいるんです？」と女店長が訊いた。

ハロルドは両手をぎゅっと握りしめ、自分がばらばらになるのを食い止めようとした。

女店長がいった。「ここで息子さんと会うんですか？　息子さんはベリックにいるの？」

ひとりの客がハロルドの腕に手を置いた。店長よりも穏やかに声をかけた。「ちょっと失礼。もしやあなたはあの歩いていた人ではありませんか？」

ハロルドは息をのんだ。相手のやさしさがハロルドの気持ちを解きほぐした。

「妻と一緒にあなたのなさってることを読みました。わたしら夫婦にも長いこと音信の途絶えた友人がいましてね。先週、ふたりで訪ねていきました。で、一緒にあなたのことを話し合いました」

ハロルドは、男が話し、腕を握るにまかせていたが、自分では言葉を返すことも顔を動かすこともできなかった。

「息子さんはどういう方です？　お名前は？」と男がつづけた。「もしやわたしにお役に立てることでも？」

「息子の名前は――」

突然、ハロルドの心臓がすとんと落下した。塀の上で足を踏み違え、そのまま虚無の中を転げ落ちているような気分だった。「彼はわたしの息子です。名前は――」

女店長は、背後にカフェの客を背負うかたちで、ハロルドを、そしてハロルドの腕に手を置いたやさしい男を、ひんやりした目で見つめたまま、ただ待っていた。あいつらは何も知らない、とハロルドは思った。この胸の中で荒れ狂う恐怖も、混乱も、深い悔恨も、何も知らない。そして、ハロルドは自分の息子の名前を思い出せずにいた。

外に出たハロルドに、若い女が一枚の紙切れを差し出した。

「六十歳以上の方のためのサルサダンスの教室です」と女はいった。「来てくださいい。いまから始めてもけっして遅くありません」

そんなことあるものか。もう遅すぎる。ハロルドは激しく頭を振り、さらに二、三歩よろよろと足を進めた。脚の骨が抜かれたような気分だった。

「チラシを持ってって、お願い」と若い女がいった。「たくさん持ってって。いらなきゃ、ゴミ箱に捨ててくれていいから。あたし、もう帰りたいから」

ハロルドはチラシの束を手にベリックの通りから通りへとよろめき歩いた。どこに行こうとしているのかもわからないままだった。通行人が大きく迂回してハロルドを避けた。それでも、足を止めなかった。自分を欲しいと思わなかった両親を許すことができた。愛し方を教えてくれなかった、あるいは愛にまつわる言葉さえかけてくれなかった両親を許すことができた。両親を、そしてそのまた両親を許すことができた。

ハロルドが求めているのはわが子だけだった。

27 ハロルドともう一通の手紙

ガソリンスタンドの娘さんへ

私にはきみにすべてを話す責任がある。二十年前、私は息子を葬った。そんなこと、本来なら、父親がするべきことではないのだが。息子がどんな大人になるか知りたかった。いまもそうだ。

いまだに息子がなぜあんなことをしたのかはわからない。息子は鬱っぽくて、アルコールに薬を溶かしたものを常用していた。仕事に就けなかった。彼が悩みを打ち明けてくれていたらどんなによかっただろう、と心底思う。

息子は私の庭仕事用の物置で首を吊った。私が庭仕事の道具を吊るしておくために使っていたフックにロープを掛けて。薬を溶かしたアルコールを浴びるように飲んでいたから、ロープを結ぶのにずいぶん時間がかかったはずだ、と検死官はいっていた。結局、自殺と判断された。

息子を発見したのは私だった。そのときのことはとても書けない。あのとき、

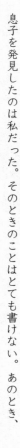

私は神に祈った。ガソリンスタンドできみに会ったとき、私は信心深い人間じゃないといったが、それでも、あのときは祈った。神よ、お願いです、息子を助けてください、どんなことでもしますから、と。私がこの手で息子を抱え下ろしたのだが、そのときはもう息がなかった。遅すぎたのだ。

警察が、ロープを結びつけるのにずいぶん時間がかかっただろう、なんてことをいってくれなきゃよかったのだが。

妻はひどい衝撃を受けた。家から出ようとしなくなった。近所の人にのぞかれたくないといって、窓にメッシュのカーテンを掛けた。そのうちに近所の住民もだんだん引っ越していって、われわれのことや、事件のことを知る者はいなくなった。それでも、モーリーンは私を見るたびに死んだデイヴィッドを見ているのが私にはわかった。

妻はデイヴィッドに話しかけるようになった。デイヴィッドは私と一緒にいるわ、といった。いつもいつもデイヴィッドを待っていた。妻はいまもデイヴィッドの部屋を彼が死んだ日のままにしている。私としては、それを見てあの悲しさをまた一から味わうような気になることもあるが、それが妻の望みなのだから仕方がない。妻は息子を死なせたくないのだ。その気持ちは私にもわかる。母親にとって息子を亡くすというのは耐えがたいことだ。

クウィーニーはデイヴィッドのことを何もかも知っていたが、何もいわなかった。ただ注意深く私を見守ってくれていた。砂糖入りの紅茶を持ってきて、天気の話をしたりしてね。一度だけ、彼女がいったことがある。そろそろ充分じゃないかしら、フライさん。といっても、彼女がいったのは別の問題だった。私のアルコールの話だよ。

はじまりは、検死官の報告を聞く前に気持ちを落ち着けるために一杯だけのつもりで飲んだことだった。ところが、いつのまにか勤め先の机の下に紙袋に隠したアルコールのボトルを置くようになっていた。よくもまあ、あれで夜になってから車を運転して家に帰れたものだ。とにかく、感じることをやめたかったんだ。

ある晩、すっかり酔っぱらって、庭の物置をたたき壊した。だけど、それでも気持ちは収まらなかった。だから、ビール工場に押し入ってとんでもないことをしでかした。クウィーニーは犯人は私にちがいないと気づいて、その責任をかぶった。

彼女はその場でクビになって、そのあと姿を消した。南西部から出ろと警告されたと聞いた。それが身のためだ、といわれたと。それに、クウィーニーの下宿の女家主と親しかった秘書の話をたまたま聞いてしまったんだが、家主によると、クウィーニーは転居先を知らせていかなかったそうだ。私は彼女を行かせてしまった。彼女に責任をかぶせてしまった。でも、アルコールはやめた。モーリーンとは長いこと喧嘩ばかりだったが、そのうちにだんだん口をきかなくなった。彼女は夫婦の寝室を出ていった。私を愛してくれなくなった。彼女は別れるつもりでいるんだろうなと思ったことが何度もあったが、そうはならなかった。私は毎晩眠れなかった。

世間では、私が歩いているのは、その昔、クウィーニーと私が恋人同士だったからだと思っているようだが、それは違う。私が歩いたのは、クウィーニーが私を救ってくれたのに、とうとう彼女に、ありがとう、といわずじまいになったからだ。そして、いま私はきみにこの手紙を書いている。もう何週間も前になるが、きみが信仰のこととおばさんのことを話してくれたおかげで、どれだけ私が助けられたかをきみに知ってもらいたいからだ。もっとも、私の勇気なdきみの勇気に比べればちっぽけなものだがね。

心から、ありがとう。

ハロルド（フライ）

追伸　きみの名前を知らなくて申し訳ない。

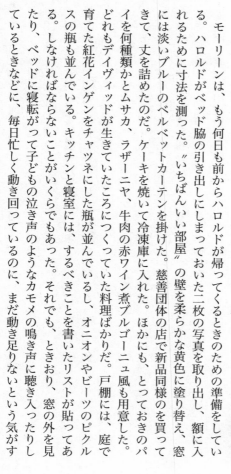

28 モーリーンと訪問者

モーリーンは、もう何日も前からハロルドが帰ってくるときのための準備をしている。ハロルドがベッド脇の引き出しにしまっておいた二枚の写真を取り出し、額に入れるために寸法を測った。〝いちばんいい部屋〟の壁を柔らかな黄色に塗り替え、窓には淡いブルーのベルベットカーテンを掛けた。慈善団体の店で新品同様のを買ってきて、丈を詰めたのだ。ケーキを焼いて冷凍庫に入れた。ほかにも、とっておきのパイを何種類かとムサカ、ラザーニヤ、牛肉の赤ワイン煮ブルゴーニュ風も用意した。どれもデイヴィッドが生きていたころにつくっていた料理ばかりだ。戸棚には、庭で育てた紅花インゲンをチャツネにした瓶が並んでいるし、オニオンやビーツのピクルスの瓶も並んでいる。キッチンと寝室には、するべきことを書いたリストが貼ってある。しなければならないことがいくらでもあった。それでも、ときおり、窓の外を見たり、ベッドに寝転がって子どもの泣き声のようなカモメの鳴き声に聴き入ったりしているときなどに、毎日忙しく動き回っているのに、まだ動き足りないという気がすることがあった。何か大事なことを見逃しているという気がするのだ。もしハロルドが帰ってきて、また歩かねばならないといいだしたら？　もし彼がわたしより大きな人間になっていたら？

朝早く、玄関のベルの鳴る音を聞いて、モーリーンは二階から下りていった。血色の悪い娘が玄関先で待っていた。長くて艶のない髪、もう暑い季節だというのに、黒いダッフルコートを着ている。

「中に入れていただいてもいいですか、フライさん？」

紅茶と数切れのアプリコット・フラップジャックを前に、娘は三ヵ月ほど前にハロルドにチーズバーガーを売ったのは自分だ、といって話しはじめた。ハロルドからきれいな絵はがきが何枚も届いた。ところが、ハロルドが急に有名になったために、店のまわりにファンだのジャーナリストだのが押し寄せてきて迷惑した。結局、上司に衛生面と安全上の理由から辞めてほしいといわれてしまった、というのだ。

「あなた失業したの？　それはひどい話ねえ」とモーリーンはいった。「ハロルドがそれを知ったら、さぞ申し訳ないと思うでしょうね」

「それはかまわないんです、フライさん。どうせ、あの仕事好きじゃなかったし。お客さんなんていっつも怒鳴り散らしてばっかりだし、せっかちすぎるし。ただ、あたし、おたくのだんなさんに信仰の力がどうのこうのなんていろいろいったけど、あれ以来ずっとそれが気になってたまらなくて」娘はそわそわと落ち着きがなく、不安げだった。同じほつれ髪を何度となく耳のうしろにかけ直した。べつだんほつれてもいないのに。「あたし、だんなさんに誤解させちゃったんだと思う」

「だけど、ハロルドはあなたの言葉を聞いて、その気になったのよ。あの人を歩く気にさせたのは、あなたの信仰心よ」

娘はダッフルコートにくるまって座ったまま唇を噛んだが、その噛み方は血が出るのではとモーリーンが心配するほど強かった。ややあって、娘はポケットから封筒を引っぱりだすと、中から数枚の紙を抜いて差し出した。手がぶるぶる震えていた。

「これ」と娘はいった。

モーリーンの口がへの字になった。「六十歳以上の方のためのサルサダンス？」

娘は紙に手を伸ばして裏返した。「手紙は裏に書いてあります。だんなさんからの手紙です。ガソリンスタンドに届きました。友だちが、ボスに見つからないうちに持ってってたほうがいいっていってくれて」

モーリーンは黙って読みながら、一文一文に涙した。二十年前、夫妻の仲を裂いたあの喪失は、いまなお新しく起きつつあることのように胸を切り刻むと同時に、いまだにその意味の理解できないできごとでもあった。読み終えたモーリーンは、娘に礼をいい、手紙をたたんで折り目に爪を滑らせた。そして、封筒に戻した。モーリーンは座っていた。身じろぎもせずに座ったままでいた。

「フライさん？」

「説明しなければいけないことがあるの」

モーリーンは唇をなめ、言葉が口から出やすくなるようにした。ほっとする思いがした。ハロルドの告白に心を動かされ、いまこそデイヴィッドの自死と、両親である自分たち夫婦の仲を引き裂いたあの悲嘆にまつわる事実を共有すべきだという気になった。「主人とはしばらく怒鳴り合いが絶えなかったわ。わたしはハロルドをものすごく責めた。ひどいことをいろいろいったの。もっといい父親でなきゃいけなかったのよ、とか。アルコールの問題はあなたの血筋のせいよ、とか。そのうちに、お互い、言葉が尽きたみたいになって。そのころだったわね、わたしがデイヴィッドと話をするようになったのは」

「彼の幽霊とってこと？」と娘はいった。明らかに映画の見すぎだ。

モーリーンは首を横に振った。「幽霊じゃないわ。そうじゃない。むしろ、存在というか。身近にデイヴィッドがいる感じといえばいいかしらね。それがわたしのたったひとつの慰めだったの。最初はちょっとしたことしか話さなかったわ。『どこにいるの？』『顔が見たいわ』とか、そういうことしか。でも、時間が経つにつれて、話すことがだんだん多くなって。ハロルドにはいわないことを何もかも話したわ。たまに、こんなこと始めなきゃよかったと思うこともあったけど、でも、もし話しかけるのをやめたら、どういうわけか、デイヴィッドを裏切ることになるという気がしてね。もし彼がほんとうにいたらどうする？　もし彼がわたしを必要としていたら？だから、自分に言い聞かせたの、充分に時間をかけて待っていたら、あの子が顔を見せてくれるかもしれないって。ほら、お医者の待合室によくあるじゃない、そういう記事を載せてる雑誌が。待ってるあいだに、そういう雑誌を読むじゃないの。とにかく、あの子に会いたくてたまらなかったの」モーリーンは目元を拭いた。「でも、だめだった。いくら目を皿のようにしてまわりを見ても、あの子はとうとう出てきてくれなかった」

娘はティッシュペーパーに顔を押し当てて大泣きをした。「もう、やだぁ、そんなの悲しすぎるよ」ティッシュペーパーの陰から現れた娘の顔は、目がそれまでよりもぐんと小さくなり、頬も真っ赤で、まるで皮膚を一枚くるりと剝《む》いたのではと思えるほどだった。鼻と口から鼻水とよだれが垂れ下がって輪になっていた。「あたし、すっごい嘘つきなんです、フライさん」

モーリーンは手を伸ばして娘の手を取った。子どものように小さな、しかし驚くほどあたたかな手だった。モーリーンはその手をきつく握りしめた。

「あなたは嘘つきなんかじゃないわ。そもそも、うちの人が旅を始めたのはあなたのおかげなんですもの。あの人が歩く気になったのは、あなたのおばさんの話を聞いたからなのよ。さあ、泣いちゃだめ」

娘はまたしゃくり上げ、ティッシュペーパーに顔を埋《うず》めた。ややあって顔を上げると、小さな目をしばたたき、震える息をついた。「そのことです」と、ようやく娘は口を開いた。「あたしのおばさん、死んでるんです。何年も前に死にました」

モーリーンは何かが崩れてばらばらになるのを感じた。部屋ががたんと揺れたような気がした。階段を踏み外したときの気分だった。「おばさんがなんですって？」言葉が口の中に貼りついた。口を開け、ごくりと唾をのみこみ、さらにもう一度のみこんだ。そして、急きこんでいった。「だって、あなたの信仰はどうしたの？　それでおばさんは救われたんじゃなかったの？　それが今度のこの話の肝心要《かんじんかなめ》の点じゃなかったの？」

娘は上唇の端を噛んだ。顎がゆがんだ。「いったんがんになったら、何をしたって病気が進むのを止められっこないんです」

初めて事の真相を目の前に突きつけられたが、そのじつ、それくらいのことは最初からわかっていたことにあらためて気づかされたような気分でもあった。もちろん、末期がんの進行を止めることはむずかしい。モーリーンの頭にハロルドの旅を信じてついていった大勢の同行者のことが浮かんだ。とぼとぼ歩くハロルドのことを思った。体内を震えが駆け抜けた。

「いったでしょ、あたし、すっごい嘘つきなんです」と娘がいった。

モーリーンは指先で額をそっと叩いた。身体の奥深くからさらに別の何かがせり上がってくるのを感じた。だが、その何かは、デイヴィッドにまつわる話をするときとは違って、身をよじるような罪悪感となって彼女に襲いかかってきた。モーリーンはゆっくりと口を開いた。「もしここにひどい嘘つきがいるとしたら、それはこのわたしよ」

娘が首を横に振った。明らかに、いわれたことの意味が理解できていないようだった。

モーリーンは自分のことを、穏やかに、ゆっくりと、娘の顔を見ないようにして話しはじめた。娘の顔を見なかったのは、ひとつひとつの言葉を、胸の中の、長年隠し通してきた秘密の場所から引っぱり出すことに神経を集中させねばならなかったからだ。二十年前、デイヴィッドが自死を遂げたあと、クウィーニー・ヘネシーがフォスブリッジ・ロード13番地を訪ねてきて、ハロルドに会いたいといったときのことを、モーリーンは打ち明けた。そのとき、クウィーニーは真っ青な顔をして、花束を抱えていた。彼女は極端に平凡な、それでいて豊かな気品を感じさせる女性だった。

「クウィーニーがいったの、ハロルドに言伝《ことづて》をお願いできますか、ビール工場のことってもらいたいことがあるんです、って。そのあと、知っておいていただきたいことの内容を説明して、わたしに花束を差し出して帰っていったの。いま思えば、彼女がいなくなる前に最後に会ったのは、たぶん、わたしだったんでしょうね。結局、わたしは花束をゴミ箱に捨てて、ハロルドにはなんにも伝えなかったの」モーリーンはそこで言葉を切った。先をつづけるのはつらく、罪悪感も大きすぎた。

「彼女はなんていったんですか、フライさん?」と娘。その声はあまりにも穏やかで、闇の中で出合った導きの手のように思えた。

モーリーンは口ごもった。あのころは毎日がつらくて、と彼女はいった。だからといって、それが彼女のしたこと、あるいはしなかったことの言い訳にはならない。あんなことをしなければよかった、とモーリーンは思った。

「でも、あのときのわたしは腹を立ててたの。デイヴィッドは死んでしまった。嫉妬もあったわね。クウィーニーはハロルドにやさしかった。わたしはやさしくなれないのに。もしクウィーニーの言葉を伝えたら、ハロルドは気持ちが休まるだろうと思ったのね。そんなこと、許せなかった。彼の気持ちが休まるなんて冗談じゃないと思ったわ。わたしには心の慰めになるようなものはなんにもないのに」

モーリーンは顔を拭いて、話をつづけた。

「クウィーニーの話だと、ある晩、ハロルドがネイピアのオフィスに押し入ったっていうの。その日の夕方、まだ陽のある時間に、ハロルドがビール工場の外の、自分の車の中に座っているのを見かけたんですって。でも、そばに行かなかった、ってクウィーニーはいったわ。もしかしたら泣いてるのかもしれない、だったら邪魔しないほうがいいと思ったから、って。ところが、つぎの日、前の晩にちょっとした事件があったという話が社内に広まって、それを聞いて初めて、そういうことだったのかと気づいたんですって。悲しみがさせたことです、とクウィーニーはいったわ。人間って、悲しいことがあるとふだんなら考えられない行動に出ることがありますから、って。彼女の目には、ハロルドが自滅の道を走ってると映ったらしいの。ネイピアの大事にしてたムラーノガラスの道化人形をこなごなに壊すことで、わざとネイピアが最悪の行動に出るように仕向けたというの。ネイピアって、復讐のためなら何をしでかすかわからない男だったから」モーリーンはそこで間をおいて、そっと鼻を拭いた。

「だから、クウィーニーが罪をかぶったの。」「器量のよくない女が相手なら少しはまるくおさまるというわけね。ネイピアはあっけにとられたみたいよ。クウィーニーに、はたきをかけててうっかり道化人形を壊してしまった、なんていわれたもんだから」

娘は声をあげて笑い、同時に泣いていた。「ということは、今度のことは全部おたくのだんなさんがガラスの道化人形を壊したのがはじまりだった、ってこと？　それって、値打ちのあるものだったの？」

「全然。ただね、お母さんの形見だったらしいの。ネイピアって、ひどい悪党だったわ。奥さんは三人もいたけど、三人とも殴られて目のまわりが真っ黒になったって。なかには、肋骨を折られて入院した人もいたというし。だけど、お母さんのことは愛してたのね」モーリーンはそこまでいって弱々しい笑みを浮かべた。笑みはつかのまとどまっていたが、ほどなく彼女は肩をすくめて笑みを振り払った。「だから、クウィーニーはネイピアの前に立って、ハロルドがしでかしたことの責任をかぶって、ネイピアにクビにされるように仕組んだというの。クウィーニーはわたしに何もかも打ち明けたうえで、ハロルドには心配しないでと伝えてほしい、っていったの。ハロルドにはとてもよくしてもらいました、だから、これはわたしにできるせめてものことです、って」

「だけど、だんなさんには伝えなかった？」

「ええ。ハロルドには苦しませておけばいい、ということね。そんなわけで、夫婦のあいだにまたひとつ口にできないことが増えて、ますます溝が広がってしまった」モーリーンは目を大きく開けて、涙がこぼれるにまかせていた。「だからね、あの人がわたしを捨てて出ていったのも当然なの」

ガソリンスタンドの娘は答えなかった。もうひとつフラップジャックを手に取り、そのまま数分間、その味のことだけを考えているように見えた。しばらくして、また口を開いた。「だんなさんがおばさんを捨てて出ていったっていうのは違うと思うな。それに、おばさんは大嘘つきなんかじゃないってば。人間、誰だって間違うことくらいある。けど、あたし、ひとつだけわかるな」

「何？　何を？」とうめくようにいって、モーリーンは両手で抱えた頭を揺り動かした。あんなに昔の過ちをどうすれば償えるの？　この結婚はもうおしまいだ。

「もしあたしがおばさんなら、こんなとこにへばりついてビスケット焼いたり、あたしみたいな者としゃべったりしてないな。何かしてると思うよ」

「だけど、はるばるダーリントンまで行ったのよ。でも、なんにも変わらなかった」

「それはまだ調子がよかったときのことでしょ。あれからいろいろあったじゃない」

娘の声はとてもゆったりと自信たっぷりだったので、モーリーンは思わず知らず顔を上げた。娘の顔は相変わらず青白い。だが、その顔が、ふいに相手の警戒心を解かせるような透明さで輝いた。おそらくは、モーリーンがぎくりとしたか叫び声をあげたかしたのだろう。ガソリンスタンドの娘が笑いながらいったから。「ベリック・アポン・ツイードに行っておいでよ」

29 ハロルドとクウィーニー

手紙を書いたあと、ハロルドはある若者に頼みこんで封筒と速達料金分も含んだ切手を買ってもらった。クウィーニーを訪ねるにはすでに時間が遅すぎる。だから、公立公園のベンチで寝袋にくるまって夜を過ごした。翌朝早く、公衆トイレに入り、顔を洗って髪に手櫛を通した。洗面台に誰かが置いていった使い捨て剃刀があったので、それを使ってひげを剃った。うまく剃れなかったが、それでも大部分が剃れて、伸びすぎてカールしていたものが無精ひげ程度に見えるようになった。ただし、あの風変わりな山羊ひげだけはそのまま残しておいた。口のまわりの肌が晒《さら》されたように白く、鼻や目のあたりのなめし革のような肌とひとつづきとは思えなかった。リュックを肩に掛け、ホスピスに向かった。体内にあったものがすべて抜き取られたような気がして、何か食べなければいけないだろうかと思ったが、食欲はまるでなく、むしろ、吐き気さえ覚えていた。

空は白くて厚い雲に覆われていた。だが、潮のかおりには早くもぬくもりが忍びこんでいる。家族連れの車がつぎつぎにやってきては、ピクニックランチと椅子を並べ、ビーチに家庭の雰囲気を作りだしていた。はるか水平線上で、金属の板を張ったような海が朝の光を反射してきらめいていた。

旅は終わろうとしている。ハロルドはそれを意識しながら、どんなふうに終わるのか、終わったあとは何をすればいいのか、見当もつかずにいた。

聖バーナディン・ホスピスの車寄せに入り、いま一度舗装面を歩いた。舗装はつい最近施されたばかりのようで、柔らかさが足を通して伝わってきた。ブザーを今度はためらうことなく押すと、目を閉じて壁を手で探った。出迎えてくれるのは電話で話したあの看護師だろうか？　あまり説明しなくてすめばいいのだが。もうくどくど説明するだけのエネルギーは残っていないから。ドアが開いた。

目の前に、髪をベールで包み、襟の高いクリーム色の修道服を着た女性が立っていた。ベルトつきの黒い上着《オーバーガーメント》をはおっている。ハロルドの全身の皮膚がぶるぶる震えた。

「わたし、ハロルド・フライです」とハロルドはいった。「ずっと遠くからクウィーニー・ヘネシーを救うために歩いてきました」急に水が欲しくてたまらなくなった。脚が震えた。椅子が欲しかった。

シスターがほほえんだ。肌は柔らかくてなめらか、見える範囲の髪は根元が灰色になっている。シスターは手を伸ばすと、両手でハロルドの手を包みこんだ。あたたかくてざらざらの、たくましい手だった。ハロルドは泣き出しそうになった。「ようこそ、ハロルド」とシスターがいった。ついで、シスター・フィロミーナと自己紹介をして、ハロルドを中へとうながした。

ハロルドはドアマットで足を拭き、やや間をおいてもう一度拭いた。

「いいんですよ」とシスターはいったが、ハロルドはやめられなかった。入り口で足踏みをしてから片足を上げ、靴に何もついていないことを確かめた。思ったとおり、何もついていなかったが、それでも靴底を硬い玄関マットにこすりつけつづけた。子どものころ、おばさんたちに家に入れてもらうために、やはりそうしたものだった。

ついで、腰を屈めてダクトテープを剝がしはじめた。少し時間がかかっただけでなく、テープが指に貼りついてやっかいなことこのうえなかった。手間どれば手間どるほど、こんなことやめればいいのにという思いが強くなった。

「デッキシューズはここで脱いでいったほうがよさそうですね」建物内の空気はひんやりとして動かない。モーリーンを思い出させる消毒薬のにおいと、ほかにも熱い食べ物のにおいがする。たぶん、ジャガイモ料理だろう。ハロルドは片足の爪先を使ってもう一方の靴を脱ぎ、同じ要領でもう片方の靴も脱いだ。靴下だけで立っていると、丸裸にされたような、身長が縮んだような気がした。

シスターがほほえんだ。「さぞかしクウィーニーにお会いになりたいことでしょう」そして、よろしいですか、と問いかけた。ハロルドはうなずいた。

　ふたりの足は青いカーペット敷きの通路を音もなく進んだ。拍手はない。笑い声で迎えてくれる看護師もいない。歓呼の声をあげる患者もいない。ハロルドが、シスターのたるんだシルエットを追って、清潔で何もない廊下をただ歩いているだけだった。空気が歌声を運んでくるような気がしたが、もう一度耳を澄まして、たぶん、空耳だったのだろうと思い直した。歌声と聞こえたのは、おそらくは前方にある〈ヴェルックス〉の天窓につかまった風の音か、誰かの呼び声だったのだろう。そういえば、花束を持ってくるのを忘れてしまった。

「だいじょうぶですか？」とシスター。

　ハロルドはもう一度うなずいた。

　先に進むにつれて、ハロルドは左手の窓が開けられたままで、庭が見えることに気がついた。きれいに刈りこまれた芝生をあこがれの目で眺め、自分の素足が柔らかな芝に沈むところを想像した。ベンチが数脚、スプリンクラーが一基。弓状にほとばしる水が鞭となって空気を打ちながら、ときおり陽の光をとらえてきらめいている。前方に、閉じたドアがずらりと並んでいる。あのドアのどれかの向こうにクウィーニーがいるはずだ。視線を庭に固定したまま、強力な恐怖の大波が押し寄せるのを感じていた。

「どれくらい歩いてきたとおっしゃいました？」

「ああ」とハロルド。彼の旅の持つ意味は、シスターのあとを追いかけているこのときでさえどんどん減ってゼロに近づこうとしている。「長いあいだ」

シスターがいった。「じつは、例の巡礼さんたちは中にお入れしませんでしたのよ。あの方たちのことはテレビで見ていました。なんだか騒々しいように思えましたので」シスターはそういって振り向いた。彼女がウィンクをしたように見えたが、そんなことはないはずだ。

ふたりは半ば開いたドアの前を通り過ぎた。ハロルドは中を見ようとしなかった。

「シスター・フィロミーナ！」と声がした。ささやくようにか細い声だった。

シスターは足を止めて別の部屋をのぞきこんだ。ドア枠の中に立って両腕を大きく広げていた。「すぐに行きますからね」と中の人物にいった。片足をわずかに上げて立ち、背後を指さした。バレリーナを思わせる仕草だったが、足に履いているのはスニーカーだった。ハロルドに向き直り、あたたかい笑みを浮かべて、もうすぐですよと声をかけた。ハロルドは寒さを、あるいは疲労を、あるいは命が絞り出されるような何かを感じた。

シスターはもう二、三歩進んで立ち止まり、ドアをやさしくノックした。しばらく、木のドアに手と耳を当てて様子をうかがい、まもなく少しだけドアを開けて中をのぞいた。

「お客さまよ」と、ハロルドにはまだ見えない部屋の中に向かって、シスターはいった。

ドアを開けて壁に押しつけ、そのドアにへばりついてハロルドを通そうとした。

「なんてすばらしいんでしょ」とシスター。ハロルドはまるで足から空気を吸い上げるようにして大きく息をつくと、顔を上げて目の前の部屋をじっと見つめた。

窓がひとつあるだけ。薄いカーテンが一部引いてある。そして、その向こうには空。ずいぶん遠くの空のように見える。木の十字架がひとつ、その下に簡素なベッド。ベッドの下にはおまる、脇には座る者のいない椅子が一脚。

「だって、彼女はいませんが」予期しなかった安堵感が、めまいの波となって押し寄せてきた。

シスター・フィロミーナが笑った。「いいえ、いますとも」そして、ベッドのほうに顎をしゃくった。ハロルドはもう一度ベッドに目を向け、そこのひんやりした白いシーツの下に、かすかな人形《ひとがた》のようなものを見つけた。何かがその脇に伸びている。長くて白いかぎ爪のようなものだ。もう一度のぞいて、それがクウィーニーの腕であることに気がついた。血が一気に頭に駆け上った。

「ハロルド」とシスターの声がした。顔がすぐ間近にあった。細かな皺が蜘蛛《くも》の巣状に刻まれていた。「クウィーニーは意識が朦朧としていますし、いくらか痛みもあります。でも、待ってたんですよ。あなたがおっしゃったとおりに」そういうと、シスターはハロルドを通すために一歩引いた。

ハロルドは二、三歩近づき、さらにもう二、三歩近づいた。心臓がどきんどきんと打っていた。何百キロもの距離を歩いて会いにきた女性のそばについに立ったいま、ハロルド・フライの脚はがくがくしてもう少しで崩れそうになっていた。そして、当の女性は、手を伸ばせば触れそうなところで横になったまま、ぴくりとも動かない。顔は陽の差しこむ窓のほうに向いている。眠っているのか。それとも、薬で朦朧としているのか。いや、ハロルドではないほかの誰かを待っているのか。動かず、彼の到着にも気づかず、彼女はあくまでも自分だけの世界に入りこんでいる。シーツの下のこの肉体にはほとんど形がない。子どものように小さな身体だ。

ハロルドはリュックを肩からはずし、胸の前で抱きしめた。目の前の光景を寄せつけまいとするかのように。もう一歩、思い切って近づいた。さらに、もう一歩。

かろうじて残ったクウィーニーの髪は薄くて白く、生け垣に咲く花の綿毛を思わせた。ぽやぽやと頭皮を包み、横に分かれて、激しい風に吹き倒されたかのようだ。頭骨を覆う皮膚は紙のように薄い。首には包帯が巻かれている。

クウィーニー・ヘネシーはかつての彼女とは別人だった。一度も会ったことのない人のようだった。幽霊。抜け殻。一瞬、うしろを振り返ってシスター・フィロミーナを探したが、戸口にはすでに誰もいなかった。シスターは消えていた。

土産物を置いて出ていってもいい。カードの一枚もつけて。何かメッセージを書いて置いていくのがいちばんよさそうだ。そのほうが、慰めになるようなことを伝えられるから。体内を突発的なエネルギーが突き抜けた。彼が引き返そうとしたまさにそのとき、クウィーニーの頭がゆっくりと、しかし着実に窓からこちらに向きはじめて、ハロルドはふたたび硬直して目を見張った。最初に左目が見えた。つぎに鼻が、最後に右頬が見えて、彼女はいま真正面から彼と向き合った。二十年ぶりの対面だった。ハロルドの呼吸が停止した。

クウィーニーの顔は何もかもがおかしい。ふたつの顔がひとつにつながっている。ひとつめの顔からふたつめの顔が生えている。頬骨の上あたりから生え、顎にかぶさるようにはみ出している。いやに巨大だ、生えている顔――目もなければ鼻もないふたつめの顔は。その顔がいつなんどきひとつめの顔の皮膚を破って飛び出してくるかわからない。ふたつめの顔のために右目はふさがり、耳のほうに引っぱられている。下唇は押されて斜めにゆがみ、顎に向かって滑り落ちそうだ。とても人間の顔とは思えない。けれども、そのとき、クウィーニーがかぎ爪の手を上げた。顔を隠そうとするように。でも、隠せない。ハロルドはうめいた。

うめき声はハロルドがそうと意識しないうちに口から飛び出していた。クウィーニーの手が何かを探ったが、目的のものは見つからないようだった。

ちっともこわくない、ちゃんと見られる、そんなふりができたらどんなにいいだろう。でも、できない。口が開き、ふたつの単語がぼそぼそとこぼれ出した。「こんにちは、クウィーニー」一千キロを超える距離を歩いてきて、それが彼にいえることのすべてだった。

クウィーニーは何もいわなかった。

「ハロルドだよ」と彼はいった。「ハロルド・フライだ」気づいたときには、彼はうなずきながら、一語一語を誇張して、彼女の損なわれた顔にではなく、かぎ爪のような手に向かって話しかけていた。「昔、同じ職場で働いていただろ。憶えてるかな？」

ハロルドは、もう一度だけ、巨大な腫瘍に視線を向けた。球根のような形のてらてら光る塊、そこに細い静脈と紫色の痣が見える。皮膚が、塊を収めているのももう限界とばかりに悲鳴をあげているように見える。クウィーニーの開いたままの片目が、ハロルドに向いてまばたきをした。もう片方の目から、濡れたものが一筋すっと流れて枕に落ちた。

「わたしの手紙を受け取ったかな？」

表情は、箱罠に捕らえられた動物のそれのようにむき出しだった。

「絵はがきは？」

わたしは死にかけてるの？　クウィーニーのビー玉の目がそういった。死ぬのは苦しい？

見ていられなかった。リュックの口を開け、中身を探った。けれども、リュックの中は暗いし、手は震える。おまけに、クウィーニーに見られていることを意識するあまりに何を探しているのかがわからなくなった。「ちょっとしたお土産を持ってきたんだ。途中で買ったんだ。バラ石英。窓辺に吊るしておくとすてきだと思うよ。とにかく探さなきゃ。それと、どこかに蜂蜜も入ってるはずだ」そのとき、ふと、顔にあれほど大きなできものがあるのでは何も食べられないだろうと思い当たった。「蜂蜜は好きじゃないかもしれないけど、それはいいんだ。だけど、容れ物がすてきなんだよ。ペン立てなんかにいいんじゃないかな。バックファスト修道院《アビー》で買ったんだ」

バラ石英の入った紙袋を引っぱり出してクウィーニーに差し出した。クウィーニーは動かなかった。だから、彼女のかぎ爪の手から少しだけ離れたところに置いた。そして、二度そっと叩いた。顔を上げたとたんに、肌が凍りついた。クウィーニー・ヘネシーが枕からずり落ちそうになっている。恐るべき顔の重みで地面に引きずり下ろされようとしているかのようだ。

どうすればいいかわからない。なんとかしなければいけないのはわかっている。なのに、どうすればいいかがわからない。包帯にくるまれた首の下に、ほかにも何かがあるのではないか。もっと無残なものが。彼女の命のもろさを語るもっと残酷な証拠が。そんなことには耐えられない。だから、助けを呼んだ。最初は静かに。クウィーニーを動揺させないように。なのに、二度、三度と呼ぶたびに、声はどんどん大きくなった。

「こんにちは、クウィーニー」といいながら、シスターが入ってきた。先ほどのシスターではないようだ。声がもっと若いし、身体もがっしりしている、それに物腰も大胆だ。「少し光を入れましょうね。これじゃ、死体保管所みたい」シスターは窓辺に行くと、カーテンをぐいと引いた。吊るし金具がカーテンレールにこすれて悲鳴をあげた。「よかったわねえ、お見舞いに来てもらって」ハロルドには、シスターのすべてがこの部屋には、そしていまにもはかなくなりそうなクウィーニーには、生気にあふれすぎているように思えた。そんなシスターにクウィーニーのような生死の境にある患者の世話をさせるホスピスに怒りを覚えた。そのくせ、彼女が急場を救ってくれたことにほっとしていた。

「彼女――」みなまでいえなかった。だから、ハロルドは指さした。

「またなの、だめねえ」とシスター。なんとも朗らかな声だった。ブラウスに食べ物をこぼした子どもにいうような口調だった。

シスターはベッドの向こう側に移って枕を整え、クウィーニーの脇の下に腕を入れて上体を起こし、引き上げた。クウィーニーはぬいぐるみ人形のようにされるがままだった。それを見て、ハロルドは思った――この先ずっと、自分は彼女のこんな姿を記憶にとどめることになるのだろう。耐えに耐える彼女の姿を。そして、その間《かん》に誰かが彼女を持ち上げて枕にもたれかからせながら、滑稽なつもりの、ただし聞かされる側にとっては腹に据えかねるコメントを吐く……。

「ヘンリーは、たしかに歩いてきたのよ。はるばる――どこからだったかしら、ヘンリー？」

ハロルドは口を開け、自分はヘンリーではないこと、住んでいるのはキングズブリッジであることを説明しようとしたが、口も開かないうちにその気が失せた。彼女の間違いを正すのは労力の無駄に思えた。その瞬間、自分がハロルドであろうが誰であろうが、そんなことはもうどうでもいいことのように思えたのだ。

「ドーセット、だったかしら？」とシスター。

「ああ、そのとおり」とハロルドはシスターの口調を借りて相づちを打った。そのせいか、一瞬、シスターとふたりで海風に逆らいながら大声で話しているような気分になった。「うんと南からね」

「この方にお茶でもお出ししましょうかね？」と、シスターはクウィーニーの顔も見ないで声をかけた。「どうぞおかけください、ヘンリー。お茶を淹《い》れてきますから、そのあいだに最近の様子でも確かめておいてください。このところ、結構大変だったんですよ、わかります？　手紙は山ほどくるし、カードもいっぱいくる。先週なんて、オーストラリアのパースから手紙をくれた女性までいましたしね」シスターは部屋を出がけにハロルドに顔を向けてこういった。「彼女、ちゃんと聞こえてますよ」

ほんとうに聞こえているのなら、そんなことをいうのは思いやりに欠けるのではないかと思ったが、ハロルドは何もいわなかった。いまさらそんなことをいってみても始まらないと思ったからだ。

クウィーニーのベッド脇の椅子に腰を下ろした。ほんの少しだけ椅子を引き、彼女の邪魔にならないようにした。両手を膝のあいだに押しこんだ。

「こんにちは」ともう一度声をかけた。まるで初対面だというように。「あんたはとてもがんばってる。家内が――モーリーンを憶えてるかな？――家内が、よろしく、といってる」いまならばモーリーンのことを持ち出してもだいじょうぶだという気がした。クウィーニーがこの気まずさをほぐすようなことをいってくれればいいのにと思ったが、そうはいかないことはわかっていた。

「ほんとに、あんたはがんばってる」そして、やや間をおいて、つけ加えた。「ほんとに、すごくがんばってるよ」そろそろシスターがお茶を持ってくるころではないかと振り返ったが、依然として部屋にいるのはふたりきりだった。眠くはないはずなのに、大きなあくびを抑えることができなかった。「長いこと歩いてきたもんだから」と弱々しく弁解した。「バラ石英を吊るそうか？　店の窓辺に吊ってあったんだ。気に入ってもらえると思うんだけどな。癒やし効果《ヒーリングパワー》があるそうだ」クウィーニーの開いたままの目が彼の目と絡み合った。「わたしはそういうことには詳しくないんだけどね」

あとどれくらいこの状態に耐えなければならないのだろう、とハロルドは思った。紐《ひも》の先端で揺れるバラ石英を手に立ち上がり、それを吊るすにふさわしい場所を探すふりをした。窓の向こうの空は真っ白で、それが雲のせいなのか、それとも明るい太陽のせいなのか、彼にはよくわからなかった。庭では、麦わら帽子をかぶったシスターが、患者の車椅子を押して芝生を渡りながら、やさしく話しかけている。祈りでも捧げているのだろうか、とハロルドは思った。シスターの揺るぎなさがうらやましかった。

ハロルドは過去のさまざまな感情とイメージがざわざわと沸き立つのを感じていた。どれも、長い年月、胸の奥深くに葬ってきたものばかりだった。それを抱え、意識しながら日々を生きるのは人間の耐える限度を超えていたからだ。窓台をつかみ、深呼吸をしたが、空気はあまりにも熱く、安堵感をもたらしてはくれなかった。

彼はいまふたたびあの午後を、柩《ひつぎ》の中のデイヴィッドに最後の別れを告げるために、モーリーンを車に乗せて葬儀屋に向かったあのときを、追体験していた。モーリーンはいくつかのものを持ってきていた。真っ赤なバラを一本、テディベア、そしてデイヴィッドの頭を支える枕。車の中でモーリーンは、あなたはあの子に何をあげるの、と訊いた。ハロルドが何も持っていないことを知りながら。太陽が空のごく低いところで照りつけ、運転する彼の目を痛めつけた。ふたりともサングラスをかけていた。モーリーンは家でもサングラスをはずそうとしなかった。

葬儀屋に着くと、モーリーンは、驚いたことに、ひとりでデイヴィッドにさよならをしたいといいだした。だから、ハロルドは葬儀屋の前で頭を抱えて座ったまま、自分の番がくるのを待っていた。通りがかりの男が足を止めて煙草を差し出した。ハロルドはそれに応えて、アルバイトでバスに乗っていたとき以来吸っていなかった煙草を受け取った。頭の中では、父親として死んだ息子にどんな言葉をかけてやれるものかと考えていた。ハロルドの手の震えが激しくて、通行人はマッチを三本費やして、ようやく手の中の煙草に火をつけることに成功した。

濃厚なニコチンがハロルドの喉にひっかかり、うねりくねりつつ体内に達して内臓を跳ね上げた。立ち上がってゴミ箱に覆いかぶさったとたんに、激しい腐敗臭が鼻をついた。そのとき、背後から、空気を引き裂くような低く耳障りな泣き声が聞こえてきた。そのあまりの動物的な強烈さに、ハロルドはゴミ箱にかぶさったまま動けなくなった。

「いやぁー！」と葬儀屋の中からモーリーンの絶叫が聞こえてきた。「いや！　いや！　いやぁー！」声はこだましながらハロルドの身体を駆け抜け、金属の色をした空を打ちつけたかのようだった。

ハロルドはいつのまにかゴミ箱に白い泡を吐きだしていた。

外に出てきたモーリーンは、一度だけ彼と目を合わせたきり、すぐさまサングラスに手をかけた。激しく泣いた彼女の全身は流体になったようにさえ見えた。しかも、彼女はすっかりやせ細っている。ハロルドはそれに気づいて激しい衝撃に打ちのめされた。黒いドレスに包まれた彼女の肩は、まるで針金のハンガーだった。そばに行って抱きしめ、抱きしめられたかった。だが、ハロルドは煙草と嘔吐のにおいがした。だから、ゴミ箱の脇にとどまったまま、気づかなかったふりをした。モーリーンは彼の脇をすり抜けて、そのまままっすぐ車に向かった。ふたりを隔てる空間が、太陽の光を受けてガラスのようにきらめいた。ハロルドは顔と手を拭き、ようやく彼女のあとを追った。

黙りこくって自宅に車を走らせながら、ハロルドは自分たち夫婦のあいだを二度と取り返しのつかない何かが通り過ぎたのを感じ取っていた。彼は息子にさよならをいわなかった。モーリーンはいった。だが、ハロルドはいわなかった。この違いは永遠に残るだろう。つづいて、ささやかな火葬の儀式が行われたが、モーリーンは誰にも参列してもらいたがらなかった。メッシュのカーテンを吊るし、外からのぞかれることを防いだ。しかし、ハロルドはときどき、彼女がカーテンを吊るしたのは、むしろ彼女自身が外を見ないようにするためではなかったかと思うことがあった。しばらくのあいだ、彼女は悪態をつき、ハロルドを責めたてた。だが、やがてそれさえも止まった。階段ですれ違うときにも、赤の他人同士としてすれ違うようになった。

ハロルドはいま、あの日、葬儀屋から出てきたモーリーンが彼を見つめて乱暴にサングラスを外したときのことを思い出し、彼女のあの一瞥によって、ふたりのあいだにこの先一生、本心でないことだけを口にし、たとえ無理をしてでも最愛の者のことは言葉にしない、という協定ができあがったのだと感じている。

ホスピスの、クウィーニーが死の床に就く部屋で、そんな過去を思い出しながら、ハロルドは苦悩に身を震わせた。

彼はずっと、クウィーニーに会ったらありがとうといえる、さよならという言葉だってかけられると信じてきた。ちょっとした話し合いのようなものができて、過去のおぞましい過ちが赦《ゆる》されると思いこんでいた。なのに、いざこうして出会ってみると、ちょっとした話し合いなどとうていできず、さよならという言葉さえかけられないことがわかってしまった。かつて彼が知っていた女性はもうここにはいないから。でも、このままもうしばらくこの部屋にいなければならない、と窓台にもたれながらハロルドは思った。この現実を受け入れられるようになるまでは。もう一度椅子に座るべきなのか。座れば何かが変わるだろうか。だが、まだ座りもしないうちからハロルドにはわかっていた。何も変わりはしない。座っていようが立っていようが、少々の時間では、自分の人生という名の布にクウィーニーがここまで変わってしまったという事実を縫いこむことはできないだろう。それができるようになるにはずいぶん時間がかかるだろう。デイヴィッドももうこの世にはいない。彼を取り戻すことはできない。ハロルドはカーテンの吊り金具に紐を固結びにしてバラ石英を吊るした。逆光の中にバラ石英が下がって、紐がよじれた。ほんのかすかに、ほとんど気づかないくらいよじれた。

脳裏に、デイヴィッドが溺れかけたあの日の、靴紐をいじっていた自分の姿が浮かんだ。隣にモーリーンを乗せて、すべてが終わったことを知りながら、葬儀屋から戻ったときのことがよみがえった。ほかにもいろいろなことがよみがえった。まだ子どもだった自分自身、母親が出ていったあと、ベッドに腹ばいになり、このままじっとしていればいるだけ、そのぶん死ぬチャンスが増えるだろうかと考えていたことなどが。だが、しかし、それから何十年も経ったいま、短いつき合いながら、やさしく接してくれた女性が、残されたわずかな命の時間を手放すまいとして闘っている。これではいけない。傍観者でいるだけではいけない。

ハロルドは、無言のまま、クウィーニーのベッドサイドに近づいた。彼女の顔がこちらを向き、ふたりの視線が絡み合ったとき、ハロルドは彼女のそばに腰を下ろした。そして、彼女の手に手を伸ばした。彼女の手はもろく、ほとんど肉がついていなかった。指がそうとわからないほどかすかに曲がり、彼の指に触れた。彼はほほえんだ。

「あの事務用品保管庫であんたを見つけてから、ずいぶん時間が経ったような気がする」とハロルドはいった。少なくとも、そういいたかった。だが、もしかしたら、頭の中でそう思っただけだったのかもしれない。空気は長いあいだ動かず、うつろなままだった。やがて、クウィーニーの手が彼の手から滑り落ち、息づかいがゆるやかになった。

陶器の触れ合う音がして、ハロルドはぎくりとしてわれに返った。「だいじょうぶですか、ヘンリー?」といいながら、若いシスターがトレイを手に上機嫌で入ってきた。

ハロルドはもう一度クウィーニーに目を向けた。彼女はうとうとしていた。

「お茶はそのままにしておいていいかな?」とハロルドはいった。「もう行かなきゃならない」

そして、出ていった。

30 モーリーンとハロルド

ぽつんとひとつ、うちひしがれた人影がベンチに座り、吹きつける風に背中を丸めて波打ち際を見つめている。生まれてからずっとそうしていたとでもいうように。空は灰色でどんより重く、海も灰色でどんよりと重い。だから、どこからが空でどこまでが海かの見分けがつかない。

モーリーンは足を止めた。胸郭の内側で心臓が早鐘を打っている。ハロルドに近づき、しばらくしてまた足を止め、彼のすぐかたわらに立った。だが、ハロルドは顔を上げようとせず、口を利こうともしない。髪の毛が柔らかにカールして防水ジャケットの襟にかかっている。モーリーンは手を伸ばしてその髪を撫でたくてたまらなかった。

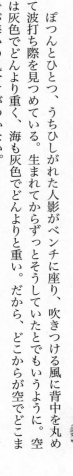

「こんにちは、知らないお方」とモーリーンはいった。「お隣に座ってもよろしいかしら？」

ハロルドは答えなかった。それでも、ジャケットの裾を腰に引き寄せ、身体の位置をずらしてスペースをつくった。波が砂浜に打ち寄せては砕けて白い泡となり、運ばれてきた小石や貝殻のかけらをあとに残して引いてゆく。潮が満ちはじめている。

モーリーンはハロルドの横に少しだけ離れて腰を下ろした。「この波はどれくらいの距離を旅してきたのかしらね」

ハロルドは肩をすくめて首を左右に振った。すばらしい質問だ、だけど、答えはわからないというように。その横顔は肉がそげ落ちて完全にくぼみ、目の下はたるんでクマができている。痣のように黒いクマだ。またしても前回の彼とは別人のようだ。急に老けこんだように見える。剃り残しのひげが哀れを誘う。

「どうだった？」とモーリーンはいった。「クウィーニーには会ったの？」

ハロルドは両手を膝のあいだに押しこんだままうなずいた。口は利かなかった。

モーリーンはもう一度声をかけた。「クウィーニーはあなたがきょう着くことを知ってたの？　喜んでくれた？」

ハロルドは何かがひび割れるようなため息をついた。

「あなた――彼女に会ったんでしょ？」

ハロルドはうなずいたが、頭はそのまま上下動をやめず、脳が止めろという指令を出しそこねたかのようだった。

「それで、話をしたの？　あなたはなんていったの？　クウィーニーは笑った？」

「笑った？」とハロルドは繰り返した。

「ええ。喜んでくれた？」

「いいや」ハロルドの声は弱々しかった。「クウィーニーは何もいわなかった」

「何も？　ほんとに？」

またひとしきり頭が上下した。ハロルドの寡黙さはまるで病気のようだった。それが自分にも伝染しそうな気がして、モーリーンは思わず襟元をかき合わせずにはいられなかった。ハロルドが悲しみに押しつぶされ、疲れ果てているだろうことは予想していたが、それは旅が終わったことが原因だろうと思っていた。けれども、いまの彼は一種の感情鈍麻《アパシー》に取りつかれ、生気を抜き取られてしまっているようだ。

モーリーンはいった。「お土産はどうしたの？　気に入ってもらえた？」

「リュックごとシスターに預けてきた。それがいちばんいいと思ったから」そういうハロルドの声は穏やかで、慎重で、抑制が利いていた。そのくせ、同時に、いつなんどき精神のバランスが崩れて感情のクレーターが口を開け、そこに身体ごと落ちこんでもおかしくなさそうに思えた。「あんなことすべきじゃなかったんだ。手紙を出すべきだった。手紙で充分だった。あの手紙を出すだけにしてたら、おれにも――」モーリーンは話のつづきを待ったが、ハロルドは水平線を見つめるばかりであとの言葉が出てこなかった。自分が話をしていたことを忘れてしまったようだった。

「だけど」とモーリーンは口を開いた。「驚いたわ——あなたがそれだけのことをしたのに——クウィーニーが何もいわなかったなんて」

そのとき、ついに、ハロルドが顔を向け、モーリーンと視線を合わせた。その顔は、声と同じく、生気が抜けきっていた。「いえないいんだよ。彼女には舌がないから」

「なんですって？」モーリーンが息をのむ気配がして、あたりの空気がびりびり震えた。

「切り取ったんだと思う。喉の半分と、背骨の一部も一緒に。それが命を救うための最後の手段だったのに、うまくいかなかった。もう手術はできないんだ。手術できるところはもう残ってないから。いまはがんが顔にもできて、それがどんどん大きくなっている」

ハロルドは視線をそらせ、その視線を空に戻した。半ば目を閉じたその様子は、外界を遮断することで頭の中でかたちを取りつつある真実をもっとはっきり見ようとしているかのようだった。「だから、彼女は一度も電話に出られなかったんだ。話ができないから」

モーリーンはもう一度海を見やり、ハロルドの言葉を理解しようとした。はるか沖合の波はのっぺりして、金属の色をしている。あの波は前方に旅の終わりがあることを知っているのだろうか、とモーリーンは思った。

またハロルドの声がした。「おれが歩くのをやめなかったのは、いうべき言葉がなかったからだ。初めて彼女の手紙を読んだときにも、やっぱりいうべき言葉がなかったんだよ、モーリーン。おれはもともとおしゃべり時計がありがたいと思うタイプの男だ。いったいなんのつもりだったんだろうな。なんだっておれはひとりの女性の死を食い止められるなんて思ったのかな」

激しい悲しみのうねりがハロルドの体内を掻き分けながら進んでいったように見えた。皺くちゃのまぶたを閉じ、口を開け、背筋をぴんと伸ばしたハロルドは、声に出さずにむせび泣いた。「彼女はすごくいい人だった。人助けが好きだった。車で一緒に営業に出かけるたびに、帰り道に楽しむためといって、おいしいものを持ってきてくれた。デイヴィッドのことを訊いてくれた、ケンブリッジのことも――」最後まで話せなかった。身体がわなわなと震え、顔がゆがみ、残酷な涙が頬を伝っていた。

「おまえも会うべきだ。彼女に会うべきだ、モーリーン。あれはあんまりだ」

「そうね」モーリーンは左手でハロルドの手を包んで握りしめた。彼の膝にはもう片方の手があった。黒ずんだ指、青く浮き上がった静脈。この八十数日間、異様なことがつぎつぎに起きた。それにもかかわらず、その手は彼女にとってはあまりにもなじみのある手だった。たとえ見なくても、その手のことは何もかもわかっている。モーリーンは泣きじゃくるハロルドの手をずっと握りしめていた。泣き声がしだいにおさまり、涙だけが静かに流れていた。

ハロルドがいった。「歩きながら、いろんなことを思い出していた。忘れたことさえ忘れてたことやなんかを。デイヴィッドのこと、おまえとおれのこと。おふくろのことまで思い出した。つらい思い出もいくつかあった。だけど、ほとんどは美しい思い出だった。だから、怖いんだよ。いつか、たぶん、近いうちに、そういう思い出をまた忘れてしまうだろう、しかも今度忘れたら永遠に忘れたままだろうと思うと怖いんだ」声が震えた。それでも、あらためて息を継ぎ、勇気を奮い起こして、思い出したことのすべてをモーリーンに語りはじめた。世にも貴重なスクラップブックが開くように彼の目の前で開いた、デイヴィッドの人生のさまざまな瞬間のことを。「赤ん坊のころのあいつの頭を忘れたくない。おまえが歌うとあいつが眠ったことも。そういう思い出はひとつ残らず取っておきたい」

「もちろん、取っておけるわ」といって、モーリーンは笑おうとした。それ以上その話をつづけたくなかったから。それでも、自分を見つめつづける彼の様子から、彼がもっと話したがっていることはよくわかっていた。

「デイヴィッドの名前が思い出せなかった。あいつの名前を忘れるなんて、そんなことありえないじゃないか。そのうちにおまえの顔を見ても誰だかわからなくなる日がくるかもしれない。そう思うと耐えられない」

モーリーンはまぶたがじんじんするのを感じて、首を横に振った。「あなたは記憶をなくしかけてるわけじゃないわ、ハロルド。疲れがひどいだけよ」

モーリーンがとらえたハロルドの目は、無防備でむきだしだった。ハロルドがモーリーンの目をとらえ、モーリーンがハロルドの目をとらえた。これまでの歳月がばらばらと崩れて消えていった。モーリーンの目に、遠い昔の奔放な若者が、取りつかれたように踊って彼女の全身の血管を愛の混沌で満たした若者がよみがえった。目をぱちぱちさせて、涙を拭いた。波は汀線《みぎわせん》を越えてどんどん押し寄せている。あのエネルギー、あのパワー、大海を渡り、大小の船を運び、彼女の足元からほんのわずかのところで、細いしぶきとなって終わる波。

モーリーンはこれから起きるはずのすべてのことを考えた。かかりつけ医を定期的に訪ねることになるだろう。風邪をこじらせて肺炎になるかもしれない。血液検査、聴覚検査、目の検査もあるだろう。悪くすれば、手術を受けてしばらく養生が必要になることもあるかもしれない。そして、やがて、当然ながら、どちらかが永遠にひとりぼっちになる日がくるはずだ。モーリーンはぞくりと身を震わせた。ハロルドのいうとおり、そんなことにはとても耐えられない。はるばるここまでやって来て、自分に必要なものは何かに気づいたのに、その何かをまたしても失う日が必ずくることに気づかされただけだなんて。コッツウォルズに寄って二、三日泊まってから帰ろうか。それとも、回り道をしてノーフォークに行こうか。もう一度ホルトに行きたい。でも、たぶん、そうはしないだろう。問題が大きすぎて考えられない。どうすればいいかわからない。波は寄せては砕け、寄せては砕けを繰り返している。

「その日その日を大切に」とモーリーンはつぶやいた。ハロルドに身を寄せ、両腕を上げた。

「ああ、モー」といって、声もなくハロルドは泣いた。

モーリーンは彼を固く抱きしめて悲しみが通り過ぎるのを待った。彼は長身で、ぎごちなくて、そして彼女自身のものだった。「大事なハロルド」モーリーンは唇で彼の顔をまさぐり、濡れて塩辛い頬にキスをした。「あなたは立ち上がって、すごいことをしたのよ。たどり着けるかどうかもわからないのに、行くべき道を探そうとすることが小さな奇跡でないとしたら、何が奇跡かしら?」

モーリーンの唇が震えた。ハロルドの顔を両手で包みこんだ。ふたりの顔が近すぎる。だから、彼の目鼻がぼやけて、いまモーリーンにわかるのは自分が彼に抱く感情だけだった。

「愛してるわ、ハロルド・フライ」とモーリーンはささやいた。「それはあなたのおかげよ」

31 クウィーニーとバラ石英のペンダント

クウィーニーはぼやけた世界に目を凝らし、それまで見たことのなかったものがあるのに気がついた。目を細め、意思の力で焦点を合わせた。ピンク色のきらきらした光がなぜか宙にぶら下がってよじれ、ときおり壁一面に無数の色彩のかけらをばらまいている。きれいだとは思うが、それもほんの短いあいだのことで、まもなく目でそれを追うのがつらくなって見るのをやめる。

彼女はいまやほとんど無に近い。一度まばたきをすれば、彼女は消えているだろう。

誰かが来て、もう行ってしまった。誰か好きな人が。シスターではなかった。もちろん、シスターはみんなやさしいけれど。お父さんでもなくて、誰かもうひとりのやさしい男の人だった。その人が、歩くのがどうのこうのといっていた。そうだ、思い出した。歩いてきた、といったのだ。でも、どこから歩いてきたといったのかは思い出せない。たぶん、駐車場からだろう。頭が痛い、それにお水が欲しい。お願いしよう、あと少ししたら。でも、いまはこのままでいよう。じっと横になって、ゆっくりしよう。眠ろうか。

ハロルド・フライ。そうだ、思い出した。あの人がさよならをいいに来たのだ。昔、わたしはクウィーニー・ヘネシーという名前の女だった。お金の計算をして、みごとな字を書いた。恋をしたことも二回か三回。失恋したけれど、それが運命だったのだ。人生に触れて、少し戯れたこともある。でも、人生はつかみどころのないやつかいなものだった。どっちみち、人間は最後にはドアを閉めて、さよならをしなければならない。もう長いこと、それを思うと怖かった。でも、いまは？　怖くなんともない。とても疲れた。顔を枕に当てた。すると、頭のなかで何かが花のように開いた。何かがだんだん重くなる。

長いあいだ忘れていたある記憶がよみがえった。記憶はあまりにも身近にあるので、少し手を伸ばせばさわれそうだ。クウィーニー・ヘネシーはいま、生まれ育った家の階段を駆け下りている。足には赤い革靴。お父さんが呼んでいる。それとも、呼んでいるのはあのやさしい男の人？　ハロルド・フライ？　クウィーニーは急いでいる。そして笑っている。だって、とてもおかしいから。「クウィーニー？」とその人が呼んでいる。「聞こえるかい？」その人の姿が見える。背の高い男の人の影が見える。光を背にしている。男の人がクウィーニーの名を呼びながら、あちらこちらに視線を走らせている。なのに、クウィーニーのいるところだけは見ようとしない。息が苦しい。「クウィーニー！」早く見つけてほしいのに。「どこだい？　あの子はどこだ？　支度はできてるかな？」

「はい」とクウィーニー。光はとても明るい。まぶたを閉じているのに、銀色の光が見える。「はい」とクウィーニーは答える。少しだけ大きな声で。そうすればあの人に聞こえるはずだ。「わたしはここよ」窓辺で何かがよじれ、部屋の中に星のシャワーを降らせる。

クウィーニーは口を開け、つぎに吸う空気を求める。でも、空気は来ない。代わりに、何かがやってくる。息を吸うのと同じくらいにやさしい何かが。

32　ハロルドとモーリーンとクウィーニー

モーリーンは知らせを落ち着いて受け取った。海辺のホテルのダブルルームを予約したあとのことだった。ハロルドとふたりで軽い食事を取り、その後、ハロルドのためにバスタブに湯を張り、彼の頭を洗ってやった。ついで、丁寧に顎ひげを剃り、保湿ローションを塗った。最後に、彼の手の爪を切り、足をマッサージしながら、自分が過去に犯したことで心から悔いていることを包み隠さず打ち明けた。自分だって同じさ、とハロルドはいった。風邪で倒れそうな顔をしていた。

ホスピスからの電話を受けたモーリーンは、ハロルドの手を取った。そして、シスター・フィロミーナの言葉をそのまま伝えた。クウィーニーが穏やかに最期《さいご》を迎えたこと、子どものような顔だったこと、若いシスターのひとりが、死の直前にクウィーニーが誰かを呼ぶような声を出したのを聞いたといっていること、誰か知っている人に手を伸ばしたようだったことなどを。「ですが、シスター・ルーシーはまだ若いですから」とシスター・フィロミーナはいった。

ひとりになりたいかとモーリーンに訊かれて、ハロルドは首を横に振った。

「一緒に行きましょうね」とモーリーンはいった。

遺体はすでに礼拝堂脇の部屋に移されていた。ふたりは若いシスターのあとについて、無言のまま歩いた。その瞬間、何かいうには言葉が硬すぎて砕けやすく思えたからだ。モーリーンの耳にホスピス内の物音が聞こえた。押し殺した話し声、短い笑い声、排水管を流れる水音。外から、つかの間、小鳥の鳴き声が聞こえた。いや、あれは人の歌声だろうか？　内なる世界にのみこまれてしまったような気がした。閉ざされたドアの前で足を止めた。モーリーンはそこでもう一度ハロルドに訊いた。ひとりになりたい？　ハロルドは今度もまた首を横に振った。

「怖いんだ」と彼はいった。彼の青い目が彼女の目を求めていた。

モーリーンはその目に強い恐怖を、苦悩を、そしてためらいを見てとった。そのときふと、それも、途方もなく唐突に、あることに思い当たった。ハロルドが唯一見た死体はデイヴィッドのそれだった。作業小屋の中で見た息子のそれだったのだ。「そうよね。でもだいじょうぶ。わたしもいるわ。今度はだいじょうぶよ、ハロルド」

「穏やかな最期でした」とシスターがいった。バラ色の頬のぽっちゃりした娘だった。モーリーンは、それほど若くはつらつとした娘が死にゆく患者の世話をして、それでも生命力にあふれていられることに慰められた。「亡くなる直前、にっこりと笑顔におなりでしたよ。何かを見つけた、というようでした」

モーリーンはちらりとハロルドに目を向けた。その顔は真っ白で、血の気が失せていた。「よかったこと」とモーリーンはいった。「穏やかだったとうかがってほっとしました」

シスターは一歩下がって、また向き直った。ほかにも思い出したことがあるとでもいうように。「シスター・フィロミーナが、晩禱《ばんとう》にお出になる気持ちがおありかどうかと申しておりました」

モーリーンは丁重に笑みを浮かべた。いまさら信者になっても間に合わない。「ありがとうございます。ですが、ハロルドはとても疲れています。いまこの人にいちばん必要なのは休息だと思います」

気を悪くしたふうもなく、シスターはうなずいた。「そうですよね。お出になりたければ歓迎します、とお伝えしたかっただけですから」シスターはノブに手を伸ばし、ドアを開けた。

足を踏み入れたとたんに、モーリーンは空気に漂うにおいの正体に気がついた。凍りついたように動きのない空気が、香のかおりをたっぷりと含んでいる。小さな木の十字架の下に、かつてクウィーニー・ヘネシーという名の女性だった遺体が横たわっている。枕に白髪が広がっている。両腕は身体に沿うようにシーツの上に伸び、両手は開いて、手のひらが上に向いている。まるで、彼女が自分の意思で何かを手放したかのようだ。顔は横向きになっている。腫瘍の大部分が隠れるように配慮されたのだ。モーリーンとハロルドは声もなく遺体のかたわらに立ちつくし、いま一度、命がどれほど完璧に消えるものかという事実と向き合った。

モーリーンの脳裏に、遠い昔の、柩のなかのデイヴィッドが、そしてうつろな彼の頭を抱き上げ、何度も繰り返しキスをした自分の姿がよみがえった。あのときには、自分が生き返らせたいと念じさえすれば必ず彼を取り戻せると思っていた。ハロルドは彼女のかたわらに立ったまま、こぶしを固く握りしめていた。

「いい人だったわね」とようやくモーリーンが口を開いた。「彼女はほんとうのお友だちだったわ」

モーリーンは指先に何かあたたかいものを感じ、ついで自分の手を握りしめるハロルドの手の圧力を感じた。

「あれ以上あなたにできることはなかったのよ」とモーリーンはいった。そして、いま彼女は、クウィーニーのことだけでなくデイヴィッドのことも考えていた。息子のあの行為のために、夫婦仲に亀裂が生じ、ふたりが別々の闇に放りこまれた。でも、結局のところ、息子は自分の望むことをしたのだ。「わたしが間違ってたわ。あなたを責めるなんて、とんでもない間違いだったわ」モーリーンの手がハロルドの手を握りしめた。

モーリーンはしだいしだいに、ドアの上と下からこぼれる光と、うつろな空間を水のように満たすホスピス内の物音を意識しはじめた。室内はいつしか暗くなり、細部の見分けがつかなくなっている。クウィーニーの形さえぼやけはじめている。モーリーンはまたあの波のことを、そして人生は終末があって初めて完結するものであることを思った。ハロルドが望むだけ彼のそばにいるつもりだった。彼が動いたとき、彼女はあとを追った。

ドアを閉めてクウィーニーに別れを告げたときには、ミサはもうはじまっていた。ふたりは足を止めた。感謝の言葉をかけるべきか、それともそっと消えるべきかの判断がつかなかった。しばらくこのままでいよう、といったのはハロルドだった。尼僧たちの声が高まり、織り上げられて歌となり、つかの間に過ぎゆく壮麗なひととき、その美しさが喜びに似た何かでモーリーンの胸を満たした。心を開くことができなければ、自分にはわからないものを受け入れることができなければ、ほんとうの意味での希望はない、とモーリーンは思った。

「もう行こう」とハロルド。

ハロルドとモーリーンは闇に沈む海辺を歩いた。家族連れはもうピクニックの道具と椅子を片づけたあとで、残っているのは犬を散歩させる人が二、三人と、蛍光色のトレーナーを着てジョギングをする人が数人だけだった。ふたりは小さなことを話し合った。最後に残ったシャクヤクのこと、デイヴィッドが小学校に入った日のこと、天気予報のことなどを。小さなこと。月は中天に輝き、大海原にはもうひとつの月が震えながら光っている。はるか沖合では、水平線を行く船が一隻。船の明かりがまたたいている。だが、船足はのろく、動いているようには見えない。船はハロルドとモーリーンには無関係の人生と活動に満ちている。

「ものすごくたくさんの人生の物語。わたしたちの知らない人がいっぱい」

ハロルドも見つめている。だが、彼の頭はほかのことでいっぱいになっている。どうしてそんなことがわかるのか、あるいはそれがわかったからといって自分が幸せになるのか悲しくなるのかはわからない。それでも、彼は確信している。クウィーニーはこれから先もずっと自分とともにあるはずだ。デイヴィッドもきっとそうだ。ネイピアも、母親のジョーンも、父親も、その父親の連れこんだ大勢のおばさんたちも、みんな、この先もずっとともにあるはずだ。でも、もう彼らといさかいになることはないだろう。もう過去に苦しめられることもないだろう。彼らは自分が歩く空気の一部だ。旅の途中で出会ったすべての旅人が空気の一部であったように。いまのハロルドにはよくわかる。人間は自分がしたいと思う決断をするものだ。なかには、当の本人とその本人を愛する人たちを傷つける決断もあるだろうし、なかには、だれにも気づかれずにすむ決断もあるだろう。また、なかには、喜びをもたらす決断もあるだろう。ベリック・アポン・ツイードから戻ったあと、何が起きるかはわからない。それでも、何が起きてもそれに対する心構えはできている。

遠い昔――狂ったように踊っていたハロルドが、そんな自分をホールの人混みの向こうからじっと見ているモーリーンに気づいた、あの遠い昔の夜の記憶が戻ってきた。腕を振り、脚を振って踊っていたときの感触が――それまでの人生のできごとを何もかも振り落とそうとするかのように激しく踊っていたときの、そして世にもきれいな娘に見つめられていたときの、あの感触がよみがえる。彼女に見られていることに勇気づけられて、彼のダンスはいっそう激しさを増した。ますます狂ったように空気を蹴り、つかみにくいウナギのように手をくねらせた。動きを止めて、もう一度様子をうかがった。娘はまだ見つめていた。そのときには、彼の目をとらえてけらけら笑った。いつまでもいつまでも、肩が震え、髪が顔にかかるほど笑っていた。だから、ハロルドは、生まれて初めて、人混みを掻き分けて近づき、知らない女の子にさわってみたいという誘惑に抗えなくなった。ベルベットの髪の下の、彼女の肌は青白く柔らかだつた。彼女はたじろいだりはしなかった。

「やあ、こんちは」とハロルドはいった。子ども時代が剝がれ落ち、そこにいるのは彼自身と彼女だけだった。つぎに何が起きようと、ふたりの道がつながっていることを彼は知っていた。彼女のためならどんなことでもするつもりでいた。そんなことを思い出しながら、いまハロルドの心は軽やかさで満ちている。またぬくもりが、どこか身体の深いところにぬくもりが戻ってきたようだ。

モーリーンは襟を耳元まで立てて夜の空気を閉め出した。背後では、町の明かりがきらめいている。「戻りましょうか？」とモーリーンはいった。「もういいかしら？」ハロルドは答えの代わりにくしゃみをした。モーリーンはハンカチを渡したくて振り向いた。そんな彼女を迎えたのは、ほとんど音のない短いあえぎだった。ハロルドはぴしゃりと音をたてて片手を顔に当てた。また同じ音がした。くしゃみでもなく、あえぎでもない。鼻息。忍び笑いだった。

「だいじょうぶ？」とモーリーンは声をかけた。ハロルドは口のなかの何かを必死で押さえているかに見えた。モーリーンは彼の袖を引いた。「ハロルド？」

ハロルドは首を横に振った。手は依然として口に貼りついたままだった。また鼻息が飛び出した。

「ハロルド？」とモーリーンはもう一度いった。

ハロルドは口の両端に手を当て、口を一文字にする仕草をみせた。そして、いった。「笑っちゃいけないんだ。笑いたくない。ただ——」そして、いきなり哄笑《こうしょう》を始めた。

モーリーンには何がなんだかわからなかった。それでも、笑みが口の端に広がりはじめていた。「たぶん、わたしたちには笑いが必要なのかもしれないわね」とモーリーン。「でも、何がそんなにおかしいの？」

ハロルドは大きく息を吸って気持ちをしずめた。そして、あの美しい目をモーリーンに向けた。闇を透かして目が輝いているように見えた。「なんでこんなことを思い出したのかさっぱりわからないんだが、あのダンスの夜な？」

「わたしたちが初めて会ったとき？」モーリーンの笑みに声が伴いはじめていた。

「ふたりで子どもみたいに笑ったよな？」

「そう、で、あなたなんていったんだったかしら、ハロルド？」

とどろきのような笑い声が途方もない勢いで飛び出して、ハロルドは思わずみぞおちをつかんだ。モーリーンは見守っていた。彼女の笑みはいつしかふつふつと泡立ち、いまにも噴き出しそうになっている。ハロルドの哄笑とほとんど同じ、でも、まだ完全にそこまではいっていない笑いだ。それを見て、ハロルドは身体をふたつに折っていっそう笑いつづけた。腹が痛くてたまらない、というふうだった。

笑い声の合間に、彼はいった。「あれはおれじゃない。おれのいったことが原因じゃない。おまえのいったことがおかしくて笑ったんだよ」

「わたしの？」

「そう。おれが、こんちは、と声をかけたら、おまえは顔を上げた。それでもって、いったんだよ――」

そうだった、思い出した。笑いが彼女の胃袋を蹴って駆け上がり、ヘリウムガスのように体内に充満した。あわてて片手を口に当てた。「たしかに」

「おまえがいったんだ――」

「そうね。わたしが――」

ふたりともそれ以上いえなかった。口に出していうことはできなかった。いおうとするのに、口を開けるたびに新しい笑いの波が襲ってきて、どうにもならなくなった。手をしっかり握り合っていなければ、まともに立っていることさえできない。

「ああ、もう」とモーリーンは急きこんでいった。「ああ、もう。たいしてウィットのあることをいったわけでもないのに」モーリーンは依然として笑いながら、なんとか笑いを抑えようとしていた。だから、笑いが嗚咽と悲鳴となって漏れ出した。そのとき、彼女の背後で、別の笑い声が巨大な波となって立ち上がり、モーリーンをとらえ、猛烈なしゃっくりとなって飛び出した。ふたりの笑いがいっそう増幅した。互いの腕にしがみつき、身体をふたつに折って身を震わせながら笑った。目から涙が流れ、顔の筋肉が痛くなった。「こんなところを見られたら、ふたり同時に心臓発作を起こしてると思われるでしょうね」とモーリーンが大声をあげた。

「おまえのいうとおりだよ。あんなの、おもしろくもなんともなかったのに」といいながら、ハロルドはハンカチで目元を拭いた。一瞬、正気に戻ったように見えた。

「そこだったんだよ、大事なのは。当たり前のことをいっただけなんだよ。なのに、あんなにおかしかったのは、きっとおれたちが幸せだったからだ」

ふたりはふたたび手を取り合うと、波打ち際へと歩いていった。黒い波を背景にしたふたつの小さな人影。波打ち際まで行かないうちに、どちらかがまた出会った夜のことを思い出したにちがいない。思い出が喜びの新しい波のようにふたりのあいだを通り抜けた。ふたりは波打ち際に立ち、手をつなぎ合ったまま、笑いで身体を揺らしていた。

訳者あとがき

ハロルド・フライ、六十五歳、長年勤めたビール工場を定年退職して半年。不幸な生い立ちのせいか、内向的で人づきあいが苦手。家庭でも、「いい家の出」の妻と父親に似ぬ秀才の息子にはさまれて、身を縮めるようにして生きてきた。結婚して四十五年になる妻のモーリーンとの仲は、ずいぶん昔から冷え切ったままだ。そんな彼のもとに、四月のある日、元同僚で、二十年も前に、突然、彼の前から姿を消したクウィーニー・ヘネシーの手紙が届く。がんで余命いくばくもないという。クウィーニーはビール工場時代の仕事上のパートナーで、彼が唯一心を開くことのできた女性だった。ハロルドは大急ぎで見舞いの手紙をしたため、近くのポストに向かう。だが、どうしても投函できない。かつてクウィーニーがしてくれたことを思えば、手紙の文面があまりにもそっけなく形式的に思えるのだ。投函できないままに、つぎのポストまでつぎのポストまで、と歩いていた彼はふと立ち寄ったガソリンスタンドで、店員の言葉に触発されて突拍子もない思いにとりつかれる。このまま歩いてクウィーニーのもとに行けば、彼女の命を救えるかもしれない……。

　こうして、イングランド南西の端から東海岸に位置するイングランド最北端の町べリック・アポン・ツイードに向けた、ハロルド・フライの「まさかの」旅が始まる。思いつきで始めてしまった旅だから必要な装備は皆無。ポケットにデビットカード入りの財布がひとつあるきり。地図もなければ携帯電話も持っていない。日ごろなんの鍛錬もしていない初老の体はたちまち悲鳴をあげる。それでも、身も心も極限まで消耗しながら、八十七日間、一千キロに余る距離を歩き通す。途中、彼の旅はひょんなことからメディアの知るところとなり、それぞれの悩みを抱えた、あるいは思惑を秘めた人々を引き寄せて集団となり、大小の騒ぎを巻き起こしながら「二十一世紀の巡礼の旅」などともてはやされたりする。

　物語は、そんなハロルドの旅の曲折を軸に、途中で出会う人々との交流、彼らの抱えるさまざまな人生のエピソード、イングランドの魅力的な田園風景の描写などを織り交ぜながら展開される。歩くうちに、ハロルドの脳裏に長く直視することを避けてきた自分自身と家族の過去のあれこれがよみがえる。そして、そのなかから、彼がなぜこれほど過酷で無謀な旅を続けねばならなかったのか、いったい何があって妻とのあいだに決定的な溝ができてしまったのかなど、物語の核心が浮かび上がってくる。

作品の読みどころのひとつは、なんといっても、物心ついてからずっと内にこもって生きてきたハロルドの心が、旅が進むにつれて徐々に開かれ、同時に冷え切っていた妻の気持ちも次第にほぐれてゆくところだろう。不和の責任をすべてハロルドに押しつけてかたくなになっていた妻も、夫の出奔という思いがけないできごとに直面して家族の過去を振り返らざるをえなくなる。そして、その過程で自分の思いこみにとんでもない間違いがあったことを悟る。その間の夫婦の気持ちの変化が、過剰な心理描写なしに、しかし読む者の心にしみじみと染み入るように描き出されている。印象的なシーンはいくつもあるが、なかでもハロルドが家を出て二十数日後、日ごろ疎ましく思っていたはずの夫の不在に耐えかねた妻が繰り広げる「衣装だんす」のエピソードにはほろりとさせられるし、物語の最終盤で、ハロルドがガソリンスタンドの店員に宛てて出した手紙を涙なしで読むことはむずかしい。

登場人物たちの心模様や、イングランドの自然がいちばん美しい季節に向かうころの、天候や時間や光の移ろいによって姿を変える空や丘陵地、大地を割って芽吹き、やがて咲き競う花々などの様子を、著者のジョイスはまるで映像を見せるように描き出している。それもそのはず、ジョイスはＢＢＣのテレビ・ラジオに二十本を超える作品を提供してきた脚本家で、二〇〇七年には最優秀ドラマ脚本に与えられるティニスウッド賞を受けている。

二〇一二年に発表されたこの作品は、著者の小説としての第一作だが、デビュー作でいきなり英国文学界最高の賞であるマン・ブッカー賞にノミネートされて大きな反響を呼んだ。残念ながら受賞は逃したが、著者自身は同年の「本年の新人作家《ニュー・ライター・オブ・ジ・イヤー》」に選出された。また、作品そのものはのちに三十七ヵ国で翻訳出版されるとともに本国イギリスで映画化され、このほど日本でも二〇二四年六月七日から公開されることになっている。

主人公のハロルドには『アイリス』でアカデミー賞とゴールデングローブ賞の助演男優賞に輝いたジム・ブロードベント、妻モーリーンには「ダウントン・アビー」シリーズのペネロープ・ウィルトンと、ともにイギリスを代表する名優が演じて心に染みる感動作に仕上がっている。

なお、この作品の刊行後まもなく、著者は何人かの友人・知人から続編を書く気はないかと問われ、そのつど「ない」と答えてきた。「ハロルドとモーリーンについては語るべきことをすべて語った、このへんでふたりにはわたしに観察されたりメモを取られたりすることなく自由に生きてもらいたい」と。ところが、ある日、『わたしはここよ』というクウィーニーの声」が聞こえてきて、いまさらのように、作品の中でクウィーニーの内面をほとんど描かずにきたことに気づくと同時に、クウィーニーの物語が「まるで閃光のように」、しかも「ほぼ完成されたかたちで〝降りて〟」くるのを感じたという。というわけで、二〇一四年、ハロルドの到着を待つあいだクウィーニーが何を思い、いまにも尽きようとする命の火をどう燃やし続けてきたかを語るパラレルストーリー『ハロルド・フライを待ちながら　クウィーニー・ヘネシーの愛の歌』（拙訳、二〇一六年、講談社）が完成した。

さらに、二〇二二年には、〝MAUREEN FRY and the Angel of the North〟（未訳、仮題『モーリーン・フライと北の天使』）が出版されている。ハロルドの出奔から十年後、ハロルドの旅に一時同行した女性からのポストカードに誘われて「まさか」の旅に出るモーリーンの姿が、今回もまた映像を見るように描き出されている。それによって、人間への愛と上質なユーモア、情景描写の美しさ、心理描写の機微、そして何よりもみごとなストーリー展開などによって、人生の哀歓を語り尽くした「ハロルド・フライ・トリロジー」が完結したことになる。

最後に、今回、二〇一三年に単行本として、二〇一六年に文庫本として刊行された『ハロルド・フライの思いもよらない巡礼の旅』を改題復刻するにあたり、講談社第一事業本部文庫出版部次長、小林龍之氏および校閲部の島田敦子氏を始め関わってくださったすべてのみなさまに心から感謝します。ありがとうございました。

二〇二四年三月

亀井よし子

本書は二〇一三年八月に単行本として、二〇一六年五月に文庫として小社より刊行された『ハロルド・フライの思いもよらない巡礼の旅』を改題、一部修正しました。

|著者| レイチェル・ジョイス　イギリス生まれ。テレビ、ラジオ、演劇などの分野で20年にわたり脚本家として活躍し、2012年に初めて発表した小説が本作。刊行後、英国文学界で最高に権威のあるマン・ブッカー賞にノミネートされ、同年、ナショナル・ブック・アワード新人賞を受賞した。他の著書に『ハロルド・フライを待ちながら クウィーニー・ヘネシーの愛の歌』、本作の妻モーリーンが主人公の「MAUREEN FRY and the Angel of the North」(原題・未翻訳) などがある。

|訳者| 亀井よし子　英米文学翻訳家。アン・ビーティ、ボビー・アン・メイソンや、ヘレン・フィールディング『ブリジット・ジョーンズの日記』、J.K.ローリング『カジュアル・ベイカンシー 突然の空席』など100以上の翻訳作品がある。

ハロルド・フライのまさかの旅立《たびだ》ち

レイチェル・ジョイス | 亀井《かめい》よし子《こ》 訳

講談社文庫
定価はカバーに
表示してあります

2024年5月15日第1刷発行

KODANSHA

発行者――森田浩章
発行所――株式会社　講談社
東京都文京区音羽2-12-21　〒112-8001
電話 出版 (03) 5395-3510
販売 (03) 5395-5817
業務 (03) 5395-3615

Printed in Japan

デザイン―菊地信義
本文データ制作―講談社デジタル製作
印刷―――株式会社KPSプロダクツ
製本―――株式会社国宝社

ISBN978-4-06-535920-4

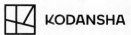

講談社文庫刊行の辞

二十一世紀の到来を目睫に望みながら、われわれはいま、人類史上かつて例を見ない巨大な転換期をむかえようとしている。

世界も、日本も、激動の予兆に対する期待とおののきを内に蔵して、未知の時代に歩み入ろうとしている。このときにあたり、創業の人野間清治の「ナショナル・エデュケイター」への志を現代に甦らせようと意図して、われわれはここに古今の文芸作品はいうまでもなく、ひろく人文・社会・自然の諸科学から東西の名著を網羅する、新しい綜合文庫の発刊を決意した。

激動の転換期はまた断絶の時代である。われわれは戦後二十五年間の出版文化のありかたへの深い反省をこめて、この断絶の時代にあえて人間的な持続を求めようとする。いたずらに浮薄な商業主義のあだ花を追い求めることなく、長期にわたって良書に生命をあたえようとつとめるところにしか、今後の出版文化の真の繁栄はあり得ないと信じるからである。

同時にわれわれはこの綜合文庫の刊行を通じて、人文・社会・自然の諸科学が、結局人間の学にほかならないことを立証しようと願っている。かつて知識とは、「汝自身を知る」ことにつきていた。現代社会の瑣末な情報の氾濫のなかから、力強い知識の源泉を掘り起し、技術文明のただなかに、生きた人間の姿を復活させること。それこそわれわれの切なる希求である。

われわれは権威に盲従せず、俗流に媚びることなく、渾然一体となって日本の「草の根」をかたちづくる若く新しい世代の人々に、心をこめてこの新しい綜合文庫をおくり届けたい。それは知識の泉であるとともに感受性のふるさとであり、もっとも有機的に組織され、社会に開かれた万人のための大学をめざしている。大方の支援と協力を衷心より切望してやまない。

一九七一年七月

野間省一

講談社文庫 最新刊

赤川次郎
キネマの天使〈メロドラマの日〉
監督の右腕、スクリプターの亜矢子《あやこ》に、今日も謎が降りかかる！ 大人気シリーズ第2弾。

堂場瞬一
ブラッドマーク
探偵ジョーに、メジャー球団から依頼が持ち込まれ……。アメリカン・ハードボイルド！

桜木紫乃
凍原
釧路湿原で発見された他殺体。刑事松崎比呂《まつざきひろ》は、激動の時代を生き抜いた女の一生を追う！

池永陽
いちまい酒場
心温まる人間ドラマに定評のある著者が描く、酒場〝人情〟小説。〈文庫オリジナル〉

高田崇史
QED〈神鹿《しんろく》の棺《ひつぎ》〉
パワースポットと呼ばれる東国三社と「常陸《ひたち》」の国名に秘められた謎。シリーズ最新作！

吉川トリコ
余命一年、男をかう
コスパ重視の独身女性が年下男にお金を貸し、何かが変わる。第28回島清恋愛文学賞受賞作。

佐々木裕一
暁の火花〈公家武者信平《のぶひら》ことはじめ(十六)〉
ついに決戦！ 幕府を陥れる陰謀を前に、信平の秘剣が冴えわたる！ 前日譚これにて完結！

海外作品

小説

ウェンディ・ウォーカー　池田真紀子訳　まだすべてを忘れたわけではない
D・クロンビー　西田佳子訳　警視の週末
D・クロンビー　西田佳子訳　警視の挑戦
D・クロンビー　西田佳子訳　警視の哀歌
D・クロンビー　西田佳子訳　警視の謀略
D・クロンビー　西田佳子訳　警視の慟哭
ウィリアム・K・クルーガー　野口百合子訳　闇の記憶
P・コーンウェル　池田真紀子訳　死層(上)(下)
P・コーンウェル　池田真紀子訳　邪悪(上)(下)
P・コーンウェル　池田真紀子訳　烙印(上)(下)
P・コーンウェル　池田真紀子訳　禍根(上)(下)
マイクル・コナリー　古沢嘉通訳　燃える部屋(上)(下)〈シリーズ25周年記念エッセイ収録〉
マイクル・コナリー　古沢嘉通訳　贖罪の街(上)(下)
マイクル・コナリー　古沢嘉通訳　訣別(上)(下)
マイクル・コナリー　古沢嘉通訳　レイトショー(上)(下)
マイクル・コナリー　古沢嘉通訳　汚名(上)(下)
マイクル・コナリー　古沢嘉通訳　素晴らしき世界(上)(下)
マイクル・コナリー　古沢嘉通訳　鬼火(上)(下)
マイクル・コナリー　古沢嘉通訳　警告(上)(下)
マイクル・コナリー　古沢嘉通訳　潔白の法則(上)(下)〈リンカーン弁護士〉
マイクル・コナリー　古沢嘉通訳　ダーク・アワーズ(上)(下)
マイクル・コナリー　古沢嘉通訳　正義の弧(上)(下)
ジェーン・シェミルト　北沢あかね訳　ナオミ
L・チャイルド　小林宏明訳　パーソナル(上)(下)
リー・チャイルド　青木創訳　ミッドナイト・ライン(上)(下)
リー・チャイルド　青木創訳　葬られた勲章(上)(下)
リー・チャイルド　青木創訳　宿敵(上)(下)
リー・チャイルド　青木創訳　奪還(上)(下)
リー・チャイルド　青木創訳　消えた戦友(上)(下)
ハックスリー　松村達雄訳　すばらしい新世界
アリス・フィーニー　西田佳子訳　ときどき私は嘘をつく
ルシア・ベルリン　岸本佐知子訳　掃除婦のための手引き書〈──ルシア・ベルリン作品集〉
C・J・ボックス　野口百合子訳　狼の領域
C・J・ボックス　野口百合子訳　冷酷な丘
C・J・ボックス　野口百合子訳　鷹の王
ジョージ・ルーカス著　上杉隼人訳　スター・ウォーズ〈エピソードⅣ 新たなる希望〉
ジョージ・ルーカス原作　ドナルド・F・グルート著　杉山まどか訳　スター・ウォーズ〈エピソードⅤ 帝国の逆襲〉
ジョージ・ルーカス原作　ジェームズ・カーン著　上杉隼人訳　スター・ウォーズ〈エピソードⅥ ジェダイの帰還〉
J・J・エイブラムス他原作　アラン・D・フォスター著　稲村広香訳　スター・ウォーズ〈フォースの覚醒〉
ジョージ・ルーカス原作　テリー・ブルックス著　上杉隼人／大島資生訳　スター・ウォーズ〈エピソードⅠ ファントム・メナス〉
ジョージ・ルーカス原作　R・A・サルヴァトーレ著　上杉隼人／上原尚子訳　スター・ウォーズ〈エピソードⅡ クローンの攻撃〉
ジョージ・ルーカス原作　マシュー・ストーヴァー著　上杉隼人／有馬さとこ訳　スター・ウォーズ〈エピソードⅢ シスの復讐〉
ジョン・ノール他原作　アレクサンダー・フリード著　稲村広香訳　ローグ・ワン〈スター・ウォーズ・ストーリー〉
ライアン・ジョンソン原作　ジェイソン・フライ著　稲村広香訳　スター・ウォーズ〈最後のジェダイ〉
ローレンス・カスダン原作　ジョナサン・カスダン原作　ムア・ラファティ著　稲村広香訳　ハン・ソロ〈スター・ウォーズ・ストーリー〉

2024年3月15日現在